A TRAIDORA DE HITLER

UM ROMANCE INSPIRADO NO GRUPO ROSA BRANCA DE RESISTÊNCIA AO NAZISMO

V. S. ALEXANDER

A TRAIDORA DE HITLER

**UM ROMANCE INSPIRADO NO GRUPO
ROSA BRANCA DE RESISTÊNCIA AO NAZISMO**

TRADUÇÃO: Elisa Nazarian

GUTENBERG

Copyright © 2020. The Traitor by V.S. Alexander.
Publicado mediante acordo com a Bookcase Literary Agency e a Kensington Publishing.

Título original: *The Traitor*

Todos os direitos reservados pela Editora Gutenberg. Nenhuma parte desta publicação poderá ser reproduzida, seja por meios mecânicos, eletrônicos, seja via cópia xerográfica, sem a autorização prévia da Editora.

EDITORA RESPONSÁVEL
Flavia Lago

ADAPTAÇÃO DE CAPA
Diogo Droschi

PREPARAÇÃO
Carol Christo

DIAGRAMAÇÃO
Guilherme Fagundes

REVISÃO
Natália Chagas Máximo

CAPA
Kensington Publishing Corp. (sobre imagem de Sandra Cunningham / Trevillion Images)

**Dados Internacionais de Catalogação na Publicação (CIP)
Câmara Brasileira do Livro, SP, Brasil**

Alexander, V. S.
 A traidora de Hitler: um romance inspirado no grupo Rosa Branca de resistência ao nazismo / V. S. Alexander ; tradução Elisa Nazarian. -- 1. ed. -- São Paulo : Gutenberg, 2020.

 Título original: *The Traitor*
 ISBN 978-65-86553-20-8

 1. Romance norte-americano I. Título.

20-46005   CDD-813.5

Índices para catálogo sistemático:
1. Romances : Literatura norte-americana 813.5

Aline Graziele Benitez - Bibliotecária - CRB-1/3129

A **GUTENBERG** É UMA EDITORA DO **GRUPO AUTÊNTICA**

São Paulo
Av. Paulista, 2.073, Conjunto Nacional, Horsa I
23º andar . Conj. 2310-2312.
Cerqueira César . 01311-940 São Paulo . SP
Tel.: (55 11) 3034 4468

Belo Horizonte
Rua Carlos Turner, 420
Silveira . 31140-520
Belo Horizonte . MG
Tel.: (55 31) 3465 4500

www.editoragutenberg.com.br

Para aqueles que lutaram e morreram pela liberdade.

PRÓLOGO

Kristallnacht, 9 de novembro de 1938
A Noite dos Cristais

No escuro, a mente pode pregar peças.
Foi isso que pensei quando os sons penetraram meus ouvidos, de início fracos como o borrifar da água em uma fonte, seguidos por estampidos distantes que partiram e fragmentaram o ar. Limpei o sono dos olhos, busquei os óculos e espiei pela janela acima da minha escrivaninha. Sobre ela, o relógio de prata mostrava que passava de uma da manhã. Era 9 de novembro, 15º aniversário do fracassado Beer Hall Putsch,* tempo de memoriais nacionais-socialistas, e celebrações, por toda Alemanha, para os martirizados nazistas. Todos deveriam estar dormindo, mas outros ruídos igualmente sinistros também encheram o ar.

Risadas abafadas e gracejos infiltraram-se pela minha janela. Abri o trinco, escutando as vozes que se espalhavam por Munique, parecendo vir de cada esquina da cidade, vir da própria terra. Vozes indistintas, entrecortadas no ar, cantando *"Juden, Juden, Juden"*, caíram sobre meus ouvidos. Fiquei arrepiada diante da enxurrada vociferante de irritação e ódio.

Acendi o abajur e um doentio brilho amarelo estendeu-se acima dos papéis que estavam no meu mata-borrão. Havia passado várias horas estudando, antes de ir para a cama. Esfreguei meus olhos cansados, coloquei os óculos, aninhei o rosto nas mãos e espiei pela janela, suja de fuligem, no quarto andar na Rumford Strasse.

---

* No Apêndice 3, na p. 315 deste livro, há um glossário com palavras em alemão e lugares de destaque citados no texto. [N.E.]

Olhei para além do pináculo semelhante a uma agulha da igreja de São Pedro, a "Velho Pedro", como meus pais a chamavam, e para além das construções de pedra que margeavam as ruas. Vi fumaça espiralando em saca-rolha, esmurrando as nuvens que encobriam a lua cheia. Chamas faiscavam no horizonte, enquanto a fumaça escura espalhava-se pelo céu como tinta em um balde d'água.

Munique foi construída com pedra e madeira, e a brigada de incêndio estaria lá cedo o bastante para extinguir as chamas. Uma sensação que já tivera algumas vezes se instalou no meu estômago. Lembrava-me de quando, aos 7 anos, havia me afastado da minha mãe em uma loja de departamentos, assim que chegamos a Munique. Fui tomada por um medo peculiar. Um senhor bondoso, de terno azul, que cheirava a fumo e a colônia de especiarias, me ajudou a encontrar minha mãe. Falava alemão com um sotaque carregado, e usava uma touca redonda na cabeça grisalha. Minha mãe agarrou-me nos braços e esqueceu a raiva por eu ter me afastado. Mais tarde, disse que se não tivesse sido pelo judeu, alguém poderia ter me levado embora. Sua voz estava equilibrada e calma, em nada parecida com as vozes do lado de fora da minha janela.

Essa noite de novembro trouxe de volta aquele antigo pavor, um efeito esmagador, como pedra sobre pedra, das mudanças que varreram a cidade conforme o nacional-socialismo se espalhava, de início em pequenos passos, depois a passos largos e traiçoeiros. Meus amigos judeus, numerosos desde a época em que o velho cavalheiro havia sido meu salvador, anos antes, agora estavam distantes, muitos dizendo que eu ficaria melhor sem eles. Suas palavras me entristeciam, à medida que se afastavam. Queria mantê-los como amigos, ainda que preferissem não ser vistos ou ouvidos, se refugiando em suas casas como camundongos silenciosos e discretos.

Em 1938, o Reich pesou sua incriminação e repressão não apenas sobre minha família, mas sobre todo cidadão que não fosse um nazista ardoroso. Às vezes, a tensão que vibrava por Munique beirava a paranoia, com uma excitação terrível, que fazia disparar o coração junto de uma angústia terrível: nunca se sabia quando a Gestapo poderia vir buscar você ou o seu vizinho.

Enquanto esses pensamentos corriam pela minha mente, o incêndio se alastrou. A nebulosidade refletia uma mistura infernal de amarelo e laranja ardentes, manchada de fumaça preta. Então, houve mais estouros, sons de metal despedaçando e vidros quebrados, mas sem o soar dos alarmes.

Aos 16 anos, eu era jovem demais para sair da casa dos meus pais sem permissão, mas velha o suficiente para estar curiosa – e amedrontada – pelo que via e escutava. Caminhei na ponta dos pés pelo corredor, e espiei dentro do quarto dos meus pais. Os dois dormiam tranquilamente debaixo dos cobertores, sua respiração subindo e descendo de forma ritmada durante o sono.

Voltei para o meu quarto furtivamente, desliguei o abajur, e tentei dormir, temendo pela cidade que chamava de lar.

– Talya? – minha mãe gritou na manhã seguinte, à porta do meu quarto.

Levantei-me de um pulo.

– O quê?

Mary, minha mãe, bateu o pé, como sempre fazia quando eu dormia demais.

– Vai se atrasar para a escola.

Ela se virou no corredor em direção à cozinha, o vestido preto farfalhando em volta do corpo, os sapatos ressoando no assoalho de madeira. Minha mãe sempre mantinha sua postura burguesa, embora viver na Alemanha, depois de abandonar nosso lar russo, fosse mais difícil do que meus pais haviam previsto. Não importava a hora do dia, sempre parecia que ela estava indo às compras. Outro hábito que se recusava a largar era me chamar pela abreviação do meu nome. Esse maneirismo me irritava porque eu já não era criança, tinha feito 16 anos em 16 de maio. Todas as minhas amigas, e com certeza os meninos que eu conhecia e de quem gostava na escola, me chamavam pelo meu verdadeiro nome: Natalya.

– Hoje não tem aula, é feriado nacional.

Bocejei e me estiquei para a janela, para ver se o incêndio ainda ardia.

Ela voltou, seus olhos reluzindo de irritação com minha atitude sonolenta. "Herr Hitler cancelou o feriado. Herr Hess falará esta noite. Não importa se vai haver aula. Se não houver, tente me achar linha, para que eu possa consertar as meias do seu pai."

Fiquei perdida. Se o feriado havia sido cancelado, as lojas estariam abertas ou fechadas? E a tarefa de encontrar produtos de armarinho estava se tornando quase impossível, uma vez que a disponibilidade de produtos havia se esgotado para atender às necessidades da crescente Wehrmacht. Lavei-me, troquei de roupa e me juntei a meus pais na mesa do café da manhã.

– Você viu o incêndio? – perguntei à minha mãe, depois de me sentar.

Ela pôs-se a mexer as panelas no fogo, e não respondeu. Meu pai, Peter, levou uma colher de mingau à boca, e me lançou um olhar severo. Seus olhos se estreitaram e ele disse:

– Vândalos. Tremendo absurdo. – Deu uma abocanhada e apontou a colher para mim. – Fique longe deles.

– Como você sabe que eram vândalos? – perguntei.

As sobrancelhas negras do meu pai se juntaram sobre a ponte do nariz.

– Muitas pessoas relutam em falar hoje em dia, mas algumas falam, mesmo de manhã cedinho, quando os vizinhos se encontram no corredor.

– Eu não me associo com arruaceiros – garanti, enquanto afundava a colher no mingau de aveia. Ao contrário do estilo mais despreocupado da minha mãe, meu pai era sistemático, algo adequado para um disciplinador exigente. Conforme vivia minha adolescência, me ressentia das ordens absolutas que ele lançava em minha direção como se fossem banalidades. "Não" era uma palavra fundamental em seu vocabulário.

Depois de comer, voltei para o meu quarto e estudei o problema de Álgebra no qual estive trabalhando na noite anterior. Frustrada por não ser capaz de resolvê-lo, joguei a complicada folha de papel e a caneta ao lado da minha prova de Biologia. O livro estava aberto na página de rosto, com a águia de asas estendidas pousada na suástica circundada; aquilo reluziu para mim como se sua tinta negra tivesse sido impressa um dia antes. Vivíamos com aqueles símbolos diariamente; não tínhamos escolha.

Limpei os óculos e me perguntei se conseguiria sair às escondidas com minha amiga Lisa Kolbe. Ela era mais bem informada sobre a vida e os interesses gerais do que eu. Achava-a mais bonita, mais extrovertida, com uma visão menos melancólica que a minha – herdada de seus pais alemães, muito diferente de viver na casa do meu pai, que era russo. Lisa tinha uma capacidade de fazer amigos que eu também admirava. Conhecíamo-nos havia anos porque tínhamos a mesma idade, com apenas alguns meses de diferença, e morávamos no mesmo prédio.

Duas batidas soaram no assoalho, vindas do teto abaixo. Eram leves, mas senti suas vibrações pelos meus sapatos. Lisa estava enviando nosso velho sinal para nos encontrarmos. Vesti o casaco e fui até a sala.

Meu pai estava terminando o chá e lia um livro ilegal, uma tradução alemã da *Summa Theologica* de São Thomas de Aquino. Ele o mantinha escondido, juntamente com alguns outros livros ilegais, atrás da estante, como se seu esconderijo improvisado nunca fosse ser descoberto. Evitava ler um livro banido em público, e como nossa família guardava segredo, havia pouca possibilidade de que seu esconderijo fosse encontrado.

Observei-o por um momento, enquanto seus olhos bebiam as palavras. Logo ele largaria a leitura e iria até a farmácia, onde trabalhava como assistente do farmacêutico, trabalho semelhante ao que exercia na Rússia antes de nos mudarmos para Munique.

Minha mãe me deu moedas de *reichsmark* para a linha preta, caso eu encontrasse uma loja aberta. Isso, depois de uma severa advertência do meu pai:

– Faça apenas o combinado.

Despedi-me dos meus pais com um beijo, e saí para o corredor empoeirado, prestando atenção para descer os degraus sem fazer barulho. Lisa estava no corredor em penumbra, atraente em suas meias compridas e jaqueta, o rosto parcialmente iluminado pela única lâmpada no alto da escada. Seu cabelo loiro, quase prateado, estava cortado de forma elegante ao redor do rosto e das orelhas. Sua boca bem desenhada, que eu conhecia tão bem, trazia o aspecto costumeiro de um sorriso atrevido.

– Então, para onde vamos? – perguntou.

– Procurar linha.

– Empolgante – ela retrucou, e fingiu um bocejo.

– Eu sei.

– Meus pais foram trabalhar.

Seu sorriso mudou para uma expressão malandra.

– Temos que ver o que aconteceu ontem à noite!

Eu estava tão excitada quanto ela em descobrir o que tinha acontecido, e mais do que disposta a esticar os limites das ordens do meu pai. Descemos correndo os últimos degraus que faltavam, e saímos porta afora. Uma brisa leve trouxe o odor persistente de madeira queimada.

– Você viu o incêndio? – perguntei, enquanto caminhávamos pelas ruas estreitas do centro da cidade. A oeste, as torres gêmeas da catedral Frauenkirche assomavam perto da praça central Marienplatz.

– Só o vermelho no céu.

Fomos absorvidas pelo estranho timbre do dia. As ruas estavam quietas, mas cá e lá pessoas passavam com passos firmes, olhos voltados para baixo, mal nos dirigindo um olhar. Às vezes, desapareciam em vielas, como fantasmas nas sombras.

Vários rapazes estavam sentados em bancos, fumando cigarros, ou encostados em prédios, parecendo reagir aos efeitos de uma longa noite de bebedeira. Eram membros da SA, "camisas-marrons", como os chamávamos. Um sujeito particularmente grosseiro, de queixo quadrado e a cabeça com uma juba de cabelos claros, ordenou que parássemos. *"Juden?,"* perguntou. Sacudimos a cabeça e dissemos: *"Nein"*, e depois de apresentarmos nossos documentos escolares, que sempre levávamos conosco, ele nos liberou.

– Não percebem que não somos judias? – Lisa perguntou, mas eu sabia que ela estava tentando fazer uma brincadeira. Suas palavras continham sarcasmo. Uma de nossas amigas queridas, uma judia que não víamos havia meses, era loira de olhos azuis, como qualquer ariana poderia ser. No entanto, foi sujeita às leis que oprimiam os judeus. Não havia nada justo nessas restrições.

Logo demos com o prédio incendiado, uma sinagoga. Eu tinha passado várias vezes por ela. Era uma construção sólida, de pedra, com uma grande janela circular, encaixada no que parecia ser uma torrezinha, mas as chamas haviam carbonizado tudo, fazendo da janela um buraco redondo e vazio, como o olho removido de um Ciclope. A maior parte do telhado havia desmoronado. O trabalho em pedra estava escurecido, mas algumas partes tinham adquirido a cor cinza, por causa das chamas intensas. A estrutura, com suas janelas em arco e portas queimadas, estava tão feia agora quanto as árvores desfolhadas que resistiam, separadas dela.

Não ousamos chegar muito perto, porque membros da SA vigiavam o prédio, mantendo à distância quem poderia querer saqueá-lo, ou, talvez, salvar algum objeto. Duas mulheres pararam atrás de nós, com lágrimas escorrendo pelo rosto, enquanto enxugavam os olhos com lenços. Por seus soluços abafados, percebi que não queriam chamar atenção sobre si mesmas.

Afastaram-se arrastando os pés, e um homem elegantemente vestido veio a meu lado e tirou o chapéu. Era alto, o cabelo uma mistura de loiro e castanho, dividido à esquerda e penteado para trás à direita, no estilo usado pela maioria dos homens. Seus olhos, bem afastados um do outro, eram emoldurados por um rosto atraente, e mesmo de relance desconfiei que fosse inteligente e um tanto ardiloso. Exalava essas características desde sua postura rígida até o maxilar travado.

– A SA a incendiou com gasolina, e depois tentaram jogar o rabino nas chamas – ele disse em voz baixa, enquanto olhava para a sinagoga. – O rabino queria salvar os pergaminhos da Torá.

Lisa e eu nos entreolhamos, sem saber o que dizer.

– São uns animais, todos eles – continuou –, prenderam o rabino. Com certeza ele acabará em Dachau. Porcos. – Ele se virou para nós. – Quem são vocês?

Comecei a responder, mas Lisa se colocou na minha frente e disse:

– Não é da sua conta. Quem é você para perguntar?

Sendo eu a introvertida, fiquei calada, com certa pena do homem que havia demonstrado simpatia pelo rabino e o trágico incêndio. Por gentileza, sorri para ele, e seus olhos pararam nos meus. Por um segundo, uma centelha de atração faiscou entre nós, e os pelos dos meus braços se eriçaram com o arrepio.

– Desculpe-me incomodá-la, mas não a esquecerei – o homem disse, e tocou em seu chapéu. Depois de me dar uma olhada, desapareceu por uma esquina atrás de nós.

– Aquilo foi estranho – eu disse para a minha amiga, enquanto, distraída, arrumava os óculos no nariz. A sensação elétrica ainda permanecia no meu corpo. Lisa continuou composta, petulante e elegante, a alguns passos de distância. Nunca tinha me considerado bonita, sempre me julgando alta e desengonçada, talvez com um excesso de cabelos pretos. Meus óculos também não ajudavam a me sentir mais confiante com os meninos.

– Vamos embora antes de parecermos mais suspeitas – Lisa disse, sugerindo que, apenas por observar a sinagoga, já nos havíamos exposto.

Tinha razão. Era preciso andar sempre na linha, ser a boa alemã, e não fazer onda ou criar confusão, porque qualquer ato fora da lei poderia levar à desgraça.

Ao sairmos, perguntei a Lisa:

– O que aconteceu com nossos amigos judeus? Agora, mais do que nunca, temo por eles.

E por detrás daquela pergunta havia um fato mais incontestável: Lisa e eu não concordávamos com as leis e doutrinas do Reich. Não havia uma data exata em que havíamos adquirido esse ponto de vista, mas a propaganda dos jornais e rádios estatais, os homens que marchavam para a guerra e jamais voltavam, o racionamento, a tensão crescente no ar, permitiam que chegássemos a essa conclusão. Em silêncio, sabíamos quais eram as consequências para tal pensamento. Mas o que poderíamos fazer em relação aos nazistas?

Enquanto caminhávamos por Munique, vimos a destruição perpetrada para a "proteção" da propriedade judaica – os saques de bens pela SA e outros. Muitas pessoas saíam para ver os estragos, andando feito mortos ao passar por vitrines quebradas, fachadas de lojas queimadas, e salas de exposições saqueadas. Lisa e eu sabíamos que o mundo estava mudando para pior.

No restaurante Schwarz, as vitrines estavam estouradas; a Produtos Finos Adolf Salberg, na Neuhauser Strasse, tinha sido alvo de uma bomba incendiária – a grande placa *Salberg* tinha virado uma massa de metal retorcida; a loja de chapéus e objetos de luxo Heinrich Rothschild tinha sido vandalizada e palavras contra judeus haviam sido caiadas nas vitrines; a loja de música Sigmund Koch, saqueada; as vitrines arrebentadas na loja de móveis e arte Bernheimer; e talvez o mais chocante de tudo, a grande e popular loja de departamentos Uhlfelder, na Rosental, tinha sido saqueada e vandalizada.

Meu pai trabalhava para um dos poucos negociantes judeus que restavam em Munique. Lisa e eu o encontramos parado na calçada, em frente às vitrines quebradas da farmácia, cacos de vidro forrando a rua como cacos de diamantes.

– O que estão fazendo aqui? – meu pai perguntou com severidade, ao nos aproximarmos. Seu queixo largo, tão típico dos homens em sua família russa, estava travado. – Sua mãe mandou você comprar linha, não perambular pelas ruas. – Ele pegou uma vassoura encostada na lateral da loja, e apontou o cabo para nós. – Vão pra casa! Agora! Já viram o bastante.

O sr. Bronstein, patrão do meu pai, colocou a cabeça para fora da vitrine quebrada. Seu rosto emaciado, os olhos vermelhos e as mãos trêmulas demonstravam a dor causada pela destruição da sua loja. Dois camisas-marrons vieram caminhando pela rua. Meu pai jogou a vassoura no chão, agarrou Lisa e a mim pelos ombros, e cochichou para ficarmos quietas.

– Você é judeu? – um dos homens gritou da rua.

Meu pai sacudiu a cabeça, mas os encarou com desafio.

– Então continue – o homem ordenou, vindo até nós e colocando a mão no coldre de sua pistola. – Onde está o Bronstein?

O sr. Bronstein, pequeno e magro, apareceu na entrada da loja. O homem correu até ele, empurrou-o para dentro da loja, e gritou:

– Arrume sua bagunça, judeu sujo. É assim que você toca um negócio? Bom, não vai durar muito. Vai ter que pagar por este estrago.

Um tapa e um grito ecoaram da loja.

Meu pai nos girou na calçada, na direção de nossa casa, os braços trêmulos enquanto nos levava. Fomos em silêncio. Ao nos aproximarmos da porta, percebi que da noite para o dia a Alemanha tinha abraçado a morte e não a vida.

A linha foi esquecida.

PARTE 1

ROSA BRANCA

CAPÍTULO 1

Julho de 1942

SE EU ACREDITASSE QUE A TERRA ERA PLANA, as estepes seriam a prova, uma vez que o solo se espalhava numa linha contínua até um horizonte distante. A vasta região estendia-se à minha frente, uma colcha de retalhos de relvas verdes que ondulavam em ondas açoitadas pelo vento, juntamente com os tocos marrons do trigo colhido no inverno. Outros campos estavam dissecados apenas pela casca cinzenta de árvores esparsas, ou pelas estruturas cúbicas de madeira das casas de fazenda que não tinham sido destruídas pelo avanço da Wehrmacht.

Eu estava em um trem lotado, separada dos soldados, a caminho do front russo como enfermeira voluntária da Cruz Vermelha alemã.

Alguns dos campos haviam sido queimados, e restava apenas o solo escurecido. Mas assim como o sol se levanta, o chão tinha que ser lavrado e cuidado pelas figuras solitárias dos camponeses, de pé, empunhando forquilhas, ou sentados em uma carroça puxada a cavalo – se é que os coitados conseguiriam extrair algo mais do solo.

De alguma maneira, alguns afortunados haviam sobrevivido. Talvez a Wehrmacht precisasse dos trabalhadores, penando sob trabalho escravo para transportar grãos para a Alemanha, ou talvez tivessem sido poupados da morte por um "benevolente" oficial nazista.

Era minha primeira vez na Rússia desde a fuga da nossa família de Leningrado, durante a primeira fase do Plano de Cinco Anos, em 1929. Na época, eu tinha 7 anos. Meu pai tinha presenciado em primeira mão o desaparecimento daqueles que não alcançavam as quotas de trabalho estabelecidas por Joseph Stalin. Eles sumiam durante a noite e nunca mais eram vistos, normalmente enviados para morrer em campos de trabalho forçado. Meu pai havia juntado dinheiro suficiente para nos mudarmos para a Alemanha, onde ele esperava que tivéssemos uma vida melhor. Como os pais da minha mãe eram alemães, nos concederam cidadania antes da total ascensão do nacional-socialismo.

Mas a guerra estava em pleno desabrochar depois da invasão da Polônia, em 1º de setembro de 1939, e dependendo da localização do trem, vislumbrávamos uma terra que conservava sua beleza natural ou se estendia além de uma paisagem atingida pelo conflito. Em Varsóvia, testemunhei o desespero dos cidadãos poloneses, que haviam cedido tudo aos nazistas, exceto sua humanidade, quando passei um torrão de açúcar para uma garotinha que me ofereceu uma flor, enquanto olhava sobre os muros do gueto de tijolos que confinavam tantos judeus. Soldados conduziam pessoas esquálidas para dentro e para fora dos portões, levando-as marchando em filas em direção a um destino desconhecido. Eu havia ficado anestesiada diante dos horrores, aprendendo ao longo dos anos que poderia fazer pouca coisa para combater o Reich.

No entanto, naquelas terras ainda intocadas pelas garras mortais da guerra, as altas bétulas cintilavam na Prússia Oriental, as amplas estepes da Rússia se abriam para colinas de volumes suaves. E, naqueles tempos, com as janelas do trem abertas, as rodas estalando num movimento rítmico ao longo dos trilhos, o calor de julho dissipando-se com o cair do sol, era quase possível esquecer as preocupações da guerra e fingir que tudo corria bem no mundo.

Mas havia outras distrações na longa viagem até o front. Viajei com uma moça chamada Greta, também enfermeira voluntária, a qual eu conhecia pouco, além do fato de ela ter seus próprios planos, assim como eu, de um dia voltar a Munique.

Como meu pai trabalhava numa área relacionada à medicina, fui atraída para ela, e além do mais, não tinha ideia melhor do que fazer da minha vida. Acabei no voluntariado de enfermagem depois da minha experiência da Liga das Moças Alemãs. Sentia satisfação em oferecer cuidados médicos aos doentes. Trocar ataduras, ajudar crianças que haviam sofrido cortes e esfolados, e aprender sobre o corpo tornou-se minha "profissão" nos anos que sucederam 1939. Embora a enfermagem me permitisse escapar da rigidez de meu pai, e não ceder imediatamente à pressão de me casar e ter filhos, como o Reich exigia, restava uma grande desvantagem. A Cruz Vermelha alemã tornou-se um braço importante do regime nazista. Esperava-se que adotássemos os ensinamentos do Reich sobre a supremacia ariana, e seguíssemos cegamente Hitler – o que eu ignorava inocentemente em pensamento e ação. A rigidez do meu pai tinha, inadvertidamente, instilado uma tensão ansiosa dentro de mim, o que alimentava minha timidez natural. Mas algo mais forte também fervia em mim: um anseio em ser livre, ser dona de mim, uma rebelião nascente.

Uma noite, Greta me ofereceu um cigarro, enquanto eu lia um texto de Biologia em nossa cabine apertada. O livro era pouco empolgante, mas esperava que qualquer bocado de conhecimento me ajudasse a garantir uma carreira em Medicina, enquanto mulher sob o nacional-socialismo.

Como não era fumante, declinei sua oferta. Os cigarros não eram baratos, e geralmente eram vendidos por debaixo do pano. Fiquei pensando onde ela os teria conseguido. As mulheres "corretas" não deveriam fumar, mas um dos motivos para muitas delas se tornarem enfermeiras voluntárias era a liberdade ocasional que aquilo oferecia para tais restrições. Os cigarros eram destinados, sobretudo, aos soldados. Ela também segurava uma garrafa com um líquido claro. O rótulo vermelho, impresso em polonês, dizia *Wódka*, e quando Greta tirou a tampa, o cheiro do álcool passou por mim.

Ela parecia mais velha do que sua idade. As linhas de expressão que afloravam em seu rosto, e as cutículas mordidas nos dedos me levaram a acreditar que não tivera uma vida feliz. Talvez fossem sinais de ansiedade em relação à guerra, ou à vida em geral, mas ela não poderia ter muito mais do que a minha idade, 20 anos. Ainda assim, ela se arrumava para os homens que viajavam conosco.

Greta estava sentada em um banco em frente ao meu, no sentido contrário ao avanço do trem, enquanto disparávamos pela vasta planície. Acendeu o cigarro, e uma névoa de fumaça atingiu meu rosto, mas dispersou-se rapidamente pela janela aberta. Fechei o livro.

– Você já falou com algum deles?

Ela apontou com o polegar direito por sobre o ombro, e pousou o cotovelo esquerdo na beirada da janela, mantendo a ponta acesa do cigarro próxima à abertura. A centelha reluziu vermelha no vento acelerado.

– Com alguns – respondi –, tento não estabelecer muita intimidade.

Não tinha vontade de alimentar relacionamentos românticos com membros da unidade do exército ou do corpo médico. Estava indo para o front para realizar um trabalho, não para arrumar marido; e afinal de contas, sendo um tanto fatalista, me perguntava quanto tempo um parceiro em potencial ficaria vivo naqueles tempos terríveis. A guerra no front oriental estava se arrastando, apesar do Reich afirmar uma vitória atrás da outra. Ser abraçada por um homem, sentir seus lábios sobre os meus seria bom, se tal perspectiva ocorresse, mas um relacionamento parecia um assunto de segunda importância, levando-se em conta a maneira como os homens estavam morrendo pelo Reich.

Greta deu uma tragada no cigarro, um gole na vodca, e depois estendeu a garrafa para mim.

Desci o quebra-luz da porta da nossa cabine.

– Onde foi que você conseguiu esse contrabando?

– Uma dama jamais revela. – Greta sorriu com ironia, e bateu as unhas na garrafa. – Alguns deles são bem bonitos, inclusive os russos. O que aconteceu com todas aquelas palestras sobre pureza racial que tivemos que assistir? Natalia *Petrovich*? Alexander *Schmorell*?

Sua pergunta me irritou. Eu era uma russa nativa vivendo na Alemanha, meus pais nunca me deixaram esquecer esse fato. Sabíamos dos rumores do Reich sobre os *Untermensch*, os sub-humanos, mas a maioria dos russos não-judeus que viviam na Alemanha tinha conseguido viver como cidadãos, particularmente os já assimilados. Não havia muita escolha, a não ser obedecer ao Reich. Mesmo assim, estava orgulhosa de viajar para a minha terra natal no que considerava uma missão de compaixão. Peguei a garrafa e a virei, queimando minha garganta com a bebida forte, o fogo assentando em uma bola quente no meu estômago.

– Agora somos todos alemães. Dê uma olhada nos meus documentos. O Reich precisa de homens... e de enfermeiras.

Depois do que havia acontecido com meus amigos judeus, desde que os nazistas assumiram o poder, não queria ter nada a ver com a criação de uma nova ordem racial no leste, ideia que me era repugnante. Só estava preocupada em salvar vidas, e se essa compaixão se estendia a meus colegas russos, que fosse. Logicamente, eu ainda não sabia o que o futuro continha.

Ela deu de ombros diante da minha resistência, e continuou seus devaneios sobre homens.

– É difícil escolher entre eles – disse, com os olhos na minha boca, que se contraía por causa de outro gole no álcool.

– Não é a melhor vodca que já tomei – eu disse, embora minha experiência com bebida fosse limitada.

– Um deles é russo, ele me disse. Alexander. Bonito... – Greta tragou seu cigarro, que tinha queimado prematuramente até a ponta dos seus dedos, no balanço apressado do trem. Depois, o atirou pela janela. – Mas o que está viajando com ele é uma coisa!

Ela abanou os dedos na frente do rosto.

Dei outro gole na vodca e um estupor idiota tomou conta de mim. Bocejei e me estiquei no meu assento, que servia como uma cama desconfortável.

– O sol se pôs. Precisamos abaixar as cortinas.

– Mais uma noite monótona, tendo apenas sonhos como companhia – Greta disse, e se recostou em seu assento. – As coisas vão melhorar quando chegarmos ao front.

Fiquei na dúvida se ela teria razão, porque temia que o front só fosse trazer tragédia e desgraça. Minha excitação em voltar para a Rússia era moderada pelo que poderia haver à frente. Eu me perguntava, em segredo, se estaria preparada para lidar com o que poderia presenciar. Afastei as visões fantasmagóricas de soldados mortos e feridos, dos prédios bombardeados que enchiam a minha mente, imagens mentais reforçadas pela destruição que havia presenciado em Varsóvia. Elas não desapareceram com facilidade.

Depois do que pareceu uma viagem sem fim pela Rússia, chegamos em Vyazma no começo de agosto, na sede da 252ª Divisão, para onde os homens eram destinados. Greta e eu saímos do nosso vagão para esticar as pernas. Nossa parada final seria a noroeste, na cidade de Gzhatsk, cerca de 180 km a oeste de Moscou.

Eu mal tinha pisado no chão ao som de uma retumbante música militar, quando Greta inclinou a cabeça em direção aos homens de quem havia falado.

– Lá estão. – Discretamente, apontou para eles enquanto deixavam o vagão, localizado bem mais no início do trem do que o nosso. – Eles andam juntos como ladrões.

Greta os identificou: Hans, alto, cabelos pretos, e o belo perfil de um ator de cinema, um rosto agradável de proporções maravilhosas, nariz fino sobre lábios sensuais, uma leve fenda no queixo e olhos curiosos sob sobrancelhas escuras; Willi, cabelos loiros lisos penteados para trás, que às vezes pendiam sobre a testa em fiapos trazidos pelo vento. Também era bonito, de rosto oval, queixo largo, um homem que, dos três, parecia o mais propenso ao silêncio e a pensamentos sérios. O último era o "russo", como Greta o chamava, a quem ela tinha ouvido os outros chamarem de "Alex". Era alto e esguio, com cabelos volumosos que deixavam o rosto livre. Parecia ser o que mais sorria, com alegria na alma, parecendo que não levava a vida tão a sério quanto os outros.

Dirigi a eles um olhar apressado, mais interessada em dar nome aos rostos do que em cultivar ideias românticas.

Não estava preparada para o que vi depois de desviar o olhar dos homens. Vyazma mal passava de escombros de prédios, cercados por crateras explodidas na terra. Uma igreja de madeira, a única estrutura intacta da aldeia, estava empoleirada em uma pequena colina. Nada se movia em meio aos destroços, exceto as tropas alemãs. Fiquei imaginando aonde teria ido toda a vida. As pessoas dali teriam sido mortas, toda vida animal destruída pelo avanço das tropas?

Os alto-falantes instalados pela Wehrmacht retumbaram nos meus ouvidos. Afastei-me do trem, deixando Greta e os outros para trás, e fiquei ao lado de uma casa queimada, nada mais do que madeira escurecida e a estrutura de uma janela. O cheiro de morte, como carne podre, encheu meu nariz. Girei-me, incapaz de suportar o fedor, e descobri de onde vinha. Atrás da casa jazia o cadáver de um cão apodrecendo. Enxames de moscas pretas zumbiam ao redor do seu corpo. O animal me lembrou um cachorro deixado entregue à própria sorte, em Munique, depois que uma família judia desapareceu. Por um tempo, os vizinhos cuidaram dele, mas depois ele também desapareceu, como a aldeia à minha frente. Nada, a não ser terra ressecada, restava em uma cidade que antes transbordava de vida.

Depois de embarcar no trem a caminho de Gzhatsk, meu humor ficou mais sombrio, conforme as sombras estendiam-se sobre as planícies. Achei difícil acreditar que a guerra na Rússia perdurasse havia mais de um ano, com centenas de milhares de homens, talvez um milhão ou mais, percorrendo essa rota na disparada militar para tomar Moscou, Leningrado ao norte, e as cidades russas ao sul. Greta deve ter percebido minha relutância em falar, porque mesmo sendo colegas de cabine, ela me deixou com meus pensamentos e socializou com as outras duas enfermeiras a bordo.

Algo, a princípio inexplicável, estava acontecendo. Quando olhei do trem para a ampla paisagem, o vento de verão fustigando as bétulas, a chuva e o sol pintando as árvores com borrifos resplandecentes de prata, me senti em harmonia com a terra, em harmonia com meu país natal, lembranças profundas ressurgindo de minha infância distante. Uma espécie de "febre russa" havia se apossado de mim, como se tivesse me tornado parte do país de Dostoiévski, Tolstói e Pushkin, abandonando Goethe e Schiller. Algo se agitou em minha alma, me abrindo para sentimentos desconhecidos que me perturbavam, ao mesmo tempo em que me arrebatavam. Fui subjugada por um vazio extasiado, um céu repleto de estrelas, embora indefinido pelo espaço, melancolia suavizada por uma esperança resplandecente. Anseios profundamente escondidos se avivaram dentro de mim, enquanto eu recordava como era ser criança em Leningrado, alheia às preocupações dos meus pais em relação a Stálin, e mais tarde, Hitler.

Em vez da vida nas ruas agitadas de Munique, entendi o que era ser livre de limitações. À minha frente, abriram-se faixas de rios, campinas exuberantes, e bosques verdejantes. Pela primeira vez, vi o que Hitler desejava com sua megalomania pervertida, seu *Lebensraum*, o território que desejava para a Alemanha e o Reich, em permanente expansão. Os "sub-humanos" seriam os encarregados dos campos, a raça ariana, os donos. Mas Hitler e seus seguidores não haviam levado em conta a plenitude e determinação da alma russa, e uma farpa dessa essência alfinetou minha pele. Esse fato nunca ficou mais claro para mim do que quando chegamos a Gzhatsk.

Assim como Vyazma, a cidade estava em ruínas. Igrejas, lojas e casas haviam sido destruídas no avanço para subjugar Moscou. O front estava a apenas dez quilômetros de distância, e granadas explodiam a pouca distância. Algumas até caíram perto de Gzhatsk, sacudindo a terra. As pessoas que permaneciam ali, além das tropas, vagavam pela cidade destruída em roupas esfarrapadas e sujas de terra, e olhos estupefatos. Demonstravam pouca emoção ao passar por nós, alemães bem alimentados a caminho de um acampamento médico em meio às árvores, numa distância segura do perigo de balas e bombas. Meu coração foi dominado por uma profunda tristeza ao ver aquelas pessoas.

Durante vários dias, montamos tendas adicionais, cuidamos para que nossos uniformes, aventais e suprimentos fossem desembalados, assistimos a palestras médicas dadas por médicos enfadonhos da Wehrmacht, jogamos cartas, e oferecemos ajuda ao pequeno número de feridos em campo. Alguns dos socorristas, incluindo Willi e Alex, distribuíam vodca à noite. Pelos suspiros e excesso de cigarros fumados, eu percebia que todos estavam loucos para fazer alguma coisa, além de ficarem parados no acampamento. À noite, as granadas explodiam perto da cidade e iluminavam a mata com seus clarões explosivos.

O primeiro caminhão carregado de novos feridos chegou cerca de uma semana depois. Todos pularam para assumir seus papéis, os socorristas e as enfermeiras ajudando os médicos. Um deles mandou que eu ajudasse Alex, inclinado sobre um homem com uma perna quase amputada. A cabeça do soldado estava largada sobre a maca, e ele murmurava palavras que eu não conseguia ouvir em meio aos gritos de ordens, o tinir das mesas e instrumentos médicos de metal, e gemidos dos feridos. Alex vestiu luvas e avental, eu fiz o mesmo.

– O que ele está dizendo? – perguntei.

– Algo sobre matar Hitler – Alex respondeu –, diz que, se perder a perna, vai atirar no Führer. – Ele se curvou e examinou o torniquete e o grande talho na perna do homem. As ataduras, ensopadas de sangue, tinham passado de carmesim para vermelho amarronzado. – Tenho más notícias para ele. Quando voltar a si, vai ver que está faltando a perna. Os estilhaços cortaram até quase o outro lado. Só podemos deixá-lo confortável até o médico cortá-la.

Percebi que Alex estava horrorizado com os ferimentos do homem, mas como socorrista, lutava contra a atmosfera de pesadelo da tenda. A *joie de vivre* – alegria de viver – que o percorria levantou seu ânimo.

– Natalya, não é?

Assenti com a cabeça.

Seus olhos reluziram, apesar da desgraça à nossa volta.

– Traga ataduras novas, e vamos limpar o ferimento e passar antisséptico. – Ele estudou o entorno, enquanto a equipe médica se esfalfava pela grande tenda. – Vai levar um tempo até que o médico consiga operar.

Hans e Greta debruçavam-se sobre uma cama próxima, onde um homem deitado sangrava de um ferimento no ombro.

Peguei as ataduras e voltei para a maca. O soldado, agora em delírio, tinha agarrado os ombros de Alex, e o puxado tão para perto que agora gritava em seu ouvido. Meu colega acalmou o homem e o deitou de volta em sua cama improvisada. Procurou sossegá-lo, enquanto um auxiliar aplicava uma dose de morfina. Alex e eu trabalhamos como uma equipe até o ferimento ser limpo e coberto. Sob a influência da droga, o soldado adormeceu.

Quando os feridos sob nossos cuidados tinham sido atendidos, Alex e eu tiramos os uniformes e fomos para fora, livres da tenda e longe da comoção. Ele passou os dedos pelo cabelo espetado, acendeu um cachimbo preto e pitou. A fumaça se dispersou em colunas nebulosas, nos poucos raios de sol que penetravam o grosso toldo.

– Você trabalha bem – Alex disse entre baforadas e espreguiçando suas longas pernas. – Espera continuar enfermeira?

– Provavelmente – eu disse, e me sentei na terra úmida, debaixo de um pinheiro. O ar fresco me envolveu com sua fragrância silvestre, uma mudança revigorante diante das condições sufocantes e do cheiro de antisséptico da tenda abafada. – É por isso que estou aqui, para descobrir. Passei na prova e posso decidir se quero cursar Biologia ou Filosofia na universidade.

Peguei algumas agulhas de pinheiro secas e marrons, e as joguei distraidamente na direção da tenda.

– Aquele soldado estava enlouquecido de dor, mas todos nós também andamos tensos nos últimos anos, lidando com racionamento... condições sobre as quais não temos controle...

Alex sentou-se ao meu lado. A fumaça do seu cachimbo nos envolveu com um perfume agradável e terroso, que me lembrou uma fogueira no outono; e manteve os mosquitos à distância.

– É, ele estava dizendo coisas que não deveria... palavras pelas quais poderia ser executado, se alguém o delatasse. – Ele mordeu a haste do cachimbo. – Isso caso alguém achasse necessário *traí-lo*.

"... necessário traí-lo..." Suas palavras me deixaram perplexa.

– A guerra muda tudo, apesar das regras e dos regulamentos – repliquei, depois de assimilar seu comentário. – É proibido beber e fumar, mas quase todo mundo faz isso. Greta usa maquiagem quando pode. Por que deveríamos nos preocupar com coisas como ficar bêbado ou fumar um cigarro, quando nosso próximo fôlego pode ser eliminado por uma bala? – Olhei em direção à tenda médica, parcialmente escondida por galhos de pinheiro. – Nenhum tribunal condenaria um homem enlouquecido de dor.

– Eu não teria tanta certeza... *Estamos* lidando com o Reich. – Ele se inclinou para trás, na sombra circular da árvore, e passou um tempo pensando. – O que você acharia de fazer uma coisa estritamente proibida?

Fui tomada por uma excitação frente a essa pergunta inesperada.

– Acho que eu teria de saber o quanto essa coisa é proibida.

– Você pode guardar um segredo. Afinal de contas, é russa, como eu.

– Sou – respondi, e para me proteger, acrescentei: – Mas também somos alemães.

Ele fez uma pausa e depois disse:

– Confraternização com o inimigo. – Ele falou de um jeito natural, como se as palavras não tivessem maior significado do que "Vamos tomar o café da manhã".

Deduzi que ele não se referia a encontros clandestinos com soldados ou partidários russos, mas não tinha certeza do seu objetivo. Independentemente da sua intenção exata, era arriscado. Devo ter demonstrado alguma hesitação, porque ele se acomodou contra a árvore, como se nada tivesse sido dito.

– Conheci uma mulher que me acolheu em sua casa, Sina – ele disse. – Willi e Hans conheceram outros russos, mas gostaria de te levar até Sina, se quiser. Bebemos, cantamos, às vezes dançamos. É algo com que se contar nesta época terrível.

– Você não a conhecia antes de vir pra cá?

Alex riu.

– Não. Hans, Willi e eu gostamos de conhecer as pessoas. Achamos que podemos aprender algo com nossos *inimigos*. – Sua voz ficou mais alta na última palavra, numa zombaria sarcástica, e depois abaixou. – Para mim, todos os russos são família.

Metade de mim queria ir, mas a outra metade ficou preocupada de ser descoberta. Se fôssemos pegos, o mínimo que poderia me acontecer como punição seria ser expulsa do meu trabalho e voltar para Munique, humilhada; na pior das hipóteses, seria condenada por um crime e iria para a prisão. Eu pensava frequentemente sobre a prisão, e nos meus vizinhos e amigos que haviam desaparecido. Até falar sobre eles era como cometer um crime.

Os olhos de Alex conservaram seu brilho, apesar das sombras intensas. Achei difícil resistir a seu charme, beirando uma inocência bem-humorada, então concordei, apesar da minha inclinação natural por ficar no acampamento.

– Seria uma aventura, Alex. Eu gostaria de conhecer uma companheira russa.

Ele abriu um sorriso amplo e bateu as brasas do seu cachimbo em um pedaço encharcado do chão.

– Então, esta noite. Por favor, me chame de Shurik. Todos os meus amigos me chamam assim.

Naquela noite, enquanto caminhávamos até uma casa de fazenda nos arredores da cidade, Alex me contou sobre *sua* família russa. A mãe tinha morrido quando ele era pequeno, e o pai, médico, decidiu se mudar com a família para Munique quando Alex tinha 4 anos. Uma babá tornou-se sua mãe postiça, e conversava com ele em russo, como meus pais faziam depois de deixar Leningrado. Sendo assim, nós dois éramos fluentes em russo e alemão.

Alex era ainda mais entusiasmado do que eu em relação à Rússia, embora nós dois estivéssemos afetados pela redescoberta do nosso amor pelo país. Trançando para dentro e para fora da mata, conversamos sobre os costumes, feriados e brincadeiras de que nos lembrávamos da infância, morrendo de rir. Percorremos vários quilômetros em uma estrada de terra, longe do acampamento militar. A brisa vespertina sussurrava sob os pinheiros como uma escova macia passando sobre veludo. Mas no horizonte a leste, tiros traçavam riscas amarelas, e descargas de granadas explodiam em estouros vibrantes contra o intenso crepúsculo.

A casa de fazenda, na borda sul de um pedaço de terra arborizado, parecia uma série de cabanas unidas ao acaso. Ali não havia eletricidade; uma lamparina a óleo brilhava na janela. Uma vaca mugiu de uma das cabanas ao sul da casa principal, e ali perto havia um galinheiro recoberto de penas.

De um trecho com mato no meio da estrada, voou um gafanhoto com suas asas cerosas, e pulei de susto. Caí de encontro a Alex, e ele riu da minha reação infantil. Uma grande mariposa branca circulou ao redor de nós, e depois voou para longe, em direção à luz amarelada da lamparina.

Alex agarrou minha mão e me fez parar.

– Quero que saiba uma coisa antes de entrarmos – disse –, Sina gosta de mim e acho que vai gostar de você, mas contei a ela certas coisas que só poucas pessoas sabem.

– Seus companheiros, Hans e Willi, imagino – eu disse sem pensar.

Ele se virou para leste, de frente para a luz índigo que se estendia em camadas no horizonte. Acompanhei seu olhar, ainda conseguindo discernir seus olhos, que tinham passado de sua costumeira expressão alegre para um ar solene.

– Hans sabe mais a meu respeito do que quase todos. – Enfiou o salto da bota na terra macia. – Nunca quis estar aqui. Na verdade, não queria jurar lealdade a Hitler e à Wehrmacht. Pedi para ser dispensado do exército, mas meu pedido foi negado. – Ele se virou e olhou para mim com olhos grandes e questionadores. – Talvez você entenda... – Ele apontou para a cabana. – Como Sina entende...

Eu realmente entendi, mas a única confirmação corajosa que pude demonstrar foi balançar a cabeça em concordância.

– Vamos entrar – ele disse. – Sina está esperando.

Alex caminhou até a porta, bateu, e chamou a mulher pelo nome. Sina, provavelmente não muito mais velha do que eu, recebeu "Shurik" e a mim com um beijo em cada face, nos convidando a entrar. Ainda que a guerra estivesse violenta a apenas alguns quilômetros de sua casa, ela parecia estar de bom humor, e não se assemelhava em nada à camponesa que eu tinha imaginado. Era magra, com longos cabelos pretos trançados com esmero ao redor da cabeça. Não usava *babushka*, nem um longo avental cobrindo um vestido simples. Em vez disto, vestia uma versão feminina de um uniforme de marinheiro: uma blusa azul de listras fininhas com uma gola sobreposta, presa com botões brancos, e uma saia combinando que descia até seus tornozelos descobertos.

A cabana era confortável e quente. Um tipo adicional de calor vinha do brilho de vida lá dentro. O mobiliário escasso consistia em uma mesinha, uma cadeira, e uma cama de pinho grande o bastante para abrigar a mulher e seus dois filhos pequenos, Dimitri e Anna. As crianças estavam sentadas sobre os calcanhares, em um lado da mesa, tomando sopa em tigelas de madeira. Um samovar e vários livros no canto oposto; um violão e uma balalaica jaziam com os braços cruzados ao pé da cama; tecidos com estampas de papoulas em dourado e vermelho, e vigorosos desenhos geométricos bordados em vermelho e azul enfeitavam o que, caso contrário, teriam sido paredes lisas de madeira. Uma imagem pintada de um Cristo lacrimoso pendia acima da cama em uma cintilante moldura prateada.

– Sentem-se, sentem-se – Sina insistiu. – Não tenho cadeiras suficientes. Shurik, você se senta no tapete velho aí no chão.

Alex obedeceu, cruzando suas longas pernas e expondo as botas militares sob a calça cinza do uniforme.

– Não tenho chá – Sina disse –, então, vamos beber vodca. Ela se inclinou como um cisne gracioso, e tirou uma garrafa marrom de debaixo da cama. Pegando três xícaras do samovar, serviu a vodca e estendeu-nos as nossas.

– *Za Zdravje* – Alex disse, erguendo a xícara à nossa saúde, seguido por brindes a nosso encontro e amizade.

Sina sentou-se na cama, suas pernas recolhidas sob o corpo magro. Dimitri e Anna colocaram suas tigelas em uma bacia, e assumiram seus lugares nos dois lados da mãe.

– Então, você é nova na Rússia – ela me disse.

Coloquei a xícara do samovar sobre a mesa, depois de esvaziar seu conteúdo.

– Nasci na Rússia, como Shurik, mas não voltei desde que meus pais deixaram Leningrado, quando eu tinha 7 anos. Sou enfermeira voluntária.

Sina ergueu as mãos num gesto de irritação.

– Você não perdeu nada. Stálin e o bolchevismo acabaram com nosso país e mataram mais gente do nosso povo do que dá para contar...

Eu a interrompi:

– Foi por isso que fomos embora, por causa do Plano dos Cinco Anos. Meu pai tinha amigos que desapareceram à noite e nunca mais foram vistos.

– Depois, veio o expurgo do Terror – Sina continuou. – Temos sorte de ter pelo menos um exército. Muitos militares foram exterminados porque o Secretário Geral achava que poderiam ser uma ameaça ao poder. – Seus olhos reluziram do outro lado do cômodo. – E acreditávamos que os alemães tinham vindo para nos livrar de Stálin... Estávamos enganados. – Ela abaixou a cabeça, balançando-a lentamente. – Em vez disso, estão nos matando onde estivermos, e estamos queimando nossas casas e plantações para que a Wehrmacht não faça uso delas. Sua mão foi até os travesseiros à sua direita. – Recebemos ordens para matar alemães.

– Você tem marido? – perguntei, querendo mudar de assunto.

– Ah, tenho, um homem forte e bonito, que os nazistas matariam na hora, se pudessem pôr as mãos nele. – Ela tirou as mãos da cama e agitou os braços como asas. – Mas agora ele está livre como um passarinho. Eu o vejo quando consigo dar uma fugida, tarde da noite, no escuro, quando nós dois podemos nos esconder dos nossos problemas.

– Ele é um guerrilheiro – Alex disse, virando-se para mim do seu assento no tapete. – Um homem com convicções e princípios lutando contra o.

Ele parou, mas desconfiei que a próxima palavra a sair da sua boca poderia ter sido "mal".

Alex pegou um livro na mesa, e ergueu-o à minha frente.

– *Crime e castigo*, um dos meus preferidos. Podemos lê-lo, se você quiser.

A mão direita de Sina esgueirou-se nos travesseiros até seus dedos entrarem sob uma das fronhas. Achei seu movimento um pouco estranho, mas não tinha ideia do que ela estava fazendo até ela tirar uma pistola preta do seu esconderijo.

Perdi o fôlego e senti o sangue sumir da minha cabeça.

Alex folheou o livro, aparentemente alheio ao gesto de Sina.

– Na minha opinião, Dostoiévski – disse, sem erguer os olhos – é o mais cristão de todos os escritores russos.

Ele ergueu o olhar das páginas por um instante e olhou para nossa anfitriã.

O cano preto estava apontado diretamente para nós. Eu estava atrás de Alex e, do alto, um punhado espesso de cabelos castanhos fazia um redemoinho na parte de trás. Não dava para ver seu rosto, mas me perguntei se ele havia perdido a cor, como havia acontecido comigo.

Sem erguer a voz, ele disse:

– Sina, por favor, guarde isso. Você poderia atirar em um de nós por acidente.

– Não seria um acidente – ela respondeu. Seus filhos estavam calmamente sentados a seu lado, nos olhando intensamente. Eu, sentada na cadeira, e Alex sentado no tapete à minha frente.

– Devemos matar todos os alemães – ela disse, e fez uma pausa. – Mas você não é como todos os alemães. Na verdade, você nunca se livrou da sua alma eslava.

O gatilho estalou e o cão da pistola saltou para seu lugar de descanso. Soltei um gritinho, mas não houve explosão, nenhuma bala contra a minha pele.

– Viu? Não fez nada mais do que assustar Natalya. – Alex mexeu calmamente um dedo para ela. – Que vergonha!

Agarrei a lateral da cadeira para evitar cair dela com a minha tremedeira.

– Você me deixou morta de medo, Sina. Foi um truque sujo.

– Um velho truque – Alex disse. – Passei por isso na noite em que nos conhecemos, e deveria ter te avisado, mas não sabia que ela repetiria com todos os alemães que conhecesse.

Ele virou a cabeça e piscou para mim.

– Não sou tão estúpida a ponto de manter uma pistola carregada perto dos meus filhos. – Sina sorriu, devolveu a pistola para seu lugar debaixo do travesseiro, e agarrou Dimitri e Anna num abraço de urso. – Logo eles terão idade para manejar a pistola. Estou ansiosa para vê-los matar seu primeiro combatente inimigo.

A ideia de crianças russas atirando em soldados alemães me horrorizou. Dimitri e Anna seriam massacrados como porcos.

– Posso beber mais uma dose? – perguntei, erguendo a xícara.

– Por favor, sirva-se – Sina disse.

Servi-me de outra dose de vodca. O álcool assumiu o controle e meu choque se transformou em uma tensão instável. Cantamos e rimos durante horas, até Sina tocar uma melancólica canção folclórica na balalaica. A melodia pareceu ter algo familiar, dos tempos da minha infância, mas agora estava distante demais em minha memória para que eu me juntasse a ela. Alex sabia de cor e cantou com Sina, enquanto eu acompanhava o ritmo, com uma lenta batida de palmas. As crianças dançavam em frente à cama, de braços dados e movendo as pernas de forma sincronizada.

Foi ficando tarde e a chuva tamborilava nas paredes, nos mantendo ali por mais tempo do que previmos. A lamparina tremeluzia, mas em vez de substituir o combustível, Sina deixou que ela apagasse e conversamos no escuro, enquanto as crianças se acomodavam na cama. Nós, adultos, olhamos pela janela aberta as granadas que explodiam a leste, iluminando a extensão estrelada, agora livre de nuvens, com descargas brilhantes de amarelo e branco.

Enquanto a noite se estendia, Sina, abrandada pela vodca e, talvez, por sua própria tristeza, cantou uma melodia que trouxe lágrimas a meus olhos. Começou baixinho, nunca deixando o tom grave, depois crescendo para um agudo até eu pensar que faria as vigas de madeira racharem. Por fim, o som se dissipou em uma mudança suave para o grave, e morreu na brisa que soprava dentro da cabana.

Cutuquei a cabeça de Alex, que estava encostada nas minhas pernas.

– Está na hora de voltar para o acampamento, ou vão notificar nosso desaparecimento.

As palavras saíram aos tropeços da minha língua, inarticuladas e pesadas.

– É – Alex disse, e ficou de quatro antes de se levantar em pernas bambas.

Despedimo-nos, beijamos Sina, e prometemos uma nova visita numa outra noite. Alex prometeu que, da próxima vez, evitaria a vodca tempo suficiente para ter uma discussão inteligente sobre Pushkin e Tolstói. Sina concordou e, com um último aceno de mão, fechou a porta.

– Ela é encantadora – eu disse a Alex, e me perguntei se essa seria a melhor maneira de descrevê-la. Sina me parecia exótica, diferente de um jeito que eu nunca tinha visto, exceto no fundo da minha memória, quando imagens vagas de Leningrado vinham à mente. Mas mesmo essas pessoas vindas à tona do passado eram diferentes dela. Não havia como comparar os citadinos que conheci quando criança com os camponeses devastados por tropas alemãs.

Caminhamos trôpegos pela estrada em direção ao acampamento, enquanto eu olhava para um céu abundante de estrelas.

– Posso estender a mão e tocá-las – eu disse, deslocando os óculos e esticando o pescoço para o céu.

Sem perceber onde estava pisando, não vi uma grande poça da largura do meu pé, e decidi tirar os sapatos para que não ficassem cobertos de lama. Passei os braços em volta da cintura de Alex, e me deliciei com a sensação ainda quente da vodca no meu estômago, e da terra fria e úmida espremendo-se entre meus dedos. De manhã, pagaria caro pelo meu abuso. No entanto, me livrar da lama seria mais fácil do que me livrar da ressaca.

Apesar das indulgências da noite, eu havia descoberto um amigo sincero em Alex. Só isso já fazia a noite valer a pena.

A chuva começou com vontade alguns dias depois, e transformou o acampamento em um lamaçal de terra encharcada e galhos gotejantes. Imaginei o que viria com o clima mais frio do outono e do inverno, quando as condições piorariam de fato.

Diariamente, soldados feridos eram despejados no acampamento, e a violência dos ferimentos, muitos deles terríveis, me fez questionar minha decisão de ser enfermeira. Com frequência, me arrastava até a cama exausta e sonolenta, por causa das longas horas na tenda médica. Um cirurgião em particular, rígido, era rigoroso com as regras e regulamentos, inclusive com as limitadas pausas para descanso; nada de conversas triviais entre os membros da equipe médica, auxiliares e enfermeiras; nada de fumar no acampamento. Tornava a vida de todos miserável, inclusive a minha, realizando suas cirurgias enquanto criticava meus curativos, o modo como eu dava remédios e aplicava injeções, diminuindo ainda mais minha confiança. Fiquei animada e aliviada quando, inesperadamente, ele foi transferido para uma unidade mais ao norte.

Alex, Hans, Willi e outro auxiliar médico, Hubert Furtwängler geralmente almoçavam juntos nos dias agradáveis, em um lugar próximo ao acampamento. A mesa deles ficava salpicada pela luz do sol que se infiltrava pelos ramos de um carvalho. Os homens eram um retrato do momento, seus cantis e canecas de lata espalhados por entre pedaços de pão semicomidos, e grossas fatias de queijo. Quando a carga de trabalho era leve, ou eles podiam se esgueirar para uma pausa, se sentavam em uma cerca perto de uma construção danificada, e fumavam. Veio-me o pensamento de que estavam unidos por um vínculo fraterno.

Três deles, com exceção de Hubert, frequentemente se reuniam em conversas em voz baixa, que terminavam abruptamente quando alguém de fora se aproximava. Nas poucas vezes em que fui convidada a me juntar a eles – em geral, eu passava dando um rápido alô –, a conversa se voltava para temas triviais: o clima, a excitação do serviço ou seu oposto, o trabalho penoso da tenda médica, nossa saudade de casa e dos amigos.

Tinha certeza de que esses homens, quando sós, também conversavam sobre outras coisas, tópicos proibidos, que apenas esse grupo ousava discutir. Não tinha provas disso, a não ser a maneira como interagiam entre si: cautelosos, voz baixa, curvados, como se estivessem compartilhando segredos. Qualquer agente esperto da Gestapo os teria questionado por seu comportamento. Uma vez, quando estavam fumando, avistei os restos de uma suástica escavada na terra. Alex rapidamente tentou apagá-la com sua bota. A metade de cima do símbolo tinha sido riscada com um grande X.

Em setembro, Willi e Hubert foram transferidos para outros batalhões no front, e Alex ficou doente. Soube disto através de Hans.

– Alex está com difteria.

Estávamos em um bosque de bétulas cujos topos tinham adquirido um dourado brilhante e lustroso.

– Difteria?

Fiquei chocada porque a maioria de nós havia sido imunizada contra a doença.

– Ele está queimando de febre, e largado na cama – Hans disse. – Aparentemente, não tomou a vacina. – Seu lindo rosto parecia abatido sob a luz pálida, as faces afundadas como se o corpo médico e seu ritmo de trabalho irregular, indo do tédio ao frenesi, e os efeitos das rações insossas do exército tivessem cobrado seu preço. Tirou o quepe e golpeou uma mosca que zumbia. – Terei sorte se eu mesmo não cair doente. Doamos sangue demais para as tropas, estamos com a resistência baixa; e tem muitas infecções na Rússia. Bom, não preciso te dizer isto...

Seus lábios se abriram num meio sorriso, a expressão facial que eu o vira exibir com mais constância.

– Por favor, se o vir antes de mim, diga que desejo melhoras – eu disse.

– Direi. – Hans colocou o quepe na cabeça. – Caminhe comigo... por favor.

Caminhei ao lado dele, acompanhando seu ritmo, enquanto seguíamos em direção à casa de Sina, longe da floresta de bétulas e entrando em uma clareira onde a terra se estendia até o horizonte por todos os lados, e as nuvens cinza deslizavam acima de nós.

Hans respirou fundo, e pareceu ficar mais leve com o ar.

– Estou cansado da morte... e da guerra.

– Você precisa de alguma coisa que te faça parar de pensar nisso – eu disse.

– É difícil ficar sozinho, agora que Alex está doente, e Willi e Hubert foram embora. – Ele soltou uma leve risada. – Jamais conseguirei tirar isso da cabeça... A guerra vai ficar na minha mente enquanto estivermos nela... E provavelmente muito tempo depois.

– Você está muito calado – eu disse.

Seu olhar se estreitou, as sobrancelhas contraíram, como se eu o tivesse ofendido.

– Não quis ofender – eu disse, rapidamente. – Quis dizer que você olha as coisas de um jeito diferente dos outros homens. A guerra te tocou.

Paramos perto de um riachinho que rodopiava em uma poça rasa na estrada, e depois borbulhava para um campo próximo. Inclinei-me e enfiei um dedo na água fria. Olhei para trás, para nosso acampamento, escondido entre as árvores tanto para leste quanto o oeste, onde a terra terminava em colinas onduladas. Depois para o sul, onde os campos se espalhavam até o horizonte. Seguindo pela estrada, a cabana de Sina surgia esboçada em meio à neblina.

– Estive na casa de Sina com Alex – Hans disse. – Ele te contou o que fizemos no outro dia?

Não tendo visto Alex por vários dias, sacudi a cabeça.

– Enterramos um russo que encontramos na planície, não longe daqui. – Ele se agachou perto da água que corria e colocou a mão dentro. – A cabeça dele tinha se separado do resto do corpo e suas partes íntimas estavam decompostas. Vermes rastejavam das roupas semipodres. Tínhamos quase coberto a cova com terra, quando achamos outro braço. Fizemos uma cruz russa e colocamos na terra, na cabeceira da cova. – Ele fez uma pausa. – Agora, sua alma pode descansar em paz. – Hans inclinou a cabeça. – Vai ver que foi assim que Alex contraiu difteria.

Ele olhou para mim.

– Sinto muita simpatia pelo povo russo... sabendo o que eles têm passado nas mãos do nosso exército. Tenho medo de que haja muito mais coisas acontecendo que nós, do corpo médico e da enfermagem, não sabemos. Acho que a SS mantém suas ações em segredo até dos generais. Você é russa; tenho certeza de que a matança também te incomoda.

A água refletiu a expressão torturada em seu rosto, mas antes de eu ter a chance de responder, seu humor mudou, ficando mais alegre.

— Você ouviu o meu coro? Juntei algumas moças russas e uns prisioneiros de guerra... Fazemos o máximo que podemos. Adoro música, e morro de vontade de dançar. Houve uma noite em que dançamos até não aguentar mais.

Eu tinha ouvido as músicas, algumas alegres, outras suaves, outras melancólicas flutuando pela tenda médica, mas o trabalho, a escuridão e o cansaço tinham me impedido de investigar. Parecia que as vozes vinham de longe, em horas estranhas do dia e da noite, como canções de anjos distantes.

— Gostaria de escutá-las. Minha amiga em Munique, Lisa Kolbe, entende mais de arte do que eu, e aprendi um pouco de música com ela.

— Você sabia que eu tenho um irmão servindo aqui, no mesmo setor? — Hans perguntou.

— Não. Você o vê?

Ele se levantou da água que corria e olhou para oeste.

— A algumas milhas daqui. Seu nome é Werner. Quando dá, vou até lá a cavalo. — Hans abriu os braços num gesto amplo, que pareceu liberar uma expansão de energia no ar. — Desenvolvi uma paixão por cavalgar, que permanece — disse, enchendo-se de entusiasmo. — Não tem nada melhor do que galopar por uma planície montado num cavalo ligeiro, criando seu caminho como uma flecha pela relva alta da estepe, e voltar pela floresta ao pôr do sol, cansado ao ponto da exaustão, com a cabeça ainda ardendo pelo calor do dia, e o sangue pulsando na ponta dos dedos. — Ele parou, parecendo ter ficado cansado com a própria descrição. — É a melhor ilusão a que me rendi, porque, num certo sentido, é preciso se iludir. Os homens chamam isso de 'febre russa', mas é uma expressão tosca, medíocre.

— Eu mesma usei esse termo — eu disse, um tanto constrangida por reconhecer isso.

— É mais ou menos assim: quando você vê o mundo em toda sua encantadora beleza, às vezes reluta em admitir que exista o outro lado da moeda. Existe a antítese aqui, como em tudo mais. Basta abrir os olhos para isso. Mas aqui a antítese é acentuada pela guerra a tal ponto que uma pessoa frágil, às vezes, não suporta.

Atravessamos o riachinho e entramos em um campo cheio de capins altos. Estávamos andando havia cerca de dez minutos, quando demos com uma cruz russa projetando-se do chão.

– Foi aqui que o enterramos – Hans disse. – Provavelmente era um bom homem, cristão, com família e filhos. Ninguém jamais vai saber, porque ele vai ficar aqui até o fim dos tempos. – Ele levantou o olhar da cova em direção à ampla estepe, o capim balançando ao vento, e uma lágrima escorreu pelo seu rosto. – Então, você se intoxica, vê apenas um lado em todo seu esplendor e glória.

Enquanto eu observava, ele abaixou a cabeça e disse uma oração silenciosa. Uma onda, como uma descarga elétrica, formigou pela minha pele, e uma sensação de alegria, próxima ao êxtase, passou por mim, diferente de qualquer sensação que eu já tivesse tido. Essa sensação me pegou de um jeito que tive de me apoiar nele.

Animadas por terem se alimentado de um visitante oculto, um bando de gralhas cinza e pretas voou sobre nossas cabeças, crocitando seu grito agudo. Um súbito raio de sol iluminou a sepultura, sendo consumido pelas nuvens sombrias com a mesma rapidez que surgiu.

Hans se afastou de mim, suas mãos presas ao corpo.

– Não sei... Não deveria estar falando esse tipo de coisa... Alex gosta de você e confia em você.

Não soube o que dizer. O que ele estava me oferecendo? Amizade? Algo mais? Estaria me testando aos poucos para ver se eu era confiável? Seu rosto ficou vermelho de raiva, chegando a ficar quase em brasa. O que quer que estivesse carregando dentro de si o estava devorando, embora eu tivesse a impressão de que tal demonstração íntima de paixão fosse uma raridade.

– Nossos dias e noites são controlados por aqueles que cometeriam maldades e imoralidades – respondi, tentando acalmá-lo. – Só podemos fazer o que é certo, estando prontos para elogiar e apoiar quando for merecido, e condenar, quando tiver justificativa. Precisamos ser fortes perante a corrupção moral.

– O Reich precisa ser condenado.

Recuei, atônita com suas palavras, e respirei fundo enquanto ficávamos junto à sepultura. Eu concordava, mas não estava disposta a dizer isso para um homem que mal conhecia.

– Essa ideia deve permanecer entre mim e você. Não deve repetir isso a mais ninguém.

– É por isso que eu luto, não pela Alemanha, mas por todos os homens.

Apertei sua mão e ele sorriu. Deixamos a cova e tomamos o caminho de volta para o acampamento, falando pouco enquanto caminhávamos. O céu nublado, a não ser por algumas reluzentes aberturas de sol, se manteve firme ao longo da tarde, prenunciando um outono sombrio e desolador. Naquela noite, enquanto eu estava sentada no escuro com Greta, me lembrei do que Hans havia dito, e em minha cabeça vieram a lúgubre sepultura e as gralhas crocitando. Sentindo-me um pouco atordoada, me vi oprimida por pensamentos contrastantes de uma paz esperançosa e uma longa guerra cheia de morte e destruição. Não dormi bem por várias noites.

Alex se recuperou, mas Hans apresentou sintomas semelhantes a difteria, o que o deixou de cama por vários dias. Alex se recolheu um pouco depois da sua doença; não que se mostrasse hostil, mas, assim como Hans, parecia estar carregando um peso crescente sobre os ombros. Nosso trabalho nos mantinha ocupados quando os caminhões e carroças chegavam com sua carga de homens moribundos e feridos.

Numa manhã no final de setembro, decidi aproveitar um pouco de tempo livre. Agasalhei-me e caminhei pela estrada de terra que levava à casa de Sina. A meio caminho dali, cheguei a uma trilha que virava para um campo ao longo da floresta de bétulas, aberta por caminhões em meio ao mato alto. Era um caminho cheio de poças grandes espalhadas, mas despertou minha curiosidade e fiquei feliz pela mudança de cenário naquela minha costumeira caminhada em direção ao sul. Em alguns pontos, a terra estava socada com força, como rocha, mas em outros estava esponjosa.

O vento havia aumentado durante a noite, com o primeiro sopro de inverno bafejando do norte. Os pequenos pontos de luz do sol nos meus ombros mal conseguiam me aquecer, e fiz o que pude para ficar longe da sombra. O caminho enlameado fazia com que eu ficasse indo de lá para cá, entrando e saindo das sombras.

Os galhos das bétulas, portando folhas que tinham passado de douradas a um roxo avermelhado, estremeciam e se curvavam com as rajadas, batendo uns contra os outros, e se não fosse pela ventania a floresta estaria silenciosa. A trilha virava para uma parte da floresta onde as árvores haviam sido derrubadas. Meus sentidos se aguçaram em meio a melancolia, quando fui surpreendida pelo som de um motor.

O motor acelerou às minhas costas, e pneus giraram na lama. Não havia avisos de *Verboten*, proibido, no começo da trilha, nenhum motivo explícito para que eu não estivesse ali, mas o instinto me disse para ficar fora de vista. O chão chiou sob meus sapatos enquanto me ajoelhava atrás de várias árvores que haviam sido cortadas e empilhadas. Por uma abertura estreita entre os troncos, avistei um grande caminhão aberto atrás, com a cruz de ferro branca e preta em suas portas. Cerca de vinte pessoas, cercadas por quatro guardas armados da SS e seu comandante, se amontoavam contra os painéis de madeira que os retinham na parte de trás. Pelas roupas, era fácil identificar aquelas pessoas como russas, e para meu profundo horror, reconheci os rostos de Sina e seus dois filhos, Dimitri e Anna.

O caminhão passou por mim acelerado, pulando sobre o caminho acidentado, espirrando água lamacenta e cobrindo as árvores em torno com a sujeira. Assim que o veículo desapareceu ao redor de uma curva, corri de volta para a trilha, atrás dele, até achar um esconderijo num denso arvoredo. Tinha que ver o que estava acontecendo com Sina e seus filhos.

O caminhão, com sua carga humana estremecendo como pinos de boliche quando os freios guincharam, parou perto de uma ravina rasa dentro da floresta. Depois disso, minha mente ficou enevoada, obscura, diante da cena que se desdobrou à minha frente como um filme em câmera lenta.

Os guardas da SS abrem a porta de madeira na parte de trás, um deles muito gentil a ponto de ajudar uma senhora mais velha, envolta em seu casaco de flanela e lenço, a descer para o chão molhado. Os homens russos, em sua maioria mais velhos, barbas grisalhas e cabelos longos, alguns em roupas de trabalho, outros vestindo o que pareciam ser pijamas, juntam-se à fila de prisioneiros. As crianças olham para suas mães com os olhos arregalados, agarradas a mangas de casacos, enquanto seguem em frente, se desequilibrando com passos pequenos e apressados. Os SS os conduzem como gado, enfiando o cano de suas metralhadoras nas costas dos prisioneiros. A mata, silenciosa, sem música, sem ar, é reivindicada pela mão fria da Morte.

Os SS os enfileiram entre os dois morrinhos, os homens com as mãos cruzadas atrás do pescoço, as mulheres de cabeça baixa, as crianças com os olhos brilhando entre os guardas e suas mães. Vinte aqui, ou mais, para morrer como animais levados para o abate.

"Escória. Sub-humanos." Os SS os insultam de sua posição superior, em cima do morro.

Uma canção flutua no ar, aquela que Sina tocou em sua casa para mim e Alex, e um a um os outros se juntam, até que ela enche o ar com sua melodia melancólica.

Um homem grita: "Quietos, porcos", enquanto o comandante faz a contagem regressiva: quatro, três, dois, um; então, quatro SS armados com metralhadoras atiram ao mesmo tempo, uma saraivada terrível de balas, cartuchos gastos reluzindo cobre no espaço, fumaça chamuscando o ar de cinza e preto.

Eles caem no chão como bonecos flácidos, buracos explodidos em carne, as balas que saem impactando de leve a terra úmida, o sangue dos prisioneiros escurecendo em seus casacos e camisas.

Quero gritar, mas nenhum som sai da minha boca. Horror. Sangue, muito mais sangue do que já vi na mesa de operação, ou nas macas enquanto os homens morrem. Sina está com os braços e pernas abertos no chão; Dimitri e Anna, também mortos, agarrados a seu casaco.

Minhas mãos voaram para minha boca impedindo um grito, enquanto caí para trás, de encontro a uma árvore. Qualquer palavra dita, o fato de eu ter visto o inacreditável, poderiam significar a minha morte. Disparei para fora do meu esconderijo a galope pela trilha, esperando que o caminhão não viesse para cima de mim, o medo me enchendo de adrenalina. Se eu estivesse morta, estaria em paz; depois do que meus olhos viram, não sabia se voltaria a descansar. Então, questionei o que tinha visto. Teria sido apenas uma ilusão causada por uma mente febril?

Logo cheguei à estrada de terra e desmoronei em lágrimas, próximo à trilha. Quando consegui voltar a caminhar, descobri outro horror. No horizonte ao sul ardia um incêndio, mandando fumaça negra em espirais para o céu. A casa de Sina estava envolvida em chamas.

Enxuguei os olhos e cambaleei de volta para o acampamento, como uma mulher abatida por doença, insegura sobre o que dizer ou fazer. O caminhão me alcançou e diminuiu a velocidade até que um dos motoristas da Wehrmacht me cumprimentou com um aceno. Os impiedosos guardas e o comandante da SS, na parte de trás do caminhão, olharam para mim enquanto fumavam seus cigarros, tocos brancos presos entre dentes cerrados.

Ao chegar ao acampamento, não quis falar com ninguém e mantive distância de Alex, Hans e Greta.

Depois de uma noite insone, no dia seguinte ajudei um médico com um soldado que morreu na mesa de um horrível ferimento no peito. Suas últimas palavras para mim, já que o médico o tinha abandonado, foram:

– Diga a meus pais que amo eles.

Sofri pelo soldado e pelos russos abatidos, mortos porque um tirano os havia considerado indignos de viver. Eu também era russa, mas minha família e eu havíamos estado a serviço da Alemanha e, de fato, éramos aceitos como alemães, mas por quanto tempo?

A tristeza me deixou para baixo durante dias, até finalmente se transformar em uma raiva crescente contra o homem que havia gerado o terrível crime que eu havia testemunhado: Adolf Hitler.

Hans estava apenas parcialmente certo em sua avaliação de que o Reich precisava ser condenado. O Reich precisava ser destruído.

A ideia me empolgou e, ao mesmo tempo, me horrorizou.

CAPÍTULO 2

NÃO CONTEI A NINGUÉM O QUE HAVIA TESTEMUNHADO na floresta de bétulas. Tentei apagar da minha mente o crime bárbaro, ao menos para não acabar ficando louca. Um deslize, até para homens em quem eu confiava, como Alex e Hans, poderia acabar em desastre. Os guardas da SS, e seu oficial de comando na traseira do caminhão vazio ocuparam meus pensamentos como uma doença sempre presente, insidiosa. Seus rostos inexpressivos e brancos pairavam sobre mim como caveiras.

O pai de Hans, Robert, foi preso em agosto por ter feito uma observação depreciativa sobre Hitler, e sentenciado a quatro meses de prisão, delatado por uma mulher do seu escritório. Ainda assim, Hans prosseguiu com suas funções médicas em setembro e outubro, com a atenção costumeira, mas eu percebia que, por dentro, estava fervendo por causa da prisão do pai, bem como Alex, por outro motivo. Ele entrou em um período de recolhimento e luto após a morte de Sina. Os dois eram como panelas prestes a ferver sobre um fogão quente.

Hans estava tão obstinado em sua resistência ao Reich, que não assinou uma petição por uma audiência de clemência para o pai, incluída por sua mãe em uma carta. Seu orgulho era grande demais para ceder a Hitler. Chegou mesmo à ousadia de me dizer que se perguntava por que as pessoas temiam a prisão, e por extensão lógica, sua consequência, a morte. Quando era mais novo, tinha sido preso por participar de grupos de jovens que não eram sancionados pelos nazistas. Segundo ele, a prisão poderia ser um tempo de reflexão, autoavaliação, e até mesmo de despertar religioso.

Enquanto trabalhávamos com dificuldade durante os dias curtos e as noites longas de outubro, soubemos que logo deixaríamos a Rússia. Essa notícia deprimiu Alex porque, assim como eu, ele tinha se afeiçoado à nossa terra natal. Prometeu manter a lama russa em suas botas, e confessou que tinha mantido o juramento de nunca atirar em um russo ou em um soldado alemão porque não queria participar do massacre.

Depois de deixarmos Gzhatsk, Willi e Hubert se encontraram conosco em nosso centro de agrupamento, em Vyazma, em 13 de outubro. Apesar da reunião, a tristeza de Alex em partir era palpável; seu rosto estava pálido, cansado e pesaroso, e ele se lamentava como um cãozinho perdido. Ele me contou que, um dia, suspeitou que Sina e os filhos houvessem sido presos depois do incêndio na fazenda. Quis contar a ele o que tinha acontecido, mas temi pela vida de nós dois, caso a verdade fosse revelada.

Em 1º de novembro, deixamos a Rússia e fomos para a Alemanha. Estava ansiosa por chegar em casa, mas também ansiosa porque me deparava com um futuro incerto na enfermagem. Minha companheira de viagem, Greta, percebeu minha relutância em conversar, e passou o tempo flertando com homens, ou cochichando com as outras mulheres.

– Você soube das aventuras deles? – ela me perguntou um dia, enquanto pipocávamos a caminho da Polônia.

– Aventuras de quem?

Claro que ela estava jogando verde com essa pergunta.

Ela estalou o indicador com o polegar e sorriu timidamente para mim. Seus lábios estavam pintados de vermelho vivo, o batom e o pó sempre a seu alcance na bolsa de couro. Suas fraquezas eram os homens, fumar e beber, mas a lealdade para com os amigos, especialmente aqueles no Reich, era sua força. Os cigarros e outros produtos de contrabando, que ela conseguia com tanta facilidade, me levaram a acreditar que era bem relacionada com as altas esferas da clandestinidade.

– Você sabe quem – ela disse, amuada –, passava muito tempo com eles.

Eu sabia perfeitamente que ela estava se referindo a Alex e Hans, mas estava decidida a não lhe dar o prazer de bisbilhotar a minha vida. Ela abaixou a janela, acendeu um cigarro com um floreio, e contemplou as partículas de cinzas e fumaça se esvaírem ao vento. O ar do compartimento se misturou com o cheiro revelador de tabaco queimado, e o frescor gelado da estepe russa.

– Em Gzhatsk eles partiram pra briga com alguns homens do Partido – Greta disse. – Foi um espetáculo feio, socos para todo lado. Conseguiram escapar da briga sem serem presos; devem saber como contornar a lei.

Ela riu. Deu outra tragada e, distraidamente, tirou resquícios de tabaco de sua língua rosa. Seus lábios deixaram uma mancha vermelho vivo ao redor da ponta do cigarro.

– Como você soube que estiveram brigando? – perguntei.

– As pessoas veem coisas – ela disse, e se inclinou para frente em seu assento, como se estivesse me contando um segredo. – E as pessoas falam. Eu prestaria atenção nas suas companhias. Soube que eles leem livros que não deveriam.

Meus lábios tremeram, e esperei não ter demonstrado minha irritação, muito menos meu incômodo, de que a "companhia" que eu mantinha fosse menos do que desejável, talvez até traidora.

– E eles escaparam da fila de despiolhamento em Vyazma para ir às compras. – Ela inalou e soltou a fumaça em direção ao meu rosto, mas o vento a levou para longe. – Agora, eles têm um samovar para sempre que quiserem chá quente. Um belo luxo gastar nisso o dinheiro suado no serviço de saúde.

Todos nós tínhamos passado pelo processo de despiolhamento antes de embarcar no trem, mas eu não me lembrava de ter visto os homens ali. Será que, em vez disso, tinham ido torrar dinheiro?

– Não é da minha conta o que eles fazem – eu disse.

– Ah, mas é da sua conta. – Seus lábios se curvaram em um sorriso desconfiado. – É da conta do Reich... *Tudo* é da conta do Reich, se for pra ganharmos essa guerra.

Peguei meu livro de Biologia e a ignorei, enquanto ela terminava seu cigarro. Greta logo saiu perambulando, à procura de uma companhia mais afável. Li o restante da noite, até a hora de ir para a cama.

Alguns dias depois, paramos na barreira da fronteira polonesa. Eu tinha uma ampla visão da janela aberta da minha cabine, no lado esquerdo do trem.

Três soldados do exército conduziam prisioneiros russos mal vestidos até um campo próximo. Um por um, os soldados chutavam, cuspiam, e golpeavam com o cabo dos seus rifles as costas dos prisioneiros.

Em uma fração de segundos, Hans, Willi e Alex saltaram do vagão atrás de mim e investiram contra os soldados.

– Seus filhos da puta – Willi gritava em meio ao tumulto, enquanto esmurrava as costas de um dos soldados. Arrancou o rifle do ombro do homem e o atirou no chão.

– Não toquem neles, desgraçados – Alex gritava ao confrontar outro.

Hans, por sua vez, jogou um dos guardas no chão, e o manteve ali, debaixo do seu pé.

O trem parou apenas brevemente, e quando os guardas, aturdidos, perceberam o que os havia atingido, os vagões já tinham voltado a rodar.

Hans, Alex e Willi dispararam para a porta da cabine, enquanto os guardas se reagrupavam. Olhei para trás e vi quando meus três amigos, correndo, agarraram a barra, um de cada vez, e se alçaram a bordo. Willi foi o último a entrar, e num último gesto de desafio, se virou e saudou os guardas com o dedo.

Respirei fundo e recostei-me no assento. Como eu temia, Greta testemunhou o incidente de outro vagão. Quando se sentou à minha frente, me lançou um olhar que reforçava o aviso de "preste atenção nas suas companhias". Ela não disse nada, mas sua testa franzida e os músculos faciais contraídos revelaram tudo o que eu precisava saber sobre o que ela havia visto. Tive certeza de que ela os denunciaria à SS, quando chegássemos a Munique.

Da janela do trem, Berlim era apenas um borrão, uma cidade escura e sombria, tão cinzenta quanto o clima de outono, com prédios lustrosos e manchados de preto com a chuva.

Meus pais me acolheram quando cheguei a Munique. Enquanto esperava o início das aulas, refleti sobre o que fazer da minha vida. Em janeiro de 1940, pouco mais de um ano depois da *Kristallnacht*, a Noite dos Cristais, meus pais haviam se mudado para um apartamento menor em Schwabing, perto da Leopold Strasse. Isso aconteceu por dois motivos: a casa ficava mais perto da universidade, onde meu pai sentia que eu pertencia, e o aluguel era mais barato. Ele havia tido um corte em seu salário, com sua nova função de balconista para um farmacêutico alemão.

Muitos estudantes moravam no distrito, então a rotatividade nas moradias era grande, facilitando para que meus pais encontrassem um novo apartamento, embora o prédio não fosse tão agradável quanto aquele de onde havíamos saído. Eles moravam no terceiro andar de uma estrutura de pedra e madeira do século XIX, coberto, posteriormente, com estuque branco.

Apesar de me reacomodar numa forçada familiaridade com meus pais, nunca mencionei a atrocidade que vi próxima ao acampamento. Sabia que seria melhor *eles* não saberem, caso a SS batesse à porta. No Reich, era tão provável você ser denunciado por sua avó, quanto por seu neto. Todos na Alemanha sentiam esse medo; até os nazistas sabiam que era preciso tomar cuidado.

Desde a *Kristallnacht*, meu pai se mantinha reservado, preferindo manter a vida pessoal e profissional privada, longe dos olhos nazistas. Minha mãe sofria com sua obstinação, e os dias e noites de risadas e danças desapareceram. Eu mal podia esperar para encontrar outra moradia, pagando do meu próprio bolso, me permitindo viver por minha conta, longe do silêncio estrito do meu pai.

Quando eu falava da Rússia, contava a meus pais sobre os tempos felizes com Sina e Alex, meus sentimentos em relação ao país, e minha relutância em continuar tendo como profissão a enfermagem, consequência das minhas experiências no front. Depois de ver em primeira mão os horrores da guerra, disse a meu pai que não tinha estômago para isso. Ele sugeriu enfaticamente que eu continuasse na profissão, dizendo que queria "uma vida melhor para seus netos", do que a que havia proporcionado a sua filha. A segurança do trabalho seria melhor do que outros cursos, ele disse. Fiquei tocada por sua preocupação com meu futuro, mas continuei indecisa.

Minhas histórias do front russo deixaram meus pais melancólicos, mas, assim como eu, pegos no meio de uma guerra. Não havia como voltar para uma Rússia devastada. Nossa única escolha era aceitar o que estava acontecendo na Alemanha de Hitler.

Em um sábado do intervalo entre aulas, encontrei minha amiga Lisa Kolbe, que havia continuado seus estudos de arte e música na universidade. Decidimos visitar a Haus der Deutschen Kunst, porque fazia vários anos que eu não visitava um museu.

Desde que meus pais haviam se mudado, Lisa e eu não tínhamos nos visto tanto quanto costumávamos, embora, ocasionalmente, nos encontrássemos por acaso no Café Luitpold. A ida até o museu tinha mais a ver com os gostos de Lisa do que com os meus, mas fiquei feliz em fazer qualquer coisa para sair do apartamento, em vez de ficar olhando pelas janelas salpicadas de chuva, num dia frio e ventoso.

– Não posso ser uma médica no Reich, e já tive minha dose em enfermagem – reclamei com Lisa, enquanto subíamos a escada para o museu e nos abrigávamos sob seu pórtico imenso na Prinzregenten Strasse, perto do Englischer Garten. Tínhamos nos encontrado no Feldherrnhalle, perto da Odeonsplatz, no centro de Munique, onde havia sido erguido o memorial em homenagem aos nazistas mortos no fracassado *Putsch*, o golpe de estado de Hitler. Caminhando rapidamente pela chuva, ultrapassamos a ala leste do Feldherrnhalle, com seus pesados arcos góticos e leões de pedra, onde os alemães eram obrigados a homenagear os "mártires", fazendo-lhes a saudação nazista, ou serem presos.

Sacudimos nossos guarda-chuvas e casacos, tirando o excesso de água, e entramos pelas portas sólidas do museu. O tamanho monumental do prédio, um dos primeiros no plano arquitetônico de Hitler para o Reich, sempre me espantou com suas galerias imensas, longos corredores, e tetos altos com iluminação embutida. Uma mulher solene, usando um *tailleur* cinza com um broche do partido, os cabelos presos num coque, pegou nossos casacos e nos deu nossos tíquetes.

– Acho que você deveria fazer o que te faz feliz – Lisa comentou, enquanto seguíamos para a primeira galeria. – A Biologia é uma boa especialização. Sophie Scholl está estudando Biologia e Filosofia.

Ela se referia à irmã de Hans, que havia ficado amiga de Lisa na universidade, mas que eu não conhecia.

A ideia de mudar a direção da minha vida me perturbava, mas talvez Lisa tivesse razão. Minha cabeça girava enquanto eu escutava meus argumentos internos: obedecer a meu pai ou fazer o que o instinto me dizia ser melhor para mim. Desde o retorno da Rússia, eu vinha sendo assombrada por pesadelos do pior tipo: ferimentos grandes e purulentos, membros cortados, decapitações, soldados com os ferimentos mais cruéis, e a visão que eu mais temia, o assassinato de Sina, de seus filhos e dos outros russos. Esses horrores surgiam na minha mente à noite, invocados por meu cérebro febril. Com frequência, só conseguia dormir algumas horas.

– Você parece cansada –, Lisa disse, acomodando o cabelo loiro prateado atrás das orelhas. Nos meses em que eu não a vira, seus cachos haviam crescido, mas ela tinha uma aparência saudável e bonita com seu jeito irrequieto, parecendo que seu comportamento não havia sido afetado pela guerra. Entramos na primeira galeria, onde a iluminação acentuou seus intensos olhos azuis, a boca bem desenhada e o sorriso atrevido.

– Ainda é uma bobagem – ela cochichou para mim ao ver as obras de arte e abrir os braços em um amplo círculo. – Goebbels pode se vangloriar o dia todo sobre o "triunfo da arte alemã", mas ela continua um grande tédio.

Analisei a galeria e conclui que Lisa estava certa, apesar do meu limitado conhecimento em escultura e pintura. As monumentais esculturas de homens nus apertando as mãos com camaradagem, os bustos entediantes esculpidos à maneira clássica, dispostos sobre pedestais como se fossem cabeças decapitadas, me deixaram fria e indiferente, como se eu estivesse parada em um mausoléu, e não em um museu. Nada em relação às cenas de pedestres bávaros, às grandiosas pinturas dos bucólicos fazendeiros alemães plantando trigo, ou aos nus femininos elaborados com bom gosto me despertava emoção. Prosseguimos para uma sala igualmente enfadonha.

– Passamos por muita coisa – Lisa disse, enquanto observava as pinturas, inclusive uma de Hitler em armadura de combate. – Você se lembra de como ficamos empolgadas assim que nos tornamos membros da Liga das Moças?

– Me lembro. Achávamos que o mundo seria diferente e bom – eu disse.

Sentamo-nos em um dos bancos enfeitados no centro da galeria, e contemplamos a grotesca caricatura de Hitler equipado com uma prata reluzente, carregando uma bandeira nazista na mão direita, sentado em um cavalo preto. Era o máximo da propaganda, e não arte, mitificando, romantizando um demônio que parecia inabalável, invencível.

Sacudi a cabeça e disse:

– Estávamos enganadas.

– E depois aquelas estadias monótonas na Liga das Moças Alemãs e no Reichsarbeitsdienst – Lisa disse. – Imagine a gente trabalhando em fazendas e, em seguida, eu lecionando música e arte para crianças, e você como enfermeira voluntária. – Ela riu e flexionou o braço direito. – Pelo menos, fizemos algum exercício na fazenda.

– Era mesmo monótono.

Relembrei os dias e noites de trabalho que pareciam infindáveis, as histórias nacionais-socialistas, as festas caseiras para discutir cultura e arte alemãs, desde que os temas atendessem as exigências do partido; dias e noites de regras e regulamentos: não fumar, não usar maquiagem, não ter relações sexuais. *Não, não, não.*

– Me conte sobre a Rússia – Lisa disse, enquanto olhava para a extremidade oposta da galeria, onde uma dupla de soldados uniformizados passava para outra sala.

Lisa era minha melhor amiga em Munique, mas não queria oprimi-la com meus pesadelos. Sentia-me, de certo modo, culpada por esconder as coisas, mas meu terrível segredo tinha que ficar enterrado.

– Não tenho muito para contar – menti. – A Rússia estava fascinante, maravilhosa de fato. O trabalho era deprimente e exaustivo.

Eu sabia que um dia revelaria o que havia visto, ou não conseguiria viver comigo mesma.

Como que lendo meus pensamentos, Lisa respondeu:

– Quando chegar a hora, você me conta... quando estiver pronta. – Ela suspirou. – Você se lembra de como ficamos animadas quando nosso professor nos levou para a exposição de Arte Degenerada? O presidente da Reichskammer chamou aquilo de um "exorcismo do mal". Teve mais gente naquela exposição do que você jamais verá aqui. Daria para passar com um tanque de guerra por estas galerias e não atingir ninguém.

Relembrei meus sentimentos naquele dia no final de julho de 1937, ao fazermos uma visita pelos cômodos estreitos e com arcos da Residenz, perto de Hofgarten, onde a exposição de Arte Degenerada tinha sido montada às pressas. Que diferença do museu onde estávamos agora! Naquele dia, fomos recebidos pela dolorosa figura em madeira de Cristo crucificado, enquanto subíamos a escada para a primeira sala. Seu rosto torturado, a coroa de espinhos projetando-se da sua cabeça, a visão dolorosa das coste-las através da pele ressequida, o ferimento na lateral vertendo um sangue coagulado marrom, nos horrorizou, mas nos obrigou a imaginar a dor que Ele deve ter sofrido. Um pedaço de madeira, feio, mas tão absolutamente poderoso em seu entalhe, nos provocou emoções que iam da compaixão à repulsa por Seu sofrimento.

Nosso professor de Arte, Herr Lange, um nazista fervoroso, riu com tanta vontade do "espetáculo pervertido" que tirou seus óculos de arma-ção de tartaruga para enxugar as lágrimas. Um oficial da SS de casaco preto, que também estava presente, cumprimentou Herr Lange por seu bom gosto, e o incentivou a "ensinar a essas mentes jovens uma ou duas coisas sobre a boa arte". Eu tinha olhado para Lisa e, em silêncio, comu-nicamos nosso desprazer com as observações do oficial. É claro que não podíamos dizer nada que se opusesse ao Reich, nem mesmo revirar os olhos perante o descaramento e a estupidez do homem da SS e do nosso professor. Achei a arte fascinante, e muitas das pinturas tocaram minhas emoções com sua força natural, particularmente as paisagens expressivas e coloridas, e a composição em curvaturas da pintura expressionista de *Dois Gatos, Azul e Amarelo*, de Franz Marc.

A exposição, com suas formas abstratas e paisagens geométricas, seus temas inadequados, quase todos maculados com *slogans* nazistas que rotulavam a arte como "afronta", "imundice em prol da imundície", culpando o Judeu e o Negro pela "ideia racial de arte degenerada", chocou a multidão. Um *slogan* pintado na parede criticava severamente os artistas com as palavras: *Eles tiveram um prazo de quatro anos* – quatro anos para ajustar seus estilos artísticos segundo os ideais de Hitler, quatro anos para purificar suas almas e mudar sua maneira de pensar.

Muitos alemães debocharam e riram ao passar pela exposição, e me perguntei se essa reação era uma demonstração verdadeira dos seus sentimentos, ou uma resposta nervosa mascarando a vergonha que sentiam. Mas muitos ficaram agarrados a seus chapéus ou bolsas e, como cachorros tristes, se esgueiraram pelas salas, os rostos apáticos refletindo um desespero profundo. *Eles sabiam*. Sabiam e não podiam fazer nada a respeito.

Lisa me cutucou, interrompendo minha reflexão, e me perguntei o que eu, ou nós, teríamos feito para necessitar tal gesto. Olhei para ela, e ela respondeu revirando os olhos e jogando a cabeça para trás. Olhei para o lado e vi que um homem havia tomado um assento atrás de nós, no banco de fileira dupla. Seus ombros largos e as costas musculosas pressionavam o paletó, e embora eu só tivesse olhado seu rosto de relance, o achei bonito.

– É, essa arte é maravilhosa – eu disse a Lisa, e com um olhar apressado, entendi sua dica. – Estou muito feliz que tenha me trazido aqui.

– Vamos para a próxima galeria – Lisa disse, se levantando do assento.

Um dedo bateu no meu ombro direito. Surpresa, me encolhi, mas virei para encarar o homem. Ele me pareceu vagamente familiar, despertando a sensação desconcertante que se tem ao tentar relembrar um conhecido do passado. *Era* bonito, com um queixo forte e anguloso, bochechas com covinhas, e olhos azuis, bem separados. A maioria das alemãs o teria considerado um marido ariano ideal.

Lisa parou, enraizada em seu lugar no chão de mármore.

– Com licença – ele disse, numa encantadora voz de barítono –, você sabe onde estaria a escultura *Kameradschaft* de Josef Thorak?

Fui de pouca ajuda, porque tinha pouco interesse na arte enfadonha. Lisa estreitou a boca, seus olhos azuis reluziram sob as sobrancelhas quase brancas.

– Não sei como você não a viu – ela disse. – Está na galeria atrás de nós, com os outros grandes nus esculturais.

Ela apontou para a última sala onde havíamos estado.

Ele riu sem vontade e sorriu.

– Sinto ter incomodado vocês. – Virou-se para ir embora, mas parou, olhou para trás, e disse: – A gente se conhece? Acho que já vi vocês duas.

De repente, descobri quem ele era. O sorriso inteligente e astuto o entregou. Lembrei-me do seu rosto naquele dia perturbador; ele tinha conversado conosco em novembro de 1938, durante a *Kristallnacht*, no dia seguinte à destruição.

– Na manhã seguinte ao incêndio das sinagogas, se não me engano – eu disse. – Você estava atrás de nós... e depois sumiu.

Lembrei da descarga elétrica de atração que senti na época, imaginando que ele tivesse sentido o mesmo.

Seu sorriso, já deslumbrante, se iluminou, e ele rodeou o banco.

– Claro – disse, e pôs um dedo na têmpora, como se estivesse tentando invocar a lembrança. – E em outras vezes também... Muito tempo atrás na exposição de Arte Degenerada... E no Café Luitpold. Ele se aproximou a um braço de distância de mim. – Vocês tomam café ali, às vezes? Estou certo?

Fui tomada por um formigamento desconfortável por causa do nervosismo. Estava claro que ele sabia muito mais a nosso respeito do que nós sobre ele. Lisa ficou tensa a meu lado, demonstrando o mesmo desconforto.

– Sinto muito – ele disse, com uma leve inclinação. – Meu nome é Garrick Adler. Eu não devia ter sido tão direto, mas é raro eu estar em um museu e me vi vagando, um pouco perdido.

Ele estendeu a mão e eu a apertei. Seu aperto era firme e caloroso.

Garrick se aproximou de Lisa, e com certa relutância ela apertou sua mão e disse:

– Você parece saber muita coisa sobre nós, e nós não sabemos nada sobre você.

Ele se sentou do meu lado no banco, e incentivou Lisa a se sentar à sua direita. – Posso resolver isso rapidamente – disse, enquanto ela se sentava. – É maravilhoso me sentar entre duas moças tão simpáticas.

Encolhi-me. Aparentemente, minha suposição de que ele tivesse uma esposa ou muitas namoradas estava errada.

– Elogios não são necessários, Herr Adler. Não estamos precisando disso.

Lisa concordou com a cabeça e sorriu com os dentes cerrados, demonstrando impaciência e vontade de se livrar da companhia de Garrick.

– Tenho certeza de que você vai gostar das esculturas de Arno Breker – ela disse, depois de serenar seu sorriso. – Podemos levá-lo até elas quando sairmos.

– Ele não é o preferido do Führer? – Garrick perguntou com uma voz que transbordava sinceridade.

– É – Lisa respondeu –, e ele também gosta dos nus femininos de Adolf Ziegler.

Ele passou os dedos pela volumosa mecha de cabelos que separada do restante.

– Ah, essas eu vi... muito bonitas. – Seus olhos ficaram parados por um tempinho, numa expressão pensativa. – Seu professor era o Herr Lange? Eu devia estar um ou dois anos na frente de vocês, mas poderia jurar que vi vocês na exposição de Arte Degenerada.

– Então, você trabalha com o quê? – perguntei, tentando desviar a conversa a nosso respeito. Lisa suspirou e afundou no banco.

– Trabalho para a seguradora do Reich, aqui em Munique. É bem tedioso, na verdade, mas faz com que eu sinta que estou fazendo algum bem para as pessoas, impedindo que quem esteja doente acabe na pobreza e no desespero.

– Exatamente como a Clara Barton* – Lisa disse.

O sangue subiu no meu rosto.

Garrick virou a cabeça para ela.

– O quê?

– Nada – Lisa disse.

Quando ele se virou de volta para mim, seus olhos ardiam de raiva, mas enquanto falava, foi se acalmando:

– Já tomei demais o seu tempo. Preciso ir, se quiser ver a escultura do Thorak.

Ele se levantou do banco.

Lisa bateu em seu relógio de pulso.

– Nós também precisamos ir.

– Antes de eu ir... Acho que não sei como vocês se chamam.

---

* Clara Barton (1821-1912) foi uma ativista americana de direitos humanos com grande atuação na Guerra de Secessão, enfermeira, organizadora da Cruz Vermelha nos Estados Unidos, defensora dos direitos civis e precursora de reivindicações feministas. [N.T.]

– Natalya Petrovich e Lisa Kolbe – eu disse.

– Foi um prazer revê-las – ele disse, e começou a erguer a mão na saudação nazista. Em vez disso, seu braço desceu para o lado, como se a vergonha, ou alguma outra emoção, o fizesse reconsiderar. – Talvez eu veja vocês no café.

Ele contornou o banco e foi para a galeria atrás de nós.

Depois que ele se foi, ralhei com Lisa:

– *Clara Barton?* Provavelmente não foi esperto irritá-lo.

– Era para ser um cutucão – Lisa retrucou. – Duvido que ele saiba quem foi ela. Gostaria que você não tivesse dito nossos nomes.

– Por que não? Se a gente não dissesse, só ia servir pra ele ficar mais desconfiado.

– Inventasse alguma coisa. Ele nunca saberia.

Sacudi a cabeça, espantada com sua paranoia, mas talvez ela tivesse razão; não conhecíamos Garrick Adler. Mas por que Lisa estava tão preo-cupada em dizer seu nome? Quando muito, eu é que precisava prestar atenção no que dizia, depois do que tinha visto na Rússia.

– Por que não quer que saibam seu nome?

Ela sacudiu a cabeça.

– Você se lembra de ter visto Garrick enquanto eu estava no front? – perguntei.

– Nunca o vi, a não ser naquela noite terrível em 1938. Se ele viu a gente, estava espionando. Temos que ter cuidado, não confio em ninguém que possa entreouvir uma conversa.

Deixamos a galeria e caminhamos pelo prédio até voltarmos para a entrada. Vestimos nossos casacos, pegamos os guarda-chuvas, e saímos para o pórtico. O vento fustigava com um sopro gelado ao redor das colunas de pedra. A chuva havia se reduzido a uma garoa, mas as rajadas de vento tornavam inúteis os guarda-chuvas.

Aparentemente, Garrick tinha tido sua quota do museu, porque o avistei um quarteirão à nossa frente, sua compleição e seus passos firmes inconfundíveis.

– Parece que ele vai pelo mesmo caminho que eu, em direção a Schwabing – eu disse. – Vou ver aonde ele vai.

– O que acha que ele está pretendendo? – Lisa perguntou.

Sua pergunta me desanimou. Minha tristeza se intensificou com o fato cruel de que tínhamos que observar cada palavra dita, censurar toda conversa pública, olhar com desconfiança toda interação e emoção humanas, e passar noites insones imaginando se a Gestapo estaria subindo a escada para nos prender.

– Não sei, mas com certeza ele é atraente.

Lisa estalou a língua e virou a ponta do seu guarda-chuva fechado para mim.

– Essas palavras são perigosas. Ele é bonito, mas eu tomaria cuidado.

– Sou muito boa para julgar as pessoas – eu disse, limpando meus óculos embaçados.

– Não é isso que me preocupa.

– Então, o quê? – perguntei, irritada.

– Um homem como aquele pode *fazer* você se apaixonar. Longe das garras do seu pai, você é suscetível.

– Não seja absurda. Nenhum homem vai me *fazer* me apaixonar.

– E por que ele não está no exército?

– Não sei. Vai ver que ele tem algum problema de saúde. Vi muitos homens que não podiam servir por um motivo ou outro... Ou então, o trabalho dele é essencial.

– Não na seguradora. Ele poderia ser substituído por centenas de outros.

Chegamos a uma grande avenida que levava em direção ao prédio em que meus pais moravam. Lisa e eu nos abraçamos e nos despedimos, prometendo voltar a nos encontrar depois de eu decidir o que iria estudar.

Avancei em meio à garoa, segurando o guarda-chuva com a mão direita, apertando meu casaco junto ao pescoço com a esquerda, tentando acompanhar Garrick enquanto ele desaparecia em uma esquina, virando ao norte na Ludwig Strasse. Grandes construções de pedra marcavam os dois lados da rua que levava à universidade, cada uma delas tão cinza e soturna quanto a noite que caía. Cortinas blecaute revestiam as janelas.

Garrick passou debaixo do arco do triunfo de Siegestor, com sua quadriga esculpida no alto, e entrou em Schwabing, onde eu morava com meus pais. Virou numa das ruas escuras, as árvores desnudadas de suas folhas pelos ventos de novembro, a cortiça molhada e gotejante por causa da garoa, nós dois quase sós no morrer do dia. O ar gelado estava permeado de cheiros, muito diferente da lufada de vento fresca e limpa das estepes russas. Aqui, os odores de salsicha cozida, batata e ovos se misturavam ao da descarga de carros e do combustível usado para aquecimento.

Ele abriu a porta de uma casa de dois andares, com a entrada em arco, pedras e o telhado de duas águas, tudo limpo e arrumado à maneira bávara. Fiquei atrás de uma árvore do outro lado da rua, e vi quando uma figura sombria abaixou a cortina de uma janela da frente no andar superior. Uma acolhedora luz amarela reluziu de uma janela lateral, e Garrick surgiu com um caderno na mão e uma caneta encostada nos lábios. Tirou a caneta da boca e escreveu no caderno, e como que satisfeito com suas palavras, o segurou como um hinário antes de fechá-lo. Depois, a persiana foi puxada e o cômodo ficou escuro.

Segurei firme meu guarda-chuva e fui para o apartamento dos meus pais, um tanto envergonhada por estar espionando um homem, como talvez ele tivesse nos espionado.

Enquanto andava, imaginei o que ele teria escrito. O que quer que fosse tinha levado apenas um instante. Fui tomada por uma sensação estranha e, em minha mente, eu estava parada ao seu lado enquanto ele escrevia os nomes em seu caderno: *Natalya Petrovich* e *Lisa Kolbe*.

CAPÍTULO 3

AS PRIMEIRAS SEMANAS DE NOVEMBRO foram tomadas pela empolgação, e mal tive tempo de pensar em outra coisa que não fosse a universidade e minha mudança.

Decidi me especializar em Biologia, reorganizei meu cronograma de aulas, e saí das listas de enfermeiras voluntárias. Meu pai, sem concordar com a minha escolha, ainda esperava que eu seguisse a carreira de enfermagem. Tranquilizou-se um pouco porque meu novo curso pelo menos tinha relação com meu campo anterior, e poderia me permitir trabalhar na área de pesquisa. Tanto ele quanto minha mãe insinuaram (à sua própria maneira, mas a intenção era clara) que estava na hora de eu pensar em encontrar um marido, além de arrumar um emprego. Assim, se eu não conseguisse trabalho depois dos meus estudos, ou o Reich viesse me confrontar para produzir filhos, eu teria um marido como apoio. Eles não levaram em conta que houvesse uma escassez de homens. Essas conversas com meu pai eram unilaterais e precipitaram uma tensão entre nós. Eu achava que estava sendo tratada como criança.

Depois de várias semanas estressantes em casa, decidi procurar meu próprio apartamento.

Por sorte, meu pai tinha ficado amigo de uma viúva chamada Frau Hofstetter, que morava a alguns quarteirões dos meus pais, em Schwabing. Com frequência, ele lhe passava, sobre o balcão da farmácia, algumas aspirinas extras, ou pacotes de sais de banho difíceis de conseguir. Frau sempre expressava sua eterna gratidão, em segredo, é claro, porque era crime dar tais "presentes".

Um dia, ela contou a meu pai sua esperança em encontrar uma moça que ajudasse a cuidar dela: lavar a louça, arrumar a casa, e "garantir que eu não esteja morta pela manhã". Essas responsabilidades vinham com um pequeno pagamento mensal, e o uso gratuito de um quarto extra com entrada própria pela frente da casa.

O quarto era ligado aos outros cômodos por um corredor principal. A chance de ouvir "movimento" nos cômodos parados, e de "saber que alguém está lá" dava à viúva grande satisfação. A nova inquilina teria direito à cozinha e ao banheiro e, caso pedisse, acesso à salinha onde Frau passava a maior parte do tempo.

Passar meu tempo livre cuidando de uma mulher de 75 anos não era nada empolgante, mas era uma oportunidade boa demais para deixar passar. O rendimento do meu pai mal dava para sustentar minha mãe e ele, a escassez de alimentos estava galopante e, o mais importante, eu precisava de liberdade. Estava na hora de seguir meu caminho no mundo.

Não levei muito tempo para embalar as poucas coisas que tinha e me mudar para minha nova casa. Conclui tudo em poucas viagens, e quando as aulas estavam a todo vapor, eu já estava instalada na residência da Frau.

Meu quarto era agradável e dava para o sul, em direção à rua. Algumas faixas do sol de novembro atravessavam a janela no começo da manhã. À medida que as estações mudassem, o quarto ficaria mais iluminado, na primavera e no verão, talvez com a luz manchada pelas folhas trêmulas do carvalho. O mobiliário consistia em uma cama emoldurada por uma cabeceira clássica, esculpida no alto com raposas e cães de caça saltitantes; uma modesta penteadeira da década de 1920, com espaço para as pernas e um espelho azulado; e uma cadeira de mogno simples, mas sólida, ao lado de uma mesinha.

A porta interna dava para um corredor iluminado apenas pela luz do sol, vinda da entrada principal. Os outros cômodos saíam desse corredor, e também levavam ao quarto de Frau Hofstetter, nos fundos da casa. Suspeitei que minha patroa ficasse mais confortável longe do barulho da rua, e também gostasse do acesso ao jardinzinho atrás do seu quarto.

Nós nos víamos diariamente, enquanto eu realizava minhas tarefas. Na maior parte do tempo, Frau caminhava lentamente pela casa, envolta em um vestido simples, as compridas meias cinza enroladas até os tornozelos. Com a queda da temperatura, as meias subiam. Com frequência, ela adormecia na salinha de visitas, com um jornal ou livro caído no colo. Eu era responsável pela limpeza, mas ela insistia em cozinhar. Se meus estudos me impediam de comer, ela batia na minha porta, equilibrando um prato de comida, normalmente com batatas extras e ovos fritos do seu jantar. Era generosa, mas também insistente em que eu fosse meticulosa com meu trabalho.

Grande parte do meu tempo era gasto estudando na minha pentea-deira, sob a luz de um velho abajur, ou encolhida na cama, tentando ler à luz suave de uma lamparina a óleo. Minha única companhia à noite era o chiado e o chacoalhar dos aquecedores.

No começo de dezembro, Lisa e eu recebemos um convite de Hans e sua irmã Sophie para uma sobremesa, vinho e bate-papo no apartamento deles, na Josef Strasse, onde moravam em dois grandes cômodos separados. Lisa veio me buscar naquela noite gélida, o ar limpo e cortante como gelo, e percorremos nosso caminho com esforço, tremendo e tagarelando pelas ruas.

Sophie, que reconheci como alguém que eu tinha visto em uma aula no auditório, atendeu a porta. Seu cabelo castanho descia até os ombros, e permanecia em uma onda bem acentuada sobre a testa. Seu rosto tinha um aspecto pueril, e dependendo de como ela virava a cabeça, dava a aparência de ter traços um tanto masculinos. Exalava seriedade em sua atitude, característica semelhante à do irmão, os olhos perscrutadores, os lábios constantemente contraídos. Recebeu Lisa com um "oi" afetuoso, e se apresentou para mim. Disse a ela que era amiga do seu irmão, o que, imediatamente, provocou um sorriso amistoso.

Tirei os óculos e limpei as lentes com um lenço limpo, a transição do frio para o quente me cegando momentaneamente com a condensação. Quando recoloquei os óculos, os cômodos ficaram visíveis. Eram pouco mobiliados, mas mantinham uma sensação acolhedora: retratos enfeitavam o papel de parede florido, cadeiras e almofadas convidavam os visitantes a ocuparem seus lugares com conforto. A mesa continha bolos, um sortimento de folhados de chocolate e baunilha, chá e vinho. Uma garrafa de *schnapps* brilhava soberana na cabeceira da mesa. Pareceu que Hans e Sophie tinham contatos quando se tratava de obter comida e bebida.

Analisei o grupo de convidados. Willi Graf e Alex Schmorell não estavam presentes, pensei que poderiam comparecer, mas alguns outros eram inesperados.

Um deles era o professor Kurt Huber. Reconheci-o como o professor da aula que eu e Sophie frequentávamos. Estava curvado em um canto, como se estivesse sentado sobre alfinetes e agulhas, cruzando e descruzando as pernas, alisando as pernas da calça com as mãos. Seu rosto era longo e oval, e possuía uma meia-careca, ornada apenas com o cabelo grisalho que crescia na metade de trás e dos lados da cabeça. Ele olhou para mim e depois desviou o olhar. Não havendo motivo para me apresentar, resolvi esperar até que as limitações sociais fossem amenizadas sob a influência do vinho Riesling.

Mas minha indiferença em relação ao professor Huber transformou-se em surpresa quando surgiu outro rosto.

Garrick Adler estava sentado em uma almofada bordada com vinhas verdes e trombetas roxas das glórias-da-manhã, as pernas cruzadas a sua frente. Não o vi assim que cheguei porque seu corpo estava parcialmente escondido atrás de uma cadeira. Garrick sorriu de forma calorosa, e senti o rubor subir ao meu rosto, indício do seu magnetismo. Contudo, meu ardor foi amortecido pela natureza desconfiada, orquestrada de modo tão magistral pelo Reich, e instilada em todos nós.

Lisa se afastou para falar com Hans e um amigo artista. Conhecendo poucas pessoas no grupo, fui atraída para a comida e as bebidas na mesa, minha timidez suplantando qualquer impulso de conversar com alguém. Sentei-me em uma cadeira do outro lado da sala, e não consegui deixar de dar uma olhadinha em Garrick de vez em quando. Ele conversava com um homem que eu não conhecia, e assim que a conversa terminou, senti seu olhar em mim, antes de eu olhar em sua direção. Ele se levantou do chão, agarrou uma almofada, e a jogou ao lado dos meus pés.

– Não esperava te ver aqui – ele disse.

Vi-me admirando seu sorriso luminoso e os ombros largos, e ele olhou para mim como um cachorrinho olha com adoração para o dono. Então, o visualizei escrevendo *Natalya* e *Lisa* no caderno, na noite em que o segui, e o pensamento provocou um arrepio pela minha espinha. Seria paranoia ou realidade? Apesar daquela imagem perturbadora, achei sua atenção lisonjeira.

– Um convite de última hora...

– Como você conhece o Hans e a Sophie? – ele perguntou, preenchendo meu pensamento que havia sido interrompido.

Fiquei na dúvida sobre quanto deveria revelar, mas também considerei que qualquer um que conhecesse os Scholls bem o suficiente a ponto de ser convidado para uma reunião em sua casa saberia alguma coisa sobre eles.

– Servi com Hans no front leste durante três meses, antes de sermos chamados de volta. Eu era enfermeira e ele era auxiliar médico. Agora, nós dois estamos na universidade. – Enlacei os dedos e coloquei as mãos no colo, tentando dominar meu desconforto social. – Vi a Sophie na aula, mas acabamos de nos conhecer.

– Somos amigos há cerca de um ano – Garrick disse. Covinhas se formaram nos cantos do seu sorriso. – São pessoas interessantes de um jeito certo.

Fiquei perplexa com o que ele quis dizer.

– Jeito certo?

Ele colocou os braços atrás dele, como pilares, e se recostou para trás numa pose confortável. Suas longas pernas se esticaram em frente às minhas, me impedindo de sair da cadeira.

– Politicamente... e são pessoas boas. Alemães sólidos com os pés no chão. Entendem de política e literatura.

Hans já havia compartilhado seus sentimentos sobre os nazistas, quando estávamos na Rússia. Suas palavras "O Reich precisa ser condenado" voltaram rapidamente. Eu não poderia prosseguir na conversa sem mentir, ou me incriminar, então acenei com a cabeça de maneira distraída. Pensando em uma manobra para terminar nossa conversa, perguntei a Garrick:

– Você poderia pegar uma taça de vinho para mim? – Dei um sorriso confuso. – Parece que estou bloqueada.

– Claro – ele disse, e se levantou do seu lugar confortável. – Não vá embora... Tenho uma pergunta para te fazer.

O cabelo na parte de trás do meu pescoço se arrepiou. *Uma pergunta?* Não fazia ideia do que ele tinha em mente. Eu tinha perguntas para ele, mas não o conhecia bem o bastante para fazê-las. Ele deslizou até a mesa, e estava prestes a pegar uma taça, quando foi pego numa conversa com uma mulher, morena e esbelta, que eu não conhecia.

– Acho que você tem um admirador.

Lisa parou ao meu lado com uma taça de vinho na mão, e um prato com folhado de chocolate na outra.

– Shhh – ordenei. – Não preciso de namorado, nem de marido. Meus estudos vêm em primeiro lugar.

Ela deu uma risadinha.

– Isso é o que você diz agora, mas lembre-se do que eu disse sobre homens que podem *fazer* você se apaixonar.

– É, você não precisava me lembrar.

Mesmo enquanto eu contestava minha amiga, em parte eu me deliciava com a atenção que Garrick me oferecia. Eu era a quieta e tímida, em comparação com Lisa, que sempre pareceu mais bonita e mais vivaz do que eu. Era a primeira vez que um homem tinha realmente *olhado* para mim, e ele estava perto de se sobrepor a qualquer objeção que eu pudesse ter. Qualquer mulher o consideraria um prêmio, o que foi confirmado por aquela à mesa, que agarrou seu braço, tocou seu ombro, e jogou a cabeça para trás numa risada sedutora.

Por fim, Garrick se livrou dela, que fez beicinho quando ele se afastou.

– Boa noite, Lisa – ele disse, com pouco entusiasmo, ao voltar. Estendeu-me a taça e retomou seu lugar na almofada.

– Você se lembrou – Lisa disse sem emoção.

– Nunca esqueço um nome, nem um rosto bonito.

– Galanteador – Lisa disse, e virou as costas.

Garrick suspirou e se recostou sobre os cotovelos.

– Você não bebe? – perguntei.

– Raramente. Não combina comigo. – Deu um tapinha no bolso do paletó e levantou a aba, expondo o alto de um maço de cigarro. – Fumo de vez em quando. Me acalma.

Beberiquei meu vinho e deixei que seu calor se assentasse no meu estômago.

– Você não parece o tipo que fica nervoso à toa.

– Ah, fico – ele disse. – Às vezes a guerra me dá nos nervos. Vejo o que está acontecendo e não há nada no serviço de seguros que eu possa fazer a respeito. – Seu humor ficou nebuloso e seu olhar se perdeu pela sala, sem se deter em nada. – Nossos homens voltam para casa em caixões, e tenho que lidar com as viúvas e pais enlutados, e meus nervos podem ficar em frangalhos. – Ele bateu em sua perna direita. – Não posso servir.

– Sinto muito – eu disse, a empatia me corroendo pelo ferimento sofrido por ele. – O front russo também não foi brincadeira. Tive que lidar com muita coisa perturbadora, tanto que decidi suspender meu voluntariado em enfermagem em prol dos meus estudos.

– Que pena. – Ele saiu de sua posição sobre os cotovelos, e se inclinou em minha direção. – Não vamos falar sobre a guerra, é deprimente demais. – Seu humor se animou rapidamente. – Com relação àquela pergunta que mencionei. – Ele parou e olhou para o chão, antes de olhar para mim. – Posso te convidar pra sair... Quero dizer, se você não tiver outro compromisso?

Sua pergunta me pegou de surpresa, e tenho certeza de que meus olhos se arregalaram, atônitos com a proposta súbita.

Antes que eu pudesse responder, Hans bateu palmas e pediu a atenção de todos. Fiquei aliviada por ter sido salva por nosso anfitrião, enquanto o grupo se juntava à sua volta e tomava seus lugares em cadeiras e almofadas.

Hans, que parecia bem mais relaxado do que na Rússia, silenciou a sala em seu papel de chefe simpático do grupo. Deu um sorriso raro, se encostou à mesa, nos deu as boas-vindas à sua casa com Sophie, e brincou com o fato de morar com a irmã. O arranjo deles tinha criado uma "nova cordialidade", ele disse. Depois de discutir com o grupo, leu poesia de Schiller e Goethe, o que levou certo tempo, e suas palavras foram aplaudidas pelo grupo, exceto por uma pessoa: professor Huber.

O acadêmico se levantou ao término do último poema, e depois de vestir seu casaco, passou por Hans e Sophie, saindo pela porta sem ao menos se despedir. Uma implacável lufada de vento atravessou a sala. Hans prosseguiu com suas brincadeiras leves com o grupo, aparentemente alheio à saída do professor. Falou por algum tempo sobre vários assuntos: filosofia, ética, o homem como um ser social. Conforme a hora foi avançando, comecei a me remexer no assento. Garrick observava Hans com deliberada intensidade.

Enquanto a noite caminhava para o encerramento, eu ainda não havia respondido à pergunta de Garrick sobre uma saída. Fomos interrompidos várias vezes por Lisa e Sophie, que passaram a maior parte do tempo conversando entre elas.

– Como foi Stuttgart? – ouvi Sophie perguntar para uma moça, e depois de alguns minutos, perguntar a outra algo parecido: – Como foi Hamburgo?

As duas responderam afirmativamente e falaram com certa animação sobre a beleza das duas cidades. A conversa parecia fora de contexto, e Garrick deve ter sentido a mesma coisa, porque escutou com o ouvido inclinado para elas, antes de voltar a atenção para mim. Acima de tudo, essas conversas intrusivas eram uma distração bem-vinda para a conversa fiada com Garrick, enquanto eu bebia minha segunda taça de vinho.

Por fim, tive que dar uma resposta. Criei coragem porque era a primeira vez que um homem me convidava para sair, e não um colega de faculdade. A imagem do meu pai e sua rigidez invadiu meus pensamentos. Respirei fundo.

– Estou ocupada com as aulas até as férias, e moro com uma mulher de 75 anos que não gosta de ser incomodada.

O sorriso que encantara seu rosto a maior parte da noite esmoreceu.

– Isso não é um "não".

– Acho que não é. – Coloquei a taça de vinho na mesinha ao lado da minha cadeira. – Se eu tiver um tempo disponível, te aviso.

De certo modo, ele pareceu se acalmar com minha resposta sem compromisso, e agarrou minha mão calorosamente.

– Mal posso esperar – ele disse. – Vou te passar o número do meu telefone e meu endereço.

É claro que eu sabia onde ele morava, já que o havia seguido até em casa depois da visita ao museu. Não revelei meu endereço, a apenas alguns quarteirões do dele, enquanto ele me passava um bilhete rascunhado às pressas.

Lisa surgiu ao lado da minha cadeira com nossos casacos.

– Está na hora de fazermos uma saída discreta, antes de sermos presenteadas com mais poesia.

Garrick riu e se levantou em suas longas pernas. Era, no mínimo, uma cabeça mais alto do que eu, que era considerada alta para uma mulher. Lisa me entregou meu casaco e o vesti, colocando o endereço no bolso.

– Foi bom rever vocês duas – ele disse. – Eu também deveria ir pra casa.

Nós nos despedimos de Hans e Sophie e nos dirigimos para a porta. Lisa me empurrou para a saída com um cutucão amigável, nos apressando para a rua.

– Rápido, vamos sair daqui antes que seu admirador te siga até em casa.

Caminhamos por ruas escuras feito breu, desprovidas de luz por já não haver iluminação pública, as casas envoltas em cortinas. As únicas fontes de luz eram uma lasquinha de lua e as estrelas que atravessavam seus raios frios por entre nuvens que fluíam rapidamente.

O interesse de Garrick apressou meus pensamentos e meus passos. Meus beijos tinham se limitado a colegas de escola, com pouca atração romântica florescendo dos meus lábios. Eram paixonites sem importância que não deram em nada. Meu pai me vigiava de perto; minha mãe não se opunha a seu propósito de manter a filha pura para o dia do casamento. Ele não precisava se preocupar; eu era tímida e insegura com homens, e com certeza não entregaria minha virgindade de presente. Qualquer fascínio que eu tivesse pelo corpo vinha apenas de estudá-lo, mas com Garrick eu tinha a estranha sensação de que o mundo do amor poderia se abrir para mim. No entanto, não me apressaria porque, naqueles tempos, a discrição, não chamar atenção, era a melhor maneira de não se meter em confusão.

– Como você acha que meu cabelo ficaria se eu o deixasse mais curto? – perguntei a Lisa, e enrolei nos dedos algumas mechas dos meus cachos que desciam até os ombros.

Estava pensando no estilo de Lisa, semelhante ao da mulher que tinha começado a conversa com Garrick.

– Deus do céu, Natalya – Lisa respondeu, o horror transparecendo em sua voz. – Não pode estar falando sério. – Viramos a esquina em direção a meu apartamento e, apesar da luz fraca, percebi o ar de preocupação em seu rosto. – Você não vai sair com *ele*! – Suas palavras soaram como uma ordem, e não como uma pergunta amigável. – Nem ao menos o conhece!

– Como vou conhecer se não sair? – perguntei. – Ele não parece má pessoa. Disse coisas hoje à noite que me fizeram reconsiderar minha impressão sobre ele. Tem um machucado na perna que o impede de servir.

Subimos até o meu apartamento. A casa arrumada e limpa de Frau Hofstetter era sem graça e banal, como um cubo escuro nas sombras, tanto quanto todas as outras moradias do quarteirão.

– Esqueça Garrick por alguns minutos – Lisa disse. – Posso entrar... sair do frio? Tenho uma coisa pra te contar.

Eu estava um tanto cautelosa pela hora e por perturbar a senhora.

– Acho que sim... Desde que façamos silêncio.

– Não se preocupe O que tenho pra te dizer requer sigilo, de certo modo, silêncio.

Abri a porta e entramos no escuro, as cortinas abaixadas. Quando acendi o abajur, Lisa tinha tirado os sapatos, o casaco, e se instalado sob ele na minha cama, as costas apoiadas na cabeceira de nogueira. Quando o aquecedor ressoou, tirei a cadeira de seu lugar normal junto à penteadeira, e a coloquei na extremidade da cama.

– Chegue mais perto – Lisa disse, e depois estremeceu. – Está frio aqui. *O que há de tão importante? O que ela tem pra me contar?*

Intrigada com sua expressão soturna, aproximei a cadeira da cabeceira da cama e me inclinei para ela.

Lisa afofou meu travesseiro, e se acomodou novamente.

– Você ouviu falar no Rosa Branca?

Sacudi a cabeça.

– Tem certeza de que sua patroa está dormindo? – ela perguntou.

Olhei para o meu relógio.

– A esta hora ela está enfiada na cama.

– O que tenho pra te dizer nunca pode ser repetido. – Sua voz murmurou baixinho, sob o barulho do aquecedor. – Hans, Sophie e Alex tomaram uma posição contra o Reich.

Meu coração bateu mais rápido com suas palavras.

Os braços de Lisa estremeceram, enquanto ela se esforçava para manter as emoções sob controle.

– É um negócio muito perigoso, mas algo precisa ser feito – ela continuou. – Todos no Rosa Branca foram escolhidos pela inteligência, pelas convicções e ideais, inclusive eu.

Quis passar os braços em volta dela, enquanto as palavras saíam da sua boca e lágrimas brilhavam em seus olhos, prestes a cair.

– O que você fez? – perguntei, tremendo, como se o frio do quarto tivesse penetrado nos meus ossos. – Está correndo perigo?

– Me deixe terminar. – Ela endireitou as costas contra a cabeceira e olhou para mim. – Hans e Alex escreveram quatro folhetos contra o Reich, enviados pelo correio em junho e julho, antes de vocês irem para o front. Alguns foram distribuídos na universidade. O texto é rebelde, questionando a vontade do povo alemão em se levantar contra um governo corrupto, uma ditadura do mal, chamando o nacional-socialismo de "úlcera cancerosa", dizendo que a Polônia caiu, trezentos mil judeus foram assassinados...

Fiquei sem fôlego e meu estômago se contorceu com a lembrança de Sina e seus filhos abatidos pela SS. Além da minha agonia veio a súbita constatação de que outras pessoas sabiam sobre os crimes hediondos que estavam sendo cometidos. *Outros sabem!* Senti como se correntes tivessem sido libertadas do meu corpo.

– Pare, por favor, pare.

Fui tomada pela vergonha porque não tinha conseguido contar a ninguém meu segredo terrível. Lisa colocou um dedo nos meus lábios, enquanto eu lutava para não desmoronar, banhada pela humilhação, minhas mãos tremendo por saber que agora eu também poderia tomar uma posição, mas somente se colocasse minha vida e a de meus pais em risco para combater o mal que tinha dominado nossa terra natal. Mas o que poderia fazer?

Inclinando-se para perto de mim, Lisa pegou minhas mãos nas dela.

– Eles querem você. – Suas palavras soaram como um sacramento, um sussurro santificado. – Hans e Alex andaram te observando desde que você foi para o front. Querem que se junte ao grupo.

– Eu?

– Você vai me ajudar a enviar e distribuir folhetos. Nós mesmas podemos escrevê-los, com a aprovação deles. Alex e Hans escreveram os quatro primeiros, e logo elaborarão um quinto. Nesse meio-tempo, eles querem que o movimento expanda seus alvos. O Reich já acredita que o Rosa Branca é uma organização nacional. A Gestapo está ficando amedrontada. Estamos fazendo a diferença. – Ela fez uma pausa. – Os locais dos nossos envios de correspondência serão Viena e Nuremberg.

Mantive os braços colados ao corpo para conter o tremor violento que ameaçava me consumir.

– Sophie falou com duas mulheres sobre Stuttgart e Hamburgo. Era sobre os folhetos?

Lisa se levantou da cama, pegou meu casaco e o colocou sobre mim.

– É. Sei que é um choque, mas pense no que eu disse. Somos os primeiros e, lembre-se, é preciso fazer *alguma coisa*.

Respirei fundo e me recostei na cadeira. Depois de alguns minutos de reflexão, contei a Lisa o que tinha visto no front, revelando pela primeira vez o que eu havia testemunhado. Parei várias vezes para enxugar as lágrimas, exausta pelos sentimentos que me assolavam.

Lisa esparramou-se sob seu casaco enquanto eu terminava minha história. Ficamos nos encarando por um longo tempo, ambas sabendo que o que eu havia contado poderia nos levar à morte.

– Tenho que ir pra casa ou meus pais chamarão a polícia – ela disse, por fim. – Não queremos isso.

Deixou a cama, vestiu seu casaco, e veio até as costas da minha cadeira. Inclinou-se e me apertou num forte abraço.

Fiquei preocupada de que ela pudesse ser incomodada pelas autoridades a caminho de casa.

– Passa das onze. Fique aqui; está tarde.

Soltei-me dos seus braços e me levantei da cadeira.

– Não, tudo bem. Conheço de cor as ruas menos frequentadas. Tenho aula amanhã.

Abracei-a mais uma vez, enquanto ela se dirigia para a porta.

– Uma última coisa – ela disse, segurando a maçaneta. – Não diga uma palavra pra ninguém, principalmente Garrick. Ele também vem sendo observado, mas até agora não convenceu o grupo. Diz todas as coisas certas, mas Hans quer descobrir mais coisas a seu respeito.

– Claro – respondi, sabendo que Lisa não tinha gostado de Garrick desde o começo.

Ela abriu a porta e se dissolveu na grinalda de sombras que pendia sobre a rua. Logo, desapareceu na noite.

Exausta, despenquei na cama. Acordei às três da manhã, o abajur ainda aceso na mesa. Apaguei-o e voltei a entrar debaixo dos cobertores, esperando que meus sonhos estivessem livres de pensamentos sobre prisão e execução, os horrores da guerra, ou o reconhecimento que se formava na minha mente de que eu estava mais do que curiosa sobre Garrick Adler.

No sábado seguinte, pela manhã, enquanto eu me lavava no banheiro minúsculo dos meus pais, escutei o grito sufocado da minha mãe. Eles haviam me convidado para o café da manhã, como em geral faziam nos finais de semana. Como sempre, fiquei contente pela folga no meu trabalho na casa de Frau Hofstetter, e pelo convite para saborear a comida da minha mãe.

Ela estava parada na janela da frente, seus dedos fechados em punhos ao lado do corpo. Corri até ela, assim como meu pai, e avistei um sedã preto estacionado em frente ao apartamento. O carro desligou, soltando baforadas brancas de descarga do escapamento, que ondularam até evaporar no ar de dezembro.

Meu coração subiu para a garganta quando três homens, um deles um oficial da SS em sua capa preta de couro, os outros dois de paletós marrons, desceram rapidamente do carro, e com uma aura de formalidade do Reich subiram na calçada a passos firmes.

– Aconteça o que acontecer, nenhuma de vocês diga uma palavra – meu pai advertiu, com o rosto branco de medo. – Vocês não sabem nada.

Olhei para ele horrorizada; havia algo terrivelmente errado. A porta do andar de baixo foi aberta várias vezes, e escutei, com o coração golpeando no peito, passos na escada.

O silêncio era absoluto até que o rangido abafado dos seus sapatos soou no hall. Duas batidas violentas ecoaram no apartamento antes que meu pai, nos silenciando com um dedo nos lábios, atendesse.

O oficial SS ficou atrás dos dois homens de casacos marrons. Um deles abriu um sorrisinho e informou que era da Gestapo.

– Herr Petrovich? – perguntou num tom que sugeria desdém por trás de sua aparência agradável. Minha mãe se apoiou em mim e o tremor nos seus ossos se instalou nos meus. Ainda assim, ficou extraordinariamente composta, no controle de suas emoções abaladas, enquanto assistíamos ao que se desenrolava; mas tínhamos que ver, não havia escolha.

Meu pai confirmou com um gesto de cabeça e perguntou do que se tratava.

– Gostaríamos que o senhor viesse conosco – o homem disse, e o outro se esgueirou para dentro do apartamento, seus olhos disparando pela sala, como se meus pais fossem suspeitos da mais terrível traição.

Comecei a falar, mas o olhar intenso do meu pai me advertiu para não abrir a boca. Obedeci, o tempo todo lutando para silenciar o meu medo. Meus pais nunca haviam apoiado o partido nazista, mas, até onde eu sabia, nunca o haviam depreciado. Não conseguia imaginar o que a Gestapo estaria fazendo no apartamento deles. De início, pensei que poderiam ter vindo à minha procura, por causa do que eu havia revelado a Lisa. Rapidamente, descartei esse pensamento; Lisa jamais me trairia.

O primeiro homem pegou meu pai pelo braço e o conduziu até o hall. O homem da SS e o outro agente da Gestapo se dirigiram para a estante do meu pai. Com uma pancada da sua mão enluvada, o bruta-montes revestido de preto derrubou a estante, fazendo todos os livros se espatifarem no chão. Vários volumes dos livros ilegais do meu pai rolaram do seu esconderijo, juntamente com os outros.

O segundo agente da Gestapo apanhou dois deles, inclusive o São Tomás de Aquino de que meu pai tanto gostava, e o segurou em suas mãos enluvadas. O couro marrom que rodeava seus dedos reluziu como âmbar polido na luz brilhante da manhã.

– A senhora sabe alguma coisa sobre estes livros, Frau Petrovich? – o agente perguntou a minha mãe. Seu bigode fino se retorceu em seu lábio superior, enquanto ele falava.

Minha mãe balançou a cabeça, mas não disse nada.

– Eu aconselharia a senhora a ficar em casa durante vários dias – o oficial da SS disse. Depois, se virou nos calcanhares juntamente com o outro agente. Segurando vários livros, saíram às pressas, deixando a porta aberta enquanto desciam a escada rapidamente.

Minha mãe e eu corremos até a janela. O agente que havia agarrado meu pai o empurrou para o banco de trás do sedã que aguardava, e entrou a seu lado. O outro agente e o oficial da SS jogaram os livros no porta-malas e depois ocuparam seus assentos de motorista e sentinela. O motor do carro acelerou, e o veículo disparou pela rua até se perder de vista.

Ficamos olhando pela janela. Sem uma palavra, minha mãe foi para a cozinha. Levantou a espátula para mexer os ovos, mas ela caiu dos seus dedos trêmulos, ao mesmo tempo em que minha mãe desmoronava em frente ao fogão.

Peguei-a nos braços e passei a mão pelo seu cabelo.

– Ah, meu Deus, o que será dele! – ela soluçou.

Tentei acalmá-la. Quando seu choro acalmou, o silêncio tornou-se ameaçador; até a rua estava vazia de tráfego, como se a Gestapo e a SS tivessem afugentado toda vida. Meu medo se transformou numa raiva cega por detrás dos meus olhos. Eu sabia o que teria que fazer.

Enquanto aninhava minha mãe, jurei resistir a Hitler, ao seu Reich e a seus capangas.

Iria me juntar ao Rosa Branca.

CAPÍTULO 4

NA MANHÃ SEGUINTE, meu pai havia sido acusado de fazer uma "afirmação caluniosa" e abrigar "subversão" contra o Reich, sendo condenado a seis meses de prisão. Tinha sido denunciado por uma mulher que o entreouvira conversando com outro cliente na farmácia sobre os livros que lera, e lamentando o fato de não poder mais ler o que quisesse por causa de Hitler.

Minha mãe e eu comparecemos ao julgamento no Palácio da Justiça, mas não nos foi permitido falar. Na verdade, o advogado de defesa do meu pai não apresentou qualquer argumento. Sacudiu a cabeça para o juiz e murmurou um pedido de clemência, sua única manifestação, tática que paralisou de terror minha mãe em seu assento, e me enfureceu. Na verdade, o arremedo de um julgamento solidificou minha decisão de me juntar ao Rosa Branca.

Pudemos ver meu pai apenas por alguns minutos, fora da sala do tribunal. Ele agarrou as mãos de minha mãe e disse:

– Não entre com apelação; isso só irá piorar as coisas. Levem suas vidas como se nada tivesse acontecido.

Os guardas o levaram para a prisão Stadelheim, uma grande construção em pedra a sudeste da cidade, com um longo histórico de criminosos violentos e famosos, inclusive o próprio Führer.

Depois que meu pai se foi, ficamos aos soluços no hall. Minha mãe agarrou minha mão e observou, conforme a raiva subia dentro de mim, que o que eu tinha vivenciado desde a *Kristallnacht* era parte do plano do Reich, não apenas para judeus e russos, mas para todos os alemães. Eu tinha consciência disso diariamente, desde que Hitler havia tomado o poder, mas agora o terror tinha chegado à nossa família. Matar, destroçar famílias tinham se tornado lugar comum e nós não tínhamos feito *nada*.

Consegui atender aos desejos do meu pai nos dias que se seguiram a sua prisão, na maior parte do tempo me afundando nos estudos. Visitava minha mãe quando podia. Ela também parecia estar resistindo melhor do que eu esperava (talvez fosse uma estoica característica russa), cozinhando, limpando um apartamento já impecável, e riscando os dias da semana em um calendário, com a data da soltura do meu pai circulada de vermelho.

Cerca de uma semana depois de meu pai ter sido preso, Lisa pediu para me encontrar com ela em um endereço em Schwabing, onde eu nunca havia estado. Manteve segredo sobre o que faríamos, mas tendo eu decidido tomar posição contra os nazistas, segui suas instruções depois de terminar meu dia com a Frau.

Ao me aproximar do prédio, outra grande casa de três andares habitada, sobretudo, por estudantes, fiquei feliz por me ver acobertada pela escuridão. Uma coisa é confiar em uma amiga, outra, completamente diferente, é colocar sua vida nas mãos dela.

Lisa estava recostada no tronco de uma grande árvore, a roupa escura se misturando com a noite, o vento norte fustigando seu casaco. A chama vermelha na ponta do cigarro chamou minha atenção, e me dei conta de que ela só estaria fumando se tivesse certeza de que a polícia não passaria por lá.

Ela não me disse nada e apenas me ofereceu um sorriso melancólico. Esmagando o cigarro debaixo do salto, se virou com um movimento enérgico para uma passagem estreita ao lado do prédio, esbarrando, ao passar, em ramos desnudos de lilases, e abrindo uma porta manchada com um arco-íris de cores.

– Bem-vinda ao estúdio de Dieter Frank – Lisa disse, fechando e trancando a porta com uma chave de latão. Mergulhamos em uma caverna de trevas. O cômodo cheirava a umidade, mofo, óleo de linhaça e tintas a óleo. Lisa acendeu um surrado abajur de piso, de latão, e um porão deprimente surgiu à minha frente.

O estúdio do artista estava uma bagunça: telas jaziam tortas pelos cantos; dois cavaletes estavam próximos ao centro do cômodo, um de cada lado de uma grande mesa de carvalho, entulhada de papéis e desenhos; uma cama desarrumada ocupava um espaço debaixo de uma janelinha, na parede do fundo. A janela estava coberta por uma cortina.

Estudei a arte nos cavaletes. As pinturas de Dieter seriam agradáveis, se você gostasse de grandes figuras em poses rígidas, muito de acordo com a arte aprovada pelo Reich, exposta no museu.

– Você tem certeza de que estamos no lugar certo? – perguntei a Lisa, questionando o papel que o artista poderia ter no Rosa Branca.

Lisa tirou o casaco, acendeu outro cigarro, e foi até o cavalete.

– Isto é o que Dieter Frank realmente pinta.

Virou a tela de cima, revelando uma impressionante mistura de linhas e formas geométricas.

– Lembra muito Kandinsky – disse –, mas Dieter, em sua visão, conseguiu, de certo modo, fazê-las menos formais, quase naturalistas na aparência, como vinhas enrodilhando-se em colunas.

Tendo apenas um conhecimento superficial de Kandinsky, me afastei e admirei a tela.

– Gosto disto. Ele tem talento.

– Acho que ainda não deveria te contar isso – Lisa disse, e depois fez uma pausa. – Dieter também é amigo de Manfred Eickemeyer, um arquiteto que... bom, digamos que sem Manfred os folhetos do Rosa Branca nunca teriam sido impressos. – Foi até a mesa e se curvou sobre uma forma retangular e irregular, coberta por um grande pano. Puxou-o com um floreio, como um mágico realizando um truque, e revelou uma máquina de mimeógrafo. Embora eu tivesse visto uma na faculdade, sabia que eram difíceis de conseguir. – Não temos que depender de Herr Eickemeyer – disse, se vangloriando.

A visão da máquina verde de metal com seu rolo trouxe a tarefa em questão para o centro das atenções. Lisa enfiou a mão no bolso do seu casaco, tirou um frasco cheio de *schnapps*, desenroscou a tampa, e me deu para cheirar o aroma pungente e doce do álcool.

– Seria bom uma bebida – eu disse, o pegando e dando um gole. O gosto forte queimou minha garganta enquanto eu tirava o casaco. Sentamo-nos à mesa, uma em frente à outra. – Cadê o Dieter?

Lisa tamborilou os dedos na mesa.

– Ele prefere não estar aqui... para o caso de acontecer alguma coisa. Poderia ser preso por deixar usarmos seu estúdio, e não quer tomar parte na produção dos folhetos. Sente que quanto menos souber sobre o que fazemos aqui, melhor.

– Em outras palavras, ele está com medo – eu disse.

– Ele preferiria a palavra "cauteloso". – Lisa pousou seu cigarro em um cinzeiro quase transbordante de bitucas de cigarro e fósforos usados. – Vamos começar?

O medo me abocanhava. Estava prestes a dar o primeiro passo para a traição, e não haveria volta.

– O que você quer que eu faça? – perguntei.

– Em primeiro lugar, leia os folhetos escritos por Hans e Alex, e depois escreva o nosso – Lisa disse. – As palavras serão suas... Sei que escreve melhor do que eu. – Ela apontou para uma caixa no fundo do estúdio. – Aquele é meu trabalho. Estou encarregada dos selos, do material de papelaria e dos envelopes. A gente endereça o material para os moradores de Nuremberg, coloca no correio em Viena e o que sobra distribuímos lá.

Ela enfiou a mão no bolso do casaco e tirou um envelope do tamanho de uma carta, desenrolou o fio que prendia sua aba, tirou os folhetos e os segurou nas mãos como se fossem objetos sagrados.

– Meu Deus, você arriscou a vida para trazê-los aqui!

Ela sorriu.

– Tome cuidado. São as únicas cópias que eu tenho. – Ela leu: – *Folhetos do Rosa Branca. I. II. III. IV.*

As palavras e os números queimaram no meu cérebro, e enquanto eu os lia, Lisa manteve um silêncio solene, me deixando com meus pensamentos.

Depois de cerca de 25 minutos, coloquei os folhetos de volta no envelope. A boca de Lisa se contraiu numa careta pensativa, outro cigarro pairando em sua mão direita. Inclinou a cabeça, de modo que seu cabelo loiro, que normalmente circundava a orelha direita, caísse em um cacho curto próximo ao rosto.

– Então... O que acha?

Na verdade, eu tinha poucas sugestões críticas a oferecer; meus nervos estavam em frangalhos depois de digerir as palavras produzidas por Hans e Alex.

– Não acredito no que li.

A audácia dos redatores e a força vertida nas páginas me arrebataram, mas, ao mesmo tempo, me deixaram morta de medo. Como eu iria corresponder a tal pensamento? Aquelas eram, de fato, reflexões traidoras colocadas no papel, com morte certa para seus autores, não havia dúvida. Fiquei atordoada. Estava entregando minha vida para algo novo, desconhecido e mortal. O fato de ter lido as palavras do Rosa Branca e não ter denunciado Hans, Alex e Sophie para a Gestapo faziam de mim tão traidora quanto eles, uma coconspiradora.

– A coisa vai de referências clássicas no primeiro folheto, para um ataque em larga escala a Hitler e o estupor do povo alemão nos últimos textos – eu disse. – Imagine colocar Hitler como mentiroso, e estigmatizá-lo como "ditador do mal!" Isso me choca além de qualquer coisa que eu pudesse imaginar.

– Deveria – Lisa disse, calmamente. – Agora depende de você colocar em palavras seus sentimentos em relação ao Reich, pintar um retrato verdadeiro desse monstro que nos governa. – Ela apagou o cigarro e se inclinou na minha direção. – Temos que fazer alguma coisa. Nossa resistência é nosso único caminho, a única maneira de fazer diferença. Hans, Sophie, Alex e Willi são os líderes do Rosa Branca. Os folhetos falam em sabotagem, ato subversivo, mas até onde sabemos, ninguém jamais partiu pra isso.

– Então, por que a gente vai se colocar em risco, se nossas palavras não fazem diferença? – perguntei, querendo que ela confirmasse o que eu estava pensando.

– Porque, como Sophie diz, temos uma consciência. Não temos outra escolha a não ser rejeitar Hitler e sua máquina de mortandade. *Nossos* meios são os não violentos; tocamos no coração do bom povo alemão.

Levantei-me da minha cadeira e andei pelo estúdio, que havia assumido o clima surreal de um sonho: a mesa, as cadeiras, as obras de arte, a cama, tudo se inclinava para mim como alguma fantasia de Dom Quixote.

– Não sei se consigo fazer isso, Lisa. Vamos ser executadas! Você sabe disso. Tudo na Alemanha é monitorado, espionado; cada sombra, cada passo atrás de nós seria uma ameaça em potencial. E os meus pais? Meu pai já tem problemas suficientes do jeito que está.

Lisa suspirou e levou as mãos cruzadas até o rosto. Depois de alguns minutos, disse:

– Agora é a hora de recuar, se precisar, porque depois que as palavras tiverem sido escritas e publicadas ficarão no mundo para sempre, a não ser que Hitler vença a guerra. Nesse caso, os esforços do Rosa Branca terão sido em vão, e as lembranças dos nossos feitos vão desaparecer sem deixar rastros. – Uma tristeza profunda toldou sua expressão, enquanto ela fazia uma pausa para reunir seus pensamentos. – Talvez a gente possa ajudar a Alemanha a cair em si, antes que seja tarde demais. Cabe a você decidir.

Encostei-me à mesa e refleti sobre o que isso significaria. Nunca havia sido uma pessoa profundamente religiosa, mas de algum modo senti como se a mão de Deus estivesse me empurrando em um rio que corria velozmente, do qual não poderia escapar. Ou me afogaria, ou seria atirada para a margem, surrada e quebrada. Nenhuma das possibilidades era atraente. E, no entanto, quando pensei a fundo no horror de Sina e seus filhos, suas mãozinhas agarradas ao casaco da mãe, a Gestapo detendo meu pai, e a postura calma de Hans, Alex e Sophie, que colocaram a vida em risco pelo que eles realmente acreditavam ser o certo, o que realmente importava, a escolha correta soou como um clarim em minha cabeça.

– Vamos começar – eu disse com toda firmeza que podia, e notei que minhas mãos tremiam.

– Estou aliviada – Lisa disse. – Sabia que seu coração a levaria para o Rosa Branca, porque sei a pessoa decente que você é. – Ela voltou a me oferecer o frasco, mas recusei outro drinque, para me manter calma e racional. – Tem uma coisa que precisamos fazer antes de você começar a escrever.

– O que é?

– Temos que fazer um pacto, jurar uma para a outra que se uma de nós for detida, interrogada, presa, ou mesmo torturada, não trairemos os outros integrantes do Rosa Branca. É a única maneira de o grupo poder continuar a lutar contra a tirania. – Ela colocou a mão sobre o coração. – Jure.

Respirei fundo e pus a mão sobre o coração.

– Juro nunca trair o Rosa Branca.

– E eu juro novamente nunca trair o Rosa Branca – Lisa disse. – Vamos brindar ao nosso acordo.

Ela se levantou da cadeira, pegou o frasco e engoliu uma grande dose de *schnapps*. Depois o entregou para mim, o estanho martelado reluzindo à luz. Bebi em honra ao nosso acordo, sabendo que tinha acabado de selar meu destino.

Batalhamos noite adentro, buscando as palavras certas, as expressões, as nuances de pensamento que confeririam poder a nossas deliberações, de modo a não parecerem vazias e sem força como rabiscos sem sentido num papel.

De início, quis descrever a cena horrorosa na Rússia, os assassinatos, o sangue derramado de russos inocentes e soldados alemães, mas depois de considerarmos, decidimos que tal relato provocaria suspeita sobre Alex e eu, e assim sendo, sobre o restante do grupo. Como era terrível e assustador perceber que não havia caminho para a verdade, a não ser passando pela possibilidade de nossas próprias mortes.

Conforme foi se aproximando a meia-noite, meus olhos ficaram embaçados, minha mente foi ficando mais lenta com o passar das horas, e a cada minuto a concretização do nosso trabalho foi se tornando menos provável. Também comecei a me preocupar em acordar Frau Hofstetter, e com a longa caminhada de Lisa para casa, no escuro. Ela terminou o que restava da *schnapps*, e tirou um cigarro do maço, mas depois o colocou de volta, deixando de lado seu impulso de fumar.

– Minha garganta está inflamada – disse, apertando o pescoço com a mão. – Espero não estar ficando resfriada.

Estremeci com o ar gelado. A fonte de aquecimento no estúdio era mínima, apenas um aquecedor enferrujado, longe do centro do cômodo onde estávamos. O aquecedor a carvão que fora aceso em outro espaço, atrás de uma parede de tijolos, já tinha sido alimentado naquela noite, e não tinha serventia como fonte de calor para nós duas.

– Talvez a gente esteja abordando isso do jeito errado – eu disse. – Não consigo escrever como Hans e Alex; não conheço os clássicos, não sou versada em latim, meus ideais cristãos estão longe de serem perfeitos.

Todos esses vários preceitos tinham sido apresentados pelo Rosa Branca nos quatro primeiros folhetos.

– Vamos parar por hoje – Lisa disse, e bocejou. – Você tem aula amanhã?

– Tenho, Filosofia com a Sophie. Nos sentamos uma ao lado da outra, mas não conversamos sobre nada, a não ser sobre o que o professor Huber diz. Nunca mencionamos o Rosa Branca.

– Soube que ele tem talento com as palavras.

Peguei meu caderno e a caneta e os coloquei na maleta que tinha levado para o estúdio.

– Ele é maravilhoso e os alunos vão em bando até ele. Ele se transforma num homem diferente perante a classe. É como se fosse possuído por outra personalidade; a manqueira que o atormenta desaparece, e uma energia entusiasmada, vinda do além, simplesmente assume o controle. O homem comum se transforma num super-homem.

– Sophie me conta que ele tem feito observações depreciativas em relação ao Reich.

– As palavras dele são sutis, tão dissimuladas quanto um encontro do Rosa Branca, e se você não prestar muita atenção, nunca vai perceber.

Eu o visualizei em frente à classe, os braços erguidos em gestos amplos, o rosto exibindo mais emoções do que um ator no palco.

– Fico imaginando o que os nacionais-socialistas ferrenhos da classe dizem sobre Huber pelas costas. Faz com que eu tema pela sua vida. Darão tempo ao tempo, ou são estúpidos demais para entender o que estão escutando? Eles teriam dificuldade para começar uma ação contra ele. O professor Huber é gênio o bastante para distorcer o significado das suas palavras diante de qualquer corte, se for interrogado.

Lisa sorriu de forma sarcástica.

– Eu não qualificaria nenhum nacional-socialista como estúpido, pelo seu próprio bem, mas com certeza eles estão cegos por sua devoção a Hitler. Não podem compreender o que o homem forjou, o que está impondo sobre nossa amada Alemanha. Eles o seguem sem piscar; mesmo com os rumores sobre atrocidades se espalhando pelo país, eles se recusam a acreditar que ele pudesse estar envolvido, que pudesse fazer qualquer coisa errada.

Peguei meu casaco, mas os olhos de Lisa reluziram em alarme, e em silêncio o recoloquei nas costas da minha cadeira. Ela colocou um dedo nos lábios e ficou sentada, rígida e em silêncio em sua cadeira.

A maçaneta se mexeu num círculo lento e parou.

Minha respiração parou quando a chave virou na fechadura.

A porta abriu com um rangido, e um rosto macilento espiou pela fresta.

Lisa, de costas para a entrada, se virou freneticamente e depois suspirou de alívio.

– Puxa, Dieter, você quase matou a gente de susto.

O artista, com seu longo casaco pendendo ao redor do corpo, entrou no cômodo.

– Como anda a batalha? – perguntou, as palavras arrastadas pelo álcool.

– A gente estava de saída – Lisa disse.

O rosto longo de Dieter, tão branco e pastoso quanto se poderia esperar de alguém que passa grande parte do tempo em um estúdio iluminado apenas por lâmpadas, virou-se brevemente, antes que ele jogasse seu casaco da metade do estúdio para a cama. Seus cabelos pretos estavam penteados para trás, os círculos de meia-lua sob seus olhos tão escuros quanto os cantos do cômodo. Ele despencou na cama, de botas e tudo mais, com um trambolhão.

Ergueu as mãos, com as palmas viradas para o teto.

– Não quero saber o que vocês estão fazendo, lembra?

– Claro – Lisa disse, e me lançou um olhar dissimulado. – Agradeço o uso do seu estúdio. Tudo bem se a gente voltar depois de amanhã?

– Claro.

Ele se virou para a parede, o corpo de costas para nós, e puxou um cobertor esfarrapado até a cintura. Quando vestimos nossos casacos e juntamos nossas coisas, Dieter roncava em ronronados suaves.

– Artistas...

Lisa apagou o abajur de chão.

Fizemos nosso caminho no escuro, tendo como guia apenas um fino retângulo de luar que se infiltrava ao redor do batente da porta.

– Vejo você daqui dois dias – eu disse, e abracei Lisa, depois de ela ter trancado o estúdio. O vento norte nos esmurrou enquanto corríamos para a rua.

Ela acenou em despedida e lá se foi em direção à Leopold Strasse e sua casa.

Diminuí o passo e respirei o ar fresco, observando as estrelas cintilantes e a luz constante dos planetas luminosos, que eu não conseguia identificar. A sensação de espaço infinito me proporcionou uma calma que me havia escapado horas antes, imaginando se a declarada cristandade de Hans e Sophie os estaria guiando enquanto formulavam seus planos de atiçar a sabotagem contra o Reich. Desejei ter uma fé tão forte quanto a deles, que se estenderia não apenas até eles, mas para mim mesma. Contemplei o céu da noite gelada, imaginando o que escrever em nosso folheto, já que havíamos fracassado em propor alguma coisa. O frio exacerbou minha ansiedade, e senti um calafrio debaixo do casaco. Havia muita coisa em risco: o Rosa Branca, meus pais, minha vida. A pressão quase me paralisou enquanto eu percorria as ruas escuras.

Enquanto o vento rodopiava ao redor do meu corpo, percebi que, agora, guardar segredos seria um estilo de vida. Alex havia me lembrado que nós, russos, éramos bons nisso.

Palavras.

Palavras são ferramentas poderosas que podem provocar danos irreparáveis quando usadas para o mal – para dividir e conquistar.

Joseph Goebbels, o ministro de propaganda do Reich, sabia bem demais o quanto ele era importante para Hitler e o partido nacional-socialista. Seu poder vinha das palavras que incitavam, impulsionavam os nazistas a ações violentas, advertindo-os a conseguir uma "vitória total", possível apenas com o extermínio dos seus oponentes.

Como eu poderia produzir um folheto que mudasse o pensamento das pessoas? A ideia doentia de que eu precisaria pensar como Goebbels me atingiu quando Lisa e eu nos sentamos no estúdio frio de Dieter, envolvidas por nossos casacos, enquanto eu me atracava com os formidáveis oponentes, a caneta e o papel. Usando sua maliciosa inteligência, e a odiosa personalidade insensível, Goebbels era um mestre da injúria. Eu não suportava o homem, a quem só tinha visto de longe, em um tablado na Marienplatz, cercado por seus admiradores capachos. Ele me lembrava um rato, com seus lábios finos, olhos redondos, e queixo recuado. Um homem que espalhava seu veneno com palavras gritadas, distorcidas; braços e rosto imitando seu vocabulário distorcido. Mas seu prestígio e influência eram inegáveis; os nazistas o adoravam fielmente e o veneravam como um santo.

Enquanto eu pensava sobre seu poder de oratória, uma ideia passou pela minha mente. O ministro da propaganda também se comunicava através da arte; seus cartazes, aprovados pelo estado, frequentemente mostravam um poderoso personagem nazista esmagando um "vil" oponente, em geral um comunista ou um judeu.

Haviam se passado dois dias desde que estivéramos no estúdio de Dieter, e depois de duas horas, tudo o que eu tinha para mostrar dos meus esforços era um parágrafo de linhas rabiscadas...

– Talvez eu deva ser a pessoa que escreve – Lisa sugeriu.

Seu casaco estava aconchegado ao redor dos ombros; apenas seu rosto pálido de inverno e um pequeno pedaço de pescoço nu revelavam-se acima da gola.

Frustrada, larguei a caneta sobre o caderno, esquecendo minha súbita inspiração.

– Talvez fosse bom. Parece que não vou a lugar nenhum. Tem que haver um ponto de vista que nos sirva, alguma coisa que nós duas conhecemos.

Levantei-me da cadeira e senti os olhos de Lisa me seguindo pela sala.

– Hans e Alex tiveram suas dificuldades para escrever os folhetos, mas acabaram chegando a um acordo – ela disse, pegando seu frasco do bolso. Sacudiu-o. – Maldito racionamento. Não consegui uma dose decente de *schnapps*. – Ela voltou a enfiá-lo no casaco. – Você está preocupada?

Voltei a olhar para ela.

– Aonde está querendo chegar?

Será que ela estava aborrecida porque eu não tinha produzido nenhuma palavra digna de nota? Lisa enfiou os dedos no maço de cigarros sobre a mesa, hábito nervoso a que eu já a tinha visto recorrer.

– Seu cabelo está um pouco mais curto do que dois dias atrás, e reparei em um ponto de cor em suas unhas.

Ela estava certa. Entediada com meus estudos, tinha cortado o cabelo, sentada em frente à penteadeira, e pintado minhas unhas com um esmalte rosa claro que encontrei no armarinho do banheiro de Frau Hofstetter. A cor mal era visível à luz sombria do estúdio, e quando o passei, achei tão discreto que pensei que ninguém notaria. Mulheres excessivamente maquiadas eram mal vistas, mas eu tinha me rendido a um impulso de me fazer bonita, precipitado, sem dúvida, por certo homem.

– Pensando em Garrick, talvez? – Lisa provocou.

Analisei um dos nus femininos puristas de Dieter, colocado estrategicamente sobre suas pinturas abstratas, uma figura reclinada em uma espreguiçadeira, seus seios e os genitais cobertos por um tecido leve.

– Não o vejo desde a festa de Hans. Ando ocupada demais com as aulas... e você.

– Mas o que acha dele?

Percebendo que Lisa não iria desistir do seu interrogatório, me sentei em frente a ela.

– Acho que ele é bonito...

– E?

– Não sei o que pensar. – Eu não estava pronta para confessar uma atração por Garrick, embora tivesse decidido que se ele me convidasse para sair, eu aceitaria. Que mal teria? Não contaria o que havia visto na Rússia, com certeza não tocaria no assunto do Rosa Branca, e só faria menções casuais a Hans e Sophie. Respondi a Lisa com sinceridade. – Se ele me convidar pra sair, vou aceitar.

Ela assentiu com um gesto de cabeça.

– Ele disse coisas na casa de Hans e Sophie que me levaram a pensar que fosse contra o nacional-socialismo, mas não estou pronta para compartilhar segredos com ele.

– Claro que não! Nem Hans e Sophie estão.

– Ele é difícil de decifrar.

Lisa bateu o maço de cigarros em seu punho, e depois puxou um. Em vez de acendê-lo, deixou que balançasse em seus lábios, o papel do cigarro grudando na pele.

– E até conseguirmos... bom... com Garrick de lado, vamos nos concentrar no nosso trabalho. Hans está ansioso para ver o que vamos sugerir.

– Fume essa coisa, ou coloque de volta no maço – eu disse. – Você parece uma dama da noite.

Ela riu e acendeu o cigarro. O cheiro seco de tabaco queimado flutuou pelo cômodo.

– É, o Reich não gosta dessas mulheres.

Apontei para o nu pintado por Dieter.

– Agora me lembro do que queria dizer. E arte?

Lisa piscou e soltou uma grande nuvem de fumaça.

– O que tem ela?

– Você conhece mais sobre arte do que eu. Que tal eu escrever sobre a repressão dos artistas, e como o curso natural da cultura alemã vem sendo destruído pelo nacional-socialismo? Posso destacar como Goebbels usa a arte em sua propaganda para oprimir os inimigos do Estado.

Depois de um momento, os olhos de Lisa brilharam.

– Acho uma excelente ideia e posso revisá-la. Hans e Alex não escreveram sobre isso.

Peguei a caneta, passei para outra página no meu caderno, e escrevi as primeiras palavras de *Um novo folheto do Rosa Branca*: *O governo opressivo do nacional-socialismo estrangulou a criatividade de todos os artistas que ousaram se opor* à prisão confinada d*aquilo que o Reich julga apropriado, e nessa garra mortal, a originalidade, a individualidade e a alma do povo alemão foram exterminados. O espírito da Alemanha tem sido esmagado sob a bota de ferro de um ditador abominável.*

Passei estas palavras para Lisa, que concordou com a cabeça enquanto lia, abrindo um sorriso no rosto bem distante do aspecto abatido que tinha exibido mais cedo.

– As coisas vão indo bem? – Hans perguntou, por obrigação, quando cheguei em seu apartamento na tarde seguinte.

– Não estaria aqui se não estivessem – respondi, esperando ser dispensada a qualquer momento, como uma menina de escola. Sentamo-nos em um sofazinho banhado por uma tênue luz invernal, que se empenhava para atravessar a escuridão de um dia lúgubre.

– E como vai Dieter? – ele perguntou, dessa vez como se minha presença fosse um fardo.

Se eu fosse fumante, teria acendido um cigarro. O jeito distraído de Hans estava me deixando nervosa, como se a Gestapo estivesse de tocaia em outro quarto. De qualquer maneira, estava claro que ele tinha outras coisas para pensar, além do nosso folheto.

– Eu o vi uma vez, quando ele voltou para o estúdio à meia-noite – eu disse. – Lisa falou com ele. Eu nem mesmo me apresentei.

Hans colocou as pontas dos dedos nas têmporas e as massageou com uma força crescente, fazendo com que a pele do couro cabeludo e o cabelo formassem uma onda agitada.

– Bom... bom – ele murmurou.

Incapaz de suportar por muito mais tempo sua atitude tensa, enfiei a mão no bolso do casaco e tirei as páginas arrancadas do meu caderno.

– Aqui está o que você procura.

Entreguei a ele o esboço que havia me causado uma considerável ansiedade na curta caminhada do meu apartamento para o dele. Procurei não me fazer notar enquanto levava as páginas, e no esforço, imaginei se minha cautela excessiva estaria me entregando. Cada pessoa na rua passou a ser um inimigo, um motivo de terror, como se eu estivesse lendo alguma história de mistério e fantasia criada por Edgar Alan Poe, que me fora apresentado por meu pai em uma tradução russa. *Seus hálitos gelados fluíram da rua até mim, minha mente perturbada vacilando a cada passo, enquanto eles avançavam com olhos gelatinosos, incandescentes e malevolentes, lábios trêmulos circundados de cuspe...* Era esse meu estado de espírito enquanto ia até Hans, meu coração e minha mão o tempo todo conscientes do que eu levava no bolso.

Ele leu sem pressa. O tique-taque do relógio de mesa no cômodo ao lado soava tão claro como se estivesse colocado junto ao meu ouvido.

Por fim, Hans levantou os olhos das páginas e disse:

– Está perfeito, mas...

Ele sugeriu algumas mudanças no meu texto, mas nada que desonrasse minha capacidade como redatora de folheto.

– Estou satisfeito com o resultado – acrescentou. – Aonde vocês vão com isto?

Deduzi que ele estivesse se referindo a onde eu e Lisa planejávamos distribuí-lo.

– Viena, para começar.

Ele se levantou do sofá e olhou pela janela, projetando uma pálida sombra na luz tênue, sua camisa branca e a calça cinza indistintas, a cabeça ligeiramente curvada, os ombros caídos com o peso dos seus pensamentos. Lá fora, os galhos desfolhados das árvores se agitavam ao vento, golpeando em frente à janela como raios negros.

Hans permaneceu ali por alguns minutos, e fiquei como uma prisioneira à espera da sentença de um juiz. Quando ele se virou, nenhum sorriso enfeitava seus lábios, nenhum indício de felicidade cintilava em seu rosto.

– Obrigado, e que Deus te proteja – ele disse.

Enfiei meu rascunho no bolso e fui embora. Ele nem mesmo me acompanhou até a porta, talvez por não querer que fôssemos vistos juntos. A caminhada para casa foi bem parecida com a de ida, só que o humor amargo de Hans havia lançado uma mortalha depressiva sobre meus esforços. Eu tinha esperado uma explosão efusiva da parte dele, um reconhecimento empolgado de um trabalho bem feito.

Ao virar a esquina para a minha rua, parei bruscamente. Garrick Adler estava parado em frente ao meu apartamento, encostado na cerca de ferro batido que cercava a pequena área de quintal de propriedade da Frau. Pensei em virar as costas e voltar depois, mas era tarde demais. Ele ergueu a mão num cumprimento, já tendo me avistado de onde estava. Um calafrio percorreu meu corpo enquanto eu me perguntava como ele teria me encontrado.

Seus braços estavam recolhidos frente ao peito, como se estivesse segurando algo dentro do casaco, e ele sorriu, seus olhos azuis reluzindo quando me aproximei.

– Sei o que você está pensando – ele disse quando parei à sua frente.

– Você também lê mentes, além de trabalhar com seguro?

Torci para que meu nervosismo por ter o esboço do folheto no bolso do casaco não transparecesse.

– Você quer saber como te achei – Garrick replicou.

– É, seria bom.

Eu não tinha intenção de convidá-lo a entrar, embora ventasse frio e forte sob o céu nublado.

– O nome do seu pai está na lista telefônica – ele disse, com orgulho. – Sua mãe me deu seu endereço depois que expliquei quem eu era.

Meu rosto foi tomado pelo calor, ficou vermelho, não por vê-lo, mas pela ousadia da minha mãe.

– Terei que conversar com ela sobre o fato de dar meu endereço a estranhos.

Foi a vez de Garrick corar, seu rosto ficando vermelho com as minhas palavras enquanto ele olhava para a calçada.

– Espero ser mais do que um estranho. – Algo fez barulho sob seu casaco, e ele se contorceu para evitar que aquilo se mexesse. – Paciência... paciência...

– Eu te convidaria para entrar, mas Frau Hofstetter não gosta de homens *estranhos* em sua casa. – Meu sorriso foi um tanto forçado demais, imaginei, e meu coração amoleceu um pouco ao olhar para um homem que não havia me feito mal. – O que você tem debaixo do casaco?

Um "miau" abafado subiu do peito de Garrick.

– Um gatinho?

– Não é qualquer *katze*. Apresento-lhe Katze!

Ele afrouxou o aperto, abriu alguns botões, e afastou as lapelas do casaco. Um rosto branco adorável, com olhos verdes surpreendentes, e uma pelagem com manchas laranja como chamas, que iam das órbitas esmeralda até as orelhas espetadas, olhava fixo para mim. Meu coração derreteu quando a criaturinha olhou para mim e enfiou as garras na camisa de Garrick.

– Não posso ficar com ele – ele disse. – Se eu pudesse, ficaria, mas sou alérgico a gatos. – Ele levantou o gatinho e o segurou nas mãos. – Vamos lá... Segura ele.

– Não posso ficar com ele – protestei. – Frau Hofstetter me poria pra fora... acho.

– Mas você não vai saber, a não ser que pergunte.

Peguei o gatinho das mãos dele, e por um momento a coisinha se contorceu e miou nas minhas mãos, antes de se acomodar em minhas palmas, como se elas fossem um lugar natural para uma cama.

– Onde você conseguiu ele?

Garrick abriu o casaco e passou as mãos pelo tecido para se livrar dos pelos.

– No bairro. É de rua. A mãe dele e o restante da ninhada foram mortos. Graças a Deus, ele estava grande o bastante para se virar sem ela.

Olhei para o rosto engraçadinho de Katze e seu corpinho minúsculo.

– Ah, não sei, Garrick... Obrigada pela lembrança.

– Ele não dá trabalho, é muito tranquilo e bem comportado.

Ele abotoou seu casaco.

Enquanto eu segurava o gatinho, me lembrei do gato que deixamos em Leningrado, ao fugir. Chorei quando meus pais deram minha Lotti para uma velha que eu tinha certeza de que ia comer meu bichinho. Meu pai garantiu que a "bondosa senhora" que morava no vizinho não faria tal coisa. Não me convenci.

Segurei Katze junto ao rosto, senti o calor acetinado do seu pelo contra a minha pele, e soube que quanto mais eu o segurasse, mais difícil seria me desfazer dele.

– Bom, acho que dá para tentar... por alguns dias – eu disse, enquanto o gato ronronava ao meu ouvido. – Mas vamos ter que achar uma nova casa se eu não puder ficar com ele.

– Claro – Garrick disse. – Assim que te vi na sinagoga, soube que você tinha amor no coração. – Seu sorriso vigoroso, normalmente tão cheio de inteligência e perspicácia, mostrava apenas afeto. – Dê muito amor pra ele.

Pensei no folheto no meu bolso e o medo me espicaçou.

– Tenho que ir. Preciso limpar a casa e estudar Biologia para completar. Ele agradou as orelhas de Katze.

– Claro... Posso fazer uma visita pra ele, algum dia?

Quis dizer sim, mas também quis dizer não. Garrick me deixava em conflito; convidar alguém a participar da sua vida, entrar na sua casa, era um gesto perigoso, mesmo quando a pessoa enchia você de gentileza, mas cedi, contra meu bom senso.

– Claro, mas, por favor, não venha sem avisar. Vai precisar combinar comigo... de algum jeito. – Eu não tinha telefone, e não queria dispor da linha privativa de Frau Hofstetter para meus assuntos, muito menos que Garrick aparecesse quando eu estivesse trabalhando em alguma coisa para o Rosa Branca. – Deixe um recado na caixa de correio.

– Manterei contato... Você pode vir me ver quando quiser.

Ele olhou para mim com ternura, agradou Katze pela última vez, e me deu seu endereço novamente, antes de ir embora. É claro que eu já sabia onde ele morava.

Vi-me sozinha com o gatinho, sua casa agora era a minha cama, enrodilhado como uma concha de caramujo nas dobras de um cobertor. Eu não fazia ideia se Frau me deixaria ficar com ele, mas agora isso não tinha importância. Precisava fazer uma caixa para ele, e arrumar comida; mas por ora, fiquei vendo o orfãozinho descansar.

Enquanto agradava seu corpinho, pensei nos perigos de aceitar um presente de qualquer pessoa que vivesse sob o Terceiro Reich, ainda mais começar um relacionamento com alguém que eu tivesse conhecido havia tão pouco tempo.

CAPÍTULO 5

PAPEL. ENVELOPES. TINTA. Máquina de escrever da Lisa.

– Graças a Deus, Hans e Sophie têm amigos que compram o material. – Lisa ficou junto a meu ombro enquanto eu datilografava no estêncil, cada tecla atingindo o papel com força suficiente para provocar uma impressão profunda na camada de cera. –Eles não fazem perguntas sobre sua incumbência – ela continuou. – Imagine só uma pessoa comprando milhares de folhas de papel em uma papelaria, e a mesma coisa com envelopes. Seria o mesmo que se entregar pra Gestapo, porque o dono entregaria. A namorada de Hans tem feito muitas compras individuais.

Parei de datilografar, limpei os óculos, e depois olhei para o meu texto.

– Lisa, você está me deixando nervosa. É difícil corrigir o estêncil se eu errar. – Indiquei a cadeira do outro lado da mesa no estúdio de Dieter, onde tínhamos vindo trabalhar alguns dias depois de eu encontrar Garrick. – Fume um cigarro, pelo amor de Deus, ou beba. Tente relaxar.

Ela caminhou até a cadeira com uma expressão petulante, e tirando o frasco do casaco, abriu a tampa e virou o vasilhame de cabeça para baixo. Não caiu uma gota.

– Ainda sem *schnapps* – disse. – Também está difícil achar vodca.

Largou-se na cadeira e optou por um cigarro.

– Estou quase terminando, e daí cabe a você lidar com esta geringonça – eu disse, olhando para o cilindro preto do mimeógrafo que estava sobre a mesa. Aquilo me atormentava, porque depois que se despejava a tinta e o estêncil se enrolava no tambor, o papel era inserido para a produção de cópias. O primeiro passo no processo de resistência contra o Reich teria começado, e se a pessoa fosse cínica e pessimista, talvez até fatalista, a impressão dos folhetos seria mais um passo para o cadafalso. – Enquanto você espera, por que não dá uma olhada na lista telefônica?

– Essa é a parte mais fácil – Lisa disse, soprando fumaça para o teto. O cheiro irritante do tabaco encheu minha garganta, suplantando temporariamente os odores de óleo de linhaça e secagem de tinta do estúdio. – Vou deixar o endereçamento dos envelopes pra você. Conhece alguém em Nuremberg?

– Nem uma viva alma.

Retomei minha datilografia. Todo o processo de distribuição parecia muito esquisito, mas entendi sua necessidade estratégica. Lisa e eu viajaríamos a Viena para postar os folhetos destinados a endereços em Nuremberg, exatamente como os enviados a Munique eram postados em outras cidades. Não tínhamos certeza sobre o que a SS e a Gestapo sabiam sobre o Rosa Branca, mas o objetivo de fazer uma viagem arriscada era dissipar a suspeita sobre nossa cidade natal e fazer o grupo parecer maior do que era. Se conseguíssemos colocar alguns folhetos extras em lugares ao longo do caminho, melhor.

– Escolher nomes ao acaso é parte da brincadeira – Lisa disse. – Escolha nomes que repercutam em você; pouco importa se for um médico ou um encanador.

Levei um dedo aos lábios e continuei datilografando. Terminei passada mais meia hora, li a cópia, e a coloquei nas mãos de Lisa.

Ela também a leu, e depois, com cuidado, juntou o estêncil ao cilindro.

– Minha vez – disse, e pegou a manivela para virar o tambor, mas parou, olhando horrorizada para seus dedos. As pontas estavam manchadas com o preto arroxeado da tinta, indício evidente para qualquer pessoa que visse que ela tinha andado tramando algo errado. Lisa correu para a pia, que não tinha água quente, e tentou o melhor que pôde limpar as manchas com sabão e água fria. Depois de alguns minutos, voltou para a mesa tendo sua pele adquirido um tom ligeiramente cinza azulado.

– Droga – disse. – Nem pensei... Graças a Deus é inverno e posso usar luvas.

Lisa havia calculado que precisávamos imprimir cerca de quinhentas cópias do folheto, número contabilizado para uma grande porcentagem a ser enviada de Viena a Nuremberg, algumas folhas abertas a serem depositadas em fachadas de loja na Áustria, além de algumas para Hans e Sophie.

Ela virou a manivela e as primeiras folhas voaram do cilindro e caíram na mesa. Peguei uma delas com a mão enluvada e examinei nossa obra, satisfeita com o resultado. O cheiro uniforme da tinta, quase sem odor, subiu do papel. Lisa parou para alimentar a máquina com mais papel, enquanto eu endereçava os envelopes com nomes escolhidos na lista telefônica. Usando luvas finas de algodão, escrevi em letras de forma para disfarçar minha caligrafia. Foi preciso cerca de uma hora até que o último folheto fosse impresso. Depois disso, Lisa deixou o aparelho, esfregando o ombro direito antes de desmoronar na cadeira.

– É um trabalho mais duro do que imaginei – ela disse. Fazia um tempo que ela tinha fumado, e pude ver a vontade cintilando em seus olhos. Ela pegou um cigarro e perguntou: – E como vai o Katze?

– Bem. – Levantei os olhos da minha pilha de envelopes. – Na verdade, ele é um querido. Fico pensando que Frau Hofstetter vai irromper pela porta uma noite, e exigir que eu o jogue fora, mas isso não aconteceu. Quando me mudei para lá, não foi mencionada nenhuma regra sobre não ter animais. Vai saber, talvez ela goste de gatos. Ainda não tive coragem de contar pra ela, e Katze parece bem contente em subir na cama, ou brincar com os pompons pendurados no canto da colcha. Por sorte, seu miado é tão suave que não acho que ela ouviria, a não ser que esteja no quarto ao lado.

– Por que o Garrick te deu um gato?

Ela enroscou o cabelo atrás da orelha esquerda, com um dedo manchado de tinta, e comprimiu os lábios, numa expressão inquisitiva que eu já conhecia.

Na verdade, eu tinha refletido sobre a mesma questão, não encontrando uma resposta satisfatória. Seria porque ninguém que ele conhecia aceitaria o animal; não tinha irmão, irmã ou amigo que gostasse de gatos? Talvez sua afirmação de uma reação alérgica fosse verdade, embora não me lembrasse de ter visto nenhuma vermelhidão em seus olhos. Talvez ele quisesse me tirar da concha. Sem dúvida, Katze não havia me distanciado de Garrick; quando muito, o presente dele tinha me aproximado.

– Não tenho certeza – disse com sinceridade. – Nunca esperei, mas estou feliz que ele tenha feito isso. Adoro a companhia do Katze.

– Perigoso... perigoso... perigoso... – Lisa repetiu as palavras como um mantra. – Ele *quer* chegar em você.

– Por favor, pare. – Bati a caneta na mesa. – Já passamos por isso. Sim, ele é atraente; sim, não o conheço tão bem, mas não tem nada acontecendo.

Enquanto afirmava minha inocência para Lisa, e mentalmente me livrava de qualquer avanço de Garrick, também sabia que pensava nele contra minha vontade, imaginando que tipo de homem seria, visualizando nós dois de braços dados enquanto caminhávamos pela rua num dia de primavera, talvez até roubando um beijo sob um carvalho. Mas com meus estudos, trabalho, as visitas para minha mãe, e o perigo da minha ligação com o Rosa Branca, não parecia possível nenhum vínculo sério.

Minha mãe também não ajudava, porque esperava que eu me casasse com alguém que pudesse ajudar a tirar meu pai da prisão, antes de ele cumprir toda a sentença.

– Precisamos nos enquadrar para salvar seu pai – ela me disse com olhos lacrimosos. – O que mais podemos fazer?

– Você jamais será uma nazista! – respondi com dureza, mal controlando a raiva que sentia dela e do governo que a forçava à submissão. Deixamos o assunto do meu pai de lado, porque era doloroso demais para ser discutido.

Apontando para a pilha de folhetos, voltei a atenção de Lisa para nossa tarefa.

– As cópias estão feitas. Você pode me ajudar a endereçar os envelopes.

– Você é uma estraga-prazeres – ela disse, enfiando suas luvas de algodão. – Nunca vou conseguir tirar mais de você sobre o Garrick. Ponha a lista telefônica no meio da mesa.

Lisa teve o bom senso de não me questionar novamente, então trabalhamos em silêncio até estarmos perto da exaustão. A meia-noite se aproximava e sabíamos que Dieter logo voltaria para reclamar seu estúdio. Ainda precisávamos selar e colar os envelopes, antes de agendar nossa viagem a Viena.

Lisa puxou uma grande mala de couro, repositório final de nossa correspondência. Levantou um fundo falso que, acondicionado do jeito certo, esconderia as cartas e folhetos avulsos.

– E se a polícia examinar? – perguntei. – Eles não vão conseguir ver que o fundo está levantado?

– É por isso que temos que arrumar com perfeição – ela disse. – Os envelopes precisam ser comprimidos, presos com barbante, e os folhetos empilhados como um baralho.

Peguei uma carta que tinha endereçado a Herr Weingarten, em Nuremberg. Gostei do som do nome, e desconfiei que o homem e sua família fossem judeus, embora não tivesse ideia se isso era um fato. Dei-me conta que ele poderia já não estar na cidade, se fosse judeu ou defensor de judeus. A família poderia ter fugido ou, imaginei com um arrepio, sofrido um destino trágico.

Ao escolher nomes, me vi procurando aqueles que achei que seriam simpáticos à nossa causa. Se não um judeu, então quem? Talvez eu tivesse escolhido a abordagem errada. Deveria procurar nomes germano-teutônicos, famílias tradicionais bávaras? Suas mentes se modificariam com uma carta anônima no correio, condenando o Terceiro Reich, ou ficariam enraivecidos e mortos de medo por terem-na recebido?

– Quando selei este envelope, selei meu destino – eu disse, levantando uma das cartas, mas sabendo que tinha dado esse passo semanas antes. O cheiro enjoativo de papel com tinta, tintas a óleo e dos cigarros de Lisa se infiltraram na minha cabeça. Larguei a carta na mesa, sabendo que qualquer reflexão sobre meu destino estava segura no ambiente clandestino do estúdio de Dieter.

Um zunido suave de ar saiu da mala quando Lisa a fechou.

– Tenho sido uma traidora desde que o Rosa Branca me encontrou..., mas quando enviarmos nossa primeira carta, nossas cabeças estarão marcadas. – Ela correu os dedos pelo tampo da mala. – Poderíamos queimar essas cartas agora e ninguém ficaria sabendo.

Alta traição.

A acusação por nossos crimes. A sentença seria morte.

Por que estou fazendo isso?

Assim que me fiz essa pergunta, uma miríade de respostas veio à minha cabeça como uma tropa de cavaleiros brancos, enviados para vencer minha covardia. Em primeiro lugar, eu tinha visto o que a SS era capaz de fazer; eles eram assassinos frios e calculistas, exterminavam qualquer um que não se encaixasse no plano principal de Hitler. Em segundo lugar, meu pai estava na prisão por ler livros banidos; em terceiro, começavam a circular rumores de que a Alemanha havia perdido a guerra; em quarto, alguns estudantes comuns e militares de coragem extraordinária haviam dado início a um movimento do qual eu queria fazer parte. Esperava que meu pequeno esforço pudesse tirar o mundo do inferno em que havia se transformado.

Essas eram as razões pelas quais Lisa e eu arriscaríamos nossas vidas numa viagem à Áustria, postando folhetos do Rosa Branca.

Trabalhamos mais uma noite no estúdio, colando e selando as cartas, amarrando-as firme com barbante (tivemos que esconder um canivete para cortá-lo), e arrumando a mala até não caber mais nada. Só sobraram vinte folhetos da correspondência planejada. Ofereci-me para modificar o forro do meu casaco para guardar as cartas que restavam, e para me encontrar com Lisa na manhã seguinte, em seu apartamento, porque ficava mais perto da Hauptbahnhof, a estação central. Planejamos pegar um trem para Viena, cronometrando nossa viagem para postar as cartas depois de escurecer, espalhar os folhetos restantes, e depois pegar o último trem de volta a Munique – se tudo corresse bem.

Quando cheguei de manhã cedo no prédio onde eu e meus pais costumávamos morar, Lisa estava sozinha. Seus pais tinham saído para trabalhar. Ela me levou para o quarto, onde a mala estava em cima da cama, as fechaduras de latão de frente para nós.

– Escondi essa operação dos meus pais – Lisa disse, com orgulho. – Minha mãe é um pouco xereta, sempre olha debaixo da minha cama, sabe-se lá pra quê, com o pretexto de limpar. – Ela sorriu. – Mudei a etiqueta. Veja o que tem dentro.

As fechaduras se abriram com um estalar metálico. Um vestido longo azul, luvas de couro, um cachecol vermelho, uma camisola de lã, uma coleção de sutiãs e calcinhas, tudo muito bem dobrado e passado, cobria o fundo falso da mala.

– Estou indo visitar a minha tia – ela disse, explicando seu álibi. – Você está indo visitar seu futuro marido.

– Não estou levando bagagem.

– *Suas* roupas já estão na casa do seu noivo – Lisa disse com naturalidade. – Olhe para a polícia com uma expressão tímida, e eles vão te mandar seguir caminho. Tenho certeza de que sua natureza reservada irá dobrá-los.

Olhei para meu vestido e sapatos simples, me sentindo menosprezada pelo "elogio" de Lisa. Tinha me vestido para parecer comum, uma alemã normal entre tantas na estação de trem.

A proposta de Lisa sobre meu "futuro marido" parecia absurda, mas minha crença sincera em um namorado inexistente em Viena poderia ser só o que me impedisse de ser detida e presa. Então, eu o imaginei: alto, bonito, com cabelos loiros acobreados, um sorriso inteligente e covinhas, e percebi que tinha visualizado Garrick. Ele serviria.

Lisa retirou algumas roupas, revelando o fundo falso, uma chapa forrada de seda marrom.

– Tudo está arrumado aqui embaixo, inclusive o canivete. – Ela devolveu as peças para seu lugar, fechou a mala, e trancou as fechaduras. – Pronta?

– Estou.

Meu coração saltou no peito com a aproximação do perigo. Engoli com dificuldade e limpei uma gota de suor na testa. *Tenho que permanecer calma... Pense em alguma coisa além do que estamos fazendo... até chegar lá.*

– Sophie me aconselhou a me sentar separada de você, no mesmo vagão, para evitar suspeita – Lisa disse. – Podemos nos revezar ao carregar a mala para a estação, mas nos últimos quarteirões eu deveria fazer isso sozinha. Você segue a uma distância segura. Se eu for parada, continue andando como se nada tivesse acontecido, e saia da estação. Não fale comigo, nem olhe na minha direção.

– Me sinto uma idiota.

Eu me sentia despreparada para nossa viagem. Nossa missão entrou num foco doloroso, juntamente com a realidade do que estávamos arriscando.

– Fique calma e não deveremos ter problemas – Lisa continuou. – O Rosa Branca já teve sucesso nessa empreitada antes de nós. – Ela levantou a mala da cama e a colocou no chão. – Vamos comprar passagens separadamente, a minha primeiro. Deixe algumas pessoas passarem na sua frente e depois você compra a sua. Está com seus documentos?

Confirmei com a cabeça e bati no bolso do meu casaco, meus dedos roçando o tecido que escondia as vinte cartas.

– Tudo bem, estamos prontas para partir. – Lisa me abraçou, pegou a mala, e a girou em direção à porta do quarto. – Uau, se fizermos isso algumas vezes, vamos desenvolver nossos músculos!

Saímos do apartamento e descemos a escada.

– Sem conversa a partir daqui – Lisa ordenou ao sairmos do prédio.

Um vento gelado pinicou nossos rostos. As nuvens plúmbeas em torvelinho e o cheiro de neve no ar aumentaram minha ansiedade. Suei em pleno frio, enquanto Lisa, energizada pelo nervosismo, apressou o passo carregando a mala como se fosse uma bolsa de mão.

A viagem de trem para Viena era longa, de sete a oito horas num dia bom, mas necessária para nos proteger de lançar suspeita sobre a operação de Munique. Esperávamos almoçar no trem e, chegando a Viena, encontrar guichês para postar nossas cartas, bem como lugares adequados para deixar os folhetos. O último trem a sair nos levaria de volta a Munique no começo da manhã seguinte.

A dois quarteirões da estação, paramos numa travessa e desejamos sorte uma para a outra. As ruas estavam lotadas de pedestres, apesar do frio, e as construções em pedra erguiam-se incolores a nossa volta. Lisa desapareceu na multidão em frente aos arcos de pedra e às vigas de ferro da estação central. De tempos em tempos eu avistava sua cabeça, uma vasta cabeleira loira balançando em meio à multidão.

Várias pessoas estavam na fila à minha frente quando Lisa, sem jamais olhar em minha direção, se preparou para comprar sua passagem. Separei meus documentos de identidade e peguei o dinheiro. Depois de comprar a minha, entrei na fila, juntamente com várias pessoas, para um controle de segurança. Tentei não ficar agitada quando Lisa passou pelo portão segurando a mala que não havia sido aberta.

O policial da estação, um homem de meia-idade que parecia precisar de um café, olhou meus papéis e para mim sem dizer nada. Mostrei minha passagem e ele acenou para que eu passasse, sem hesitação, como se eu fosse mais uma alemã "comum". O medo nervoso contra o qual eu lutava esmoreceu por um momento, por eu ter passado pelo posto de controle sem problema. No entanto, aquele era apenas o primeiro passo em um jogo perigoso. Aconselhei-me a não ficar confiante demais.

Segui Lisa a alguns metros de distância até o trem que aguardava. Ela embarcou e, sem qualquer hesitação, jogou a mala em um maleiro, numa cabine de passageiros. Depois tomou um assento próximo à frente do vagão. Sentei-me a meio caminho atrás dela, no lado oposto.

O trem resfolegou para fora da estação, as rodas esmerilhando lentamente no ar gelado, os prédios sombrios e a árvores sem folhas deslizando em sua passagem, a fumaça do motor espiralando pelas janelas numa nuvem cinzenta.

Por fim, a cidade desapareceu, e o trem, ganhando velocidade, deslizou pelo interior da Bavária. Alguém tinha deixado uma revista nacional-socialista no assento vazio ao meu lado e a peguei, folheando as páginas sem intenção de ler os artigos patrocinados pelo governo, servindo apenas como distração para o estado dos meus nervos. Subitamente, fui tomada pela paranoia. As palmas das minhas mãos começaram a transpirar, e estiquei o pescoço, dando uma olhada atrás de mim. O vagão estava parcialmente cheio, com exceção dos compartimentos no final. Ninguém parecia especialmente suspeito ou fora de contexto. Respirei fundo e voltei para a revista, *Frauen-Warte*, que dava sugestões de como as mulheres alemãs poderiam ser melhores mães e donas de casa, usando as dicas de moda, de padrões de costura, e receitas da publicação. Depois de uma meia hora medíocre olhando para donas de casa felizes, voltei minha atenção para a janela e a paisagem que logo se transformaria nas colinas austríacas. Lisa parecia satisfeita de olhar para frente, cuidando da própria vida em sossego.

Minha sensação de calma se transformou em um terror silencioso quando um guarda, em seu uniforme verde-cinza e capacete de aço, rifle pendurado no ombro, passou por mim e parou na fileira de Lisa. O rapaz murmurou algo que não consegui escutar. Lisa, sorrindo e rindo, se levantou do seu lugar. Aparentemente, o soldado também ficou satisfeito com sua atitude, porque abriu um sorriso ao acompanhá-la até a cabine onde ela havia guardado a mala.

Lisa não virou os olhos para mim ao passar, mas tocou de leve no braço do guarda. Virei-me, assim como fizeram vários outros, para ver aonde ele a levava. Depois de vários minutos, que pareceram horas, Lisa reapareceu com o guarda, os dois sorrindo e conversando. O rapaz fez uma leve reverência e depois continuou em frente, até o vagão seguinte. Fechei os olhos e me afundei no assento, preferindo não interagir com ninguém até chegarmos a nosso destino. Perguntei-me o que eu teria feito se fosse questionada pelo guarda. Meu pulso acelerou.

Tendo passado pelo controle de segurança na fronteira austríaca, e depois de parar em Linz e em algumas cidades menores, o trem chegou a Viena mais ou menos às 15h30. Por sorte, não fomos interrompidos pela ameaça de ataques aéreos, como muitos trens eram. Normalmente, esses alarmes acabavam sendo voos de reconhecimento concebidos pelos aliados, em vez de bombardeios aéreos.

Depois do encontro de Lisa com o guarda, me esqueci do almoço, então após descer do trem e caminhar até uma distância segura da estação, a alcancei e perguntei se podíamos parar para comer alguma coisa.

— Você precisa me contar o que aconteceu — cochichei ao nos sentarmos em um canto isolado de um café tomado pelos aromas de café e chocolate. Lisa havia guardado a mala em um guarda-volumes, então podíamos caminhar livres do peso.

— Vou pedir um bom café com torta e depois eu te conto — ela disse.

Fizemos o pedido e em pouco tempo trouxeram nossa comida e as bebidas. Olhei para ela com olhos ansiosos e devorei meu sanduíche de salsicha.

— Era um guarda gentil — Lisa disse. — Ele me achou atraente, o que sempre ajuda nesses casos.

– Continue – implorei, tentando não chamar muita atenção.

– Nada de mais, de fato. Um homem que havia reservado um lugar na cabine notou que eu tinha colocado a mala ali e ido embora. Nosso companheiro de viagem denunciou o caso como suspeito. – Ela cortou um pedaço da sua torta de chocolate com o garfo e o levou à boca, e depois bebericou seu café. – Delicioso.

– Eu gostaria de ser tão *blasé* a esse respeito quanto você.

– O jovem guarda bonitão disse: "Você largou sua mala sozinha. Por que motivo?". Contei a ele que não queria atravancar meu assento com bagagem, e achei que ela estaria segura ali porque não *consigo* trancá-la. Ressaltei que os ladrões, normalmente não viajam em cabines. Ele quis que eu abrisse a mala e eu, logicamente, concordei.

Meus músculos ficaram tensos, ainda que o incidente já tivesse acabado.

– E aí?

Lisa sorriu.

– Tive o máximo prazer em ajudar e cumprimentei ele e o viajante por seu olhar observador e senso de dever para com o Reich. Desci a mala como se não contivesse nenhum peso, abri, e deixei o guarda olhar. Contei a história da minha tia em Viena. Ele enfiou a mão dentro para fuçar, mas assim que seus dedos tocaram nas minhas roupas íntimas de seda, ele parou e seu rosto ficou vermelho como uma cereja. Nosso jovem herói deve ser virgem... ou um católico reprimido. Então, fechei a mala e foi isso.

Sufoquei uma risadinha, mas, divertimento à parte, fiquei perplexa com a desenvoltura e a coragem de Lisa frente a uma possível detenção.

– Estou aprendendo, mas não sei se algum dia serei tão corajosa quanto você – eu disse.

Ela ergueu sua xícara.

– Você já é.

– Não sinto isso.

Cruzei as mãos sobre a mesa e olhei para as outras pessoas naquela tarde de começo de inverno: um casal idoso com seus casacos grossos, bebericando chocolate quente, sentado próximo à janela; quatro estudantes vestidos com suéteres volumosos e coloridos, botas, em todos os aspectos parecidos com Hans, Sophie, Alex e Willi, conversando e questionando passagens literárias, enchendo o café com suas risadas soltas e inspiradas. Por um instante, desejei ser como eles, anônima, levando uma vida normal, acreditando que a guerra e suas atrocidades estavam longe de Viena.

Como tal cena, uma visão de vida tão serena e comum quanto um cartão postal de férias, poderia se desenvolver à minha frente, quando minha própria vida estava repleta de perigo?

Lisa agarrou minhas mãos, atenta a meu olhar errante.

– Todos nós nos sentimos assim... na maior parte do tempo – ela disse, como se lesse meus pensamentos. – Os outros também..., mas existe algo maior que está nos conduzindo... uma força que exige ação.

Enlacei meus dedos nos dela e um rio de força, uma camaradagem velada fluiu entre nós.

– Logo o sol vai se pôr – eu disse. – Deveríamos ir andando.

– É esse o espírito.

Fomos ao banheiro e depois deixamos o café. A luz diminuía enquanto percorríamos ruas que nenhuma de nós jamais havia cruzado. Logo, a cidade estava envolta na escuridão, apenas as luzes mais imperceptíveis se infiltrando pelas cortinas de bairros recolhidos. Passamos pelas casas e negócios bem cuidados de Margareten e Wieden, procurando lugares prováveis e, descobrindo alguns, memorizamos sua localização para poder voltar mais tarde e postar as cartas. Aventurando-nos pela Mariahilfer Strasse, a principal rua de comércio de Viena, notamos algumas lojas com entradas recuadas, onde poderíamos deixar os folhetos.

Ao terminarmos nossa caminhada, eram quase 18h, restando apenas três até a última partida de trem para Munique, às 21h.

Visitei outro café, próximo aonde havíamos feito nosso rápido almoço, pedi um café e uma massa folhada, e demorei com o lanche, esperando Lisa chegar com a mala em uma esquina adjacente. Tínhamos decidido que, caso ela não aparecesse na hora do fechamento, às 19h, eu deveria ir para a estação de trem e voltar para casa sem ela. Tentei não ficar nervosa, mas me peguei olhando pela janela a cada trinta segundos, se tanto, examinando o cardápio impresso sobre a mesa ou limpando meus óculos, obsessivamente, com o guardanapo.

Com o aproximar da hora, a maioria das pessoas havia se dispersado para suas casas, e agarrei minha xícara e a colher, preocupada de que tivesse acontecido alguma coisa. Mas cerca de dez minutos antes da hora combinada para a nossa partida, Lisa pôde ser vista pela janela, caminhando lentamente com a mala balançando em sua mão direita. Paguei a conta e me juntei a ela na esquina, a enchendo de abraços, como se ela fosse uma parente sumida havia muito tempo. Puxamos nossos casacos mais para perto do pescoço enquanto partículas de neve salpicavam nossas cabeças e pontilhavam meus óculos ainda quentes com flocos derretidos.

– Desculpe por te assustar – Lisa cochichou –, mas já postei algumas perto da estação. – Ela olhou para a mala que estava próxima a suas pernas e voltou a falar depois que alguns pedestres passaram. – Ruas escuras, prédios vazios, e caixas de correio desertas contribuem para uma boa postagem e uma carga mais leve. Cortei o barbante. Só precisamos abrir a mala e jogar as cartas.

A neve, o vento cortante, as ruas escuras e vazias facilitaram nossa tarefa mais do que previmos ao depositarmos as cartas nas caixas de correio de Margareten e Wieden. Nossa única preocupação foi em Margareten, quando um menino e sua mãe surgiram do nada, aparentemente para brincar na neve que caía. Viramos as costas para eles, e eles passaram por nós sem olhar para trás. Antes da nossa última parada para postagem, nos abaixamos em uma viela, onde cortei o tecido que escondia as cartas no meu casaco e as retirei. Fiquei agradecida por terem sido retiradas e postadas, porque tinham se mexido para um lado, me fazendo ter que compensar seu peso.

A maior parte de Mariahilfer Strasse também estava às escuras, as lojas fechadas e vedadas, embora alguns consumidores entrassem e saíssem de restaurantes.

Escondemo-nos nas barracas vazias de uma feira de alimentos fechada para o inverno. Lisa enfiou a mão dentro da mala e retirou um maço de folhetos, que enrolei dentro do bolso secreto do meu casaco. Decidimos nos separar e nos encontrar de novo na estação de trem, mais ou menos às 20h30, mantendo a distância uma da outra, como havíamos feito na viagem de Munique.

Segui pela Mariahilfer Strasse, onde apenas algumas pessoas se apressavam na noite escura. Uma série de pegadas tinham sido deixadas na neve recém-caída. Segui-as até que terminaram em marcas friccionadas na entrada do número 25, uma construção alta de pedra, que mesmo na escuridão refletia uma luz amarelada de sua superfície lisa. Ao lado da porta havia uma joalheria com um maravilhoso mostruário de relógios na vitrine: relógios redondos de mesa, peça de cabeceira com mostradores luminosos, relógios retangulares de parede com pêndulos balançando e estojos de vidro bisotado, e atrás dessa exposição, no *showroom*, os imponentes relógios carrilhão de pedestal. O som de vários relógios batendo às 19h30 encantou meus ouvidos ao vazar pelas vitrines.

A entrada pareceu o lugar perfeito para deixar o primeiro dos meus folhetos. Enfiei a mão no casaco, preparando-me para tirar uma dúzia deles, quando uma voz grave vinda de trás me fez pular de medo.

– Posso ajudar, Fräulein?

Dobrei-me, simulando um ataque de tosse. Por fim, me endireitei e me virei para um homem que me olhava fixo. Tinha o queixo quadrado e bem barbeado – foi o que pude ver sob a luz fraca –, usava um elegante chapéu *homburg*, um casaco preto que descia quase até os tornozelos, e uma faixa com a suástica colocada logo acima do seu cotovelo esquerdo.

Minha mente disparou com desculpas, enquanto me esforçava em busca de palavras.

– Você quase me matou de medo – respondi finalmente. – Mal se vê viva alma em uma noite como esta.

– Exatamente minha opinião.

Seus lábios se abriram num sorriso forçado.

Recuei para a entrada da joalheria, um pouco mais perto da porta.

– O frio me trouxe um resfriado. Estava procurando meu lenço quando você me encontrou.

– Posso ver seus documentos? – ele disse, estendendo a mão enluvada.

– Claro, mas é mesmo necessário?

Tossi novamente, e depois tremi de frio... e também por causa dos meus nervos paralisados.

– Sim. Documentos, por favor.

Enfiei a mão no bolso do casaco e tirei os documentos. Ele pegou seu isqueiro e girou a roda de faísca. O odor pungente de nafta mudou para uma chama inclinada, cujo reflexo ricocheteou do vidro. Ele examinou meus documentos rapidamente, e depois os devolveu para mim.

– Uma estudante de Munique – disse, acendendo seu cigarro e depois fechando o isqueiro. – O que te traz a nossa bela cidade?

Enfiei meus papéis de identificação no bolso lateral, e apertei os braços de encontro ao peito, para manter os folhetos em segurança no casaco. – Estou visitando a tia de uma amiga – alterei meu álibi para ter uma desculpa para ir para a estação de trem. – Vamos voltar para Munique hoje à noite.

– Está um pouco tarde para fazer compras.

Ele virou a cabeça e soprou a fumaça do seu cigarro no vento.

– Minha mãe tem um relógio de parede que está quebrado. – Dei a ele uma chance para me analisar, enquanto eu apontava para os relógios

em exibição. – Falta o carrilhão. Estava pensando em dar um para ela...
– Parei, tendo quase dito "de Natal"; não era permitido celebrar o Natal.
– A tia da minha amiga recomendou esta loja.

Fiquei um instante sem fôlego, porque tinha me colocado numa armadilha. E se ele perguntasse o nome e endereço da mulher? Eu só conhecia
o nome de algumas ruas por causa da caminhada à tarde, e ele poderia,
facilmente, me arrastar até a rua para que eu provasse minha afirmação.

– As lojas estão fechadas há horas; tenho certeza de que sabe disso.
– Ele se inclinou para mais perto de mim, seus olhos escuros me obser-
vando por debaixo da aba do chapéu. – É, esta é uma boa loja, agora...
Costumava ser judaica..., mas não mais.

– Estou ficando gelada, e um pouco preocupada por conversar com
um estranho – eu disse, tentando retomar minha caminhada, meus braços
ainda agarrando o casaco. – Deveria chamar a polícia?

– Eles nunca te escutariam com esse vento – ele disse. – Além disso,
sou da divisão Oberabschnitt Donau. Comigo você está em segurança.
Posso te acompanhar até seu próximo destino?

Eu sabia o suficiente para presumir que ele fosse da SS, embora,
com certeza, não estivesse usando um uniforme como os dos membros
da SS alemã. Decidi recusar sua oferta com educação, esperando que ele
entendesse a dica.

– Estou a caminho da estação de trem, mas não preciso de acompanhante. Posso ir sozinha.

– Não aceito isso, Fräulein – ele disse, com uma verdadeira convicção
nacional-socialista. – Uma jovem sozinha numa noite como esta? Poderia
acrescentar uma *bela* jovem por trás desses óculos. Há um ponto de táxi
perto da esquina.

Com uma das mãos, empurrei meus óculos para cima do nariz, esperando que ele notasse meu gesto inocente. Ele estendeu o braço, como
um cavalheiro, mas, sacudindo a cabeça, recusei por causa dos folhetos
que ainda estavam dentro do casaco.

Caminhei próximo às entradas do prédio, enquanto ele andava à
minha esquerda. A neve tinha começado a cair com vontade, tornando
traiçoeira a cobertura de lama e gelo que já havia na rua. Ao nos aproximarmos da esquina, escorreguei na mistura lamacenta e, perdendo
o equilíbrio, joguei os braços em direção a um prédio, para não cair.
Minhas mãos voaram do peito, e um folheto escapou do casaco e flutuou
até o chão. O SS, mais preocupado com a minha queda, não reparou

no papel quando ele caiu brevemente na neve e depois rolou para longe com o vento. Encostei-me à fachada; suas mãos me agarraram por trás, como pinças.

Arfei, não por ter sido salva de um tombo, mas de alívio pelo folheto ter sido soprado alguns metros além, na rua e, pelo que eu esperava, fora de vista, na lama. Tossi novamente, me mantendo de costas para o homem, e enfiei a mão no forro para ter certeza de que não escapariam mais folhetos. Só me virei instantes depois, contendo um ataque de nervos, e cambaleei ao lado dele pela sujeira gelada até o ponto de táxi.

Ficamos vários minutos esperando um carro. Por fim, surgiu um, vindo pela rua, seus faróis seccionando a cascata branca que caía sobre Viena. Ele chamou o táxi e entramos no compartimento aquecido, nós dois espanando a neve dos ombros. Meus óculos estavam um caos por causa da umidade, mas mantive as mãos fechadas no colo. Chegamos à estação em dez minutos, tendo conversado apenas trivialidades no curto percurso. Contei a ele sobre meu trabalho como enfermeira na Rússia, esperando que isso fosse dissipar qualquer suspeita formada em sua mente. Ele não me contou nada sobre si mesmo.

– Espere aqui – ordenou ao motorista, enquanto nos levantávamos. O SS pulou do carro e abriu a porta para mim. – É aqui que a deixo, Fräulein Petrovich. Já estou atrasado para um encontro. Desejo uma agradável viagem de volta a Munique. – Rígido, estendeu seu braço direito em saudação nazista. – Heil Hitler! – Devolvi o gesto, tentando demonstrar tanto entusiasmo quanto meu acompanhante.

Depois da partida do carro, atravessei a entrada nevada da estação. Por dentro, meus joelhos cederam e fui consumida por um ataque incontrolável de tremedeira. Arriei-me em um banco de madeira, esperando que as poucas pessoas reunidas na estação não reparassem no meu comportamento ansioso. Olhei para o relógio da estação, com a cabeça trêmula. Eram 20h05, cerca de meia hora antes do meu encontro com Lisa.

Depois de alguns minutos, fui até uma banca de revistas, comprei um jornal e uma xícara de chá, e depois procurei um banco livre, perto do local da partida. Estava profundamente ciente dos folhetos ainda dentro do meu casaco, e daquele que havia deixado cair.

Mas outra ameaça surgiu enquanto eu procurava um lugar para me sentar. Pelo menos vinte oficiais alemães da SS estavam perto do trilho, conversando com alguns homens vestidos como meu acompanhante de Viena. Parecia que se dirigiam a Munique.

Algumas gotas de chá espirraram da beirada da minha xícara enquanto acalmava minhas mãos trêmulas. Acima de qualquer coisa, precisava avisar Lisa do perigo quando ela chegasse à estação, mas teria que ser com um olhar, não com uma palavra. Para meu pavor, vários dos homens olharam para mim enquanto eu me sentava, me analisando com os olhos. Ignorei-os o melhor que pude, sem parecer petulante. Uma viagem relaxante a Munique, pela qual eu andava ansiosa, principalmente depois do meu encontro com o SS austríaco, subitamente sofrera uma reviravolta perigosa, uma que me levou a imaginar se deveríamos nos aventurar na longa viagem para casa.

CAPÍTULO 6

LISA CHEGOU À ESTAÇÃO PONTUALMENTE ÀS 20H30, o cabelo úmido e despenteado por causa da neve com vento, a mala agarrada em sua mão direita. Ela deve ter notado o grupo de homens da SS, porque escolheu um assento na entrada, perto da banca de revistas, bem longe de mim. Outros viajantes haviam se reunido, se para escapar da neve ou viajar para Munique, não saberia dizer.

Esperava chamar a atenção de Lisa, mas ela se virou para outro lado assim que olhei em sua direção. Não tive escolha a não ser ficar sentada, fingindo estar interessada no jornal, sabendo que a comunicação era impossível.

Todos os passageiros, exceto os SS, foram chamados para um controle de segurança. Ao passar pela inspeção, fiz o maior esforço para controlar meu nervosismo. Os folhetos estavam a um milímetro de serem descobertos. Por sorte, o guarda parecia entediado com seu último turno, e me deu uma olhada superficial. Lisa estava atrás de mim, mas não lhe dei atenção.

Alguns minutos depois, nosso trem deu ré nos trilhos, os vagões e a locomotiva cobertos de branco, riachinhos de água derretida descendo pelas laterais de metal, à medida que eram atingidos pelo ar mais quente da estação. Dessa vez, embarquei primeiro, o vagão aquecido eliminando a friagem do meu corpo, enquanto eu procurava um assento longe dos SS. O condutor nos conduzia pelo corredor, indicando lugares vazios.

— Está nevando o caminho todo até a fronteira.

Achei um lugar no meio do vagão. Não muito depois, Lisa passou por mim e ocupou um lugar algumas fileiras à frente. Carregava a mala, que eu esperava conter apenas roupas. Rezei para que ela, ao contrário de mim, tivesse conseguido deixar todos os folhetos.

O condutor pediu minha passagem, a marcou, e foi até Lisa. Depois que ele saiu, olhei para trás por cima do meu assento, e, perplexa com o que vi, me virei de volta rapidamente. Bandos de homens da SS haviam se juntado em nosso carro, muitos deles em pé na cabine, ou na entrada da cabine de trás, alguns fumando, um passando um frasco para o outro. Supus que o Reich estivesse realizando um encontro de alto escalão na Alemanha, possivelmente em Munique ou Berlim. Lisa e eu estávamos cercadas pelos próprios homens que estávamos combatendo.

O trem saiu precisamente às 21h, e logo deixamos a cidade para trás, em troca da escura área rural. Com pouca luz passando do lado de fora, as janelas transformaram-se em espelhos negros. Vi meu reflexo no vidro: rosto abatido, olhos cinzentos, parecendo que eu precisava de um banho e uma boa dose de sono. Comecei a suar na testa por causa do calor do vagão, mas não me atrevi a tirar o casaco com os folhetos pouco firmes lá dentro. Abri os botões de cima, e me abanei com o jornal, mantendo o material traiçoeiro escondido dos SS. Conforme o tempo foi passando, meus olhos ficaram pesados e minha cabeça pendeu sobre o peito várias vezes, antes de, por reflexo, me acordar com um tranco, com um estalo do meu pescoço.

Depois de uma sacudida violenta, meus olhos se abriram rapidamente, e meu corpo teve uma descarga de adrenalina. O mesmo guarda que havia questionado Lisa em nossa viagem a Viena estava no corredor ao lado dela, com a mala em sua mão. Escutei fragmentos da conversa entre eles, em meio às batidas abafadas das rodas nos trilhos cobertos de neve.

– Pensei que fosse ficar em Viena, com sua tia! – o homem disse.

Tirei os óculos e os enfiei no bolso para mostrar um rosto diferente, e depois levantei o jornal para poder olhar por cima dele.

– Ah, você se lembrou de mim – Lisa disse com uma risada, tentando minimizar a situação.

Mais uma vez, rezei uma prece silenciosa para que todo o material traiçoeiro da mala tivesse sido entregue.

Ele ficou furioso e se inclinou para ela. Não entendi o que disse, mas Lisa respondeu:

– Minha tia... a irmã dela... apareceu inesperadamente... não tinha quarto, então decidi voltar a Munique.

Os olhos dele percorreram o vagão, e olhei para baixo, evitando seu olhar.

– Abra – ele ordenou.

Não ousei levantar os olhos. Comecei a suar nas palmas das mãos e, por um instante, pensei que poderia desmaiar com o calor do vagão.

As fechaduras estalaram. Por fim, levantei a cabeça. Não conseguia tirar os olhos da mala.

Pela segunda vez em um dia, o guarda inspecionava a mala. Seus braços enfiaram-se dentro dela com energia. O vestido e a camisola de Lisa logo foram estendidos sobre as costas de um assento à minha frente, durante uma inspeção minuciosa. Estaria ele fazendo isso em prol dos homens da SS, por que queria se exibir frente a seus superiores?

Ele mandou Lisa se levantar, o que ela fez, e correu as mãos por ela da cabeça aos pés. Satisfeito com sua revista, fechou a mala e tirou um bloco e uma caneta do bolso.

– Qual é o seu nome? – perguntou.

– Lisa Kolbe... Você viu meus documentos.

– Só perguntei seu nome, Fräulein – ele disse com severidade. – Aconselho você a manter a boca fechada.

Ele escreveu no bloco e depois o guardou no bolso.

– Faça uma boa viagem – disse com frieza. – Confio que não irei vê-la amanhã.

Lisa se virou para ele.

– Não, estudarei em casa. Agradeço seu empenho, Herr...

– Não importa.

Ele se virou abruptamente e passou apressado por mim, a caminho dos fundos do vagão. Olhando diretamente à frente, Lisa se sentou. Virei-me brevemente e vi o guarda cercado pelos SS.

Não havia se passado mais do que um minuto, quando um dos oficiais em seu casaco preto, cinto de couro apertado, e alça peitoral foi a passos firmes até Lisa. Apresentou-se, empurrou para trás o cabelo untado, enquanto se inclinava, e depois falou alto o suficiente para que várias fileiras no vagão pudessem ouvir o que dizia:

– Fräulein Kole, não é comum uma moça fazer uma viagem de ida e volta a Viena em um dia, ainda mais de Munique. Gostaria do seu endereço... caso necessite entrar em contato com você daqui um tempo.

Lisa consentiu, depois o oficial esticou o braço na saudação nazista, se virou e se afastou.

Passamos por Linz e depois fomos até a fronteira. Cheguei mais perto da janela e me encolhi em meu assento com o jornal cobrindo parcialmente meu rosto, o casaco abotoado escondendo os malditos folhetos que eu carregava.

Chegamos em Munique depois das três da manhã, em uma estação deserta exceto pelos guardas em seus postos, e funcionários da limpeza empurrando esfregões e vassouras. Os SS partiram em sedãs Mercedes, pretos, enfileirados na rua. Lisa roçou em mim em silêncio, sem me dirigir o olhar.

Pensei em deixar os folhetos no banheiro feminino, mas, mesmo sendo tão cedo, senti que seria arriscado demais. Peguei um táxi para casa, onde Katze me recebeu com vários longos miados. Lutando contra a exaustão do longo dia, procurei um esconderijo seguro para os folhetos, até poder decidir o que fazer com eles, acabando por colocá-los em um envelope e prendê-los na parte de baixo de uma gaveta da penteadeira. Pareciam seguros, cercados por madeira.

Na manhã seguinte, antes do nascer do sol, Frau Hofstetter bateu na porta do corredor. Grogue pelas poucas horas de sono, vesti meu robe e me deparei com uma mulher rígida, me olhando zangada, as dobras do seu rosto flácido ocultas na sombra projetada pela única lâmpada pendente. Seu vestido simples amarrotado e os chinelos um pé diferente do outro, indicavam que tinha tido uma noite difícil.

Ela limpou a garganta e começou:

– Fräulein Petrovich, você tem um gato em seu quarto.

Eu tinha sido pega, e era inútil fingir o contrário. Olhei em direção à minha cama, onde Katze dormia enrodilhado nas dobras quentes e confortáveis do meu cobertor.

– Tenho – respondi com humildade.

A Frau estava com pouca paciência, considerando ser tão cedo.

– Da próxima vez que deixar o gato sozinho o dia todo e metade da noite, me avise, caso contrário te mando fazer as malas. Além disso, você tem relaxado com as suas obrigações.

Recostei-me na porta.

– Sinto muito, Frau Hofstetter. Fui chamada para ajudar uma amiga. Começo a trabalhar assim que me vestir.

Ela resmungou e coçou o cabelo grisalho e crespo.

– Não tenho problema com gatos; eu mesma tive um por muitos anos. Herr Hofstetter o detestava... Acho que é por isso que eu gostava tanto dele. – Ela esfregou as mãos. – De qualquer modo, o pobrezinho estava solitário, sentindo sua falta o dia todo, então ele...

– ...Katze.

– Katze não ficou quieto. Eu teria ficado feliz em alimentá-lo, talvez até brincar com ele, se você me permitisse.

Seus lábios se abriram num breve sorriso, que rapidamente se desmanchou.

– Seria maravilhoso, Frau Hofstetter. Me deram ele, o pobre bichinho não tinha casa. Normalmente ele não dá problema. Não sabia que ficaria tanto tempo fora. Tinha intenção de falar dele pra senhora... pedir sua permissão..., mas andei ocupada demais.

Ela endireitou o corpo, retomando a postura severa.

– Espero que atenda meu pedido. – Ela se virou, mas depois olhou para trás. – Se quiser, pode se juntar a mim para o café da manhã daqui uma hora; depois, pode lavar a pilha de pratos que se formou na sua ausência. – Ela apontou para mim. – Tenho dinheiro pra você.

– Seria ótimo – eu disse. Ela voltou para seu quarto e me atirei na cama ao lado de Katze, agradando o pelo branco e sedoso das suas costas até meus ouvidos se encherem com o seu ronronar. – Você não sabe a sorte que tem – disse para ele, e pensei em Garrick pela primeira vez em dias.

Lisa e eu não nos falamos até sermos convidadas para outra reunião na casa dos Scholls, num final de semana.

– Tive medo no trem – disse a ela, quando estávamos bem longe do meu apartamento e de ouvidos curiosos. – Não sabia o que pensar quando o guarda te interrogou, e depois apareceu o SS.

– É poderia ter acabado mal, mas estava tudo certo, então não me preocupei com a situação desconfortável – Lisa disse, minimizando o acontecido na sua maneira usual. Entendi que suas palavras significavam que todos os folhetos haviam sido distribuídos.

– *Desconfortável*? – perguntei, tão alto quanto me atrevi.

Ela sacudiu a cabeça como se não fosse necessária uma resposta.

– E você? Como foi a sua noite?

Contei a ela o meu encontro com o SS austríaco, o folheto voando com o vento, e minha volta acompanhada até a estação de Viena.

– Ainda tenho um pouco da minha literatura – acrescentei.

Falávamos uma com a outra por generalidades, sempre cientes de que nossas palavras poderiam ser entreouvidas.

– Vamos ter que fazer alguma coisa quanto a isso – ela disse.

Uma lua cheia pendia sobre nós, mostrando sua gloriosa face prateada naqueles poucos dias antes do Natal, feriado que a maioria dos alemães, caso chegasse a celebrar, mantinha como uma prática privada. O Reich havia feito o possível para alterar o Natal em seu próprio benefício, mudando seu nome para *Julfest*, substituindo a estrela no alto da árvore por uma suástica, retirando das canções natalinas qualquer referência a Deus e a Jesus.

Ao chegarmos ao apartamento de Hans e Sophie, fiquei surpresa ao ver que nenhum dos dois estava lá. Em vez deles, quem nos recebeu à porta foi Alex Schmorell. Eu não o via havia meses, mas fui imediatamente acolhida por seu sorriso envolvente e seu vibrante bom humor. Sua atitude me lembrou o tempo que tínhamos passado na Rússia.

– Hans e Sophie estão na casa dos pais, em Ulm, passando o feriado – ele disse, nos convidando para entrar com um largo gesto. Alex sorria com facilidade, seu físico magro vestido com um paletó escuro, suéter de gola alta, e calça pregueada. – Estamos tendo uma leve celebração de *Julfest* – ele disse, piscando para mim, e depois me prendendo num forte abraço. – Bom te ver de novo. Pegue um pedaço de bolo; é difícil conseguir isso hoje em dia, a não ser que você conheça as pessoas certas.

Dei uma olhada além dos seus ombros, pela sala, onde três homens estavam sentados formando um V. Os dois no alto do V, professor Huber e Willi Graf, gesticulavam e se curvavam um para o outro, como se estivessem envolvidos num debate acirrado, enquanto o outro homem, com as costas voltadas para eles, nada dizia. Garrick Adler estava de frente para a porta, e lançou um olhar amargo para mim quando Alex me engoliu em seu abraço.

– Soube que você anda ocupada com os estudos – Alex disse, enquanto me acompanhava até a mesa onde um bolo de Natal, massas e várias garrafas de vinho reluziam à luz de velas. – Os estudos de literatura são particularmente importantes, agora. – Ele pegou uma vela e acendeu seu cachimbo, baforando um odor picante e amadeirado no ar.

Acompanhei sua linguagem cifrada.

– É, fiz questão de deixar todo mundo a par do meu ensaio, tantos quanto pude, até fora da cidade.

Alex ficou de frente para mim e moveu o olhar de volta em direção a Garrick, que me olhava fixamente.

– Ele ainda é um homem novo, não testado, no que diz respeito a Hans – ele cochichou. – Tome cuidado.

Fiquei agradecida por Alex ter me informado sobre a situação de Garrick no grupo, porque tinha me perguntado se Hans e Sophie haviam decidido incluí-lo.

Confirmei com a cabeça, me servi de uma taça de vinho, e me afastei de Alex, esperando, pelo menos, tirar Garrick do que parecia uma situação desconfortável. Olhando dentro do meu coração, tive pena dele, parecendo tão cabisbaixo e retraído em sua cadeira.

– Como vai o Katze? – ele perguntou, num tom humilde, quando me aproximei.

Puxei uma cadeira sobrando e me sentei ao seu lado.

– Está bem... É um tesouro. Não sei o que faria sem ele.

– Fico feliz – ele disse, mostrando um brilho do seu luminoso sorriso. – Ele cresceu?

– Está ficando maior. Agora, a Frau Hofstetter sabe sobre ele. – Agarrei minha taça de vinho, sabendo que não poderia contar a Garrick como ela havia feito a descoberta. – Continua sem beber?

Ele olhou para o peito, e cutucou um fiapo do seu suéter pesado, sem dizer nada por um tempo.

– Não... Não estou muito no clima para *Julfest*, ou nenhuma outra coisa, aliás.

Levou a mão direita à têmpora, e tive um lampejo dos seus olhos, que pareciam estar cheios de lágrimas. Antes de ter a chance de perguntar qual era o problema, o professor Huber se levantou da sua cadeira, foi até a mesa, arrastando a perna direita, e bateu uma colher em uma taça de vinho. Todos voltaram a atenção para ele.

Depois de organizar as ideias, o professor focou seus olhos de pálpebras pesadas em nós, e começou uma preleção sobre os ensinamentos de Gottfried Wilhelm von Leibniz, um matemático e filósofo do século XVII que formulou suas próprias teorias inventivas sobre a harmonia da natureza e seu oposto, o mal. Eu já tinha aprendido alguma coisa sobre Leibniz na aula do professor.

Embora não estivesse particularmente interessada no assunto, que me fazia sentir como se estivesse no auditório da universidade, tinha certeza de que as palavras do professor continham mensagens que só os pertencentes ao Rosa Branca poderiam decifrar, caso tivesse usado o tempo para escutar com atenção. Lisa havia me contado que o professor tinha explodido depois de um encontro com Hans, algum tempo atrás naquele ano, gritando que algo precisava ser feito em relação ao Reich.

Em vez disso, o que cativou minha atenção foi o personagem do professor. Sua baixa estatura, os lábios cerrados, e o rosto desbotado desmentiam sua ferocidade como intelectual e orador. Tomado pelo fogo da oratória, era como se um véu que escondesse sua verdadeira personalidade caísse; o professor se tornava um novo homem, seu rosto se contorcendo em agonia e prazer, as pernas e braços funcionando em uníssono, como se a deficiência que o acometia jamais tivesse ocorrido; sua voz teatral ressoando pelo apartamento, a pele ficando vermelha de fervor. Todos nós ficamos fascinados – exceto Garrick.

O professor terminou sua preleção sobre Leibniz, e fez uma pequena pausa para tomar um copo de água, antes de abordar seu novo assunto: Hegel. Garrick fez sinal para que me juntasse a ele lá fora. Fiquei feliz em respirar um pouco de ar fresco. Descemos a escada e me encolhi na entrada em frente a ele, enquanto ele acendia um cigarro. A fumaça se espalhou para longe da sua boca, se perdendo no céu negro e cristalino.

Recostei-me na porta.

– O que foi? Não parece você mesmo esta noite.

Surpreendi a mim mesma por *estar* preocupada com o bem-estar dele, mas também pensei que poderia entender melhor sua personalidade.

– Você precisa me desculpar – ele disse. – Meu humor... não anda bem ultimamente, tenho visto coisas, escutado coisas que não consigo acreditar.

Seu tom melancólico me lembrou o segredo russo que eu tinha carregado por tantas semanas, antes de revelá-lo a Lisa, uma verdade que não tinha ousado revelar a Garrick. Cruzei os braços na frente do peito e os esfreguei porque o ar frio me pinicava através da blusa. Analisei o rosto dele, tendo como iluminação apenas a luz da lua cheia para aferir a sinceridade dos seus sentimentos.

– Você gostaria de falar? Sou uma boa ouvinte.

Ele deu outra tragada no cigarro, o jogou na passagem de pedra, e esmagou a ponta fumegante com o sapato.

– Eu contaria só pra você... porque sei que posso confiar em você... É minha amiga.

– Sou – eu disse, timidamente.

Ele colocou a mão no meu rosto, e o encontro das pontas quentes dos seus dedos com a minha pele gelada me fez estremecer.

Virei a cabeça, não querendo encorajar seu carinho, mas, ao mesmo tempo, gostando do seu toque. Em silêncio, xinguei o Reich, bem como minha timidez natural com os homens. O simples prazer de ter um relacionamento havia se tornado complicado demais sob o governo de Hitler. Como eu poderia ter certeza de que Garrick era um homem em quem eu podia confiar, um homem com quem eu poderia compartilhar a minha vida? As emoções conflitantes em minha cabeça e coração eram grandes demais, e, naqueles tempos incertos, não tinha uma resposta clara para a minha pergunta.

Ele abaixou a cabeça e cochichou numa voz tão baixa que tive que me esforçar para escutar as palavras.

– Eu *odeio* os nazistas, eu *odeio* Hitler.

Aquelas palavras arderam dentro de mim como se estivessem pegando fogo, e tremi junto à porta.

– O quê?

Ele repetiu as sete palavras, dessa vez olhando diretamente para mim. Fui tomada por sua sinceridade, pelo sentimento torturante que emanava de suas profundezas. Quis chegar até ele, abraçá-lo, demonstrar minha compreensão por seus sentimentos, mas não me atrevi por medo de revelar o *quanto* concordava com ele. A ironia não me passou despercebida, e fraquejei com o peso dos meus pensamentos. A verdade era sempre difícil de suportar na Alemanha nazista.

– Tome cuidado – eu disse. – Suas palavras são traiçoeiras. Eu poderia fazer com que você fosse preso.

– Eu sei. – Ele desmoronou de encontro à parede fria e buscou outro cigarro, mas lutando para segurá-lo em suas mãos trêmulas, o colocou de volta no maço. – Você poderia testemunhar contra mim no meu julgamento, o que poderia levar à minha execução..., mas não acho que irá fazer isso... Você sente o mesmo que eu.

Soltei o ar e meu hálito quente formou uma nuvem que se dissipou num nevoeiro sobre a minha cabeça. Senti-me tão fria e só quanto as estrelas que brilhavam ao alto. Não disse nada, apenas contemplei o céu, me protegendo de sua afirmação de que eu sentia o mesmo que ele.

– Sinto muito. Esperava que entendesse.

– Você pode pensar o que quiser, mas tome cuidado com o que diz.

Ele envolveu minhas mãos em suas mãos trêmulas.

– Quero muito ajudar. Quero fazer parte de algo melhor do que eu sou. – Seus olhos foram para a porta e para o apartamento acima. – Mas *eles* não confiam em mim... Tenho certeza disso. Hans e Sophie não me aceitaram. No entanto, fiz todo o possível para mostrar a eles que me interesso pelo que eles fazem.

Queria ajudá-lo, mas tinha que manter distância.

– O que eles fizeram? Não sei do que você está falando.

Garrick soltou minhas mãos, enquanto sua raiva e sua ansiedade pareciam se dissipar.

– Tudo bem. Você não precisa se abrir sobre nada comigo.

– Não tenho nada a dizer – eu disse, tiritando de novo. – Vamos entrar, está frio.

– Vou para casa – ele disse. – Você se despede deles por mim?

Ele voltou a tocar no meu rosto, e dessa vez deixei seus dedos se demorarem mais tempo do que deveria, porque queria sentir seu calor. Talvez isso também desse algum conforto a ele.

– Está bem – eu disse. – Por favor, lembre-se do que eu te disse. – Segurei sua mão com delicadeza e a retirei do meu rosto. – Vou fazer um carinho no Katze em seu nome.

Ao luar, uma expressão que nunca tinha visto nos olhos de um homem, de ternura misturada com a possibilidade de amor, tocou meu coração. Ele se virou para ir embora, mas depois acrescentou:

– Posso te levar pra jantar no sábado?

– Bom... – Algo dentro de mim saltou para a frente, apesar da noite gelada, algo que exigia cautela. Pensei em vários bons motivos para não ir jantar com ele, mas todos eles estavam centrados em mim e na vida monástica que eu levava. No entanto, seria uma chance para eu sair do meu quarto abafado e saber mais sobre ele. – Tudo bem – acabei dizendo. – Venha me buscar às 18h. A essa altura já devo ter terminado o meu trabalho.

Ele beijou meu rosto e foi embora, o cigarro recém-aceso balançando no ar seus arcos laranja.

Subi a escada correndo, empolgada em contar a Alex e Lisa o que Garrick havia dito. Avistei primeiro Lisa, entretida em uma conversa com Willi, agora que o professor Huber tinha terminado seu colóquio. Willi e eu raramente nos falávamos, e nessa noite não foi diferente. Era um soldado tão ariano quanto Hitler poderia desejar, com cabelos claros, queixo forte, e olhos intensos, mas tinha confessado seu ódio ao nacional-socialismo a Hans e Alex. Para mim, ele parecia uma rocha: um combatente calmo e silencioso, cuja expressão sempre beirava a tensão, mas um homem que jamais trairia seus amigos. Cumprimentamo-nos e trocamos algumas trivialidades, depois Lisa me puxou de lado até a mesa.

– Estava te procurando – ela disse, sua boca fazendo uma careta desagradável. – Mas não quis causar confusão.

– Eu estava lá fora com o Garrick.

Cortei um pedaço de torta de chocolate e o coloquei na boca.

– Foi o que pensei.

– Não revire os olhos para mim – eu disse, embora ela não tivesse feito isso. – Ele foi bem delicado comigo. Vou sair com ele no sábado.

Seus olhos se arregalaram e uma expressão incrédula se espalhou pelo seu rosto.

– Então ele *está* avançando.

Fui tomada pela raiva, mas sabia que Lisa só estava tentando proteger a mim e ao Rosa Branca.

– É só um jantar... Ele estava... Bom, como devo dizer?

Lisa deu um sorriso afetado, esperando minha resposta.

– Acho que a melhor palavra pra descrever é "romântico". Ficamos olhando uma para a outra por um momento. Os olhos de Lisa cresceram. – Olhe – continuei, tentando esconder minha irritação. – Eu jamais trairia alguém no Rosa Branca, mas quero sair com ele no mínimo uma vez. Toda a minha vida os homens vieram em quarto lugar, depois dos meus estudos, da enfermagem, dos desejos do meu pai. Sei que muitas mulheres não pensam assim, principalmente hoje em dia, querendo ser mãe e dona de casa para o Reich. – Fiz uma careta amigável para Lisa. – E, além disso, você não é minha mãe... nem Hitler.

Por sorte, ela pegou o espírito da brincadeira e logo estava rindo comigo. Encheu sua taça de vinho até a metade com Riesling, e o bebeu.

– Eu sei. Só tome cuidado.

– Estou tão cansada de tomar cuidado, olhar pela rua, observar as esquinas pra ver se tem alguém parado, cochichar pra ninguém escutar a minha voz, sempre imaginando se tem alguém ouvindo do outro lado da parede do apartamento. – Joguei as mãos para o alto, exasperada. – É de enlouquecer.

Lisa começou a responder, mas a interrompi.

– E eu sei que esse é o jeito que temos que viver ou poderíamos ser presos, mas quanto tempo essa guerra pode durar? Por quanto tempo devemos viver assim? Estamos quase em 1943 e os Estados Unidos agora está na guerra. Por quanto tempo Hitler pode resistir? Quantas pessoas precisam morrer até que a Alemanha se livre desse tirano?

Uma mão agarrou meu ombro e enrijeci, meus pés grudados no chão.

Alex encostou a cabeça na minha e cochichou:

– Graças a Deus este é um lugar seguro para ficar exaltada. Dava pra ver do outro lado da sala que você não estava feliz.

Dei um tapinha em sua cabeça e ele riu e se balançou ao meu lado, num movimento brincalhão.

– Um material fascinante sobre Leibniz e Hegel, mas fica cansativo ler nas entrelinhas. – Ele inclinou a cabeça de lado. – Huber está indo embora.

Vestindo o casaco e o cachecol, o professor parecia ter voltado a ser uma figura arqueada, tendo se consumido em sua diatribe. Acenou com a cabeça, num gesto tipicamente professoral, e logo saiu porta afora, deixando a mim e Lisa sozinhas com Alex e Willi.

– Quer me ajudar a arrumar? – Alex perguntou. – Hans e Sophie merecem chegar num apartamento limpo depois dos feriados.

Todos nós ajudamos e logo os copos e pratos estavam lavados e de volta em seus lugares. Willi apagou as velas enquanto pegávamos nossos casacos.

– Preciso contar pra vocês o que o Garrick me disse – falei, enquanto nos juntávamos à porta. Alex a abriu para se certificar de que não havia ninguém lá fora, e depois a fechou. – Ele disse que detestava os nazistas e Hitler. – A sala ficou em silêncio, todos grudados em seus lugares, enquanto absorviam minhas palavras. – Ele acha que foi rejeitado por Hans e Sophie, por não confiarem nele. Acredita que tem alguma coisa acontecendo, e quer fazer parte.

Willi abotoou o primeiro botão do seu casaco.

– Não confio nele. Está louco demais pra fazer parte do nosso grupo.

– O que você acha, Natalya? – Alex perguntou.

O tom suave e íntimo da sua voz me levou a pensar que sua pergunta continha algo além de um pedido da minha opinião; como se ele nutrisse um verdadeiro afeto por mim.

Pensei um pouco.

– Ele pareceu sincero...

– Mas os homens têm uma habilidade em parecer sinceros – Lisa disse. – Você deveria ficar alerta ao sair com ele.

Alex acenou com a cabeça enquanto Lisa falava.

– Sair? Aí as coisas mudam... É, eu tomaria cuidado.

– Vou tomar. Não precisam se preocupar comigo.

Vesti minhas luvas, pronta para terminar a conversa. Estava claro que ninguém confiava em Garrick.

– Seguir seu coração pode ser sua ruína – Willi disse. – Meu coração me leva para um lugar, e lá não existe perigo.

Sem dizer mais nada, abri a porta e desci a escada antes de todos, até a calçada. Alex e Willi se despediram. Lisa concordou em me acompanhar por alguns quarteirões, antes de voltar para casa.

– O que Willi quis dizer com um lugar onde não existe perigo? – perguntei.

Caminhávamos sob as sombras esboçadas das árvores, os ramos negros manchados em contraste com as cores claras da pedra.

– Ele é um cristão devotado – Lisa disse. – Acredita em Deus e no paraíso, e acho que, à sua própria maneira, sonha em ir para lá o quanto antes. – Ela fez uma pausa. – Hans e Sophie também são cristãos... Devemos ser as duas agnósticas do grupo.

Lisa conhecia meus sentimentos em relação à religião, meu vaivém na crença em Deus, então, fiquei quieta. Às vezes, sentia vergonha por usar Deus quando Ele era necessário, e depois o esquecer; mas em minha opinião, ser uma boa pessoa e às vezes rezar para ir para o céu era radicalmente diferente de ser um mártir. Não conseguia concordar com a maneira de pensar de Willi – caso Lisa estivesse certa ao julgar os sentimentos dele.

Estávamos perto da Leopold Strasse quando o silvo agudo e crescente das sirenes de ataque aéreo encheu nossos ouvidos. Olhei para cima instintivamente, mas não vi bombardeiros, nem escutei o zumbido de motores. No entanto, o céu claro se iluminou subitamente com fachos de holofotes o entrecruzando.

– Tenho que ir para casa.

Lisa me deu um beijo na bochecha e seguiu correndo pela rua escura.

Corri em direção ao norte, para o meu apartamento, esperando que Katze e Frau Hofstetter estivessem seguros. Ao me aproximar do meu quarto, uma luz amarela se acendeu atrás de mim, como um raio em uma tempestade de verão. Assisti às bombas caindo nos arredores ao norte de Munique, a apenas alguns quilômetros de distância.

Depois do brilho da explosão, girei em direção à casa e, por um instante, vi a silhueta indistinta de um homem parada nos arbustos próximos à minha janela. A luz diminuiu e a forma desapareceu, deixando sua impressão vaga ardendo nos meus olhos. Fiquei na dúvida se teria visto um fantasma, ou imaginado um espectro.

Segui atordoada até a minha porta, as bombas ainda explodindo à distância. Achei minha chave e entrei.

– Katz... Katze... – chamei.

O gato havia desaparecido.

Abaixei-me, olhei debaixo da cama, e encontrei a criatura tremendo no chão frio. Ao ver meu rosto, ele correu para meus braços. Levantei-o e senti uma corrente de ar vinda da janela. Era uma pequena fresta, mas o suficiente para que o ar de inverno entrasse no quarto. Eu não tinha deixado a janela aberta. Na verdade, tinha certeza de que ela estava fechada quando fui para a reunião. Talvez Frau Hofstetter tivesse estado no meu quarto; afinal de contas, poderia entrar pela porta do corredor, ou talvez – não queria pensar nisso – a aparição tivesse estado no meu quarto? Corri para a penteadeira e descobri, com um suspiro de alívio, que os folhetos ainda estavam em seu esconderijo debaixo da gaveta.

Uma batida violenta na porta interna deixou-me arfando por ar. Frau Hofstetter estava de camisola, com as mãos nos ouvidos, lágrimas pingando dos olhos.

– Estou morta... de... medo – ela gaguejou. – Não quero... ficar sozinha.

– Entre – eu disse, puxando-a para dentro do quarto.

Ela se jogou na cama e cobriu a cabeça com o meu travesseiro. Sentei-me ao lado dela, enquanto Katze se aninhava nos meus braços. Ocasionalmente, a Frau levantava o travesseiro em busca de um pouco de ar, até que as bombas diminuíram e soou o final do alarme. Ela se virou de lado, e pela sua respiração deduzi que estivesse dormindo. Não tive coragem de acordá-la, então Katze e eu deslizamos para a cama ao lado dela. Eu sabia que meu pai, ainda na prisão, e minha mãe estavam a salvo, porque as bombas não tinham caído perto deles.

Para falar a verdade, fiquei feliz em ter a companhia da Frau, porque a imagem de um homem parado junto à minha janela tinha me deixado nervosa. Tentei refazer seu rosto pelos breves segundos que o tinha visto, mas apenas um fazia sentido: o de Garrick Adler.

CAPÍTULO 7

AGASALHEI-ME NA MANHÃ DE SEXTA-FEIRA do dia de Natal; o vento cortava a rua, tornando desconfortável a curta caminhada até o apartamento da minha mãe. As ruas de pedra e as calçadas de tijolos estavam secas, mas uma película de gelo havia congelado as bordas das folhas mortas e da grama, formando um traçado branco cintilante.

Frau Hofstetter havia me dado meio frango assado, que eu estava feliz em dividir com a minha mãe, e um delicado colar trançado de prata, que ela já não queria. Decidi dar a joia para minha mãe, porque não havia dinheiro extra para presentes.

Uma maré crescente de tristeza me envolveu ao pensar em meu pai na prisão, sentado sozinho em sua cela no dia de Natal, com quase nenhuma luz e pouco calor para aquecer seu corpo. Meus olhos se encheram de lágrimas, mas o dia, assim como nos anos passados, prometia algo maior do que o pesar para o meu coração: uma serenidade, uma promessa de vida além da morte, a crença inabalável de que o bem triunfaria sobre o mal, que o amor acabaria vencendo o ódio. Essas promessas da época de Natal equilibraram minha melancolia enquanto caminhava no vento gélido.

Munique observava o feriado com tranquilidade, como acontecia desde que os nazistas haviam tomado o poder. Apesar das minhas inquietações quanto à situação mundial, minhas batalhas com religião, meus medos das atividades no Rosa Branca, queria alegrar minha mãe no dia santo.

Ao chegar, a encontrei sentada no sofá, vestindo um dos seus vestidos pretos. No entanto, diferentemente dos anos anteriores, quando seu impecável comportamento espelhava a ocasião, o vestido amassado, as meias remendadas e os sapatos gastos revelavam sua verdadeira emoção. O cabelo estava afastado da testa numa onda desleixada, preso com um grampo no alto da cabeça. A falta de sono e a preocupação tinham deixado seus olhos escuros e inchados. Ela não estava no clima para Natal por causa da ausência do meu pai e a aproximação de um sombrio ano-novo.

Minha mãe não tinha enfeites, a não ser uma árvore de *yule* recortada em papel, que colori de vermelho e verde quando era criança. Tínhamos pouco dinheiro para gastos extras naqueles dias, apenas meu exíguo pagamento vindo da Frau para sustentar a família. Extras como cigarros, doces e vinho podiam ser comprados ou permutados por debaixo do pano, mas as necessidades diárias estavam se tornando difíceis de encontrar. Minha mãe tinha procurado trabalho, mas não encontrou nenhum.

Ela se levantou do sofá como uma velha, me deu um abraço e beijou minha bochecha.

– Como você está, mãe? – perguntei, forçando falar num tom alegre, tentando aliviar o clima opressivo.

– Você sabe como estou – ela respondeu, sua voz pouco mais do que um sussurro. – Sinto como se tivesse envelhecido quinze anos em um mês.

O cheiro antisséptico de vodca ainda em seu hálito.

Olhei em direção à cozinha, onde uma panela com batatas fervia no fogão. O vegetal era o único acréscimo ao frango que eu tinha trazido.

– Você gostaria de uma bebida para celebrar o Natal? – ela perguntou, se afastando de mim.

Olhei para meu relógio, passava pouco das onze. Sacudi a cabeça.

– É do seu pai, da Rússia. Ele a escondeu para si mesmo, mas achei. Para ele era como um tesouro, uma lembrança do passado do qual fugimos. – Ela avaliou a sala como se a estivesse vendo pela primeira vez. – É difícil manter segredos num apartamento pequeno.

Tirei meu casaco com o colar no bolso, coloquei o frango na mesinha da cozinha, e voltei para a sala. Minha mãe estava parada em frente à estante do meu pai, que tinha sofrido alguns talhos ao ser derrubada. Ela moveu alguns volumes aprovados pelo governo, revelando a garrafa de vodca, e pegou um copo no alto da estante. Serviu-se de uma dose generosa e bebeu metade dela em um único gole.

– Mãe, você não acha que está um pouco cedo pra ficar...

Ela bateu o copo na prateleira, fazendo um pouco do líquido saltar por cima da beirada.

– Não me diga o que fazer! Sou sua mãe!

Com as mãos tremendo de fúria, o rosto vermelho, ela se virou para a janela.

– Me desculpe. Eu só quis...

– Você só quis me ajudar... me fazer parar de beber.

Sua voz estava mais calma, mas ela continuou em pé, com as costas voltadas para mim, sua figura emoldurada pela cinzenta luz invernal.

Fiquei sem saber o que dizer. A prisão do meu pai a tinha afetado mais do que eu suspeitava. Nossa família estava lutando para continuar em frente com pouco dinheiro e poucos recursos. Talvez *fosse* hora de eu procurar um marido. Pensei em Garrick, mas sacudi a cabeça para me livrar da sua imagem. Como ele se sentia a meu respeito tinha pouca importância no momento, considerando meu estado atual. Casamento era um sonho para outro dia.

Eu não estava no clima para contrariar minha mãe, quando paz e alegria deveriam dominar o dia.

– O que você quiser fazer, para mim está bom – eu disse, aceitando o fato de que, apesar de eu estar alarmada, não tinha controle sobre a sua bebida.

Com os olhos vermelhos e lacrimosos, ela se virou para mim, cambaleando um pouco a caminho do sofá. Tomei-a nos braços e a conduzi para seu assento. Ela deitou a cabeça no meu ombro e soluçou.

– Estou tão preocupada com o seu pai! – exclamou, enquanto eu secava suas lágrimas. – Acho que ele não vai sobreviver.

Subitamente, fui tomada pela culpa. Meus estudos, meu trabalho, minhas atividades subversivas com o Rosa Branca e, se fosse honesta comigo mesma, meu medo de vê-lo na prisão, tinham me mantido à distância. Ofereci essas palavras à minha mãe, para diminuir minha vergonha:

– Tenho sido negligente com as visitas ao pai, porque ando muito ocupada..., mas ele mesmo nos disse para vivermos nossas vidas como se nada tivesse acontecido.

Ela endireitou o corpo, sem se comover com a minha desculpa.

– Ele precisa da nossa ajuda, Talya. Não podemos deixar ele definhar.

Minha mãe tinha razão. Eu tinha sido egoísta à minha maneira, e decidi no ato ir visitá-lo.

– Irei toda semana depois do Ano-Novo. Prometo. Talvez ele saia antes de junho.

– Ele vai ficar muito feliz em te ver.

Ela deu um nó no seu lenço e o colocou no colo.

– Amanhã à noite vou sair com um homem que conheci – eu disse, pensando que a novidade poderia fazer com que ela parasse de pensar no meu pai.

A pele ao redor das suas têmporas se enrugou com um sorriso.

– Um homem bom, espero.

– Não o conheço tão bem, mas ele conhece amigos meus.

– O que ele faz? Não está nas forças armadas?

– Ele tem um ferimento. Trabalha para o seguro do Reich.

– Suponho que seja um bom trabalho.

– É... Ele me deu um gato.

– O quê?

– Um gato. Eu o chamo de Katze.

– Ah...

A pausa encerrou nossa conversa sobre Garrick, e percebi o que a tensão, a guerra, e nossas vidas separadas tinham pesado em nosso relacionamento. Mal nos conhecíamos nesses dias.

Depois do meio-dia, comemos nosso frango com batatas cozidas e conversamos sobre muitas coisas: meus estudos, Frau Hofstetter, os vizinhos que haviam abandonado minha mãe depois da prisão do meu pai. Ao final da nossa refeição, dei a minha mãe seu presente. Não tinha caixa, nem papel de embrulho, então o entreguei para ela, enquanto ela tomava uma xícara de chá aguado.

Ela correu os dedos sobre os delicados elos de prata.

– Ah, é lindo, Talya, mas você não devia. Você não pode arcar com um presente destes.

– Não custou nada – admiti. – Frau Hofstetter me deu, mas pensei que você deveria ficar com ele porque sempre foi mais elegante do que eu.

– Vou cuidar bem dele – ela disse, arrumando o fecho ao redor do pescoço.

Por um instante, ela pareceu a mãe de quem eu me lembrava, de antes dos nazistas subirem ao poder: feliz, vibrante, cheia de brincadeiras e risadas, uma mulher que cantava junto com o fonógrafo e dançava com meu pai no assoalho de madeira de lei depois do jantar. A lembrança foi breve, um *flash* logo apagado. O curvar pesaroso e os olhos tristes voltaram.

Ajudei minha mãe a lavar os pratos e ficamos cerca de uma hora escutando o fonógrafo. Não músicas de Natal, mas Schubert e Beethoven, música clássica que podíamos tocar sem medo de ser trancafiadas, como teria sido o caso com Mahler, Mendelssohn, ou *jazz* e *swing* americanos.

Fui embora logo depois, querendo chegar em casa antes de escurecer.

– Lembre-se da sua promessa a seu pai – minha mãe disse quando parti.

Garanti a ela que me lembraria.

Conforme a noite desceu sobre a cidade, a temperatura caiu e corri para casa para encontrar meu gato, agora muito maior do que quando Garrick o tinha me dado, enrodilhado em seu lugar favorito de descanso, em cima da minha cama. Sem ter lição de casa para ocupar meu tempo durante o intervalo das festas de final de ano, brinquei com Katze e ouvi o som do rádio vindo lá da sala de visita, pela porta do corredor. O repertório era principalmente de marchas militares nazistas, mas pelo menos o som ajudou a passar o tempo. Escovei o cabelo em frente ao espelho da penteadeira e me arrumei para dormir. Logo, a Frau desligou o rádio e se moveu com dificuldade pelo corredor até seu quarto. Puxei as cobertas até o queixo, enquanto Katze ronronava junto a mim. Eu me sentia tão confortável como se estivesse no meu próprio quarto, mas a agitação chacoalhava meus nervos. Perguntei-me se meu estado era por excitação ou medo.

Em menos de 24 horas, estaria jantando com Garrick Adler.

Ele bateu à minha porta às 18h do dia seguinte, depois de eu ter terminado meu trabalho para a Frau. Claro que esperava que ele fosse pontual; o que não esperava era como estava bonito, nem que me desse a rosa que trazia. A ironia da rosa não me passou despercebida, e me perguntei se Garrick saberia mais sobre o grupo do que dizia; além disso, como havia conseguido comprar a linda flor no inverno?

Tirando seu casaco cinza, as luvas pretas e o cachecol, ele perguntou se poderia brincar com Katze por alguns minutos, antes de sairmos para o restaurante. Concordei, e não tendo vaso, fui até a cozinha buscar um copo para enchê-lo com água.

Ao abrir a torneira, a adrenalina correu dentro de mim. Meus dedos ficaram vermelhos por apertar o copo. Lembrei-me dos folhetos ainda escondidos sob a gaveta da penteadeira, a menos de quatro metros de Garrick. Visualizei-o examinando casualmente cada item da minha penteadeira, ou abrindo gavetas, o envelope derrubando seu conteúdo traiçoeiro. Me acalmei e voltei para o quarto, encontrando meu acompanhante sentado na cama, esfregando a barriga de Katze. O gato brincava de morder os dedos de Garrick e batia em suas mãos com as patas, como que se lembrando de quem o havia salvado da morte.

– Obrigada pela rosa – eu disse, colocando o copo em frente ao espelho da penteadeira. Puxei a cadeira e me sentei, bloqueando a visão de Garrick da gaveta. Cruzei as pernas e alisei meu vestido azul, minha peça de roupa mais nova, no entanto, já com vários anos. Ele usava um terno azul trespassado, que realçava seus cabelos loiros e complementava seu físico; seus sapatos eram bicolores, marinho e preto. Ainda brincando com Katze, ele se inclinou para trás na minha cama, exibindo a imagem perfeita do ideal nacional-socialista. Se eu tivesse tirado uma foto, ou tivesse o talento para pintar seu retrato, o resultado poderia ter sido usado para os cartazes de propaganda nazista. Ele era perfeito, talvez perfeito demais. Em comparação, me senti mal vestida e banal.

Observei-o brincar com o gato por alguns minutos.

– Onde conseguiu a flor? Elas devem ser duplamente difíceis de se conseguir nesta época do ano, com o racionamento.

– Eu queria te trazer alguma coisa além do gato. – Seu rosto ficou corado, e ele se voltou para o animal. – Tenho amigos que conhecem pessoas, muito parecido com Hans e Sophie.

Mudei de assunto, sem querer insistir no tópico. Também queria que ele saísse do meu quarto antes que Frau Hofstetter imaginasse que algo indecente estivesse acontecendo em sua casa.

– Onde você gostaria de ir jantar? Nada caro, não estou vestida para lugar chique.

Ele acariciou Katze uma última vez e se levantou da cama.

– Estava pensando no Ode. Não é longe daqui. Você não precisa se preocupar com coisas chiques com o meu salário.

Ele mostrou seus lindos dentes brancos, aquele sorriso brilhante que iluminava um quarto.

Embora eu nunca tivesse ido lá, já tinha ouvido falar no Ode, um restaurante frequentado por alunos da universidade, artistas e boêmios, onde um homem como Dieter, que possuía o estúdio onde Lisa e eu imprimíamos os folhetos, poderia encontrar amigos. Já tinham me dito que a comida era boa e os preços razoáveis. Imaginava que pudesse estar lotado num sábado à noite, dia seguinte ao Natal, e torci para que Dieter não estivesse lá, porque não tinha vontade de explicar a Garrick como conhecia o artista.

Pegamos nossos casacos e deixamos Katze apreciando sua noite solitária. Ele agora ficava um pouco melhor sozinho do que quando o deixei para ir a Viena. Frau Hofstetter daria uma olhada nele, se ficasse barulhento.

A cidade tinha se livrado da sua letargia das festas. Carros zuniam pelas ruas; pedestres, dando um tempo das crescentes ameaças de ataques aéreos, aproveitavam o tempo claro e fresco. Garrick estava simpático, mas não demais, e nossa caminhada até o restaurante foi cordial e agradável.

O Ode, instalado em uma imponente construção de pedra, com janelas em arco e portas pesadas, de aspecto medieval, ficava numa esquina, em Schwabing. O grande restaurante parecia uma cervejaria, com seu teto abobadado, corredores estreitos e mesas largas, cheias de pessoas festivas, rindo, cantando, e erguendo canecas de cerveja à sua saúde.

Uma enorme lareira de pedra, com a cornija esculpida com colunas em volutas e gárgulas, reluzia nos fundos da sala. Procurei pelo restaurante um rosto conhecido, sem saber ao certo se tal encontro provocaria medo ou felicidade. Estudantes joviais, alguns dos quais reconheci das aulas; soldados com suas namoradas ou esposas; e poucas pessoas locais, homens e mulheres mais velhos, afogueados pelo calor, se abanando com os menus de papel enchiam a sala com conversas barulhentas.

– Olhe! – Garrick agarrou meu braço e me puxou adiante. – Tem um lugar vazio perto da lareira. – Parecia ser o único, a não ser que estivéssemos dispostos a sentar numa mesa maior com estranhos. Corremos para nossos lugares, jogamos os casacos sobre duas das quatro cadeiras, e nos sentamos. – Aqui está bom? – ele perguntou. – Talvez a gente fique com a mesa só para nós.

– Está ótimo.

Peguei meu lenço na bolsa e limpei os óculos, as lentes embaçadas pela condensação. O fogo de lenha de bétula espalhou seu calor em minha pele gelada. O cheiro enfumaçado da madeira queimando me alegrou de imediato, mas depois me lembrei do incêndio da sinagoga na *Kristallnacht*. Na manhã seguinte, tinha conhecido Garrick, quando eu e Lisa paramos horrorizadas perto do que restava da casa de oração destruída. Naquele dia, nossos olhos haviam se encontrado.

Pedimos bebidas e estávamos conversando sobre o menu, quando Alex Schmorell veio a passos largos até nossa mesa. Shurik, com seu rosto amável e caminhar despreocupado, era o tipo de homem que se poderia identificar do outro lado de uma sala. Uma espiral de fumaça de cachimbo ondulou por sua cabeça quando ele se aproximou, as botas de couro preto reluzindo à luz do fogo. Vestindo um suéter de gola alta, um elegante blazer cinza e calça social enfiada dentro das botas, ele parou na nossa mesa e nos cumprimentou. Respondi. Garrick dirigiu-lhe um breve aceno de cabeça.

– Prazer em revê-la, Natalya. – Alex piscou e depois me beijou no rosto. Fiquei na dúvida se ele teria bebido demais, ou estava apenas se sentindo animado. – Sinto saudades do nosso tempo na Rússia... com Sina – ele acrescentou.

Estremeci. As lembranças e sensações que haviam me impulsionado a entrar no Rosa Branca eram amargas demais para recordar, especialmente em frente a Garrick. Por mais que ele fosse sedutor, o leve flerte de Alex me incomodou. Éramos amigos, nada mais. Talvez ele estivesse tentando irritar Garrick.

Garrick me lançou um olhar irônico, como se eu o tivesse traído.

– Não sabia que estiveram juntos na Rússia.

– Ah, sim. Nossas experiências foram reveladoras – Alex disse.

Segurei o fôlego, esperando que Alex não dissesse mais nada. As achas de bétula crepitavam e estalavam na lareira.

– Vocês se incomodam se eu me sentar? – Alex perguntou. – Estou sozinho esta noite.

Garrick fez uma pausa, mas aceitou com relutância.

– Fique à vontade.

Perguntei-me se sua concessão seria um esforço para cair nas boas graças do círculo de Hans e Sophie através de Alex, com a intenção de descobrir mais coisas sobre eles. Se fosse para me iludir, pareceria que Garrick era um cavalheiro relutante, boas maneiras vencendo o ciúme.

Alex pegou meu casaco, o colocou sobre o de Garrick, e se sentou a meu lado. Pediu uma bebida, se recostou na cadeira, e jogou a caixa de fósforos na mesa enquanto pitava seu cachimbo preto.

Por um momento, fui levada de volta para as estepes russas, na casa de Sina e na primeira noite em que ela nos apontou a arma. Mais tarde naquela noite, depois de um excesso de vodca, todos nós rimos da sua brincadeira maldosa. Alex e eu tínhamos em comum nossas infâncias russas, a emigração dos nossos pais, e a trágica ligação que sentíamos depois de testemunhar a guerra em nosso país de origem. Em nosso curto período juntos, Alex havia se tornado o amigo que eu podia chamar de "Shurik".

– Como vai o negócio do seguro? – Alex perguntou.

Garrick abaixou a cabeça.

– Bem.

– Não estou querendo ser intrometido – Alex disse, e olhou para mim em busca de ajuda.

Lancei um olhar para ele, alertando-o a não pressionar Garrick.

Garrick cruzou as mãos e as colocou sobre a mesa.

– É só porque... Só por eu não poder servir... como você pode, e não estou em situação de frequentar a universidade, como Natalya. – Ele levantou a cabeça, com os olhos ligeiramente brilhantes. – Mas eu *poderia* fazer mais, se as pessoas me deixassem ajudar nosso país.

A bebida de Alex chegou no momento mais oportuno. Depois de brindarmos à nossa saúde, Alex desviou o assunto da conversa para longe da insinuação de Garrick.

– Você está ansiosa para voltar para a universidade? – Alex perguntou, e colocou sua mão direita no meu braço.

Garrick deu um pulo da cadeira, seus olhos tão ardentes quanto a lareira cintilante, aparentemente exasperado com a inocente demonstração de afeto de Alex.

– Vou ao banheiro – avisou bruscamente, e agarrou os fósforos na mesa.

Alex começou a argumentar, mas Garrick já tinha saído com raiva.

Tentei falar, mas Alex ergueu a mão.

– Ele parece um pouco nervoso... Posso arrumar mais fósforos.

Olhei por sobre o ombro, e vi Garrick jogar os fósforos em uma mesa ocupada por três homens e uma mulher. Do lugar em que estavam, eles olharam para Alex e para mim, e depois se voltaram novamente para sua comida. Eram diferentes do restante do pessoal no Ode. Os homens usavam ternos escuros; a mulher estava elegantemente vestida com um vestido preto e um chapéu moldado à cabeça, enfeitado com penas de faisão. Pareciam formais demais em suas roupas, inoportunos e, embora discretos, tive a nítida impressão de que estavam nos espionando.

Garrick desapareceu no corredor, e me virei para Alex:

– Shurik, você conhece as pessoas do outro lado da sala, três homens e uma mulher, todos muito bem vestidos?

Sem demonstrar o mesmo medo de que eu, Alex os analisou e depois se virou novamente para mim:

– Não faço ideia, mas não estão aqui para jantar. – Ele tirou o cachimbo dos lábios, apertou a boca, e numa voz enfadonha disse: – Este lugar é comum demais... Eles não servem Dom Pérignon 1934. – Depois, largou o sotaque. – Acho melhor deixar vocês sozinhos. Garrick não parece gostar de mim. Pode-se calcular a grandeza de um homem em situações como esta.

— O que quer dizer?

Ele se inclinou para mim, cochichando:

— Ele não é calmo... É uma bomba-relógio. — Alex pegou seu cachimbo e o bateu no cinzeiro. — Em nosso negócio, a pessoa precisa ter a cabeça fria. Hans e Sophie são um resumo disso. Não acho que ele sirva pra nós. — Ele agarrou minha mão num aperto caloroso. — Bom te ver de novo, fora dos nossos estudos.

Por "estudos" eu sabia que ele se referia ao Rosa Branca.

— Você também, Shurik.

Soltei sua mão quando Garrick voltou para a mesa.

Alex se levantou.

— Vou deixar vocês dois com seu jantar. — Ele beijou minha mão. — Natalya... Garrick... um prazer ver vocês dois. Até logo.

Garrick resmungou.

Pedimos o jantar e um longo silêncio se seguiu até a chegada da nossa comida. Não quis provocar o humor carrancudo de Garrick, que me deixou desconfortável e inquieta durante a refeição. Me concentrei nas risadas da sala, no calor da lareira e no meu copo de vinho.

Depois de beber seu próprio vinho e comer metade do seu jantar, Garrick finalmente disse:

— Sinto muito ter sido grosseiro, mas afinal de contas, Natalya, é um encontro nosso... não de nós três.

— Você me disse que queria conhecer melhor o Alex e os outros — eu disse.

— Eu quero, mas não quando *nós* estamos juntos — ele suspirou. — Talvez devamos recomeçar a partir de agora.

— Por que levou os fósforos de Alex e os jogou para aquelas pessoas na outra mesa? Foi grosseiro.

Olhei para trás, mas as cadeiras estavam vagas, só restavam na mesa pratos vazios e guardanapos amassados.

Ele cortou seu bife e disse sem um pingo de culpa:

— São meus amigos do serviço de seguro. Um deles sinalizou que precisava de fogo.

— Não percebi isso — eu disse.

— Você e Alex estavam ocupados. Sinto muito se me achou grosseiro... Alex pode arrumar outros fósforos.

Terminamos nossas refeições, ambos desconfortáveis em nossos respectivos papéis. Eu tinha pouca esperança de resgatar a noite. Garrick sugeriu passearmos pelo rio Isar, ao norte do Englischer Garten, e apesar da minha propensão a encerrar a noite, concordei.

Saímos depois do café, e enquanto caminhávamos, disse a ele o que pensava do seu comportamento.

– Você não vai a lugar nenhum com Hans, Sophie ou Alex, agindo assim. – Enfiei as mãos nos bolsos para enfatizar meu desgosto. – Na verdade, talvez fosse melhor eu ir pra casa, com Katze...

Arrependi-me das minhas palavras assim que elas foram ditas. Fui dura demais. Era aconchegante ficar com o meu gato, mas não era uma companhia humana, e Garrick havia me oferecido mais do que qualquer homem que eu conhecia.

Seu rosto ficou abatido, como se tivesse sido atacado, e ele voltou a me pedir desculpas.

Chegamos a uma ampla extensão de terra, ao longo da margem do rio. As nuvens espalhadas, indistintas e cinzentas contra o céu, passaram sobre nós numa rápida jornada para o sudeste. O rio, açoitado pelo vento, era como uma faixa obscura, a não ser pelas ondas de cristas espumosas. As árvores resistiam, sem folhas, sob as nuvens e as estrelas. Mesmo com Garrick andando a meu lado, me sentia só e levemente irritada comigo mesma por tê-lo criticado. Uma série de sensações conflitantes passaram por mim.

Seja por ter percebido meu desconforto ou por um senso de dever masculino, Garrick enlaçou meu braço no dele e chegou mais perto.

Rajadas frias de vento fustigaram nossos rostos, mas o ar me refrescou e me fortaleceu, depois da proximidade acalorada do restaurante. Eu teria ficado feliz em permanecer apenas quieta, sozinha com meus pensamentos, mas Garrick interrompeu meu devaneio.

– Posso te dizer uma coisa? – ele perguntou.

Ele tinha um jeito gentil de expor seus pensamentos, o que me levou a pensar sobre seu verdadeiro caráter: era sedutor ou tímido?

– Claro.

– É difícil para mim tocar neste assunto porque minha vida tem sido muito protegida desde meu ferimento, três anos atrás. Achei que as mulheres me achariam uma aberração quando vissem minha perna; achariam que não sou tão homem. – Ele fez uma pausa e olhou ao redor para ver se haveria alguém por perto, mas não havia ninguém. – Os nazistas e sua maldita guerra fizeram isto comigo. Não gosto de tocar neste assunto, mas é verdade.

Depois do que eu tinha visto na Rússia, não tinha motivo para duvidar dele. Agarrei seu braço e disse:

– Continue.

– Fiquei... qual é a palavra? Fascinado, eu acho, por você desde que te vi pela primeira vez, quatro anos atrás. Nunca deixei de pensar em você depois que te vi com a Lisa naquele café, depois do nosso encontro ao acaso no museu...

Garrick me levou até um banco, onde nos sentamos olhando para o rio, de costas para o vento.

– Gostaria de conquistar sua confiança – ele continuou –, e se você estiver disposta, de entrar na sua vida.

– Garrick...

Ele interrompeu minhas palavras com um dedo nos meus lábios.

– Não responda. Pense no que eu disse, mas saiba disso: eu costumava achar que não havia nada no mundo pelo que me apressar, que na minha idade eu tinha todo o tempo do mundo, mas agora sei que não é verdade. O tempo é precioso demais para ser desperdiçado.

Meu coração cedeu um pouco. Garrick tinha suas boas qualidades. Era bonito, um homem que havia me tratado com gentileza, apesar dos seus defeitos; por outro lado, era alguém cuja arrogância e desagradáveis primeiras impressões vinham mascarar suas próprias inseguranças. Talvez eu pudesse gostar dele mais do que gostava, chegar até a amá-lo, mas a guerra obstruía tais sentimentos, tudo era muito incerto. Provavelmente, ele também entendia isso.

– Você já saiu com outras mulheres? – perguntei.

– Sim..., mas não houve ninguém especial... nada que me fizesse continuar voltando.

Recostei-me no seu ombro, e o calor do seu corpo se misturou com o meu. Pesei minhas palavras com cuidado, mas talvez não tanto quanto deveria.

– Você quer que eu confie em você, mas é difícil confiar em alguém hoje em dia. O Reich exige que tenhamos um único pensamento.

Esta admissão era mais do que eu deveria ter revelado; era fácil demais pular para o papel de traidora. Como era fácil falar por enigmas!

– As pessoas na outra mesa, meus amigos, são como eu – ele disse, esfregando as mãos enluvadas uma na outra. – Você ouviu falar no Rosa Branca? Viu os folhetos deles?

O sangue subiu para o meu rosto, meu corpo ficou tenso com a revelação. Enfiei as mãos nos bolsos, feliz que a noite encobrisse minhas emoções.

– Não – menti. – Nunca ouvi falar nisso. O que é?

– Deve ser um grupo, ninguém sabe de fato. Eles escrevem a verdade sobre o Reich. Meus amigos pensam como eu. Querem conhecer Hans, Sophie, Alex, o professor Huber e os outros.

– Você acha que Hans e Sophie fazem parte do Rosa Branca? Sobre o que são os textos? Quem são os "outros"? – Eu o bombardeei com perguntas, esperando que acreditasse na minha inocência.

Garrick me contou sobre dois folhetos que havia lido. É claro que eu tinha analisado todos no estúdio de Dieter.

– Não entreguei os folhetos para a polícia – ele disse. – Deveria ter entregado, mas em vez disso os destruí. Eram fortes... Não quis me ver implicado ou preso por ter lido. – Ele se endireitou no encosto do banco. – Não sei se Hans e Sophie estão no Rosa Branca, ou se existem outros, homens e mulheres que adoram poesia, música, liberdade de pensamento, e ideias complexas que deveriam ser discutidas por mentes razoáveis. Fico animado em saber que existam pessoas assim na Alemanha.

Lembrei-me do que Alex havia me dito no restaurante, *Ele é uma bomba-relógio*. Quis acreditar que Garrick estivesse do *nosso* lado, o lado do que é certo, mas não poderia ter certeza.

– Eu deveria estar chegando em casa – disse, depois de alguns instantes, temendo que uma conversa mais extensa pudesse revelar demais. – Katze, com certeza, sente a minha falta, e Frau Hofstetter pode estar cansada de cuidar dele. – Estremeci para me fazer entender.

– Deixe-me te acompanhar até em casa – ele disse, se levantando do banco, seu velho sorriso e fascínio voltando ao estender sua mão para a minha. – Espero não ter te deixado desconfortável.

Voltamos rápido para meu apartamento, o vento corroendo através dos nossos casacos, o ar gelado levando nossa respiração.

– Posso te ver de novo? – Garrick perguntou ao chegarmos à minha porta.

Como era difícil ser gentil, mas sem estabelecer um compromisso. Tirei minha chave e disse:

– As aulas vão recomeçar; preciso visitar minha mãe com mais frequência.

Percebi seu cenho franzido até na soleira escura.

– Sinto muito que Alex tenha nos interrompido – ele disse. – Ele estragou a noite toda. – Garrick beijou meu rosto, se afastou e disse: – Reconheço, fiquei com ciúme da intromissão dele, mas se você preferir sair com...

– Me dê alguns dias pra ajeitar as coisas. Fico em casa nos finais de semana.

Ele me jogou um beijo e saiu apressado, noite adentro. Fechei a porta, soltando um suspiro de alívio. Katze pulou da cama, correu para mim e esfregou seu corpo quente nas minhas pernas, seu pelo branco crepitando de encontro às minhas meias compridas.

O que vou fazer com Garrick? Fiquei pensando, enquanto me arrumava para dormir. *Jamais deveria ter saído com ele. É como me dirigir para uma cachoeira em uma canoa, sabendo que o mergulho levará ao desastre. O espírito tem vontade, mas a carne é fraca. Ele é perigoso demais para mim.*

A véspera do Ano-Novo e de 1º de janeiro vieram e se foram, enquanto eu sofria de um forte resfriado. Tinha adoecido alguns dias depois da minha noitada com Garrick. Katze me fez companhia na cama, e Frau Hofstetter, me dispensando das minhas obrigações enquanto eu estava doente, me alimentou com caldo de galinha misturado com os vegetais que conseguiu encontrar. Agradeci por sua bondade. Ainda que estivesse doente, aproveitei a ausência da Frau uma tarde e queimei os folhetos restantes no fogão a lenha. Remexi as cinzas com pegadores de brasas, e mandei tudo o que restava de poeira pelo vaso sanitário.

Garrick apareceu duas vezes durante a semana, mas só precisei chegar à porta em minhas roupas de dormir, segurando meu lenço embolado, para que ele entendesse.

– Volto quando você estiver bem – disse, me olhando através das cortinas transparentes que cobriam a janela.

No final da semana, quando meu resfriado melhorou, me arrisquei a sair, mantendo a promessa de visitar meu pai na prisão.

A prisão Stadelheim, uma imponente estrutura de pedra com telhas vermelhas, parecia mais um prédio do governo do que uma instituição penal. Avistei o edifício austero depois que o bonde dobrou uma esquina. Meu coração martelava no peito e, a julgar pela rigidez no meu corpo, estava mais nervosa do que quando viajei a Viena. À minha frente estava uma extensão do estado nazista, onde muitos opositores ao Reich eram aprisionados ou executados. Temi por meu pai. Em que condições ele estaria? Estaria sendo bem tratado, ou teria sido espancado para implicar outros? Não fazia ideia do que esperar.

Vários guardas cercavam o portão. Os horários de visita eram pré-agendados, então fiz questão de chegar na hora. Bandeiras com a suástica ondulavam com a brisa; o prédio exibia uma aparência fria, mas poderosa. Passei pelas torres das sentinelas, atravessei o pátio árido, chegando à porta de entrada.

Uma carcereira, sentada atrás de um balcão de madeira com uma barreira de vidro, perguntou qual era meu objetivo.

– Vim ver meu pai, Peter Petrovich – respondi.

A mulher contraiu os olhos claros e duros, e abriu um grande livro, correndo uma caneta pelas longas páginas. Fez um telefonema da sua mesa, falou com alguém numa voz baixa, e depois desligou.

– Sente-se – disse, secamente.

Sentei-me por dez minutos em um banco, juntamente com alguns outros visitantes, respirando o cheiro antisséptico do hall esfregado, escutando o abafado clangor metálico das portas da prisão se abrindo e se fechando, ouvindo o fraco chamado de vozes masculinas. Um guarda portando um rifle sobre o ombro surgiu no final do corredor e fez sinal para que eu o seguisse.

Destrancou uma porta no final do corredor. Entrei em uma sala cheia de outros guardas armados, e fileiras de longas mesas ladeadas por bancos. Meu pai, usando um soturno uniforme de presidiário, com as mãos pousadas na mesa de carvalho como se estivesse rezando, o cabelo despenteado caindo sobre as orelhas, levantou os olhos quando entrei. Outra sentinela debruçava-se atrás do seu ombro, observando cada um dos seus movimentos. O guarda se afastou, mas não a ponto de não conseguir escutar nossa conversa. Seu rifle estava preparado, apontado em nossa direção caso precisasse disparar.

Meu pai buscou minhas mãos quando me sentei. O guarda bufou e meu pai recuou.

– Estou feliz em te ver, Talya – meu pai disse.

Minha ansiedade diminuiu ao vê-lo, e o examinei com atenção. Ele nunca tinha sido um homem encorpado, mas sem dúvida estava mais magro do que da última vez que eu o vira. O uniforme pendia dos seus ombros, linhas profundas vincavam sua testa, e em suas têmporas haviam despontado cabelos grisalhos.

– Também estou feliz em te ver, papa – eu disse. – Sinto muito não ter vindo antes.

Ele abanou as mãos, como que me perdoando pela minha falha.

– Tudo bem, tenho sido bem tratado. – Olhou por sobre o ombro para o guarda cuja boca formava uma fenda fina, silencioso e imóvel; depois, se virou novamente para mim. – É bom que ele saiba que tenho sido bem tratado. Sou o prisioneiro modelo; limpo, ajudo os doentes, sei alguma coisa sobre remédios. – Sorriu, exibindo dentes amarelados. – Eles gostam de mim aqui.

– Fico feliz, papa. – Fui tomada por um profundo desespero. Meu pai estava morrendo, seu ânimo se fora, sua vontade de lutar tinha sido esmagada pela prisão. – Eu teria te trazido alguma coisa…, mas não é permitido.

Mais uma vez, ele soltou as mãos e as abanou, como que dispensando minhas palavras.

– Não tem importância. Daqui a cinco meses estarei fora daqui, em casa. Então, podemos celebrar… Como está a sua mãe?

– Bem – eu disse, sem saber se ele estava ciente das bebedeiras dela.

– E seus estudos?

– Também vão bem.

Por dentro, estava me desmanchando de dor e pavor, como se fosse uma vela e as chamas estivessem me lambendo, removendo camada por camada da minha pele no fogo ardente. Não podíamos dizer nada de substancioso um para o outro. Por toda parte ouvidos escutavam cada palavra, cada pensamento que sinalizasse um traidor ao Reich, um sub-humano traiçoeiro que mereceria morrer. Mesmo se meu pai tivesse sido maltratado, ele não poderia me contar. Olhei com atenção o seu rosto, o pescoço, as partes nuas dos braços não cobertas pelo uniforme, mas não havia marcas, nem hematomas que eu pudesse ver.

O guarda levantou três dedos para mim, sinalizando que meu tempo estava prestes a terminar.

– Dê lembranças a sua mãe, e diga que eu desejo tudo de bom – meu pai disse.

– Farei isso.

Eu não tinha mais nada a dizer; na verdade, não havia mais nada a dizer.

Ele se inclinou para mim.

– Nacional-Socialismo, Talya! Todos saúdam nosso glorioso líder!

O guarda deu um pulo para frente.

– Pare de gritar!

Apontou o rifle para as costas do meu pai.

Recostei-me para trás, no banco, chocada com as palavras do meu pai. Ele nunca tinha apoiado o nazismo. Tínhamos fugido da nossa casa na Rússia sob o terror de Stalin. Meu pai odiava ditadores e tudo o que eles pregavam. Os guardas provavelmente o doutrinaram à força.

– Heil Hitler!

Meu pai se levantou e apontou seu braço esticado para mim.

– Eu disse "cale a boca"! Sente-se, porco russo!

O guarda girou o rifle para meu pai e o golpeou entre os ombros. Ele desmoronou na mesa com um berro de dor, enquanto eu gritava.

Mãos grosseiras me arrastaram do meu assento, me puxando do banco, me levando para a porta.

– Papa! – gritei. – O que está acontecendo?

Outro guarda me empurrou para o corredor e bateu a porta.

– Aquilo foi idiotice – ele disse. – Seu pai é um homem estúpido.

– Meu pai é um homem bom.

Dei um safanão para soltar o meu braço, me livrando do seu aperto.

Ele me empurrou pelo corredor até a entrada, enquanto os outros guardas assistiam.

– Cai fora, puta russa. Garantam que esta vaca seja tirada do pátio.

As sentinelas olhavam como se estivessem prestes a atirar, então saí aos tropeços pelo portão, suas barras ressoando atrás de mim.

Alguns minutos depois, entrei num bonde e me sentei no fundo, longe dos outros passageiros. Lágrimas rolaram pelo meu rosto, e fiz força para não perder o fôlego. O que tinha acontecido? Ele tinha se tornado um simpatizante do nazismo, ou montado um show para os guardas, na esperança de uma soltura antecipada? Talvez minha mãe, que o tinha visitado com mais frequência, pudesse explicar.

Conforme os sombrios prédios de Munique foram passando sob um céu cinzento, entendi mais uma vez a importância do Rosa Branca... *não apenas para a Alemanha..., mas para mim.*

CAPÍTULO 8

QUANDO CHEGUEI EM SEU APARTAMENTO, fazia um bom tempo que minha mãe estava bebendo. Contei a ela sobre o comportamento do meu pai, mas ela não soube justificá-lo e, num ataque de dor e choro, desmoronou no sofá. Não a pressionei mais, por medo de que pudesse acrescentar um excesso de estresse a seu já delicado estado emocional. Assim, terminei minha visita com:

– Fora isso, ele pareceu bem. Tivemos uma conversa agradável.

Falei sobre coisas bobas, sem muita verdade nelas.

Ao nos despedirmos, minha mãe disse:

– Não o abandone, Talya.

A perspectiva de visitar Stadelheim novamente me deu calafrios, mas prometi a ela que tentaria, apesar do que tinha visto.

As aulas começaram logo depois do Ano-Novo, e me vi envolvida no mundo atarefado da universidade. Avistei Hans e Sophie várias vezes no hall principal, ou caminhando pelo campus, mas mantivemos distância. Poucos olhares foram trocados, e menos palavras faladas. Hans era tão protetor em relação à irmã que eu não sabia realmente o quanto Sophie estava envolvida com o Rosa Branca. Pelo comportamento reservado dos dois, senti que algo seria planejado, mas não fazia ideia do que fosse, a redação de um novo folheto, ou alguma outra atividade secreta que pudesse ser ainda mais ousada do que as realizadas no passado.

Garrick apareceu no meu apartamento algumas vezes, mas apenas para conversar. Embora ele fosse tagarela e ríssemos e sorríssemos nos minutos que passávamos juntos, o trabalho e os estudos vinham em primeiro lugar. Queria voltar a sair com ele, mas a ocasião não surgiu porque Lisa me convocou para outro projeto do Rosa Branca, um segundo folheto.

Alguns dias depois do início das aulas, Lisa e eu encontramos um lugar isolado no terreno da universidade, no cair da noite. O ar estava frio e uma neve macia caía preguiçosamente em nossos ombros, vinda de um céu mais benigno do que ameaçador. Fiquei feliz por escapar das salas de aula abafadas, apesar de estar sentada em um banco de pedra gelado, debaixo dos galhos desfolhados de um carvalho.

– Está preparada para escrever outro? – ela perguntou, vasculhando o bolso do casaco em busca de cigarros. – Estou morrendo de vontade de fumar.

– Estou – respondi –, mas o que vou escrever desta vez?

– Talvez você possa falar sobre a prisão Stadelheim – ela propôs.

– Perigoso demais. Poderia ser rastreado até mim.

– Dieter ofereceu seu estúdio de novo – ela disse, encontrando um cigarro. – Acho que Hans e Alex estão escrevendo outro folheto, mas não tenho certeza. Tenho a impressão... Você sabe como é.

– É, sei.

– Desta vez, iremos para o norte, postar para Nuremberg. E se a gente se encontrar na quarta-feira à noite, dia 13, para começar?

Eu não tinha compromisso para aquela noite, então concordei em me encontrar com Lisa no estúdio de Dieter.

Mas naquele dia, aconteceu algo inesperado. Todos os estudantes universitários tiveram que ir ao Deutsches Museum, para celebrar o 470º aniversário da fundação da universidade. Rumores circularam e houve falatório, enquanto nos atropelávamos na ida ao museu, localizado em uma ilha no rio Isar.

– Suponho que tenham cancelado as aulas por causa das nossas derrotas na Rússia – Lisa e eu entreouvimos um estudante dizer. Me virei a tempo de vê-lo enxugar os olhos. – Todos nós, homens, seremos mandados para a guerra, não haverá escapatória – ele acrescentou, desviando o olhar para a rua.

Fiquei impressionada com sua franqueza, mas seus amigos discordaram, porque o persuadiram a ficar quieto.

– O nacional-socialismo quer ver quem os apoia... ou especificamente, quem não apoia – outro homem disse. – Essa reunião não é sobre a guerra.

Quando chegamos ao prédio que parecia uma fortaleza, com sua rotunda como entrada, Lisa e eu, juntamente com a maioria dos outros universitários, fomos levados escada acima até o balcão do grande auditório. Reconheci alguns amigos de Hans e Willi sentados entre nós, bem como dois alunos do professor Huber. Nenhum membro do Rosa Branca havia comparecido. Baixinho, indaguei Lisa sobre a ausência deles.

– Eles estão repudiando as reuniões, mesmo quando o comparecimento é exigido, por uma questão de consciência – ela cochichou.

Não tínhamos feito tal promessa.

Logo, o propósito da assembleia ficou claro para mim.

Um grupo de homens da SS, soturnos e com um sorriso irônico, guardava as saídas. Oficiais nazistas importantes, da associação de estudantes e da Bavária, todos reluzentes e pomposos em seu uniforme, se sentaram numa plataforma na frente do auditório, enfeitado com um banner alardeando a ocasião. Inclinei-me no assento para inspecionar a multidão barulhenta abaixo: soldados da Wehrmacht, estudantes prestes a ir para a guerra, e veteranos – muitos feridos, de muletas ou cadeiras de rodas – ocupavam os lugares juntamente com o paramentado corpo docente da universidade, inclusive o professor Huber, que reconheci pelo formato alongado da cabeça. Aquilo era uma convenção nazista com força total, mas com qual propósito? A convocação da assembleia era para celebrar mais do que a fundação da universidade.

O público fez silêncio quando Paul Giesler, um importante *Gauleiter*, líder regional, entrou no palco como um touro desabalando para fora de uma porteira. Era uma figura imponente em uniforme, o cabelo penteado para trás, revelando uma testa alta, olhos penetrantes, nariz romano, mas uma boca de Cupido um pouco pequena e doce demais para sua personalidade arrogante. Desde o começo do seu discurso, Giesler pretendeu ser implacável, ninguém estava imune a seu veneno.

Começou elogiando a universidade e sua importância na vida alemã, mas logo a insultou por abrigar "intelectos deturpados" e "mentes falsamente inteligentes". Berrou:

– A vida real nos é transmitida apenas por Adolf Hitler, com seus ensinamentos claros, alegres e inspiradores.

Os que estavam prestes a ir para a guerra, ou trabalhavam para o nacional-socialismo, receberam elogios, enquanto os que estudavam "sem talento" ou "seriedade de propósito" obtiveram sua repulsa. Disse que a universidade não era refúgio para "filhas bem criadas" que negligenciavam suas funções no Reich.

O balcão lotado foi tomado por uma agitação nervosa. Pés bateram no chão, sinal de que o discurso não estava caindo bem entre os estudantes. Uma vaia teve início atrás de mim, e logo várias outras irromperam. Olhei por cima do ombro para os guardas da SS, cujas expressões haviam mudado de sorrisos satisfeitos para caretas de aspecto sinistro. Lisa me cutucou e sorriu de lado, sentindo a crescente resistência ao *Gauleiter*.

Giesler, que não se deixaria levar por meros estudantes, supriu-se da inquietação crescente.

– O lugar natural para uma mulher não é a universidade, mas com sua família, ao lado do marido – gritou para o balcão.

Novas vaias irromperam, inclusive minhas e de Lisa. O raspar de pés no chão quase encobriu seu discurso.

Para coroar seu propósito, gritou que as mulheres deveriam apresentar, anualmente, uma criança ao Führer. Com um sorriso zombeteiro, terminou o discurso com essas palavras:

– E para aquelas estudantes que não sejam bonitas o bastante para conquistar um homem, eu ficaria feliz de emprestar um dos meus ajudantes. E prometo a vocês que *esta* seria uma experiência gloriosa.

Um turbilhão elevou-se no balcão, encobrindo as palavras de Giesler, levando os estudantes a um frenesi de pés sapateando e gritos de escárnio. Mulheres atrás de nós pularam dos seus assentos e correram para a saída, mas acabaram indo parar nos braços dos SS e dos camisas-marrons.

– É hora de dar o fora daqui – Lisa disse.

Olhei para a saída.

– Eles estão prendendo aquelas mulheres.

Não tivemos que esperar muito, porque outro SS desceu com dificuldade até a fileira à nossa frente, gritando para sairmos ou seriamos levadas para a prisão.

Um grupo de universitários homens, nenhum que eu conhecesse, empurrou os SS que faziam as prisões, e logo punhos voaram desferindo socos. Ossos estalaram, e um dos estudantes caiu para trás no balcão, apertando o nariz sangrento. Um estrondo veio lá de baixo, e olhei para o nível da orquestra. Lá também as pessoas estavam aos murros. Vários professores se espalharam em volta dos grupos que lutavam, enfiando os braços no tumulto, mas sem sucesso. A voz do professor Huber ressoou acima das outras, pedindo calma, mas ninguém pareceu ouvir.

De algum modo, as mulheres presas conseguiram se soltar durante o corpo a corpo, e Lisa e eu fugimos pela escada com elas, saindo para o pátio onde aconteciam várias brigas. Sirenes soaram à distância, sinalizando a chegada de mais policiais e pelotões militares. Nós sabíamos quando dar o fora.

Os estudantes haviam se dividido em vários grupos menores, e nos juntamos a um deles, descendo a rua de volta para a universidade, de mãos dadas, braços unidos, e cantando. Apesar do tumulto, Lisa e eu fomos invadidas por uma leveza de espírito, sentindo que tudo que havíamos feito, ou poderíamos fazer, valia a briga.

– É boa a sensação de resistir, ser uma traidora – eu disse, pela primeira vez sem me preocupar com quem poderia escutar.

Lisa sorriu e passou o braço sobre o meu ombro.

Logo chegamos à Ludwig Strasse, em nossa marcha para a universidade, mas a polícia esperava por nós com cassetetes nas mãos. Girando suas armas, eles correram até nós, nos forçando a nos separar. Dispersamo-nos sob sua investida, mas os sorrisos de outros estudantes, a sensação de termos *feito alguma coisa*, permaneceram comigo durante dias, mesmo quando um estado de emergência foi declarado em Munique.

Lisa e eu seguimos nossos caminhos distintos, ainda com a intenção de nos encontrarmos naquela noite no estúdio de Dieter. No entanto, a caminho de casa, uma visão arrepiante diminuiu meu entusiasmo. Sob o Siegestor, o arco triunfal que assinala a entrada para o Schwabing, estava Garrick com seu grupo de jovens amigos do seguro, que tínhamos visto no Ode. Não soube o que pensar. Teriam eles comparecido à assembleia, ou estavam observando a polícia, ou nós? Não me lembrava de tê-los visto no auditório, mas o prédio estava lotado, e eles poderiam ter me escapado.

Fingi não o ver e caminhei pelo outro lado da rua, além do arco. Apesar disso, tive plena certeza de que Garrick havia me visto, ainda que não fizesse qualquer esforço para vir a meu encontro. Ele e os outros pareciam indiferentes quanto ao que havia transpirado, seus rostos não ostentavam os sorrisos dos estudantes, ou qualquer espécie de euforia. Eles me lembraram os elegantes alemães das classes altas, vestidos com casacos de lã e gravatas, a mulher envolta numa pele marrom e usando um chapéu chique.

Garrick acendeu um cigarro, protegendo o isqueiro com a mão. A fumaça rodopiou ao redor do seu rosto, antes de se dispersar ao vento.

Corri, nervosa, para o meu apartamento.

Naquela noite, Lisa e eu trabalhamos com a sensação de energia renovada. Nas poucas horas em que estivemos separadas, ela havia descoberto

que Hans e outros do Rosa Branca não faziam ideia do que havia acontecido no auditório. A reação deles foi trabalhar no próximo folheto. Essa
também era a nossa tarefa.

Escrevi o texto em menos de duas horas, deixando de lado o assunto
do *Gauleiter* e suas observações ofensivas, um assunto próximo demais de
nós, e escrevi sobre a "cegueira" do povo alemão, daqueles que seguiam
como carneiros, enquanto o país oscilava à beira da destruição. Tal "derro-
tismo" era punível com morte; mas, a cada linha, eu via Sina e seus filhos
perecendo numa morte sangrenta no buraco perto de Gzhatsk, escutava
as palavras loucas ditas por meu pai na prisão.

Às 23h, tínhamos terminado nosso trabalho, inclusive impresso qui-
nhentos folhetos e endereçado cem deles a nomes escolhidos na lista
telefônica de Munique. Dessa vez, não buscamos a aprovação de Hans,
e incluímos na lista vários professores universitários, que achamos que
poderiam ser influenciados por nossa maneira de pensar. Combinamos de
nos encontrar na noite seguinte para terminar o trabalho de endereçar os
envelopes. Lisa traria a mala, e planejaríamos nossa viagem a Nuremberg,
como tínhamos feito com a viagem a Viena. Dieter, parecendo sonolento,
chegou quando estávamos de saída.

Enquanto eu voltava para casa, preocupada com os pensamentos sobre nossa próxima viagem a Nuremberg e os perigos que ela apresentava,
prestei menos atenção a meu entorno do que deveria.

Pulei quando uma voz chamou na hora em que em enfiava a chave
na fechadura.

– Você chegou tarde esta noite.

Reconheci o timbre um tanto rouco e arrastado, e a figura esguia e
musculosa que saía das sombras no quintal da Frau.

– Cruzes, Garrick, você me assustou. Larguei-me de encontro à porta, e
olhei meu relógio. – É quase meia-noite. O que está fazendo aqui a esta hora?

Ele caminhou lentamente até mim, seus pés deslizando na grama
gelada.

– Eu poderia te perguntar a mesma coisa.

Chegou até a porta e se apoiou no batente. Seu cabelo normalmente penteado para trás agitava-se ao vento, e seus olhos assumiram
a cor da noite.

– Entre..., mas fique quieto – eu disse. – Não quero acordar Frau
Hofstetter. Preciso dar comida para o Katze.

– Obrigado, muita gentileza sua.

Seu hálito cheirava a álcool.

Abri a porta e acendi o abajur de mesa.

Katze nos recebeu e Garrick o pegou nos braços.

– Que bonzinho ele é – disse, tentando coçar atrás das orelhas do gato que se debatia. Katze enfiou as garras no casaco de Garrick e se atirou no ar, aterrissando nas quatro patas perto das minhas pernas. Garrick espanou seu casaco. – Puxa, ele deve estar com fome!

Tirei uma latinha de comida da gaveta, extravagância que o gato raramente recebia, e pus um pouco em um prato. Katze miou e rodopiou pelo quarto como se nunca tivesse sido alimentado.

Garrick se jogou na minha cadeira. Tirei meu casaco e o atirei na cama.

– Então, o que você está fazendo aqui? – perguntei.

– Andei festejando e pensei em fazer uma visita.

– Festejando o quê?

Ele desabotoou alguns botões do casaco, e se reclinou.

O que achou da diatribe de Giesler hoje?

A cabeça dele oscilava, e ele piscava como se a luz do meu abajur doesse em seus olhos.

Não quis cair na armadilha de revelar o que sentia sobre o assunto, então respondi com outra pergunta:

– O que você achou?

– Achei ma... ra... vi... lho... sa.

Suas palavras vagaram pelo ar numa mancha nebulosa.

– Você bebeu demais, Garrick. Deveria ir para casa

Eu estava chocada com o seu estado. Nunca o tinha visto bêbado.

– Você reparou – ele disse, e bateu em suas pernas. – Venha, sente-se no meu colo.

– Não – eu disse, resistindo sua proposta. Os avanços de um homem bêbado não me atraíam.

Katze terminou a refeição e o peguei no colo, escutando seu ronronar como um automóvel em uma manhã de inverno.

Garrick se inclinou para a frente a ponto de eu achar que poderia cair da cadeira, mas ele se endireitou e disse:

– Tudo bem, então saia comigo sábado à noite. Faz três semanas que a gente não sai.

– Se não se lembra, fiquei doente.

Agora, passava da meia-noite, e queria ele fora do meu quarto. Estava disposta a concordar com uma saída, só para que ele fosse embora.

– Saio com você se prometer ir para casa e curar a bebedeira.

Sempre seria possível mudar de ideia depois.

– Sim... sim... hoje foi maravilhoso. Acho que todo mundo deveria celebrar.

Ele se levantou sobre pernas pouco firmes, e Katze e eu o acompanhamos até a porta.

– Saia sem fazer barulho.

Garrick pôs um dedo nos lábios, e depois me deu um beijo no rosto.

– Sábado – disse, e saiu andando lentamente pela calçada como uma folha ao vento.

Fechei a porta e pensei sobre o que teria instigado seu excesso de indulgência. Seu comportamento estranho não me levava a gostar dele, e reforçava meu sentimento de que nada deveria se interpor no caminho do meu trabalho com Lisa, nem mesmo Garrick.

Katze e eu pulamos na cama, ambos prontos para uma boa noite de sono.

Lisa me lembrou que nossas viagens para a cidade medieval de Nuremberg seriam muito parecidas com Daniel entrando na cova dos leões. A cidade tinha uma história antiga e lendária, entre elas a relevância de realizar enormes encontros nazistas durante os anos de formação do partido.

Na noite seguinte à vinda de Garrick ao meu apartamento, Lisa e eu terminamos nosso trabalho e planejamos a viagem. Tomamos como modelo nossa bem-sucedida viagem a Viena: nos separarmos na Hauptbahnhof, a estação central, antes de embarcar no trem, juntaríamos forças em Nuremberg quando pudéssemos nos encontrar em segurança, localizar as melhores caixas de correio para postar os folhetos, distribuir os restantes, e depois voltar para casa. Lisa levaria a mala e, caso perguntassem, daria a mesma explicação que havia usado antes – um pernoite com sua tia. Eu, é claro, estava indo visitar uma amiga, nome decorado e endereço tirado da lista telefônica de Nuremberg para reforçar meu álibi, tática mais segura do que tinha usado em Viena. Nós duas esperávamos que nada em nossa viagem levasse a esse nível de detalhes.

Subimos no trem no meio da tarde de um sábado nublado e tedioso, com nosso tempo de viagem previsto até Nuremberg consideravelmente mais curto do que a viagem para Viena. Planejamos terminar nossa tarefa cerca de uma hora depois do pôr do sol, e voltar para Munique às 21h daquela noite.

Embarcar foi bem parecido, embora meus nervos vibrassem como uma corda de piano arrebentada ao chegarmos à estação. Segui Lisa, observando com um olho quando um guarda a puxou de lado para uma revista ao acaso. Prendi o fôlego quando ela abriu a mala e levantou várias peças de roupa, mas meus medos foram infundados e, satisfeito, o guarda fechou a mala depois de uma breve inspeção. Outro acenou para que eu passasse depois de uma olhada superficial em meus documentos. Tomamos nossos lugares em lados opostos do vagão. Lisa manteve a mala por perto, no chão, mas a cobriu com seu casaco. Logo depois de partirmos, fomos fiscalizadas por um terceiro guarda, que pediu nossos documentos. O rapaz nos examinou, mas não pediu para Lisa abrir a mala. Nos entreolhamos com alívio quando ele foi para o vagão seguinte.

A área rural norte da Bavária era arborizada e monótona, nem um pouco interessante quanto a paisagem ao sul, e me remexi no assento, meus nervos ainda tensos, se abalando com qualquer barulho alto ou voz irritante. Quando chegamos a Nuremberg, o sol estava se pondo e longas sombras já haviam se espalhado pela cidade.

Deixamos a mala em um guarda-volumes, e partimos para procurar o que precisávamos. Tendo estado em Nuremberg apenas uma vez quando criança, fiquei fascinada com seu encanto: a colossal Frauenkirche no centro da cidade, o torreão do castelo erguendo-se à distância, a série de lojas e restaurantes construídos no tradicional modelo bávaro, com telhados pontudos e paredes coloridas arrematadas com madeira. Mesmo no escuro, a cidade parecia reluzir com um charme de eras passadas.

Tendo encontrado várias caixas de correio isoladas, paramos para tomar café e comer um doce em uma loja, mas não conversamos muito, a postagem dos folhetos pesando em nossas mentes.

Lisa voltou para a estação para pegar a mala. Combinamos de nos encontrar dali a uma hora, próximo às portas da Frauenkirche.

A hora passou, juntamente com mais meia hora, eu indo e vindo em frente à igreja, meu passo acelerando tanto quanto minha pulsação. O centro da cidade ficou vazio, a não ser por alguns caminhantes noturnos, e conforme o tempo se arrastava, meus pensamentos escureciam como o céu. Lisa teria sido presa? Algo teria provocado suspeitas da polícia na estação de trem? Será que Lisa – não ousava pensar nisso – estava morta?

Afastei essa ideia terrível e olhei para o relógio; eram quase sete da noite. Tínhamos combinado que se algo desse errado, voltaríamos para a estação de trem, separadas, caso necessário, para pegar o trem das oito.

Depois de mais cinco minutos de um caminhar frenético, dobrei a esquina da igreja, perto de um longo quarteirão de lojas fechadas, até a primeira caixa de correio que tínhamos achado.

A rua de paralelepípedos estava deserta e Lisa não estava à vista em parte alguma.

Com o tempo se esgotando, corri para o próximo local mais perto da estação, atravessando a ponte sobre as águas escuras do rio Pegnitz, passando por outra igreja com duas grandes torres, parando em frente à caixa da Marien Strasse. Respirei pesadamente, o ar frio talhando meus pulmões. Olhei para a esquerda, para a direita e atrás de mim; novamente, nenhum sinal de Lisa. Dei meia-volta, na dúvida se deveria voltar ao lugar do encontro em frente à igreja ou ir para o trem.

Onde você está. Deus, por favor, faça com que ela esteja a salvo.

Afastei-me lentamente, sabendo que não haveria tempo suficiente para chegar à terceira caixa de correio e voltar antes da partida do trem. Tinha me resignado a viajar sozinha de volta a Munique, quando atravessei um beco estreito e escuro entre dois prédios, e com o canto dos olhos percebi algo se movendo.

Espreitei no escuro. Um homem e uma mulher estavam enfiados no canto do beco, se contorcendo num movimento frenético de braços e pernas. Parei, surpresa. Será que eu tinha esbarrado num casal fazendo amor em segredo?

Então, avistei a mala de Lisa a alguns metros da entrada, com a tampa aberta. Metade do seu penhoar estava na mala, a outra metade estava estendida nas pedras úmidas.

Corri pelo beco para ajudar minha amiga.

– Diga a ela para dar o fora – o homem disse brutalmente a Lisa, depois de escutar meus passos. Com a mão, cobria a boca dela. Lisa soltou alguns gritos abafados.

– Isso é o que fazemos com putas que vagam pelas ruas de Nuremberg.

O homem se virou para mim, segurando o braço de Lisa com uma das mãos, a outra ainda cobrindo a metade inferior do seu rosto. Era jovem, dava para perceber pela voz, e usava um uniforme debaixo do casaco desabotoado, a calça enfiada em botas de cano alto. SS, pensei.

– Uma amiga? Diga a ela pra ir embora ou será a próxima.

Ele tirou a mão da boca de Lisa por um segundo.

– Vá! – Lisa gritou. – Saia!

Parei, meus pés grudados no chão, minhas mãos e meus braços tremendo de medo e fúria.

– Não! Solte ela e eu não vou te denunciar pra SS.

Ele jogou a cabeça para trás e rugiu com uma risada medonha que ecoou pelo beco.

– Eu *sou* a SS.

Lisa mordeu sua mão.

Berrando, ele a empurrou contra o muro de pedras e buscou a arma que estava na lateral do seu corpo.

Nós duas corremos para ele, ela pela frente, eu pelo lado. Bati nele com toda força que pude. Enquanto ele se atracava com a gente, a arma voou da sua mão, aterrissando nas pedras com um baque metálico, deslizando entre meus pés até ficar atrás de mim. Ele me empurrou e caí para trás, em direção à arma.

Lisa chutou suas pernas e virilha.

Agarrei a arma pelo cano, enquanto Lisa investia contra seus braços.

Ele estava prestes a segurar o pescoço dela com as mãos, quando acertei a coronha da arma na lateral da sua cabeça. Gemendo, ele escorregou pela parede até o úmido calçamento de pedras.

Olhei para o corpo esticado do homem.

– Ai, Deus, eu o matei.

Arfando no ar frio, Lisa firmou-se junto à parede de pedras.

– Duvido, mas pra mim tudo bem se tiver matado. Um estuprador nazista a menos no mundo.

Com meu corpo sendo invadido pela indignação e pelo desgosto, chutei as pernas do homem. Os golpes voltaram inócuos das suas botas. Olhei para a arma na minha mão enluvada, me perguntando se eu teria tirado sangue. Uma risadinha nervosa brotou da minha garganta enquanto eu jogava a arma no chão.

– Rápido, enquanto ele está desmaiado – Lisa disse, recobrando sua compostura e indicando a mala.

Corremos até ela, tiramos as cartas e folhetos, e jogamos as roupas dentro. Saímos do beco e encontramos a rua deserta. A sorte estava conosco. Lisa enfiou os envelopes na caixa de correio, enquanto eu escondia os folhetos debaixo do meu casaco.

Ao corrermos para a estação de trem, os joguei nas entradas de casas e pontos de comércio sem vida, cuidando para que ninguém estivesse nos observando ou seguindo. Uma sensação entusiasmante de liberdade tomou conta de mim, enquanto eu os colocava nas soleiras das portas. Eu tinha provado meu valor como parte do Rosa Branca, e defendido minha amiga contra um ataque.

Nossa única preocupação era sair de Nuremberg antes que o agressor pudesse alertar a polícia. Nos limpamos no banheiro das mulheres antes de embarcar no trem para Munique.

Meu nervosismo eclodiu em risadas descontroladas enquanto eu olhava para os guardas solenes que andavam pela estação com rifles sobre os ombros.

– Eu conseguiria encarar um – cochichei.

– Não deixe seu heroísmo subir à cabeça – Lisa disse com uma voz abalada.

– Ele viu o que tinha dentro da mala? – perguntei.

Ela balançou a cabeça.

– Acho que não porque ele só viu a mala vindo contra ele, quando tentei acertá-lo com ela. Por sorte, só caíram as minhas roupas.

Alguns minutos depois, subimos no trem. Como a mala estava vazia, com exceção das roupas, não vimos necessidade de viajarmos separadas. Enquanto eu me acomodava num lugar ao lado de Lisa, um pensamento perturbador entrou na minha mente. Se o homem não estivesse morto, notificaria as autoridades assim que pudesse. Se a Gestapo fosse meticulosa em seu pensamento, o que normalmente era o que acontecia, um telefonema para os controladores de ferrovia próximos, inclusive o de Munique, poria em perigo duas mulheres viajando juntas. Seríamos interrogadas, e muito possivelmente presas, assim que chegássemos.

Decidimos descer do trem em Dachau e descobrir o caminho para casa, mesmo que tivéssemos que ir andando.

Lisa me contou o que tinha acontecido quando nos sentamos nos fundos de um bonde quase vazio nos arredores de Munique. O SS a havia seguido; então, para não colocar nós duas em perigo, e na esperança de despistá-lo, ela andou por um bom tempo antes de terminar na caixa de correio perto da estação de trem. Esperava que eu pudesse encontrá-la ali. O criminoso estava mais atraído pela sua aparência do que pelo conteúdo da mala, por sorte, mas sua desenfreada superioridade nazista o levou a atacar uma mulher desacompanhada. Cheguei apenas minutos depois de ele tê-la arrastado para o beco.

No decorrer de algumas horas, tinha me metamorfoseado de uma resistência não violenta para um ataque físico, mas me consolei com a lembrança de Hans, Willi e Alex atacando os guardas que haviam ameaçado os prisioneiros.

Exaustas e felizes por estarmos livres, nos despedimos na Marienplatz. No entanto, outra surpresa me esperava ao chegar em casa alguns minutos antes das dez.

A ponta de um cigarro reluzia laranja perto da minha porta. Imediatamente, soube o que tinha acontecido.

Corri até ele de braços abertos, esperando acalmar seus sentimentos feridos por tê-lo deixado a ver navios no nosso encontro.

– Sinto muito, Garrick – eu disse, e sentia, mas acima de tudo estava envergonhada pela minha estupidez de cometer um erro daqueles. Tentei abraçá-lo, mas ele recuou.

– Onde você estava? – ele perguntou, a raiva borbulhando sob sua voz contida. Seu tom era claro, seco, centrado, ao contrário da última vez em que havíamos nos visto, quando suas palavras estavam arrastadas pelo álcool. – Faz horas que estou esperando.

Sua raiva crescente me assustou, mas ao contrário do meu encontro com o SS em Nuremberg, meu corpo me incitava a fugir, não a lutar.

– Eu estava na casa da Lisa – eu disse, pensando o mais rápido que podia sob seu olhar maligno. – Ela não está se sentindo bem e queria companhia. Sinto muito ter me esquecido. Vou te compensar.

Ele se afastou da porta, jogou o cigarro na calçada, e agarrou meu braço.

– É mentira. Fui até a casa da Lisa esta noite. Ela não estava em casa e os pais não faziam ideia de onde ela estava. – Seu aperto no meu braço ficou mais forte. – Onde vocês estavam?

Ele gritou a pergunta tão alto que temi que pudesse acordar Frau Hofstetter e os vizinhos. Katze uivou por detrás da porta, ciente de que havia algo errado.

– Fomos ver um filme.

– Qual?

– Garrick, solte o meu braço.

Tentei me soltar. Um medo frio e paralisante correu pelas minhas veias. Senti que ele poderia me bater. Na verdade, ele poderia fazer algo pior.

Ele me soltou, e tropecei para trás na calçada, me agarrando aos galhos desnudos de um arbusto para não cair.

– Você é como todos os outros – ele disse com amargura. – Como o Hans, a Sophie e aquele russo de quem gosta tanto. Todas as suas reuniões e climas chiques, deixando entrar só os que vocês aprovam, como algum clube secreto infantil.

– Isso não é verdade – eu disse, esperando acalmar sua raiva.

Uma luz amarela acolhedora apareceu em torno das beiradas da cortina; logo, a figura leve de Frau Hofstetter espiou ao redor dela, seus traços tremeluzindo no brilho de um lampião a óleo.

– Está tudo bem? – ela perguntou, depois de abrir a porta. – Escutei vozes, e o gato está berrando como um tigre.

Katze saltou para fora da porta e se esfregou nas minhas pernas. Levantei o animal e o aninhei nos braços.

– Está tudo bem, Frau Hofstetter – eu disse. – Garrick veio me acompanhar até em casa. Acho que estávamos nos divertindo demais.

A calma se instalou no rosto de Garrick, o que eu esperava que acontecesse. Aplacar sua raiva parecia a única maneira de sair de uma situação tensa.

Frau fez cara feia para Garrick.

– Não me pareceu divertimento. Entre, Natalya, ou vai pegar outro resfriado.

Garrick olhou para minha patroa sem expressão. Agarrei sua mão e disse:

– Apareça amanhã à tarde e a gente conversa. – Meu coração acelerado se acalmou, e para demonstrar isso, me inclinei e beijei seu rosto. – A gente se vê.

– Boa noite, Frau Hofstetter – ele disse, e deu meia-volta.

Segui a senhora para dentro, e pus Katze na cama. Por uma vez, fiquei feliz de que a Frau tivesse me tratado como se eu fosse sua filha.

– Ele *parece* um homem simpático – ela disse ao sair do meu quarto, mas pelo seu tom sarcástico, sabia que não queria dizer isso.

– É – respondi sem entusiasmo.

Ela foi lentamente até seu quarto, com o lampião na mão, trechos iluminados se movendo pelo corredor, como raios de sol cintilando pela janela de um trem.

Certifiquei-me de que minha porta da frente estivesse trancada, numa satisfação única de estar a salvo, aquecida e em casa. O rosto zangado de Garrick me assombrou na maior parte da noite.

PARTE 2

TRAIDORES

CAPÍTULO 9

Fevereiro de 1943

GARRICK NÃO APARECEU POR VÁRIAS SEMANAS e, sinceramente, depois do nosso último encontro, não senti sua falta. Sua explosão tinha me assustado e, por consequência, esclarecido meus sentimentos em relação a nosso relacionamento. Minha determinação, recentemente conquistada, fortaleceu minha preocupação quanto a me envolver com ele, ou com qualquer homem.

Continuei minha vida de sempre, frequentando aulas, visitando minha mãe, e trabalhando para Frau Hofstetter. Minha mãe me encorajava a visitar meu pai, mas eu não tinha ido a Stadelheim desde a péssima experiência que tive ali. Ela disse que o comportamento dele era um estratagema para sair da prisão mais cedo, mas o aprofundamento da minha fidelidade ao Rosa Branca me manteve distante. Saudações e brindes nazistas me rodeavam diariamente, e eu não precisava escutá-los mais ainda, vindos do meu pai.

Lisa e eu conversávamos sobre o Rosa Branca quando podíamos. Suas poucas conversas com Hans e Sophie a convenceram de que algo estava prestes a acontecer, mas ela não fazia ideia do que era. Hans estava impenetrável, como sempre, preferindo guardar seus segredos. Lisa contou a ele o que tinha acontecido em Nuremberg, observando que a postagem tinha sido bem-sucedida, mas que o perigo foi ainda maior do que ela tinha imaginado. Seu encontro com o SS havia tornado o risco real demais, e isso transparecia. Seu sorriso costumeiro tinha sumido, e descobri que ela desviava a conversa sobre homens sempre que o assunto se encaminhava para isso. Ela também demonstrava pouco entusiasmo para mais missões do Rosa Branca. Decidimos deixar nossos esforços esfriarem por um tempo, certas de que a SS estava procurando "duas traidoras".

Em 1º de fevereiro, uma segunda-feira, caminhei para casa depois de uma aula pela manhã, preparei um leve almoço na cozinha de Frau Hofstetter, e estava comendo na minha penteadeira quando uma batida desagradável me interrompeu.

Meu ânimo abateu-se quando reconheci a figura de Garrick pela janela. Ele, finalmente, tinha decidido me fazer uma visita. Eu tinha coisas melhores a fazer do que brigar com ele; minhas aulas de Biologia e Ciência estavam a todo vapor, e eu precisava estudar para as próximas provas; minha mãe não se sentia bem, e queria que eu fosse ao mercado para ela; os pratos da Frau precisavam ser lavados. No entanto, uma pequena parte minha sentia falta do homem que eu pensei que conhecia.

Sua expressão risonha me impeliu a abrir a porta. Seu casaco caramelo, transpassado, estava puxado bem junto ao corpo, o chapéu homburg combinando estava inclinado na cabeça, em um ângulo jovial. Senti *necessidade* de sorrir, como se isso fosse exigido de uma mulher ao receber um homem, reação agradecida pela sorte de uma visita. Olhei para ele, incapaz de decifrar o que ele estava pensando.

– Posso entrar? – ele perguntou num tom formal.

Novamente, a *necessidade* de ser educada me atingiu. Sua maneira esquisita de cortejar tinha passado de adulação para um leve incômodo. Depois do meu encontro com o SS em Nuremberg, uma raiva e suspeita crescentes tinham me deixado azeda com todos os homens, menos os mais benignos.

Mesmo assim, o convidei a entrar.

– Claro... se você for gentil.

Ele avistou o sanduíche de queijo pela metade na minha penteadeira.

– Claro, peço desculpas pela minha atitude. – Olhou distraidamente ao redor do meu quarto. – Não vou atrapalhar seu almoço. Só tenho alguns minutos.

Katze correu para ele e se esfregou nas suas pernas, mas Garrick o afastou com o pé, tirou o chapéu e se sentou na minha cama. A luz invernal que enchia meu quarto conferiu a ele uma aparência fantasmagórica, seu rosto ainda mais pálido do que o casaco caramelo. Katze pulou na cama ao lado dele, mas ele não prestou atenção no gato.

– Não sei como dizer isso sem te deixar preocupada – ele disse, finalmente.

Apoiou as mãos com firmeza na cama, e olhou para a porta. Fiquei grudada na minha cadeira.

– Me deixar preocupada? Qual é o problema?

Pensei imediatamente nos meus pais, em meu pai, particularmente, mas Garrick sabia tão pouco sobre eles que descartei o pensamento.

Ele virou a cabeça, seus lábios esboçando um desprezo mordaz.

– Acho que é melhor a gente não se ver.

Apesar dos nossos altos e baixos, a finalidade do que ele dizia me chocou. Na verdade, não tínhamos nos visto tanto, mas sua atenção era lisonjeira e, às vezes, meus pensamentos vagavam para o que nosso relacionamento poderia ser depois de terminada a guerra – se nós dois sobrevivêssemos a ela.

Limpei as migalhas do sanduíche dos dedos, e pus as mãos no colo.

– Pensei que pudéssemos ser amigos, mas você anda muito irritado ultimamente. Sinceramente, tenho sentido medo de você.

– Não gosto de ser excluído – ele disse com firmeza.

– O que você quer dizer?

Ele sacudiu a cabeça em minha direção, suas narinas dilatadas.

– Você sabe exatamente o que estou dizendo, você e o restante deles!

Não havia necessidade de ir mais fundo em sua mágoa declarada e a verdade por trás dela. Ele tinha razão, eu sabia exatamente o que ele queria dizer.

– Você está se referindo a Hans e Sophie, e àquelas reuniões bobas onde comemos folhados, bebemos vinho, e *fingimos* ter discussões intelectuais, não é? – perguntei, tentando acalmar sua autoestima irritada e proclamar a inocência do Rosa Branca. – Não existe motivo para ficar nervoso em relação a isso. É só uma reunião de estudantes. Em todo caso, a maioria das pessoas não iria querer ter nada a ver com Hans e Sophie, achariam os dois tremendamente enfadonhos.

Os olhos dele se suavizaram.

– Não os acho enfadonhos – ele disse com a voz trêmula. – Acho que são grosseiros, egoístas e insuportáveis. Não fazem ideia do que tenho passado. Conto a eles como tenho sofrido e, *mesmo assim*, eles não querem nada comigo.

– O que acha que eles podem fazer por você?

– Eu te contei o que acho do Reich. – Ele abaixou o olhar. – Devo exercer a indignidade da repetição?

– Não – respondi, sacudindo a cabeça.

Seus intensos olhos azuis cravaram em mim, e por detrás deles vi algo ameaçador, algo que me fez estremecer na minha cadeira, um lampejo de ódio absoluto.

– Algo terrível está acontecendo com Hans e Sophie, eu sei e não posso participar disso, e espero que você também não vá fazer parte.

Minha respiração travou na garganta. O quanto Garrick saberia sobre o Rosa Branca? O que ele estava descobrindo, ou esperando descobrir? Meu único recurso era negar suas palavras.

Abri os braços num gesto de lamento.

– Não vejo Hans há semanas, e só encontro Sophie na aula. Nós três não temos conversado.

Isso era verdade, e eu esperava que meu testemunho encerrasse a conversa. Qualquer conversa adicional me levaria a mentiras.

Sua raiva esmoreceu, e um ponto de calor reluziu em seus olhos.

– Eu me preocupo mesmo com você, Natalya – ele disse. – Por favor, entenda meus sentimentos, mas seria melhor para nós dois se seguíssemos caminhos distintos. – Ele pegou seu chapéu, o colocou na cabeça, e deu um tapinha em Katze, que tinha se acomodado a seu lado. – Adeus, Katze. Sei que cuidarão bem de você.

Levantou-se da cama e foi para a porta. Suas palavras de despedida me comoveram e, impulsivamente, o abracei.

Sob o casaco caramelo, o cano de uma pistola cutucou minhas costelas. Não esperando meu abraço, ele se afastou, surpreso, como se eu tivesse lhe dado um tapa. Naquele breve instante, vi o contorno da arma no coldre que pendia do seu ombro. Não era ilegal homens alemães carregarem certas armas, mas ela me chocou até a alma. Pensei na arma com que eu tinha acertado a cabeça do SS.

Garrick saiu porta afora antes que eu pudesse me despedir. Com sentimentos conflitantes, olhei enquanto ele corria pela rua e, eu acreditava, para longe da minha vida.

Dois dias depois, Frau Hofstetter me chamou aos gritos da sala de visitas:

– Natalya! Venha até a sala. Rápido! Rápido!

Deixei às pressas a penteadeira, onde estava estudando, e abri a porta num ímpeto, a encontrando curvada sobre o rádio, próximo a sua cadeira preferida. O lampião estalava na mesa ao lado. O fogo do fogão tinha diminuído e tremi no ar gelado.

– Alguns dias atrás, o rádio tocou o *Adágio*, de Bruckner... anunciando a derrota. Têm circulado rumores.

Ela mexeu no volume, aumentando o som até ele trovejar pela sala. Seu xale caía dos seus ombros em dobras delicadas.

Eu não fazia ideia do que seriam os "rumores".

Uma forte fanfarra de trombetas se seguiu ao lento bater de tambores; depois, uma solene voz masculina disse monotonamente pelo alto-falante:

– A batalha de Stalingrado terminou. O Sexto Exército, sobre o exemplar comando do marechal Paulus, fiel ao juramento de lutar até o último suspiro, sucumbiu à superioridade do inimigo e a circunstâncias desfavoráveis...

Visualizei os corpos, russos e alemães, e meus pensamentos recuaram para os campos de batalha.

Neve, uma neve profunda e envolvente. Tão gelada que não dá para sentir as mãos ou os pés; depois, seu corpo fica quente, quase fervendo de tão quente, antes que a escuridão te destrua. Casacos enterrados sob encrespadas ondas de branco, sangue congelado sobre os cristais reluzentes, escarlate transformando-se em preto no intenso frio do inverno. Corpos empilhados sobre corpos, fileiras sobre fileiras, como carcaças rígidas penduradas num açougue.

Perplexa, fiquei paralisada, e um nó subiu à minha garganta, culminando em soluços e lágrimas pelos mortos. Chorei não pela Wehrmacht, não pelos nazistas que foram baleados e mortos, mas por todos os mortos, não importando o lado, num mundo enlouquecido. Voltei a pensar em Sina e seus filhos, e nos outros massacrados naquele dia, juntamente com os milhares, as centenas de milhares, os milhões que morriam porque um homem acreditava que *ele* poderia conquistar o mundo. *Ele* era o monstro que havia criado essa destruição, uma Hidra moderna atacando todos no âmbito do seu alcance serpentino.

Frau Hofstetter veio até mim, enlaçando minha cintura, os olhos cintilando de lágrimas.

– ...No entanto, pode-se afirmar uma coisa, o sacrifício não foi em vão... – O rádio continuou com sua tagarelice, eu mal registrando as palavras. – ...a batalha mais difícil, e a provação mais amarga...

Munique se calou no silêncio do inverno. Nós, alemães, nunca tínhamos escutado tal notícia nos anos de vitória depois do triunfo nazista. Um bombardeio aéreo teria sido nada em comparação ao dano psicológico vindo do rádio. Aquelas mortes tinham sido em vão? Talvez essa perda colocasse o povo alemão contra Hitler, essas mortes alemãs poderiam trazer força para nós, que resistíamos, as pessoas que queriam que o vil governo do tirano acabasse.

Fiquei imaginando o que Hans, Sophie e Alex estariam pensando nesse momento. Estariam celebrando uma derrota? Provavelmente não; talvez estivessem zangados, furiosos, Hans trabalhando em seu próximo folheto, ou preparado para dar um salto ainda mais ousado dentro da resistência; os outros tramando sua própria forma de traição.

As dores da Rússia. As lágrimas de uma mãe segurando as mãos dos filhos, os rifles equilibrados atrás dela. Um apartamento há muito tempo em Leningrado, um gato que gostava de ser acarinhado, pertence que eu adorava mais do que qualquer coisa no mundo. A Rússia explodindo de dor, o povo estoico em sua desgraça, um país cheio de angústia vinda das mãos de um líder tão autoritário e tirânico quanto aquele sob o qual vivíamos agora. Meu pai tremia de medo, preocupado que, de algum modo, ele fosse o próximo a desaparecer sob o governo de Stalin; minha mãe doente pelo excesso de lágrimas. Eles não tiveram escolha a não ser largar tudo, penar na longa e amarga viagem para a Alemanha. Sendo criança, fiquei alheia à profundidade da tristeza que sentiam. Apenas depois de uma viagem que parecia não ter fim, até chegarmos a Munique, nossas vidas maltratadas pareceram recuperar alguma alegria. A salvação da Alemanha nos deixou atados com sorrisos agridoces. Quando criança, eu tinha amado minha terra natal. Fiquei triste por partir. Minha viagem ao front russo havia revivido lembranças melancólicas em meio à tragédia nas estepes.

Deixei minha patroa e voltei para o meu quarto sob os acordes de uma marcha militar fúnebre, *Ich hatt' einen Kameraden*, tocada no rádio.

Caminhões cheios de pessoas nunca voltaram da floresta. Agora, milhares e milhares de soldados alemães estão mortos.

Algumas horas depois, naquela tarde, soubemos que todas as formas de diversão na Alemanha estariam fechadas por três dias, incluindo restaurantes e cafés.

Depois do aviso, não tive dúvida de que os "verdadeiros" alemães se ergueriam de seus lugares, onde quer que estivessem, cantariam o hino, e estenderiam suas mãos em saudação. Seus gritos ecoariam pelo país, mas não pela mesma razão que o meu.

Voltei para minha penteadeira e tentei estudar, mas a caneta escapava das minhas mãos trêmulas. Olhei para a rua, o mundo tão parado quanto na véspera de Natal, ninguém passando pela calçada coberta de gelo, as árvores tão nuas quanto as emoções puras que enchiam meu corpo. Fechei o livro.

– Você soube da notícia?

Alex jogou seu casaco na minha cama, e bateu em seus braços com as mãos enluvadas para afastar o frio.

Não esperava nenhuma visita na noite da notícia de Stalingrado, mas considerando meu humor sombrio, fiquei feliz em ver um amigo. Ele andava como um cavalo em uma baia, indo de um lado a outro entre a penteadeira e a minha cama, enquanto os olhos verdes de Katze o seguiam pelo quarto.

– Sente-se, Shurik. Está me deixando nervosa. – Ofereci minha cadeira, mas ele se sentou na minha cama depois de tirar as luvas. – Se estiver se referindo a Stalingrado... Frau Hofstetter e eu escutamos no rádio.

– Ela está aqui? – ele perguntou.

– É claro – eu disse. – Já passa das 19h. Normalmente, às 21h ela está na cama.

O dia todo, o rádio tinha se infiltrado no meu quarto pelo corredor, embora a Frau tivesse abaixado o volume depois do aviso.

– Não quero que me escutem. – Ele se recostou, desabotoou o paletó, e afrouxou a gravata clara em torno do pescoço, que descia pelo comprimento da sua camisa branca. – Que dia! Não consigo decidir se rio ou choro.

– A maioria dos alemães está chorando – eu disse.

– O professor Huber está furioso. Ficou exasperado com a notícia das mortes. Tenho certeza de que terá muito a dizer; tanto quanto possível.

Ele abriu um sorriso, e entendi o que ele queria dizer. Só podíamos dizer esse tanto sobre o Reich; nossas conversas públicas permaneceriam uma série de palavras codificadas, e insinuadas, enquanto Hitler estivesse no poder. Alex passou os dedos pelo cabelo e uma descarga branco-azulada de eletricidade estática estalou da ponta de um dedo até a cabeça.

– Ai!

Eu ri e cobri a boca com a mão, esperando que Frau Hofstetter não tivesse me ouvido.

Alex escorregou da cama e se acomodou a meus pés, muito seme-lhante a como tinha feito na cabana de Sina. A lembrança fugaz trouxe de volta uma sensação de acolhimento e afinidade com nossa anfitriã russa. Desejei compartilhar outra garrafa de vodca.

– Como você está de verdade? Me conte – ele pediu baixinho, suas longas pernas recolhidas, o rosto cheio de um anseio melancólico. – Como está Garrick?

– Eu não o vejo há dias. Ele me disse que terminamos.

Seus olhos se arregalaram.

– É mesmo? Por quê?

– Ele acha que Hans e Sophie estão planejando alguma coisa, alguma coisa terrível, quer participar disso, mas se sente excluído porque não o aco-lheram em seu círculo íntimo. É como se ele estivesse obcecado por eles.

Alex estalou a língua.

– Ele está supondo, e é uma boa suposição, mas sua ansiedade deixa todos nós desconfiados e nervosos. Precisamos ficar de olho nele.

Ele inclinou a cabeça e a luz do abajur lançou um brilho dourado em seu cabelo.

Inclinei-me em sua direção.

– Não vou ficar de olho nele.

Ele pegou minhas mãos.

– Apesar do que vimos e sofremos, lembro com carinho do nosso tempo na Rússia. Gostaria que tivéssemos mais tempo para nos conhecer.

Nunca tinha escutado tanta tristeza na sua voz, como se ele esperasse, ou *soubesse*, que algum desastre estava prestes a recair sobre nós. Retirei minhas mãos das dele e toquei seu rosto.

– Está tudo bem, Alex? Você, Hans e Sophie estão escondendo alguma coisa de mim e da Lisa?

– Sonho com a Rússia, com sua relva ondulando na terra vasta, o sol amadurecendo o trigo dourado em junho, a neve cobrindo a terra num branco interminável em dezembro. Gostaria que pudéssemos cavalgar juntos pelas estepes. – Ele fez uma pausa e tentou sorrir, sem conseguir. – Não, o Rosa Branca não está escondendo nada de vocês, nada que não possa ser dito.

Seu rosto se animou e seus olhos brilharam à luz do abajur.

– Mas algo está acontecendo esta noite, uma resposta à notícia. – Ele chegou mais perto, sua voz não mais do que um murmúrio: – Vamos pintar a cidade.

– O quê?

– Hans, Willi e eu vamos pintar *slogans* em resposta aos assassinatos sem sentido perpetrados pelo Führer.

– Onde?

– Em qualquer lugar que conseguirmos... tantos quanto a gente conseguir.

Um arrepio percorreu meu corpo enquanto visualizava os homens correndo de prédio em prédio, esquina a esquina, sempre um passo à frente das autoridades.

– Isso é loucura. Assim, a céu aberto? Se vocês não forem mortos no local, serão presos e executados.

– É um risco que estamos dispostos a correr, pela verdade. – Ele olhou para seu relógio. – Tenho que ir. Vou encontrá-los no estúdio para juntar a tinta e os pincéis.

– Vocês vão precisar de alguém pra ficar de vigia.

Ele balançou a cabeça e se levantou do chão.

– Você mesma disse, é loucura. Não se preocupe, estaremos armados.

A chance de fazer alguma coisa depois da notícia de hoje, de fazer uma declaração para que nossas vozes fossem ouvidas, me encheu de alegria. Meu pulso acelerou em antecipação. Quis ir, apesar do perigo. A lembrança de Nuremberg surgiu na minha mente, mas isso seria diferente. Em Nuremberg eu estava sozinha com Lisa. Aqui, em Munique, cidade que eu conhecia, estaria com três homens em quem confiava.

Tinha decidido.

– Vou junto. Vou me tornar um estorvo se você resistir.

Ele beijou o meu rosto, e depois seu rosto se iluminou com um sorriso.

– Você é uma russa maluca, mas, como todos da nossa terra, sabe o que é lutar e sofrer. – Pegou seu casaco e as luvas na cama. – Vamos lá.

Peguei minhas roupas de inverno e saímos às pressas do apartamento. Na rua, um fósforo brilhou e a silhueta de um homem desapareceu atrás de uma árvore. Alertei Alex e nós dois paramos, Alex indo para o outro lado para poder enxergar melhor. O homem não era Garrick, como eu suspeitava, e seguimos nosso caminho até o estúdio, onde Hans tinha imprimido seus folhetos.

Planejamos nossos movimentos pela cidade como conspiradores noturnos. Dizer que nossos atos foram minuciosamente planejados seria falso. No entanto, nossa impulsividade gerou uma excitação que encheu o estúdio de Manfred Eickemeyer, não muito longe do de Dieter Frank, em Schwabing.

Quando Alex e eu chegamos, Hans se esquivou e se sentou com cara feia à mesa. Alex foi até ele e por vários minutos eles discutiram sobre se eu deveria me juntar à operação como vigia. Alex era favorável a que eu fosse, Hans, contra, mas no fim a teimosia russa venceu, depois que Alex lembrou ao amigo que a "ideia" daquela noite era dele. Na verdade, Alex também tinha produzido os grandes estênceis que seriam usados nas pinturas. Willi, vestido com seu uniforme do exército, ficou sentado perto, falando pouco, mas pela expressão carrancuda e corpo tenso percebi que estava ansioso para começar a tarefa.

Os estênceis diziam *FORA HITLER* e *LIBERDADE*; mas outro rotulava Hitler como assassino em massa. Alex escondeu os estênceis em uma sacola. Hans, armado com uma pistola, foi escolhido como vigia principal. Willi deveria levar as tintas e eu, os pincéis. A tinta principal era uma mistura marrom-esverdeada, com consistência de piche, difícil de limpar e cuja cor atrairia bastante atenção pela manhã. Também levávamos tintas brancas e vermelhas. Alex teve a ideia de pintar suásticas brancas e desfigurá-las com um golpe de vermelho vivo.

Hans nos informou a estratégia:

– A noite será nossa aliada, as ruas escuras e vazias, mas aproveitaremos ao máximo quando for bem tarde, pintando nossos *slogans* onde sejam vistos pelas massas.

Ele se encostou à mesa, seus braços como apoio atrás dele, o cabelo preto despenteado, o lindo rosto colorindo-se como vinho rosé sob a luz fraca. Parecia um jovem e improvável general do exército impelido para a batalha, dirigindo as tropas pela primeira vez. A eletricidade no cômodo e a carga de adrenalina me excitaram, mas conhecia o risco, nossas vidas corriam perigo.

– Usarei minha pistola só se for forçado a isso – Hans continuou. – Lembrem-se do nosso propósito. Se formos vistos ou abordados, a melhor tática será nos separar e correr. Não fiquem em situação difícil por nada, seja pessoal ou material. – Ele vestiu seu casaco. – Cheguem em casa a salvo, se o pior acontecer.

Juntei minha coragem quando chegamos à porta. Ao sairmos pela noite, Alex e Willi foram na frente. Hans me puxou de lado:

– Sophie não sabe nada sobre isso. Ela ficaria nervosa se soubesse que você está aqui, no lugar dela.

Suas palavras não serviram para me encorajar, e me perguntei se Sophie, quando descobrisse, ficaria brava. Hans trancou a porta e, falando pouco, seguimos os outros.

Paramos, primeiramente, em um prédio de apartamentos perto da universidade. Montei guarda com Hans, sua mão na pistola escondida no casaco, enquanto Alex e Willi pintavam. Trabalharam em golpes rápidos, batendo a tinta pelo estêncil até *LIBERDADE* estar totalmente pintada sobre a pedra. Alex, então, desenhou uma suástica branca ao lado do slogan, que Willi estragou com um talho vermelho. Depois, os dois, enfiaram o estêncil e os pincéis molhados na grande sacola de tinta. Repetimos o processo em outro prédio próximo, agradecidos pelas ruas silenciosas e a falta de polícia.

– Deveríamos ir para o Feldherrnhalle – Hans sugeriu.

– Não – Willi retrucou. – Tem guardas demais.

Logicamente, Willi tinha razão. Era feita uma vigília armada de 24 horas no Feldherrnhalle, um santuário nazista para os que tinham perecido no *Beer Hall Putsch*. Achei difícil acreditar que Hans até tivesse sugerido tal ação, levando-se em conta o risco. Talvez estivesse ficando muito pretensioso, com um pensamento arrogante demais.

Em um canto formado por dois grandes prédios, Alex e Willi pintaram *HITLER, O ASSASSINO EM MASSA*, enquanto Hans ficava de prontidão da rua. Foquei nas janelas com blecaute nos prédios de apartamento próximos. Ao terminarmos, um homem de casaco bege dobrou a esquina a alguns quarteirões de distância. Embalamos nosso material rapidamente e saímos com o homem ainda bem distante.

Chegamos à biblioteca da universidade, onde Alex e Willi pintaram *FORA HITLER*, com tinta verde, no muro. Apesar dos nossos nervos em frangalhos, nossa sorte continuou, sem sinal de polícia ou pedestres. Bem depois de termos dado início a nossa tarefa, terminamos naquele local.

Devolvemos os estênceis e a tinta ao estúdio, e nos sentimos agradecidos pelo trabalho bem feito. Alex me acompanhou de volta a meu apartamento, e depois foi para o de Hans, onde os homens planejavam celebrar com uma boa garrafa de vinho. O entusiasmo deles, no entanto, com certeza acordaria Sophie, que logo saberia o que tínhamos feito.

Alegre, minha mãe telefonou na manhã seguinte. Atendi o telefonema na sala de visitas de Frau Hofstetter, mas mantive a voz num murmúrio. Minha patroa preparava o café da manhã; o chiado e o cheiro de ovos fritos vieram lá da cozinha.

– Os *slogans* estão por toda parte – minha mãe disse, sua excitação aumentando a cada palavra. – Você viu? Todo mundo está apavorado, mas também morrendo de excitação. – Ela fez uma pausa para recuperar o fôlego. – Sei que as pessoas estão felizes, Talya! *Ver* essas palavras escritas pelas ruas e prédios sobre... – Ela parou, relutante em dizer "Hitler".

Mãe, eu quis dizer, veja lá o que diz porque seu telefone pode estar grampeado. Seu marido, meu pai, foi preso por ler livros ilegais. Se agora ele é um nazista, não faz diferença para o Reich. Sabe-se lá, a Gestapo pode estar escutando a linha da Frau.

– Não diga mais nada, mãe. Acabei de acordar. Logo vou para a aula.

Ela ignorou meu aviso, pois não fazia ideia de que eu estivesse envolvida na ação.

– Tem polícia por toda parte, supervisionando as funcionárias que tentam apagar a tinta. Os guardas estão infernizando as pobres senhoras, e elas estão trabalhando como se suas vidas dependessem disso. A tinta não vai sair com facilidade.

Não tínhamos planejado que houvesse consequências para as pobres faxineiras.

– Deixe-me tomar meu café, me vestir e vou ver o que são esses protestos.

– Gostaria que seu pai estivesse em casa – minha mãe disse. – Estou contando os dias.

– Eu também – eu disse, me perguntando se meu pai voltaria a ter sua personalidade normal quando saísse da prisão. Desliguei e me vesti para as aulas. Frau Hofstetter perguntou se estava tudo bem com a minha mãe.

– Mais do que bem – respondi. – Pela primeira vez em meses, ela está de bom humor.

Em menos de uma hora eu estava na universidade. Uma multidão havia se juntado na entrada, mas os estudantes que faziam parte dela se moviam, circulavam, e se alternavam como uma fileira de viajantes pegando um trem. Me aproximei, limpando os óculos com o lenço enquanto avançava para ver o que todos estavam contemplando. É claro que eu sabia.

Quando consegui ver as palavras ainda legíveis *FORA HITLER* no muro, vi o rosto conhecido de Sophie Scholl, seu cabelo na altura dos ombros, agora mais compridos do que no outono. Usava um suéter cinza pesado e uma saia lisa, e seu olhar estava fixo no esfregar frenético das duas russas, cujas mãos munidas de esfregões trabalhavam em amplas braçadas mecânicas sobre as letras pintadas – trabalhadoras escravas capturadas pelo Reich na campanha recente.

Aproximei-me dela de mansinho. Não havia guardas no local, apenas estudantes que davam uma olhada, a maioria num horror surpreso, alguns mostrando um desconforto arrogante pelo insulto ao Reich. Para meu espanto, Sophie disse para as mulheres, conforme os estudantes passavam:

– Deixem aí pra que possa ser lido. Por que outro motivo isso estaria aí?

Apertei seu ombro e a puxei para longe da multidão que se acotovelava. Fiquei na dúvida se as russas tinham entendido o que ela havia dito em alemão, ou mesmo se sabiam o que estavam tentando apagar. Os cabelos de Sophie se agitavam com a brisa, e ela me lançou um olhar que poderia quebrar um vidro. Paramos perto do final do prédio, longe da comoção, para podermos conversar sem sermos perturbadas. Por um tempo, ficamos nos encarando, eu com meu casaco escuro, ela de suéter, como se fôssemos duas boxeadoras se encarando antes de uma luta.

– Devia ter sido eu, e não você – ela disse num tom bem próximo a uma repreensão. – E se tivesse acontecido alguma coisa? Não há necessidade do envolvimento de duas famílias. Eu disse ao Hans que da próxima vez eu irei; ficarei de guarda. Ele se esforça demais para me manter longe das coisas.

Não poderia culpá-la por estar chateada. Por outro lado, eu estava disposta a correr o risco e Alex tinha vindo me procurar, ou por ter planejado ou por coincidência.

– Tome cuidado com o que diz – eu disse com um toque de raiva na voz. – A multidão tem ouvidos. – Imediatamente senti que minhas palavras eram erradamente endereçadas a alguém que sabia o óbvio. Ela não se preocupava com quem ouvisse o que dizia? Estava ficando tão atrevida quanto o irmão. Sacudi a cabeça e dei um passo para trás. – Me desculpe. Não deveria estar te dizendo o que fazer, mas o que você disse poderia chegar na Gestapo.

Sophie olhou para mim, seu olhar indo além de mim, como se estivesse olhando a paisagem diáfana de um país distante.

– Meu irmão, Alex e Willi estavam bêbados de excitação ao chegarem em casa ontem à noite. Dividimos uma garrafa de vinho, mas quero compartilhar mais do que bebida. Muita pouca coisa nos deixa felizes hoje em dia. Nesta manhã, os alemães por toda Munique foram surpreendidos com os slogans. A polícia teve que dispersar congestionamentos. Que sucesso!

– Só tome cuidado – eu disse.

Ela olhou por sobre os ombros as mulheres esfregando as palavras, os estudantes dando uma espiada e depois se esgueirando, como se demonstrar excesso de atenção pudesse ligá-los ao crime.

– O tempo para tomar cuidado acabou – ela disse, se virando de novo para mim. – Alguém tinha que começar isso, e agora a coisa continua.

O vento agitou a gola do seu suéter. Ela piscou e se afastou.

Segui-a até a entrada da universidade, minutos antes do começo da minha aula. Quando Sophie sumiu na multidão, não pude deixar de imaginar até onde ela e o irmão iriam; o quanto eles abririam mão da cautela em suas vidas, para reforçar a reputação do Rosa Branca.

Logo eu descobriria.

CAPÍTULO 10

NINGUÉM NO ROSA BRANCA sabia o que Hans e Sophie haviam planejado para 18 de fevereiro de 1943, nem Alex, nem Willi, e com certeza nem eu, nem Lisa.

Quando pensei nisso mais tarde, a decisão de deixar folhetos na universidade pareceu precipitada, coisa de uma juventude impetuosa, um ato de arrogância, de vaidade que deu errado, mas isso era eu tentando encontrar um sentido em suas ações, e não o que Hans e Sophie pensaram, com certeza. O Rosa Branca tinha conseguido se esquivar das autoridades, mas Hans sabia que estava sendo seguido, e pode ter desconfiado que o tempo estivesse se esgotando. Talvez tenha sido por isso que ele e a irmã estivessem tão determinados a não envolver outras pessoas ao espalhar o último dos folhetos impressos.

Antes daquele dia fatídico, Alex me contou que os homens tinham saído mais duas noites para pintar *slogans* em Munique, incluindo *FORA HITLER* no Feldherrnhalle, sugerido por Hans na noite em que eu estava com eles. Nunca descobri como conseguiram fazer isso sob as vistas dos guardas que mantinham uma vigilância atenta sobre o templo nazista, porque os acontecimentos de 18 de fevereiro impediram nossas ações.

Um sol quente me saudou naquela manhã ao sair do meu apartamento. Katze tinha pulado para o peitoril da janela, como costumava fazer quando eu saía para as aulas, e mandei um beijo para ele. O ar tamborilava com uma brisa agradável, soprando sobre mim o rico aroma da terra que descongelava. O final do inverno parecia iminente, e a promessa de uma primavera antecipada, garantida. Não tive premonições, nenhum medo súbito em relação ao dia. Na verdade, o sol brilhante alimentou meu bom humor, no meu caminho para a universidade. Minha disposição otimista continuou durante a caminhada, apesar dos choupos desnudos que ladeavam a rua, e do ar frio que ainda perdurava nas sombras.

Lisa e eu nos cumprimentamos no *Lichthof*, o grande átrio do prédio com sua galeria aberta e uma escada imponente, e depois fomos para nossas respectivas classes, situadas uma ao lado da outra no segundo andar. Aguentei uma aula de Biologia especialmente desinteressante, mais preocupada em aproveitar o tempo bom do que escutar o professor falando sobre formação zigótica. Quando o sino tocou e as portas da classe se abriram, encontrei Lisa no corredor da galeria ao lado de outros estudantes que, num grupo barulhento, a empurravam para a próxima aula.

Um berro rouco soou acima do alvoroço quando nos aproximamos da balaustrada.

– Vocês estão presos!

O homem voltou a gritar suas palavras, enquanto uma descarga elétrica corria pelo meu corpo. Lisa agarrou minha mão e da galeria olhamos para a escada. O que vi me levou numa queda livre que fez meu estômago revirar. Lisa deve ter sentido o mesmo, sensações que tivemos de esconder dos outros estudantes. Um superintendente, que eu já tinha visto no prédio, apontava e berrava com duas pessoas que estavam imóveis na escada.

Assistimos com medo quando o homem dirigiu sua raiva contra Hans e Sophie Scholl.

Hans carregava uma grande mala; Sophie estava a seu lado. Tanto quanto Lisa e eu podíamos ver, nossos dois amigos permaneciam calmos, proclamando sua inocência em vozes sussurradas, os corpos eretos, mas de certo modo relaxados, como se tivessem praticado a postura, caso fossem presos.

– O hall está trancado! – o homem gritava. – Não podem escapar. Sei o que fizeram. Venham comigo.

Ele pegou um dos muitos folhetos espalhados pelo chão do *Lichthof*, que deduzi terem sido jogados da galeria acima, e os apertou nas mãos.

Conversas em surdina brotaram entre os estudantes, enquanto o superintendente conduzia Hans e Sophie escada acima até a sala do chanceler. A porta se fechou e nossos dois amigos sumiram de vista.

Lisa estremeceu e nos entreolhamos, o medo borbulhando em nossos olhos, mas sabíamos que não *podíamos* falar, não *devíamos* falar por medo de nos incriminar. Sem dizer nada, atravessamos a multidão até o andar do átrio, onde olhamos os papéis espalhados. Um estudante pegou um folheto, leu algumas linhas e depois o jogou como se estivesse pegando fogo. Outros mantiveram distância dos papéis dispersos, que também haviam sido deixados em frente às portas das salas de aula e nas abas das estátuas de mármore que decoravam o saguão.

Li as primeiras linhas do folheto em silêncio:

Estudantes amigos! Abalada e destroçada, nossa nação confronta-se com a derrocada dos homens em Stalingrado. 330 mil alemães têm sido arbitrária e irresponsavelmente levados à morte e destruição pela estratégia inspirada do nosso soldado de primeira classe da I Guerra Mundial. Führer, nós lhe agradecemos!

Não li mais porque as portas se escancaram e um mar de policiais e agentes da Gestapo invadiu o saguão. Lisa acenou a cabeça para mim, e depois se afastou, deduzindo ser mais seguro estarmos separadas do que juntas.

Os agentes esbarraram em cada um de nós ao passar, olhar inabalável, nos examinando da cabeça aos pés, sem escárnio, nem sorriso irônico, mas com uma inspeção suficiente para me fazer sentir culpada. Imaginei que faziam isso supondo que outra pessoa, além de Hans e Sophie admitiria o crime, mas ninguém cedeu, ninguém se adiantou. A presença deles aquietou a multidão agitada. Dois dos agentes juntaram, metodicamente, os folhetos em suas mãos enluvadas, do chão, das beiradas das estátuas, das proximidades das portas das salas de aula.

– Entreguem os que tiverem para nós – gritaram para os estudantes.

Alguns se adiantaram com expressões acanhadas e entregaram os papéis para os agentes.

Fui dominada pelo pânico e tentei contê-lo com toda força. Meus dedos ficaram vermelhos por ter fechado as mãos em punhos de forma involuntária. Uma centena de perguntas, ou foi o que pareceu, passaram pela minha cabeça. O que aconteceria com Hans e Sophie? O que aconteceria comigo? Se eu fosse presa, os agentes iriam atrás da minha mãe e do meu pai? Imaginei a Gestapo arrastando minha mãe do seu apartamento; meu pai sendo espancado pelos guardas para confessar a culpa de sua filha traidora. E quanto a Alex, Willi e mesmo o professor Huber? O que aconteceria com Garrick e aos demais envolvidos com o Rosa Branca, por mais que seus papéis fossem mínimos?

Esses pensamentos sombrios eram demais para suportar e os tirei da mente. Respirei lentamente para me acalmar e virei o rosto para longe dos outros estudantes.

Enquanto continha as lágrimas, a polícia e os agentes continuaram seu trabalho até que a porta do chanceler se abriu e, perplexa, vi Hans e Sophie saírem algemados. Meus amigos, cercados por agentes da Gestapo de casacos compridos, foram empurrados adiante em meio à multidão, seus olhos fixos à frente, nenhum dos dois olhando para ninguém que conhecessem. Foram levados porta afora e postos dentro de um carro à espera.

Essa foi a última vez que pus os olhos em Hans e Sophie Scholl.

Bem mais tarde, fomos liberados do saguão. Pisei na cabeça azulejada de Medusa circundada por estrelas, passei pelas portas do *Lichthof*, pelos arcos de pedra e saí para o sol. O calor pareceu estranho na minha pele, depois do frio que me sacudiu por dentro. Estudantes também haviam se reunido lá fora, incapazes de entrar no prédio, espectadores desprevenidos da prisão de Hans e Sophie. Lisa, sem um olhar ou uma palavra, passou por mim e virou para o sul na Leopold Strasse. Certamente foi para casa refletir sobre a prisão, assim como eu, ambas estupefatas com o que havia acontecido.

Avistei Alex Schmorell na beirada da multidão, de cabeça erguida e à parte. Aparentemente tinha visto Hans e Sophie serem levados. Era perigoso chamarmos atenção um do outro, então mantive distância. Ele sumiu como se fosse o sol encoberto por uma nuvem, e fui deixada com as lembranças da Rússia, Sina, nossos momentos juntos no apartamento de Hans, o confronto com Garrick no Ode, e a noite tempestuosa pintando *slogans* antinazistas, imaginando se algum dia voltaria a vê-lo.

Fui tomada pelo desespero. Por mais que detestasse pensar nisso, por mais que desejasse que tudo voltasse a ser como antes, aqueles tempos tinham acabado.

O Rosa Branca se despedaçava à minha volta.

Passei uma noite inquieta, mal conseguindo dormir, consolada apenas por Katze. Cada roçar do vento na porta, cada sombra que conseguia se insinuar ao redor das cortinas blecaute gelavam meu sangue. Esperei que a Gestapo batesse à minha porta a qualquer momento. Passou pela minha mente fugir, mas para onde? Em boa consciência, não poderia deixar minha mãe; era difícil viajar no inverno, apesar do clima que lembrava a primavera; meus amigos não teriam serventia, seria melhor ficar longe de Lisa. Meus parentes mais próximos estavam na Rússia e uma viagem a Leningrado era impossível – mesmo que eles ainda estivessem vivos para me receber.

De manhã, olhei no espelho do banheiro. O que me saudou foi a imagem de uma mulher mais velha do que a idade, cabelo preto despenteado, círculos lembrando ameixas sob os aros dos seus óculos, um franzir de testa que não podia ser desfeito com meros desejos e orações.

Não disse nada a Frau Hofstetter no café da manhã, salvo algumas frases que tenho certeza de que fizeram pouco sentido para ela.

– É possível que eu precise ficar fora por um tempo. A senhora poderia, por favor, tomar conta do Katze, enquanto eu não estiver aqui?

– O quê? – Ela franziu o rosto. – Do que se trata? Não pode me deixar com o seu gato. Como vou me virar com todo trabalho que precisa ser feito por aqui?

– Minha mãe não está bem – eu disse, inventando uma desculpa. – Voltarei quando puder.

– É bom mesmo, ou será sumariamente despedida sem pagamento.

Voltei a assegurá-la que não a deixaria na mão, mas plantei a semente, caso precisasse deixar Munique.

Vesti-me e voltei para o saguão para minha aula com o professor Huber. Ele se esquivou pelo auditório com o rosto fechado, mostrando muito menos animação do que nas aulas anteriores. Imaginei o que poderia estar passando pela sua mente, agora que Hans e Sophie tinham sido levados. Depois da aula, os alunos murmuraram no saguão sobre o estado físico e mental do professor. Não era só eu que tinha notado a mudança em sua conduta.

Voltei para meu quarto num desânimo que jamais tinha sentido. Pus a chave na porta e fiquei surpresa ao encontrá-la destrancada.

Agarrei o trinco e o puxei para mim.

Ele estava se sentando na cadeira da minha penteadeira, ao pé da minha cama, os pés com botas pousados sobre a minha colcha. As cortinas tinham sido levantadas, e quando abri totalmente a porta, a luz incidiu em seu cabelo loiro. Katze não estava à vista, mas algo escuro e metálico sobre os lençóis chamou minha atenção. Era uma pistola Luger, que reconheci por seu característico cabo curvo.

Fechei a porta. Meus nervos dispararam em uníssono, e meus membros enrijeceram quando vi o caos que estava o meu quarto.

– Como foi a aula? – Garrick perguntou casualmente, sem emoção. Empurrou a cadeira para trás, de modo a ela ficar apenas sobre suas duas pernas traseiras, e acendeu um cigarro. – Você tem um cinzeiro?

– Você sabe que eu não fumo.

– Aquele copo serve – ele disse, e apontou para a minha penteadeira.

O que eu tinha usado para a rosa que ele tinha me dado ainda estava lá. Fui até a penteadeira, chocada com o que vi: as gavetas tinham sido puxadas do móvel, seu conteúdo jogado no chão; meus cadernos e papéis da escola tinham sido rasgados; seus fragmentos estavam espalhados ao lado das roupas e dos artigos de higiene pessoal.

Peguei o copo e o entreguei para ele. Minha cama estava num estado igualmente deplorável, os lençóis embolados, amassados por causa de uma busca minuciosa, os travesseiros abertos, penas caídas em pilhas leves no chão.

– Cadê o Katze? – perguntei, achando que o pior tivesse acontecido. Tremendo, tirei o casaco e me sentei na cama revistada, a um braço de distância da pistola.

– Ele está a salvo com a Frau. – Ele sorriu e cruzou uma perna sobre a outra. – Espero que você não se incomode se eu fumar, mas imagino que a essa altura não faça qualquer diferença. A Frau não fez objeção. – Ele tragou o cigarro e apontou para a pistola. – Você não faz ideia do que tive que passar para conseguir aquele gato para você. Devo ter procurado numas quinze vielas até achar uma mãe com gatinhos. – Ele ergueu a mão direita e formou o contorno de uma arma com o indicador e o polegar. – Bum, bum, bum, bum, bum – ele disse, seus dedos repetindo a ação a cada palavra. – Quando terminei, um ainda estava vivo. Pensei se deveria dar cabo de Katze hoje, livrá-lo da sua miséria. Ele deve ter sido um gato muito infeliz por viver com uma *traidora*, mas suponho que você não tenha conseguido encher a cabeça dele com um excesso de ideias subversivas. Pensei em esfolá-lo vivo e deixar sua carcaça pendurada na porta, mas nem eu sou tão cruel.

– Você... não – gaguejei, me dando conta de algo terrível. – Você... não poderia...

– Não poderia o quê? – Garrick girou as pernas da cama para o chão, e se inclinou para mim, paralelamente ao meu lado direito. – Não poderia matar um gato? Não poderia amar você?

Agarrei meu peito, incapaz de respirar por um momento.

– Relaxe, você terá tempo de sobra para refletir sobre sua traição ao Reich. Suponho que esteja se perguntando se Hans e Sophie te entregaram. Chegarei a isso em um minuto, mas antes existe um assunto pessoal do qual ainda não tratamos. – Ele esmagou seu cigarro no copo e acendeu outro. – A verdadeira ironia da situação é que me preocupo mesmo com você, mas começamos com o pé esquerdo. Eu disse a verdade quando falei que não podíamos mais nos ver. Não queria me envolver em algo que poderia *atrapalhar* o meu sono.

Minha mão se arrastou para a pistola. Seria eu louca o bastante para usá-la, lutando pela minha vida como um animal numa armadilha?

Garrick olhou para a minha mão.

– Vá em frente, atire em mim. – Ele pegou a pistola e envolveu o cabo com a minha mão direita, posicionando meu indicador no gatilho. – Basta um puxão completo. – Ele dirigiu minha mão para sua cabeça, até que a boca do cano estivesse posicionada no meio da sua testa. – Me mate, mas se fizer isso, morrerá com certeza. Sou muito mais útil pra você vivo do que morto.

Olhei para o cano. Como seria fácil colocar uma bala no seu cérebro, mas eu sabia que ele já tinha se declarado vencedor do seu jogo. Eu seria caçada e exterminada se continuasse jogando. Meus pais também poderiam morrer. Era uma situação sem esperança. Soltei a arma, e ela caiu inofensiva na cama.

– Sábia escolha. – Garrick deu um tapinha na minha mão, e depois retomou sua posição relaxada na cadeira. – Hans e Sophie contaram tudo para nós.

– Nós?

– A Gestapo, é claro. Não se faça de idiota, Natalya. Assim que você entrou, você soube.

– Soube, mas não quis acreditar.

Eu também queria dizer *Não acredito em você. Hans e Sophie jamais trairiam os amigos*, porque só o fato de dizer isso seria o bastante para me incriminar. Olhei para a porta, pensando que poderia fugir.

– Não se dê ao trabalho – ele disse. – Têm mais dois agentes lá fora, esperando. – Ele batucou os dedos nas coxas. – Nossa, como eu detesto isso. Queria que as coisas fossem diferentes. Em todos os meses em que tentei me infiltrar nesse grupo, esperava que pudesse recorrer a você, uma informante que entregaria todos por suas atividades traiçoeiras. Imagine Hans, Sophie e Christoph Probst escrevendo e distribuindo aqueles folhetos terríveis! Probst era um intruso. Ninguém suspeitou dele até Hans e Sophie serem presos. Mentiras contadas por alemães que tiraram vantagem de todas as oportunidades concedidas generosamente pelo Führer, nossa educação, nosso bem-estar. – Ele ergueu o copo com a bituca do cigarro dentro e o analisou à luz. – Se você olhar de perto, dá para ver um arco-íris.

A luz do sol dividida nas partes que a compõem. *Quebrada*, exatamente como Hans e Sophie e, suponho, Alex. Ele também está envolvido, tenho certeza, mas sumiu. Não pode escapar, tanto quanto você. O Rosa Branca é um castelo de cartas prestes a cair.

– Não sei o que Hans e Sophie andaram fazendo – eu disse. – Eles não me contaram nada. E quem é Christoph Probst?

As palavras me faltaram; meu protesto era fraco e insignificante, porque desconfiava que as provas estavam, sem dúvida, sendo montadas contra Hans e Sophie.

– Então você alega não conhecer Probst? Quando foi interrogado na universidade, Hans tentou rasgar e comer a próxima diatribe de Probst. Não conseguiu e comparamos a escrita. – Garrick zombou. – Até sua defesa é patética. Você poderia muito bem me contar tudo, ou deixar para o juiz, mas se eu tivesse escolha, preferiria contar para mim do que para ele. Ele tem fama de conseguir a verdade daqueles que vão parar na sua frente.

Katze miou na sala de visitas do outro lado do corredor. Seu chamado era o único barulho na casa.

– Por que não me prende? – perguntei, minhas mãos trêmulas enquanto eu falava. – Acabe com isso, se é o que quer.

– Não é o que eu quero – Garrick disse. – É o que você fez por si mesma.

– Não tenho mais nada a dizer.

– Mas eu tenho. – Ele se levantou da cadeira e a empurrou até a penteadeira. – Espero que a Frau não se incomode com o que fizemos com seus móveis. Ela pode limpar a bagunça. Vai lhe dar algo para fazer enquanto se prepara para uma nova inquilina. – Ele esmagou o cigarro dentro do copo, e o recolocou na penteadeira. – Como sua mãe vai lidar quando descobrir que as duas pessoas que ela mais ama estão na prisão? Vai ser duro pra ela, tão duro que ela pode não aguentar.

Saí da cama e corri para ele.

– Deixe minha mãe em paz. Ela já sofreu o bastante. Ela não sabe de nada.

Ele me empurrou, e tropecei para trás. Garrick veio até mim, se aproximando do meu rosto.

– E mesmo assim você não sabe nada? Bom, aqui está o que eu sei.

Caí de volta na cama, com medo de que ele pudesse me bater.

– Houve um incidente em Nuremberg, pouco tempo atrás, onde folhetos foram distribuídos e um guarda da SS foi atacado por duas jovens.

Elas o deixaram desmaiado, na verdade. Ele teve sorte de acordar com nada além de um corte feio e dor de cabeça. Fez uma descrição das mulheres e mandou para Berlim e Munique, juntamente com os folhetos que encontrou.

Minha garganta se contraiu, a língua ficou seca contra o céu da boca. Garrick se inclinou para mim, sua boca formando um sorriso cruel.

– Me lembro muito bem daquela noite, apesar de ter bebido muitos *schnapps* – ele disse. – Tínhamos um encontro e você não apareceu. Quando vi o folheto e a descrição das duas mulheres, não foi difícil imaginar, principalmente quando você mentiu sobre seu paradeiro com Lisa Kolbe.

– Eu não menti – eu disse.

Ele agarrou meus ombros e me sacudiu.

– Você está mentindo agora! – Ele me soltou, se afastou e apontou para a porta. – Dois agentes estão parados lá fora, prontos para te levar para o quartel-general. Eles não vão ser tão gentis com você como tenho sido. Fale! Salve-se!

Olhei para o chão, incapaz de falar.

– Lisa Kolbe foi presa. Está a caminho da prisão Stadelheim.

– Não acredito em você. Está tentando me fazer confessar uma coisa que não fiz.

Ele se virou para mim, seu rosto quente de raiva, o corpo se inflando por seu próprio senso de poder, como um homem chicoteando um animal do campo.

– Você conhece um homem chamado Dieter Frank?

Qualquer sentido de esperança, qualquer sensação de que eu pudesse escapar das garras da Gestapo se evaporaram com essa pergunta. É claro que eu conhecia o artista cujo estúdio usávamos para preparar nossos folhetos. Percebi que não podia me defender contra suas acusações. Lisa, eu e o resto do Rosa Branca estávamos acabados. Sacudi a cabeça sem olhar para seu rosto.

Ele agarrou meu braço com brutalidade, me puxando para a porta, meus pés deslizando pelo chão, meu olhar percorrendo o quarto que tinha sido meu santuário desde que saíra da casa dos meus pais, meus estudos e pertences espalhados pelo chão como palha. Solucei enquanto ele me empurrava para os braços dos dois agentes da Gestapo que estavam esperando, um dos quais me algemou.

Olhei para trás brevemente. Garrick pegou a pistola da cama, mas não disse nada a Frau Hofstetter, parada perto da porta aberta do corredor, com Katze nos braços, os olhos verdes do gato focados em mim. Os olhos da Frau estavam vermelhos e inchados.

Os homens me conduziram pela rua, me empurraram para o banco de um sedã estacionado, bateram à porta e, em segundos, eu estava a caminho do quartel-general da Gestapo.

A casa, Frau Hofstetter e Katze desapareceram.

Até ser presa, nunca havia estado dentro do palácio Wittelsbacher, quartel-general da Gestapo em Munique, na Brienner Strasse. Nada se mexia no carro enquanto percorríamos a avenida sinuosa em direção ao imenso prédio de tijolos vermelhos com suas janelas de catedral em arco – nem o calor, nem o frio, nem a fumaça do cigarro de um dos agentes. O rádio chiava, mas nenhuma das palavras fazia sentido. O mundo passava como se eu estivesse em um barquinho num rio, observando as margens através de lentes embaçadas.

Um dos agentes, um homem que conheci apenas como Rohr, agarrou meu braço direito ao descermos em frente ao prédio. O outro agente saiu disparado com o carro. Garrick tinha ficado para trás. Se a estrutura em estilo renascentista não fosse estupenda o bastante, as multidões que se aglomeravam ao redor do desfile sem fim de suspeitos criminais também me intimidaram. Talvez essas pessoas fizessem parte de um plano da Gestapo, de uma tática usada para humilhar seus prisioneiros. Não havia vaias, nem assobios, apenas olhos desconfiados acentuados por olhares intensos, e a sensação desesperada de que a pessoa poderia ser atacada a qualquer momento por causa de uma ofensa ao Reich.

Entramos no quartel-general. Fui levada às pressas pela escada até o segundo andar, onde me mandaram sentar em um banco de madeira até Rohr estar pronto para me receber. Um soldado montou guarda, embora demonstrasse pouca preocupação por qualquer coisa que não fosse seu rifle, que lustrava com um lenço até brilhar. Minhas mãos latejavam nas algemas; minhas costas doíam, e o ar desagradável do saguão pesava gelado na minha pele. À minha esquerda, em outro banco, um grupo de rapazes e uma mulher estavam em transe. Não reconheci nenhum deles, mas questionei se a rede jogada para capturar o Rosa Branca teria sido jogada sobre um mar amplo. A maioria estava sentada de cabeça baixa, dizendo pouca coisa ou nada, com expressões angustiadas no rosto.

Fiquei sentada por cerca de vinte minutos, desconfortável, até que uma mulher alta com um bloco e uma caneta abriu a porta do agente e me acompanhou lá para dentro. Rohr havia tirado seu casaco e se sentado atrás de uma grande mesa de carvalho. Seu broche do partido nazista, preso na lapela do paletó marrom, brilhava em sua glória. Era um homem de tamanho mediano, cabelos pretos e rosto oval, com uma aparência ou postura nada antipática, mas com a pele rosada de um recém-nascido, característica inata de muitos bávaros nativos. Tive dificuldade em analisá-lo, um homem muito inescrutável que demonstrava pouca emoção. Assim como eu, Rohr usava óculos, mas tinha o hábito irritante de colocá-los e tirá-los distraidamente, como se fossem um suporte para seu ego e status oficial.

Manuseou os óculos, apertou o nariz e me disse:

– Sente-se.

A mulher, uma secretária, tomou seu lugar num canto escuro e começou a registrar nossa conversa em seu bloco. Seria testemunha de tudo que ocorresse na sala.

– Quais são as acusações contra mim? – perguntei impulsivamente, embora ele não tivesse me dado permissão para falar.

Ele pegou uma caneta e bateu na grande pilha de documentos à sua frente.

– Eu farei as perguntas. Você responde.

Concordei com a cabeça.

– Há quanto tempo conhece Herr Adler?

Relembrei a *Kristallnacht*, quando ele ficou parado ao lado de Lisa e de mim, no que restava da sinagoga fumegante. A voz de Garrick se infiltrou na minha mente, uma lembrança distante: *A SA a incendiou com gasolina, e depois tentaram jogar o rabino nas chamas. Ele queria salvar os pergaminhos da Torá. São uns animais todos eles. Prenderam o rabino. Com certeza ele acabará em Dachau. Porcos.* Na época, pensei que ele se referisse à SA; agora, percebia que suas palavras odiosas eram dirigidas aos judeus e ao rabino. Um homem bonito, usado pelos nazistas em bom proveito, havia me deixado cega.

– A gente se viu pela primeira vez quatro anos atrás – eu disse –, mas faz apenas alguns meses que nos conhecemos.

– Herr Adler me informou sobre a investigação que fez no Rosa Branca e sua *ligação* com você. – Ele enfiou a tampa da caneta na boca e chupou-a por um momento, depois tirou os óculos. – Acho que você sabe mais do que diz... e vamos ficar aqui até a verdade ser dita.

Endireitei-me na cadeira, a fome roendo meu estômago, ciente de que Rohr pretendia fazer disso um longo processo.

Ele pegou uma pasta na sua mesa e a abriu, depois transferiu duas folhas brilhantes de tão brancas para debaixo do seu abajur de mesa, antes de devolver os óculos para o nariz.

– As acusações contra você são: tentativa de assassinato contra um agente do Reich; traição por atos subversivos, incluindo a redação e distribuição de material subversivo, especificamente em Nuremberg; *e* associação com traidores e desajustados. Você tem ideia do que isso significa para você e sua família? Seu pai já foi condenado à prisão por subversão. Se você tiver sorte, pode conseguir uma cela vizinha.

Seus lábios se abriram num sorrisinho.

– Visitei meu pai uma vez desde que foi preso. Ele jurou sua lealdade ao Führer. – Esperei que o agente não escutasse, na minha voz, a decepção que enchia minha cabeça. – Ele não tem o menor conhecimento dessas acusações contra mim. Sou inocente.

Ele me olhou como se eu fosse uma criança desobediente.

– Você não respondeu à minha pergunta. Sabe o que essas acusações significam? Uma *Sippenhaft*, uma punição coletiva. – Ele virou a lâmpada para o meu rosto, e repentinamente a sala ficou quente e desconfortável. – E algo mais letal pode estar te aguardando, a execução. Você sabe como o presidente do Tribunal do Povo distribui sua pena final? Pela guilhotina. – Ele fez uma pausa para que suas palavras fizessem efeito. – No entanto, cabe a ele sentenciar você, ou decretar clemência, se achar cabível.

Retorci-me no meu assento, tentando aliviar a dor das algemas, enquanto imaginava a lâmina de metal flamejante posicionada sobre o meu pescoço. Um tremor violento atingiu meu corpo.

Rohr notou meu desconforto e se virou para a secretária.

– Solte isso, por favor, para podermos prosseguir. Ela não vai a lugar algum.

A mulher se levantou, saiu para buscar a chave, e voltou depois de alguns minutos. Curvou-se sobre mim, pegando minhas mãos, virando, torcendo, até que as algemas se abriram com um estalo e caíram. Um alívio invadiu meus braços e ombros, com a diminuição da pressão. Massageei a pele esfolada dos meus pulsos, enquanto ela voltava para seu lugar.

– Tenho certeza de que poderemos ter uma conversa civilizada, sem medo de uma tentativa de fuga, não podemos Fräulein Petrovich? – Ele deslizou pela mesa uma caixa de carvalho esculpida com a insígnia nazista, até ela ficar na minha frente. – Cigarro?

– Não fumo.

Ele sorriu.

– Nem eu, mas acho que relaxa algumas pessoas, faz com que se abram. Pode ser difícil achar cigarros hoje em dia. – Ele voltou a caixa para o canto da sua mesa, e se recostou na cadeira, seu rosto desaparecendo na luminosidade. – Me conte os fatos sobre as acusações que li. Aviso, saberei se estiver mentindo.

Apertei os olhos na luz.

– São falsas. Estive em Nuremberg quando era criança. Passei por lá de trem, vindo de Berlim, na volta do meu serviço de enfermagem no front oriental.

– Agora sei que está mentindo. Sua amiga Lisa Kolbe conta uma história bem diferente. Você a acompanhou a Nuremberg.

Olhei contra a luz, decidida a não mostrar o forte medo que contraía meu corpo. Tinha certeza de que Rohr estava blefando, esperando me levar a admitir os crimes. Lisa jamais me trairia. Tínhamos jurado proteger uma à outra; todos no Rosa Branca tinha jurado fazer o mesmo. Mesmo assim, em parte eu me perguntava se ela teria sido torturada; talvez tivesse cedido perante as fortes pancadas da Gestapo.

Minha testa se cobriu de suor por causa do calor. Pensei nos dias de verão, rosas se abrindo, e piqueniques com meus pais no Englischer Garten, às margens do Isar, qualquer coisa para tirar minha mente da figura sombria de Rohr e suas perguntas. Permaneci em silêncio.

– Todos seus amigos estão aqui ou a caminho da prisão. – Suas mãos sugiram do halo e pousaram na mesa, com os dedos entrelaçados. – Hans Scholl, Sophie Scholl, Christoph Probst, Willi Graf. Sabemos que haverá outros… seu amigo Alexander Schmorell.

– Nenhum deles fez nada…

Ele se inclinou, atravessando a luz, seu rosto rosado reluzindo escarlate de raiva.

– Como é que você sabe? Estou perdendo a paciência! Existe um limite para a minha generosidade, em se tratando de traidores! Logo sua cabeça estará no cepo. Pense nisto por um tempo, enquanto almoço.

Rohr deixou sua cadeira abruptamente, enfiou o arquivo na gaveta da mesa e a trancou. A secretária o seguiu, fechando a porta ao sair.

Fiquei sozinha na sala trancada e, pela primeira vez desde que fui detida, minha determinação começou a desmoronar. E se o que Rohr tinha dito fosse verdade? Se Hans, Sophie e os outros estivessem presos, submetidos ao interrogatório da Gestapo, que esperança haveria para mim? Aconteceria a *Sippenhaft* da qual Rohr havia falado e minha mãe, com a mente já abalada por causa da prisão do meu pai, seria interrogada e possivelmente sentenciada à prisão porque sua filha era um perigo para o Estado. Tremi na cadeira; meu estômago doía e minha cabeça flutuava por falta de comida.

Rohr não tinha ordenado que eu ficasse sentada, então me levantei e fui até a janela. Tinha grades e, no mínimo, estava de dez a quinze metros acima da rua, portanto era impossível escapar. As nuvens tinham se esgarçado, jogando feixes de sol nas pessoas abaixo. Tremendo, me sentei e analisei o mobiliário formal da sala: a grande mesa de carvalho, o mata-borrão de feltro verde, o calendário de parede com cada dia riscado com um X vermelho, as persianas enroladas, as modestas cortinas que pendiam do alto da grade da janela até o chão, as cadeiras, algumas em couro vermelho, outras em tecido dourado enfeitado com suásticas pretas. A sala condizia com a Gestapo e não me confortou com sua opulência. Eu estava só, sem ninguém para me ajudar.

Abaixei a cabeça e chorei, tentando desesperadamente impedir que a minha voz crescesse num grito lamentável. Fiz o possível para esconder minhas lágrimas, enxugando os olhos na bainha do vestido.

Passaram-se duas horas até Rohr voltar, acompanhado pela secretária. Ele se sentou na pesada cadeira de carvalho, mas dessa vez abaixou o abajur para que a luz não brilhasse nos meus olhos. A tarde se arrastava sem fim e meu estômago estava cheio de nós. Minha fome havia se transformado em apreensão.

– Parece que andou chorando – ele disse. – Está pronta para falar?
Sacudi a cabeça.

– Muito bem – ele disse. – Você teve sua chance. Seu silêncio é um testemunho da sua culpa. – Ele se voltou novamente para a secretária: – Leve-a embora.

A mulher se aproximou de mim com as algemas, mas não disse nada quando Rohr prendeu minhas mãos às costas. Uma guarda me levou até uma cela no porão, que tinha uma janelinha. Tirou minhas algemas e me disse que logo viria outro guarda com uma documentação para eu assinar. Eu não receberia visitas, acrescentou.

Ordens foram dadas: vista o uniforme da prisão; preencha a documentação com nome, endereço e outros dados pessoais; não faça barulho; a luz ficará acesa a noite toda. Um guarda trouxe uma leve refeição de pão e queijo, o sol se pôs, e as luzes reluziram na minha cela. Arrastei-me até a cama e puxei o cobertor sobre a cabeça, tentando bloquear a iluminação constante. Levei várias horas para adormecer, e depois sonhei com meus pais, Lisa e o Rosa Branca. Os pesadelos eram visões pavorosas de morte e sangue, gritos antes da queda da lâmina da guilhotina, decepando cabeças dentro de um balde de metal; visões terríveis demais para encarar, terríveis demais para continuar dormindo. Acordei várias vezes durante a noite, ensopada de suor, meus braços e pernas entorpecidos de tensão, convencida de que iria morrer.

CAPÍTULO 11

ROHR ME INTERROGOU durante horas no sábado e no domingo, chegando a dizer o quanto o Führer havia sofrido sob a investida negativa daqueles que não acreditavam em sua visão da Alemanha sob o Reich.

– Você não faz ideia de como nosso amável e bondoso líder tem sofrido com aqueles que tentam, a todo momento, minar sua autoridade – ele disse pomposamente, a voz repleta de indignidade. – Restaurar as origens do nosso povo, livrar nossa terra daqueles que a profanam, são esses os objetivos do nosso benevolente Führer. Apenas através da sua voz e da sua sabedoria podemos construir uma Alemanha melhor.

Ele me interrogou repetidamente sobre o Rosa Branca, informando que o julgamento de Hans, Sophie e Christoph seria na segunda-feira. No final da tarde de domingo, anunciou, com alegria, que Roland Freisler, o presidente do Tribunal do Povo, presidiria o julgamento deles. Passou um dedo pelo pescoço num gesto rápido.

– Está escuro e estou cansado – disse. – Você vai voltar para sua cela e pensar em tudo que eu te disse. Amanhã estarei ocupado no Palácio da Justiça. Você e Lisa Kolbe serão julgadas na terça, a não ser que você confesse seus crimes. – Ele pegou minha pasta e a colocou debaixo do braço. – Te desejo uma boa noite. Como não teve nada a dizer a seu favor durante três dias, não imagino que terá alguma coisa a acrescentar amanhã. – Tirou os óculos e olhou para mim estreitando os olhos. – Seu julgamento seguirá adiante... Acredite em mim.

Ele e sua secretária saíram da sala, me deixando na companhia de uma guarda que me algemou e me levou de volta para a cela.

Exausta e entorpecida, caí no meu catre, esperando que logo pudesse tomar a sopa fria e comer o pão amanhecido que me tinham sido oferecidos nas últimas duas noites, mal dando para comer, mas melhor do que morrer de fome. Apesar da sensação de que eu estava em algum lugar que não fosse a Terra, talvez em algum planeta distante produzido em um sonho, senti orgulho de não ter me dobrado sob o interrogatório de Rohr. Permaneci muda na maior parte do tempo, imaginando se Lisa teria feito o mesmo, enquanto não sabia nada do destino dos meus outros amigos no Rosa Branca.

Rohr estava certo. Apenas guardas e funcionários me visitaram na segunda-feira. Tive horas para contemplar o dia agradável de fevereiro, enquanto ficava parada sob brilhantes raios do sol que entravam pela janelinha. Claro que não podia deixar minha cela para aproveitar o clima antecipado de primavera, e quando o sol se moveu e mergulhou a oeste, a ansiedade cresceu na minha cabeça e no meu peito, pressionando minhas costelas e dando ao meu crânio a sensação de que iria explodir. Com a chegada da noite, a pressão esmagadora se transformou em depressão.

Cerca de seis da tarde, uma mulher que nunca tinha visto entrou na minha cela depois de ser levada por um guarda. Era de compleição e altura médias, cabelos castanhos, um tanto bonita, mas o que mais me chocou foram seus olhos. Uma suavidade bondosa emanava deles, apesar de estarem inchados de chorar. Seu olhar parecia ter sido prescrito pelos céus, mas pelas suas roupas sabia que ela também era uma prisioneira.

– Gostaria de me sentar com você, se não se incomodar – ela disse, e se sentou na beirada do meu catre. – Os guardas virão me buscar em vinte minutos.

Imediatamente, minhas defesas aumentaram. Quem era essa mulher e por que ela iria querer me visitar? Seria de fato uma prisioneira, ou era uma agente da Gestapo tentando forçar uma confissão de uma prisioneira derrotada?

Recuei no meu fino colchão, minhas costas na parede fria de pedra, cansada demais para discutir com aquela mulher.

– Quem é você? – perguntei.

– Me desculpe. – Ela tirou um lenço da manga e enxugou os olhos. – Tem sido um dia difícil para muita gente, inclusive para mim. Nem todo mundo aqui é ruim. – Ela estendeu a mão. – Sou Else Gebel. Trabalho na administração, processando, arquivando; essas são as tarefas dadas a uma prisioneira política.

Sem saber se sua história era verdadeira, não tive vontade de apertar sua mão.

Ela retirou a dela.

– Estou aqui para avaliar sua cela... para ter certeza de que você não pode cometer suicídio.

– Não precisa se preocupar – eu disse, e dei um puxão no cobertor e no lençol. – Não dá para eu me enforcar da janela.

– Não, não dá, e não acho que você vá... – Ela voltou o olhar para o chão frio de pedra. – Nos últimos quatro dias, conheci Sophie Scholl. – Ela fez uma pausa e seu corpo cedeu, como se suas palavras tivessem drenado sua força.

– O que te faz pensar que conheço Sophie... Scholl? É este o nome da mulher?

Ela ergueu a cabeça, seu olhar ainda irradiando a bondade que eu tinha observado.

– Os agentes falam. Rumores circulam no quartel-general. Sophie era pouco mais do que uma criança, mas com imensa maturidade e uma coragem inquebrantável.

Afundei-me no canto, puxando o cobertor sobre as pernas, esperando com medo de que ela continuasse.

– Ela morreu – Else disse, seus olhos se enchendo de lágrimas que rolaram pelo rosto congestionado e caíram em riscas pretas sobre seu vestido cinza da prisão.

– Morta... Sophie morta... Não pode ser verdade... – gemi, meu grito fraco e gutural por causa da dor que dava um nó no meu estômago.

Trêmula de tristeza, Else se curvou para mim e agarrou a minha mão.

– Chore... É tudo que temos. Faz horas que estou chorando.

Seja forte, seja forte, fiquei repetindo comigo mesma, resistindo à tentação de ceder à agonia, me forçando a não desmoronar em uma pilha sobre a cama. Respirei fundo e tentei acalmar minha alma agitada.

– É rápido demais... cedo demais... Condenada e executada em um dia?

Else soltou a minha mão.

– Condenada em horas, não em um dia. Ninguém escapa ao "juiz carniceiro" de Hitler. Os outros também estão mortos.

Tampei a boca com as mãos e sufoquei um grito. Se ao menos Else Gebel fosse um sonho, uma aparição, um anjo da morte com olhos bondosos, vinda para me tentar e me encher de mentiras! Se eu fechasse os olhos, ela desapareceria? Fiz isso, mas quando abri ela continuava ali, o rosto e o cabelo imóveis na luz berrante da cela, sua sombra enrugada sobre a cama e o chão.

– Quem são os outros? – perguntei baixinho.

– Hans Scholl, Christoph Probst... Todos guilhotinados esta tarde. – Ela enxugou os olhos. – Hoje, a prisão parece deserta. Em vez dos sons de muita gente indo e vindo nestes últimos dias, há silêncio. Depois das duas da tarde, recebemos a notícia assustadora do quartel-general: todos os três condenados à morte!

– Você conversou com a Sophie?

– Eu era colega de cela dela, colocada ali para impedir que ela se matasse... E agora ela se foi.

Ficamos ali com nossa tristeza, mas o tempo de Else estava diminuindo.

– Sophie fez com que eu prometesse contar a história dela, e honrarei essa promessa – ela disse. – Ontem à noite ela teve um sonho: em um lindo dia ensolarado, ela trouxe uma criança com um longo vestido branco para ser batizada. O caminho até a igreja era por uma montanha íngreme, mas ela carregava a criança em segurança e firme. Inesperadamente, se abriu à sua frente uma fenda na geleira. Ela só teve tempo de colocar a criança em segurança do outro lado, antes de mergulhar no abismo. Sua interpretação do sonho foi a seguinte: A criança de vestido branco é nosso ideal; ele vai prevalecer apesar de todos os obstáculos. Podemos ser prisioneiros, mas devemos morrer cedo pelo bem desse ideal.

Meu coração se alegrou com o poder profético do sonho. O ideal, nosso trabalho, prevaleceriam apesar da nossa morte, da morte de milhares e milhares; a visão do Rosa Branca sobreviveria ao Reich.

– O agente que interrogou Sophie ficou abalado com a experiência – Else continuou. – Vi ele mais ou menos às 4h30, ainda estava de chapéu e casaco, branco feito giz. Perguntei: "Como ela recebeu a sentença? Você teve chance de conversar com Sophie?". Numa voz cansada, ele respondeu: "Ela foi muito corajosa. Conversei com ela na prisão Stadelheim. E foi dada a ela permissão para ver seus pais". Com medo, perguntei: "Existe alguma chance de um pedido de clemência?". Ele olhou para o relógio na parede e disse baixinho, numa voz monótona: "Tenha-a em seus pensamentos na próxima meia hora. A essa hora, ela chegará ao fim do seu sofrimento".

Else fechou o punho como se fosse uma clava e socou o catre.

– Três pessoas boas, inocentes, tiveram que morrer por ousarem se levantar contra um bando organizado de assassinos, porque queriam ajudar a acabar com essa guerra sem sentido. Eu deveria gritar estas coisas com toda força dos meus pulmões, e tenho que ficar aqui sentada, em silêncio. *Senhor tenha piedade deles, Cristo tenha piedade deles, Senhor tenha piedade das suas almas,* só consigo pensar nisso.

A porta da cela estremeceu com uma batida forte, e a voz ríspida de uma mulher se elevou acima do som:

– Else! Tempo esgotado! Você é necessária na recepção.

Ela se levantou do catre e me puxou para seus braços.

– Estou aqui há mais de um ano, e não espero sair até a guerra acabar. Deixe-me te dar um abraço. Deus esteja com você. Se lembre desses pensamentos, os mesmos que tive por Sophie: "Você voltou para a luz, Que o Senhor lhe conceda descanso eterno, e que a luz eterna possa brilhar sobre você". Trarei salsichas, manteiga e um café de verdade pela manhã. Tente dormir. Amanhã será um dia difícil.

A porta se abriu e Else deixou minha cela às pressas. A porta se fechou com um ruído surdo depois que ela se foi, e mais uma vez fiquei sozinha. Abalada e zonza com suas palavras, caí no colchão e me enrodilhei numa bola. Quis chorar, mas as lágrimas não vieram. Só sentia uma sensação esmagadora de desânimo, causada por uma mistura opressiva de depressão, luto, isolamento e fome.

Meu julgamento estava marcado para o dia seguinte, e eu ia alegar inocência, no entanto, os ouvidos de Freisler não escutariam "inocente", quando tinham a chance de exterminar o Rosa Branca, ou qualquer um que considerasse um inimigo do Reich. Else tinha razão, amanhã seria um dia difícil, mas por bondade ela não tinha mencionado que terça-feira, 23 de fevereiro poderia ser meu último dia na terra.

As palavras dela sobre Sophie me confortaram. Perguntei-me se teria sido visitada por um anjo.

Else voltou às 7h da manhã seguinte, provando ser uma pessoa real. Além de uma breve conversa sobre como tinha sido o meu sono, e meus agradecimentos pelas salsichas e o café de verdade que ela tinha conseguido para mim, tivemos pouco tempo para conversar.

Fomos interrompidas pelo meu advogado.

Ele esticou o braço na saudação nazista, antes de se apresentar. Um guarda trouxe uma cadeira para que ele pudesse se sentar. Else sorriu com tristeza, se despediu e saiu da minha cela.

– Sou Gerhard Lang – o homem disse friamente, um leve sarcasmo em sua voz. – Fui indicado pela corte para lidar com o seu caso.

Ele não se parecia em nada com seu nome, Lang; era mais baixo do que alto, um homem que eu acreditava gostar de comida calórica e bom vinho, fato confirmado por sua imensa barriga e braços e pernas finos. Seu casaco grande demais mal fechava sobre o estômago. No entanto, seu rosto não exibia nada do rosado típico da característica bávara. Em vez disso, tinha a pele pálida, sem cor, como se passasse a maior parte do tempo na companhia de livros em escritórios mal iluminados, nutrindo um desdém vigoroso para com as pessoas, sobretudo traidores.

– Temos apenas alguns minutos – disse, plantando as mãos gordas com firmeza sobre as coxas. Não trazia pasta, nem arquivos, indicando que, na verdade, eu já era culpada. – O que tem a dizer a seu favor? Como você se declara?

– Inocente, é claro.

Ele estalou a língua de encontro aos dentes, e sacudiu a cabeça.

– Minha cara menina, por que prolongar a agonia? Já vi a documentação judicial, escutei as confissões. O presidente do Tribunal do Povo pode pegar mais leve se você se declarar culpada.

Meu café da manhã esfriou ao meu lado, aumentando minha irritação com Herr Lang.

– O senhor não tem utilidade para mim, tem?

Ele se inclinou em minha direção, seu rosto flácido e pálido, e me perguntei se ele poderia cair da cadeira. Seus lábios tremeram numa raiva contida.

– Não tenho utilidade para *traidores*! – Ele se aproximou, seu hálito quente e ácido se espalhando sobre mim. – Você não os viu caminhando para a morte, viu? Que meninos e meninas bons, tão firmes em sua caminhada para a guilhotina quanto em suas convicções traidoras! Simples crianças com ideias distorcidas e perversas, com as quais pensavam que conseguiriam se safar. Imagine, derrubar o Reich! Todo esse conceito é ridículo! A resistência não os ajudou, mas suas ações prejudicaram os esforços de guerra da pátria. Traidores! Covardes! Isso é o que eles eram. Como retribuíram ao país que os gerou, confortou, e apoiou sua educação e sonhos marciais! Bom, o Reich teve a palavra final sobre seus atos de traição. Você deveria ter visto o sangue que jorrou dos seus pescoços, quando suas cabeças rolaram dos corpos.

Encolhi-me com a imagem que ele enfiou na minha cabeça, e estremeci no catre. Lágrimas se formaram por detrás dos meus olhos, mas não tive certeza se eram fomentadas pelo medo ou pela raiva.

– Vejo que você tem *algum* juízo – ele disse, se recostando de volta na cadeira. – Não desperdice suas lágrimas com escória.

– Vá embora – eu disse, controlando minha raiva. – Não tenho nada a dizer a um homem que já tem ideia formada sobre a minha culpa.

Ele mal me dirigiu o olhar ao se levantar da cadeira.

– Vejo você no tribunal. – Ao sair, fez uma parada e, com um rápido olhar para trás acrescentou: – Que o juiz tenha piedade da sua alma.

Bateu na porta da cela.

Um guarda entrou rapidamente, tirando a cadeira e permitindo que Herr Lang saísse. A porta bateu à saída deles.

O prato de salsichas cobertas com um bocado de manteiga, e a xícara de estanho contendo café estavam na extremidade do meu catre. Olhei para a comida, um prato de sustento que teria me deixado satisfeita em qualquer outro dia, mas agora a refeição zombava de mim assim como a Última Ceia devia ter zombado de Jesus.

Minha determinação se esfacelou e explodi em lágrimas; toda esperança estava perdida. Enfiei a cabeça no travesseiro fino e chorei até o soar de uma nova batida na porta. Essas batidas soavam diferente, falavam de compaixão e preocupação, se os sons pudessem transmitir tais sentimentos.

A porta se abriu lentamente, e um homem em um terno preto esfarrapado entrou na minha cela. Seu sorriso compreensivo transmitiu alguma esperança ao meu espírito combalido, e retive as lágrimas.

– Estou aqui para te ajudar – ele disse, se ajoelhando à minha frente. – Ofereço alimento para o seu espírito.

– Acho que chegou tarde demais... padre...

Não tinha outro nome para ele, embora não estivesse vestido como padre ou, aliás, como nenhum pastor que eu já tivesse visto.

– Nem padre... nem rabino... nem pastor... Sou todas as religiões. O que você precisar, eu sou. Me chame de capelão.

– Obrigada – eu disse, enxugando os olhos com a ponta do meu cobertor. – Preciso comer.

– Vá em frente. Seu julgamento começará em poucas horas, talvez mais cedo, caso o juiz assim queira. – Ele apontou para as salsichas. – Elas parecem gostosas. Coma. Posso falar ou escutar, o que você preferir.

Peguei o prato.

– Fale.

Mordi um pedaço e mastiguei. Os sumos quentes e suculentos desceram pela minha garganta e abençoei Else por conseguir aquela comida.

– Quanto você sabe? – ele perguntou.

– Que eles estão mortos.

O capelão abaixou a cabeça e proferiu uma prece com tanta rapidez e tão baixo que não consegui escutá-la.

– Reze por mim – eu disse, sentindo que Deus estava mais perto de mim do que jamais esteve. Era mais fácil sentir sua presença agora que a morte marchava para mim.

– Tenho rezado há dias, agora; primeiro rezei pelos corpos deles, agora rezo por suas almas.

Ele deixou a posição ajoelhada e se sentou nas pedras ao lado do meu catre.

– Por favor, sente-se aqui – eu disse, batendo na ponta do colchão.

– Estou bem, Natalya – ele disse. – Na verdade prefiro assim. Estou acostumado à dureza fria da igreja, em vez do luxo. Nos últimos anos, o frio penetrou a minha alma e tenho lutado arduamente contra ele. – Seu sorriso continha uma tristeza que espelhava o conteúdo dos seus suaves olhos azuis. Ele coçou o alto da cabeça, alvoroçando as mechas ralas de cabelos pretos. – Sua situação é precária, tenho certeza de que sabe disso, mas farei o possível para te ajudar, o que pode não ser o bastante para te salvar da morte.

O capelão voltou a abaixar a cabeça, incapaz de olhar para mim. Não tendo mais fome, pousei o prato e dei um gole no café. A dor que emanava do homem sentado perto de mim era palpável. Era como se o sofrimento em sua alma fluísse para dentro da minha. Quis levantar seu queixo com delicadeza, como uma mãe que cuida de um filho machucado.

– Sophie, Hans, Christoph, todos mortos – ele murmurou, erguendo a cabeça. – Hans rasgou o rascunho de um folheto que levava com ele quando foi preso na universidade. A Gestapo juntou os pedaços e comparou a letra com a de Christoph. Foi apenas questão de tempo para ele ser capturado. Willi também foi capturado, mas até agora está vivo. – Sua voz era agora um sussurro. – A Gestapo e a SS querem conseguir toda informação que puderem de Herr Graf. O objetivo do Reich é prender e executar. Qualquer palavra, qualquer frase que não os agrade leva à detenção. Impedir a moral de nossas tropas é um crime passível de execução. Para o Reich, não existe espaço para negatividade.

Coloquei minha xícara ao lado do prato com as salsichas inacabadas. Queria perguntar a ele se Alex e o professor Huber tinham sido presos. Todas as fibras do meu corpo queriam confiar no homem sentado a meus pés, mas jamais poderia trair alguém do Rosa Branca. Talvez a Gestapo tivesse mandado aquele "homem de Deus" como um truque, um disfarce para me levar a incriminar outros. Não contaria a ele nenhum segredo, embora meu coração morresse de vontade de saber se meus amigos continuavam vivos.

Seus olhos azuis claros abriram um buraco na minha alma.

– Dei a comunhão a Hans e Sophie – o capelão disse. – Rezamos juntos antes de eles serem levados. Christoph foi batizado como católico por um padre, e recebeu sua primeira comunhão e depois o último sacramento. Deus se encheu de ironia ontem... de humor, alguns diriam. Sophie foi a primeira a entrar no prédio onde eles mantêm a guilhotina. Ontem, alguns minutos depois das 17h, sua vida chegou ao fim. Eles a levaram primeiro porque ela enfrentou o julgamento e a execução com o rosto calmo; aceitou seu destino com uma dignidade que até seus captores admiraram. Depois veio Christoph, que disse a Hans e Sophie que os veria na eternidade, e também que não sabia que "morrer pudesse ser tão fácil". Por fim, Hans. A pior parte deve ter sido a espera, ver os outros irem antes dele. Talvez tenha sido por isso que o deixaram por último. Antes de a lâmina descer, ele gritou: '*Es lebe die Freiheit*! Vida longa para a liberdade!' Então, acabou. Stadelheim voltou a ficar em silêncio, mas sempre em guarda, como um tubarão esperando mais presas.

– Por favor, não me torture com a morte deles – implorei. – A minha própria morte pesa na minha mente.

Ele se ergueu do chão e endireitou o corpo.

– Você merece saber que eles enfrentaram sua sina com dignidade e graça. O mundo todo merece conhecer a história deles, quando ela puder ser contada. Você gostaria de rezar comigo, receber a comunhão?

Sacudi a cabeça, me sentindo, de certo modo, indigna da atenção dele, como se fosse uma afronta a Deus, quem eu tinha ignorado, relegado ao fundo da minha mente durante anos.

– Não, não tenho frequentado a igreja há algum tempo.

– Um local físico jamais é a resposta, Natalya. Sua fé a levará ao Paraíso.

– Estou feliz que o senhor tenha me contado sobre Hans e Sophie – eu disse –, mas agora quero ficar sozinha, pensar no que tenho a dizer ao Tribunal do Povo.

– Seja corajosa – ele disse, segurando as minhas mãos. – Se tiver sorte, se for condenada à prisão, talvez a esqueçam. Às vezes, leva um ano ou mais para que os prisioneiros cumpram seu destino. Definhar numa prisão pode não ser agradável, mas pelo menos você estará viva. – Ele se virou para a porta. – Rezarei por você e tenho esperança em Deus de que não a encontrarei hoje caminhando para o Senhor.

– Se nos encontramos, poderemos rezar juntos.

Ele bateu na porta e passou pela estreita abertura, antes que ela se fechasse.

Fui deixada sozinha sob a luz ofuscante.

Logo depois das nove da manhã, um guarda me escoltou em minha saída do quartel-general da Gestapo até um carro que aguardava para minha ida ao Palácio da Justiça. As algemas foram novamente colocadas quando saí do palácio Wittelsbacher pela primeira vez em mais de três dias. O ar gelou minha pele, mas meu corpo e minha alma se deliciaram com a liberdade temporária. O prazer da soltura foi atenuado pelo que eu estava prestes a enfrentar.

Depois de uma curta viagem, o Palácio da Justiça se ergueu à minha frente, um imponente prédio de pedra, adornado com um estatuário clássico, colunas coríntias, entradas em arco e uma cúpula proeminente. A estrutura me contemplava lá do alto com fria indiferença, sua fachada tão sombria quanto meu estado mental.

Meus guardas me ignoraram, talvez por eu ser apenas uma dentre os vários prisioneiros que eles precisavam transportar. Arrancaram-me do carro e me levaram rapidamente escada acima, passando pelas colunas e arcos internos numa rapidez alucinante. Um deles, um homem elegante com olhos perigosos, me empurrou para um banco e me disse para "ficar quieta", enquanto permanecia à minha frente. Vozes abafadas vazaram por detrás de uma porta larga, a poucos metros de distância, murmúrios de homens que eu não conhecia, homens que iriam me julgar. Fiquei por dez minutos escutando as batidas de passos nas escadas, o eco oco de portas se fechando e se abrindo, os passos apressados de um prisioneiro sendo levado embora.

Por fim, entrei no saguão onde seria julgada. Um policial armado, usando capacete prussiano e uniforme engomado com botões e medalhas dourados, me conduziu até um banco. Fileiras e mais fileiras de oficiais nazistas de alta patente, uniformizados, ocupavam a sala, lançando seu severo julgamento oficioso sobre mim. Tomei meu lugar ao lado de alguém que não esperava ver.

Lisa Kolbe e eu nos entreolhamos por alguns segundos, tempo suficiente para ela cochichar:

– Não contei nada a eles.

Ela sorriu e desviou os olhos quando o policial deslizou entre nós para nos impedir de falar. Pela visão que tive da minha amiga, percebi que tinha sido maltratada. Seus cabelos loiros, raspados até o tamanho de um polegar, me lembraram as prisioneiras polonesas que eu tinha visto do trem. Hematomas roxos pontilhavam suas faces, e havia um corte debaixo do seu olho esquerdo onde havia se formado uma casca. Por que eu tinha sido poupada de tal tratamento? Será que a Gestapo sentia que Lisa sabia mais sobre o Rosa Branca do que eu ou o meu encarceramento no quartel-general tinha sido, de certo modo, abrandado por Garrick Adler? Minha raiva reprimida se transformou em desespero, levando meu corpo e meu ânimo a fraquejarem quando desviei meu olhar de Lisa. Qualquer grau de raiva, qualquer tentativa de libertar minha fúria sobre os policiais reunidos, os oficiais nazistas e os agentes da Gestapo teria sido tratada com severidade.

Os homens ficavam na galeria à nossa direita, a bancada do juiz estava posicionada à nossa esquerda. No público, não havia ninguém para nos apoiar, nenhum amigo, nenhum parente, nenhum aliado para falar a nosso favor. Estávamos sós contra uma força muito mais forte do que um culto ou uma tribo; estávamos contra o Estado Alemão, o Terceiro Reich. Os homens que nos oprimiam aproveitavam o tempo às nossas custas, conversando sobre o clima, rindo da nossa situação, se envaidecendo dos seus uniformes engomados, admirando suas medalhas e trocando histórias de guerra, comparando seus convites a um julgamento que tinham o privilégio de testemunhar, a cobiçada convocação do "juiz carniceiro" de Hitler, enquanto Lisa e eu temíamos por nossas vidas.

A porta na extremidade do saguão, à nossa esquerda, se abriu e Roland Freisler entrou. Foi seguido por outros, mas sua presença, sua arrogância, atraiu todos os olhares. Adentrou a sala como um ator em um palco, seu manto escarlate ondulando a sua volta, uma águia alada nazista espetada no lado direito do peito. Sobre a cabeça havia um chapéu oval da mesma cor. O presidente do Tribunal do Povo me lembrou um personagem de uma ópera wagneriana. Tinha visto oficiais nazistas por muitos anos, mas aquele homem superava todos em estilo e forma. Transpirava sadismo através do seu olhar de ave de rapina, da crueldade do seu rosto.

Os bajuladores reunidos se levantaram quando Freisler entrou. Ele fez a saudação nazista, retribuída pela multidão. Sentou-se na cadeira do meio, atrás da bancada, e percorreu o saguão com o olhar. As linhas ovais do seu rosto, indo do alto do nariz até o queixo aumentavam sua aparência severa e sinistra, acentuada pelos olhos de falcão. Na pompa febril da entrada de Freisler, não notei que meu advogado, Gerhard Lang, juntamente com um segundo juiz, um taquígrafo e outro homem haviam assumido seus lugares no saguão. Deduzi que o homem que ocupava o lugar ao lado de Lang era o advogado de Lisa.

Freisler ergueu as mãos para silenciar o tribunal.

– Isso deve tomar apenas alguns minutos – ele disse, e sorriu para a risada generalizada do público. – Vamos dispensar as formalidades, porque vocês testemunharam o mesmo espetáculo perverso ontem, quando os outros traidores foram condenados. – Ele apontou um dedo fino e comprido para os homens sentados na galeria. – Sabemos qual será o resultado, não sabemos?

Um *"Ja"* em coro soou na sala. Lisa e eu nos entreolhamos consternadas. Eu já sabia que minha sorte estava selada antes de entrar no tribunal; aqueles que haviam me prevenido sobre um arremedo judicial estavam certos.

Freisler abriu a pasta à sua frente.

– Ambas as acusadas disseram a seus advogados que se irão se declarar "inocentes".

Muitos dos nazistas presentes riram e assobiaram, enquanto outros vaiaram. O juiz os calou com um aceno de mão.

– Apesar do que todos nós sabemos ser a verdade, não vamos nos precipitar. Acusadas, levantem-se.

O policial nos levantou do banco. Todos os olhares se desviaram de Freisler e pousaram em Lisa e em mim.

– Lisa Kolbe e Natalya Petrovich, como vocês se declaram?

– Inocentes – respondemos em uníssono, minha voz um pouco mais forte do que a de Lisa.

– Ridículo! Sentem-se!

Fizemos o que ele mandou, e o público voltou novamente o olhar para o juiz.

– As acusações contra vocês são: tentativa de assassinato contra um agente do Reich; traição por atos subversivos, incluindo a redação e distribuição de material subversivo, especificamente em Nuremberg; associação com traidores e desajustados. – Ele fechou a pasta, a levantou, e depois a bateu na bancada. – Traidoras e desajustadas, de fato! Olhem para elas! Foram arrancadas por nós como uma praga maligna. Têm que pagar por seus crimes, seu desserviço ao Reich!

Gritos afirmativos por justiça ressoaram no saguão, até o juiz bater o martelo para que se fizesse silêncio.

Freisler, então, leu um documento elaborado, listando os crimes e os motivos investigativos para as acusações. Tagarelou por trinta minutos, com floreios bombásticos e raivosos, até parar para recuperar as forças para sua próxima explosão emocional. Depois de uma breve pausa, leu mais páginas ressaltando as acusações contra mim com a mesma indignação usada para descrever as acusações contra Lisa.

Depois de uma hora, o aparelho de reprodução, os estênceis de impressão e cópias dos nossos dois folhetos foram levados para uma mesa do tribunal e tomados como provas. Todos na bancada, com exceção de Freisler, levaram alguns minutos para examinar os objetos. A maioria dos homens, incluindo nossos advogados, olhou para os folhetos e, em seguida, para nós, com desgosto nos olhos. Tive um pensamento terrível, ao pensar qual deveria ter sido o destino de Dieter Frank, o artista cujo estúdio tínhamos usado para a produção do material traiçoeiro. Também teria sido levado para o quartel-general da Gestapo, estaria preso ou, talvez, morto? Que pista teriam seguido os investigadores para chegarem ao estúdio e à prova? Não sabia se algum dia teria a resposta para essa pergunta.

Todo o peso do que estava à minha espera e à espera dos que tinham ligação com o Rosa Branca caiu sobre os meus ombros. Lutei com minhas emoções, ao pensar na minha mãe, que agora tinha uma filha em circunstâncias mais tenebrosas do que as do seu marido. Quando me juntei à resistência, sabia que esse dia poderia chegar; no entanto, a pessoa vive com a esperança de que o impensável jamais acontecerá. Um número incontável de rostos surgiu na minha cabeça: Sina e seus filhos massacrados na Rússia, o rabino da sinagoga incendiada, as vítimas judias do *Kristallnacht*, os prisioneiros "sub-humanos" torturados e espancados pelas tropas alemãs, soldados da Wehrmacht congelados na neve, na fronteira de Stalingrado. Todos tinham morrido sob as ordens de um louco. Aqueles rostos importavam mais do que o meu.

– Tem alguma coisa a dizer a favor de Lisa Kolbe? – Freisler perguntou ao advogado dela.

O homem de meia-idade apertou os olhos, se levantou e disse:

– Presidente, Lisa Kolbe declara-se "inocente", mas qualquer um pode ver claramente pelas provas que a Corte comprovou seu caso. Peço clemência por ser a acusada tão jovem, ter apenas 20 anos e obviamente ter sido hipnotizada pelos atos subversivos de outras pessoas.

– Hipnotizada! – Freisler ficou furioso, seu rosto ficando tão vermelho quanto seu manto. – A mulher é uma traidora! Sua culpa é tão evidente quanto o nariz no meu rosto. O que o senhor faria com ela, deixaria sair daqui em liberdade?

O homem abaixou a cabeça.

– Prisão perpétua – disse numa voz que era pouco mais do que um sussurro.

– Ah! A insolência e a estupidez... – Freisler fechou a cara e apontou para Lang, meu advogado. – O senhor tem algo substancioso a acrescentar à chacota que as acusadas fizeram desse processo?

Lang arrancou seu corpo carnudo da cadeira e encarou o presidente:

– Se o tribunal me permite... não – disse presunçosamente, e se virando para mim deu um sorriso forçado.

– Homem sábio – Freisler acrescentou, enquanto Lang voltava a se sentar. – A acusada Lisa Kolbe pode falar, mas somente se jurar dizer a verdade.

O policial a conduziu até o piso da galeria, onde disseram a ela para ficar diretamente em frente ao presidente. Ele olhou fixo para ela, seus olhos de rapina a analisando como um pássaro mergulhando em direção a um roedor.

Lisa começou lentamente, com pouca emoção na voz.

– Apanhei para arrancarem a "verdade" de mim.

Vaias ecoaram pelo saguão.

– Deixem-na falar! – O presidente bateu seu martelo até os homens se calarem. – Bobagem! Você, uma reles traidora, acusa homens bons, que pegaram seu corpo miserável em custódia, de abusarem de você? É mais provável que seus ferimentos tenham sido autoprovocados para conquistar a simpatia da Corte. – Ele colocou suas mãos na bancada e sorriu. – Deixe-a contar suas mentiras.

– Escutei o que outros que se foram antes de mim disseram neste saguão, que alguém tinha que começar, que o Rosa Branca só está ecoando o que muitos do Reich pensam, mas ninguém se atreve a dizer.

Freisler se levantou da bancada, com o martelo em mãos, como se estivesse prestes a golpear minha amiga.

– Você se atreve a pronunciar tais palavras nesta corte? Você é a traidora e será tratada severamente quando a sentença for pronunciada.

Lisa avançou e o policial investiu, a puxando de volta da bancada.

– O senhor é o culpado! O *senhor*, presidente do Tribunal do Povo, que mata com vingança no coração. Como Hans Scholl disse antes de morrer: Vida longa à liberdade!

Freisler esticou o braço em direção ao advogado de Lisa, as dobras vermelhas da sua toga caindo como cortina.

– Faça-a se calar agora! Faça-a se calar antes que eu mande executá-la neste saguão!

A galeria pôs-se a ovacionar, e ainda mais alto que o tumulto, Lisa gritou:

– Se o que o senhor quer é culpa, então *sou* culpada! Fui responsável por tudo.

Freisler agitou os braços freneticamente, numa tentativa de incitar ainda mais revolta do que a provocada por suas palavras. Não tive certeza se ele chegou a ouvir a "confissão" dela.

Empolgada com a coragem de Lisa e meu próprio estímulo ansioso de medo, me levantei e gritei para os homens:

– Sou culpada.

Nenhum deles pareceu me ouvir sobre o tumulto, mas não podia deixar Lisa ser corajosa sozinha.

O presidente abaixou os braços, e o saguão ficou em silêncio. Todos os homens que haviam se levantado para gritar objeções voltaram a seus lugares, exceto dois que estavam perto de uma porta, nos fundos do saguão. Eles caminharam em direção à bancada com passos calculados. Um deles eu reconheci imediatamente, e logo o rosto do outro irrompeu na minha memória trazendo mais medo para meus nervos já em frangalhos.

Garrick Adler, com o casaco jogado sobre o braço, o cabelo loiro reluzindo na luz, olhos fixos no presidente, atravessou a galeria. O homem que o acompanhava, o oficial da SS que havia atacado Lisa em Nuremberg, caminhou ao lado de Garrick.

Freisler reconheceu Garrick e o chamou à frente.

– Tem algo a dizer à Corte, Herr Adler?

Garrick se curvou para o presidente, fez uma pausa e depois disse:

– Lisa Kolbe, como ela mesma declarou, é culpada de todos os crimes. Foi responsável por tudo, *Untersturmführer* Sauer, oficial de

Nuremberg testemunhará que o que eu digo é verdade. Natalya Petrovich é "inocente".

Ninguém se mexeu em seus lugares, enquanto um silêncio perplexo descia sobre o saguão.

Os olhos de Freisler se estreitaram, seus lábios se comprimiram, e ele apontou para mim.

– Adler, está pedindo a esta corte que acredite que esta sub-humana, esta *alemã* de ascendência *russa*, é inocente?

– Sou culpada – Lisa repetiu. – Agi sozinha.

– Lisa Kolbe diz a verdade à Corte – Garrick disse.

Perguntei-me qual seria o jogo dele, e me mantive em silêncio naquele instante.

O presidente franziu o cenho e chamou os dois homens até a bancada.

– Veja que transtorno você criou, Adler. A Corte fará um recesso privado com vocês para analisar esse assunto.

Todos se levantaram quando Freisler, Garrick e Sauer deixaram o saguão e foram para o gabinete do presidente. O policial mandou Lisa se sentar numa cadeira perto da bancada. Então, ela olhou em minha direção e sem expressão no rosto, a não ser nos olhos, me instruiu a ficar calada, não dizer uma palavra em relação a "culpa". Sob insistência de Lisa, decidi agarrar minha pequena chance de sobrevivência.

Por uma hora, observei os oficiais nazistas andarem a esmo pelo saguão, examinando o aparelho de reprodução como se fosse a última arma secreta criada pela Wehrmacht, lendo os folhetos com expressão de horror no rosto ou regozijo sarcástico, cochichando sobre os procedimentos. Imaginei que essas conversas em voz baixa versassem sobre mim, Lisa e Garrick Adler.

Pouco tempo depois, o presidente fez sua entrada, seguido por Garrick e pelo oficial SS. Todos se levantaram.

Quando todos voltaram a se sentar, Freisler ordenou:

– Acusadas, levantem-se.

Lisa e eu obedecemos.

Ele colocou as páginas transcritas em frente ao rosto e leu:

– Depois de cuidadosa análise por parte desta corte, em nome do povo alemão, Lisa Marie Kolbe, nesta data, 23 de fevereiro de 1943, nos termos do julgamento realizado neste dia, você foi considerada culpada de agressão a um oficial do Reich, de escrever e distribuir folhetos em tempos de guerra, sabotar os esforços de guerra e clamar pela derrubada do nacional-socialismo, tendo fornecido ajuda ao inimigo, enfraquecendo a segurança da nação. Sob essas acusações, você será punida com...

Ele parou e olhou com olhos cintilantes para Lisa, que estava em pé à sua frente.

– Morte. Seus direitos e distinções de cidadã estão confiscados a partir de hoje. – A sala foi percorrida por murmúrios aprovando a sentença. – Por ter sido considerada culpada, ordena-se que pague os custos da corte.

Lisa abaixou a cabeça, mas não se virou para mim. Antes que eu pudesse dizer qualquer coisa, um policial me agarrou pelo braço e me levou para a frente do saguão. Minha amiga foi rapidamente retirada pela porta lateral, pelo oficial que tinha estado a seu lado. Essa foi a última vez que vi Lisa Kolbe. Enfrentei sozinha o juiz de Hitler.

– Natalya Irenovich Petrovich – Freisler começou –, em nome do povo alemão, neste dia, 23 de fevereiro de 1943, você foi considerada inocente de todas as acusações, exceto a de ter se associado a traidores e desajustados, o que levou à propagação de mentiras derrotistas, bem como a um terrível custo aos esforços de guerra, concedendo ajuda e conforto ao inimigo, e conclamando para a derrubada do nacional-socialismo...

Seus olhos severos me penetraram.

– Assim sendo, por conta disso, você será punida com cinco anos de prisão a serem cumpridos a partir de hoje. Por causa da sua culpa, ordena-se que pague os custos da corte. – Ele bateu mais uma vez o martelo. – Este julgamento está encerrado.

Lembro-me muito pouco do ocorrido depois do seu pronunciamento, porque minha mente confusa ficou vazia. Esforcei-me para entender o que tinha acontecido no saguão, e só depois de refletir percebi que Garrick e o oficial da SS tinham influenciado Freisler em sua decisão. Horrorizou-me ter visto minha amiga condenada à morte; e o que deveria ser euforia por ter sido condenada a cinco anos de prisão se transformou em culpa e vergonha, já que outros morreram em nome da resistência. Cinco anos para um jovem é uma vida; no entanto, eu viveria. Um redemoinho de emoções me envolveu e minha cabeça vacilou, enquanto o mundo parava momentaneamente após o julgamento do presidente.

O policial segurou meus braços num aperto como se fosse uma pinça, fechando algemas nos meus pulsos, embora eu não tivesse nenhuma vontade, ou mesmo força, para lutar. Não haveria escapatória do Palácio da

Justiça. Por um breve momento, avistei Garrick e o SS deixando o saguão pela porta por onde entraram, sem uma palavra para mim.

Um furgão quadrado da polícia me aguardava na rua. O dia tinha se tornado cinza, mais frio, o ar cheirando a chuva. Quanto tempo passaria até que eu estivesse novamente ao ar livre? Para onde me levariam? Tive a ideia absurda de que eu deveria ser levada até o apartamento da minha mãe, para poder dizer a ela aonde estavam me levando.

– Para onde vamos? – perguntei pela tela metálica que me separava do motorista. Os guardas não haviam me dito nada.

– Stadelheim – disse o motorista, mantendo os olhos na rua à frente.

Eu ficaria presa na mesma prisão do meu pai.

CAPÍTULO 12

PEDRA SOBRE PEDRA, janelas quadradas com coifas triangulares na parte superior, chuva pingando do telhado de telhas vermelhas; eram essas as características de Stadelheim no dia em que se tornou minha casa. Enquanto alguns prisioneiros afortunados eram confinados em celas com janelas, eu não tive sorte nesse aspecto. Depois da minha doutrinação, fui levada a uma cela sem janela, no subsolo, pelo que percebi, e jogada lá dentro, separada do meu pai e de Lisa Kolbe.

Sozinha.

Em vez de chorar e lamentar minha infelicidade, tentei o melhor que pude me manter positiva durante os longos dias, lembrar que, em vez de ser condenada à morte, tinha recebido uma pena de prisão. Mas na escuridão solitária, bem depois da meia-noite, medos se infiltraram na minha cabeça, de início lentamente, como a queda em um pesadelo, até explodirem em visões aterrorizantes que me atormentavam.

Como estaria o mundo dali a cinco longos anos? Os Aliados venceriam Hitler e o nacional-socialismo? Munique, lugar de nascimento do movimento nazista, ainda estaria em pé? Mas essas questões eram assuntos globais. E quanto à minha vida? Passava as noites acordada, imaginando se sobreviveria ao meu tempo de prisão, sabendo que a qualquer momento eu poderia ser levada para a guilhotina. Não soube nada do destino de Lisa, ou do meu pai, e ainda me perguntava o que Garrick e o SS teriam dito a Roland Freisler que havia me salvado da morte.

Conforme os dias e as noites se arrastavam, tirei algum consolo das palavras do capelão no quartel-general da Gestapo:

— Talvez eles esqueçam você.

Definhar na prisão era preferível à morte, ele havia dito.

Eu não fazia ideia de como seria a vida na prisão, porque não tinha qualquer experiência ali a não ser a visita a meu pai. Momentos dourados no sol desapareciam à medida que os dias e noites escuros marchavam numa procissão metódica; aparentemente, o tempo seguia mais vagaroso em um lento caminhar do relógio.

Ao chegar a Stadelheim, me deram um novo uniforme de presidiária num liso tecido cinza, substituindo o que eu havia recebido ao ser presa. Esse vestido trazia algo diferente para mim, um triângulo vermelho que apontava para cima, e não para baixo. Esse distintivo era usado para espiões e traidores, explicou a carcereira no mesmo tom prático que usaria se eu estivesse experimentando roupas novas numa loja de departamento. Também me entregou um casaco marrom usado, que foi de grande conforto na cela fria. Quando perguntaram que trabalhos eu poderia realizar, contei que tinha alguma experiência como enfermeira. A "área médica" não era lugar para prisioneiros, ela disse, por causa do acesso a equipamentos e remédios; sendo assim, fui mandada para a cozinha para preparar comida e lavar pratos.

Pelo menos na cozinha vigiada eu estava com outras prisioneiras, embora não fossem permitidas conversas nem trocas de qualquer tipo, a não ser para a transmissão de ordens entre guarda e prisioneira. Depois de dada uma ordem, esperavam que realizássemos nossas tarefas de modo preciso e a tempo. Qualquer falha da nossa parte gerava um tapa na cabeça ou uma pancada com algo mais duro, geralmente metálico. Muitas mulheres vagavam pela cozinha com hematomas no rosto, amparando os ouvidos por não conseguirem escutar devido ao dano causado por repetidas pancadas.

O dia começava ao amanhecer, quando púnhamos para fora o balde do banheiro. Depois que a porta era trancada, recebíamos como alimento pão seco e escuro e café fraco. Depois, éramos levadas para fora, onde marchávamos em fila em volta do recinto. As que caíam não eram mais vistas.

A seguir, íamos para nossas funções. Alguns prisioneiros trabalhavam fora da Stadelheim às segundas e quintas-feiras. No começo, achei que aqueles homens e mulheres eram os felizardos, mas no final do dia apenas alguns retornavam. Os cochichos na cozinha falavam em mais espancamentos, transferências para outras prisões ou execuções. Esses assassinatos de prisioneiros, por motivos desconhecidos, normalmente ocorriam nas terças e sextas-feiras.

Em certos dias, pequenos pedaços de salsicha ou de outra carne eram jogados na sopa. Algumas das prisioneiras diziam que estávamos comento carne daqueles que haviam sido mortos pelos nazistas. Como trabalhava na cozinha, desconfiava que não fosse verdade, embora nunca tivesse certeza de onde vinha a carne.

Depois de algumas semanas de confinamento solitário, morria de vontade de conversar com alguém, guarda ou prisioneira. Um dia, na cozinha, tentei falar com uma jovem delicada, cujo vestido caía ao redor do corpo magro como um saco de batatas. A única característica de destaque costurada no tecido gasto era o triângulo novo, preto e brilhante. Eu já tinha visto essa mulher trabalhando. Pelos ligeiros sorrisos que ela me dirigia, esperei que pudesse ser confiável. É claro que eu sabia o risco de conversar com outra prisioneira, e o perigo de expor outras pessoas a tal ato proibido. Não me importava; estava desesperada não apenas para conversar, mas por informações sobre a prisão.

Ficamos junto à pia, descascando nabos armazenados ao longo do inverno. Esse vegetal era destinado aos oficiais e guardas, não à boca dos prisioneiros.

Uma sentinela estava sentada em uma cadeira, a poucos metros de distância, uma mulher mais velha, cujo cabelo estava puxado para trás num coque severo. Ela deixou bem claro que não fazia objeção a matar prisioneiros que pudessem empunhar utensílios de cozinha como armas.

– Qual o seu nome? – cochichei à minha compatriota, enquanto mantinha o olhar focado no nabo em minha mão esquerda.

Sua cabeça se virou ligeiramente, e seus olhos cor de conhaque faiscaram, assimilando o tanto quanto possível do cômodo, sem ficar óbvio a ninguém, a não ser para mim. Talvez estivesse na prisão há muito tempo; parecia acostumada a ser dissimulada.

– Me chame de "Reh" – ela disse baixinho, inclinando o ombro esquerdo em direção à mulher armada. – Tome cuidado com a Dolly, ela é malvada.

Continuei descascando, animada pelo som da voz de outro ser humano falando *comigo*. No entanto, depois do começo da nossa conversa, não soube muito bem como continuar. Pensei que mais informações sobre a prisão bastariam.

– Há quanto tempo está aqui? – perguntei.

– Quase dois anos.

Estremeci perante a ideia de ficar presa em Stadelheim por tanto tempo. Que provação meu pai havia sofrido por uma sentença de apenas seis meses! Dois anos parecia um tempo impossível, e eu tinha três anos a mais. Aprendi a rezar toda noite por uma libertação pelos aliados.

– E você? – Reh perguntou. Seu nome significava "veado" e ela me lembrava uma corça frágil, de pernas finas e corpo magro, olhos castanhos líquidos e movimentos graciosos e cuidadosos.

– Pouco mais de um mês – respondi. – Fui condenada a cinco anos.

– Você se deu bem. Vou ficar dez. – Ela jogou um nabo descascado em nosso balde e pegou outro no balcão. – Como você se chama?

Natalya.

Também acabei de descascar o meu, o joguei no balde e peguei outro.

– O que significa o triângulo preto?

Senti-me estranha perguntando o que o símbolo representava.

Reh soltou uma risadinha.

Perplexa, olhei para Dolly. Ela se inclinou para a frente em sua cadeira, colocou o dedo no gatilho da pistola, e olhou para nós com um olhar fuzilante.

– Silêncio, agora – Reh cochichou enquanto eu voltava para minha tarefa.

Trabalhamos em silêncio por vários minutos, antes que outro grupo de prisioneiras aparecesse na cozinha e nos afastasse para que elas pudessem lavar pratos na pia. O cheiro de restos de carne cozida e salsichas emanou das vasilhas e pratos sujos. O barulho permitiu que Reh e eu continuássemos a conversar mais distante, no balcão.

– Gosto de homens e de *schnapps* de pêssego – Reh continuou.

Não soube ao certo o que ela queria dizer.

– Fui considerada antissocial pela corte porque era viciada nos dois. Peguei cinco anos por cada um dos meus delitos. Usei minhas melhores artimanhas femininas para seduzir o juiz, mas não funcionou. Maldito seja o velho nazista.

– Já pensou em sair daqui? – perguntei.

– Se você quer dizer fugir, nunca fale sobre isso com ninguém. – Ela ergueu a mão e afastou o cabelo castanho curto da testa. – De qualquer modo, é impossível. Você jamais conseguiria, e os que conseguem não duram muito. Foi o que escutei. Não, estou conformada com meu tempo aqui... a não ser que aconteça um milagre... ou eu morra.

Soltei meu descascador e massageei minha mão direita, que estava com câimbra por causa do movimento repetitivo.

– Não acho que eu aguente cinco anos – eu disse, depois de exercitar os nós dos meus dedos.

Reh jogou outro nabo no balde.

– Todas nós pensamos assim no começo, mas imagine como seria a vida lá fora, fugindo, cada agente da Gestapo, cada SS, cada policial local vasculhando colinas e vales, batendo nas portas, só para encontrar seu pobre corpo cansado. E onde você se esconderia? Não pode ir pra casa dos seus pais, nem de parentes ou amigos. – Ela olhou meu distintivo vermelho. – Eles também correriam perigo, suspeitos de traição. A única maneira de sair daqui é depois de cumprida a pena, ou morta em uma maca. Agora que meu *delirium tremens* passou, acho aqui muito bom: comida, um lugar para dormir, e não tenho que me preocupar em explodir em pedacinhos. Os aliados não bombardeiam prisões. Acredite em mim, eles sabem onde elas ficam.

Ela fez uma pausa.

– Algumas mulheres que conheci enlouqueceram e foram transferidas para um hospício. Talvez lá seja melhor.

Peguei um dos três nabos que restavam, pensando que poderia dar um passo ousado e perguntar a Reh onde ficavam as entradas e saídas da prisão, e fui surpreendida com alguma coisa dura se chocando contra a minha cabeça. Vi estrelas. Quando me recuperei o bastante para saber onde estava, me peguei esticada de encontro ao balcão. Meus óculos tinham voado para o balde de nabos.

– Não acha que já falou bastante, *traidora*? – A voz de Dolly fervia com uma raiva reprimida. – Continue falando e vai receber mais do que uma batida de chaves na cabeça.

Olhou furiosa para Reh, e depois saiu pisando duro, enquanto eu esfregava a têmpora direita, minha cabeça latejando e sangue pingando pelos meus dedos.

Reh me entregou meus óculos sujos.

– Não a contrarie – ela disse baixinho. – Ela te atacou porque você é nova. Apanhei muito.

Lavei as lentes rapidamente, coloquei os óculos de volta, e me encolhi quando a haste direita raspou em um corte. Com a cabeça martelando, continuei meu trabalho, mas não disse mais nada a Reh pelo resto da tarde.

Apesar de Dolly e das outras guardas, Reh e eu cochichávamos quando dava. No entanto, conforme fui conhecendo mais a vida em Stadelheim e a eficiente organização nazista que a administrava, uma fuga foi parecendo menos viável.

Entre meu confinamento na cela e meus deveres organizados, minha vida me deixou limitada de uma maneira que nunca imaginei ser possível. A primavera cedeu lugar ao verão e o calor da cozinha se tornou insuportável, uma câmara de tortura de odores fétidos, umidade infernal e suor. Várias mulheres que trabalhavam comigo desmaiaram por causa das temperaturas semelhantes a um forno, e nunca retomaram seus deveres. Se foram transferidas ou mortas por simplesmente terem se tornado inúteis, nunca descobri. Foram substituídas por prisioneiras que chegavam.

À noite, sozinha na cela, meus pensamentos se transformavam em um exasperante *playground* de imagens perturbadoras, a maioria delas centrada em meu cativeiro e na impossibilidade de escapar. Sabia que Freisler poderia mudar de ideia a qualquer momento por causa de uma "prova" real ou fabricada, e essa possibilidade não servia de nada para deter minha crescente depressão. A ocasional caminhada em torno do jardim, inspirando ar fresco, independentemente do clima quente ou frio, fortalecia meu ânimo brevemente, até eu ser retida novamente na cozinha ou na cela solitária. No entanto, rezava para ter sido de fato esquecida pela corte, minha escolha sendo entre a morte ou o definhamento, como o capelão havia explicado, um paradoxo insano. Esses pensamentos me enlouqueciam, e os nervos em frangalhos que se desfaziam sob minha pele agravavam meu estado mental.

Numa tarde abrasadora no final do verão, uma visita chegou à minha cela.

Garrick Adler tinha vindo me honrar com sua companhia. Para minha própria sanidade, pensei em me recusar a falar com ele, mas Garrick poderia responder perguntas que me atormentavam havia meses.

Vestia um uniforme da SS, uma clara afirmação de sua lealdade ao Führer, e um distanciamento do estilo menos militarista da Gestapo. Parecia *bem cuidado*; foram estas as palavras que vieram à minha cabeça ao vê-lo. Sua jaqueta e a calça estavam bem passadas, as botas pretas engraxadas até um brilho intenso. Um guarda trouxe uma cadeira e depois saiu da cela.

Ele tirou o quepe e se sentou.

Sentei-me na beirada da cama, de frente para ele.

Tinha a expressão pensativa, curiosa, sem sorriso nem cenho franzido, como se quisesse saber como eram as condições na prisão. Imaginei o que estaria pensando a meu respeito, jogada na cama, num vestido de presidiária tão esfarrapado quanto me sentia. Quando ele falou, senti uma repugnância imediata vinda das minhas entranhas.

– Imagino que isso seja uma surpresa – ele disse, como se tivesse invadido meu confinamento solitário.

Olhei fixo para ele, sem saber o que dizer, a raiva subindo do meu estômago para a garganta.

– Se não quiser falar, vou embora – ele disse –, mas trouxe notícias que talvez você queira ouvir.

Meus lábios tremeram juntamente com a minha voz.

– Estou surpresa que você tenha se *dado ao trabalho* de vir aqui. O que quer?

Ele olhou para mim e eu soube o que via: minhas mãos ásperas, o cabelo com o corte da prisão, vestido manchado, óculos sujos. Perguntei-me se sentiria tanta vergonha de mim e estaria tão constrangido por mim quanto eu me sentia em relação a mim mesma, por um dia ter pensado em confiar nele. Garrick, que havia declarado seu afeto por mim, agora estava sentado a um braço de distância, bonito como sempre em seu uniforme desprezível.

– Estão te tratando bem? – perguntou.

Ri alto, depois cuspi a seus pés. Ele afastou as botas engraxadas do meu cuspe.

– Como se atreve?!

Tirou o quepe do colo e o segurou nas mãos.

– Não perguntei para te ofender. Se estiver sendo mal tratada... talvez eu possa mexer alguns pauzinhos.

– Me deixe em paz – eu disse, abaixando a cabeça. – Não quero favor seu. Você não conseguiu o que queria, a destruição do Rosa Branca?

Ele levantou meu queixo com o dedo, e depois apontou para o símbolo da morte, a caveira e os ossos cruzados em seu quepe.

– Fiz um juramento ao Führer e ao Reich. Acha que posso ignorar essa promessa sem consequências para todos que me conhecem? Minha família, outras pessoas que conheço e amo, até você, correriam grave risco se eu renunciasse à minha promessa ao Reich. – Ele voltou a colocar o quepe no colo. – Eu te *salvei*.

Então, ele tinha confirmado o que eu pensava havia meses. Garrick admitiu ter salvado a minha vida da sentença de morte. A pergunta que eu precisava fazer era *por quê?*

Ele sabia o que eu estava pensando. Tirei os óculos, limpei as lentes com a manga, e acenei com a cabeça meu reconhecimento de que ele havia me salvado.

Garrick encarou a parede atrás de mim, seu olhar concentrado nas pedras como se pudesse enxergar a terra além delas, o recanto do jardim, o céu azul e o sol ardente. Apertou o quepe com tanta força que pensei que iria quebrá-lo com seu aperto, e então, com um estremecimento, o soltou.

– Porque... porque pensei...

Não conseguiu continuar.

Eu tinha minha resposta. Ainda tinha poder sobre ele, fato que ele tinha admitido tempos atrás.

– O que você queria me contar? – perguntei com menos antagonismo. – Vejo que você foi... promovido?

Ele inclinou a cabeça.

– É, uma espécie de promoção. Agora sou um SS, saí da Gestapo. Não faço tanto serviço de investigação quanto costumava fazer. – Ele olhou para mim. – Seu pai está em casa, foi solto como previsto. Tive algo a ver com isso, dei uma forcinha.

Fiquei aliviada. Havia deduzido que ele tinha sido solto, mas não consegui confirmar através das fofocas da prisão, nem por qualquer outro meio. Os guardas eram notoriamente calados sobre qualquer coisa referente a prisioneiros, especialmente depois que iam embora.

– Obrigada. Eu não sabia. Meus pais não vieram me ver.

– Você não pode receber visitas. Não pode falar com ninguém a não ser comigo. – Ele ergueu uma sobrancelha. – Mas pode falar com *outras pessoas* em Stadelheim.

Meu agradecimento se transformou em indignação quando entendi o que aquelas palavras continham.

– Você quer que eu espione as outras prisioneiras, não é? Quer saber o que elas me contam.

– É um pequeno favor, um toma lá, dá cá. Diga sim.

– É por isso que ainda estou viva, não é? Por que você quer que eu descubra com outros traidores? É por isso que estou em solitária, para me alegrar com a chance de conversar com alguém.

– O Rosa Branca foi desarticulado pelo Tribunal do Povo, mas o Reich está preocupado que a resistência não esteja morta. A Gestapo e a SS estão sempre à espreita daqueles que enfraquecem o Führer. Se você me ajudar a encontrá-los, trazê-los à justiça, talvez as coisas fiquem mais fáceis para você e sua família.

Nunca. Nunca em mil anos trairei outras pessoas pelo bem do Reich. Inúmeros morreram ou foram mortos pelos sonhos grandiosos de um louco. Só sou mais uma que assumiu uma posição.

Larguei-me de encontro à parede fria de pedras.

Ele se levantou da cadeira com o cenho franzido.

– Por hoje basta.

Colocou o quepe e bateu na porta da cela. Ela se abriu com um rangido.

Virei-me de costas, sem querer olhar para ele.

– Natalya – ele disse –, seu tempo está se esgotando. Te dei um aviso que espero que considere. Você precisa descobrir outras pessoas que trairiam o Reich, ou perderá sua utilidade. O presidente Freisler concordou com isso ao te dar a sentença, mas a paciência dele tem limite, como você viu. Sua cooperação é o motivo de seu pai estar fora da prisão, sob minha insistência, e sua mãe estar a salvo. Trata-se de uma situação infeliz, mas que agora está fora das minhas mãos.

Recusei-me a olhar para ele.

– Sua perna nunca esteve machucada, esteve?

– Não. A Gestapo protege seus membros... Se precisar falar comigo, avise um dos guardas. Eles têm suas ordens.

A porta fechou-se, mas sua voz persistiu pelo corredor, enquanto ele ia embora.

– A traidora Lisa Kolbe foi executada pela guilhotina na tarde do seu julgamento. Não sofra o mesmo destino. – Ele fez uma pausa como que esperando que eu gritasse de raiva contra suas palavras. – Alex Schmorell, o russo, e o professor Kurt Huber morreram em 13 de julho depois de serem julgados em abril. Willi Graf, o soldado, continua vivo por um motivo que você pode entender.

Segurei as lágrimas conforme seus passos foram se afastando. Quando o corredor voltou a ficar em silêncio, enterrei o rosto no meu travesseiro fino e chorei.

CAPÍTULO 13

GARRICK ADLER VEIO ME VER ALGUNS MESES DEPOIS, perto do final de outubro de 1943, ainda na esperança de prender os traidores que não consegui descobrir. Não tive nada a relatar, mas o pressionei por mais detalhes sobre como Alex, o professor Huber e Willi, executado algumas semanas antes, haviam sido capturados.

Meu amigo Alex, que eu tinha visto pela última vez na universidade, quando Hans e Sophie foram presos, tinha fugido de Munique na tentativa de se esconder em um campo de prisioneiros de guerra para russos, no sul da Alemanha, com o objetivo final de viajar para a neutra Suíça. Levava documentos falsos, mas um encontro planejado em Innsbruck deu errado quando seu contato para o campo não apareceu. Ele se retirou para Mittenwald, onde alguém o reconheceu, forçando-o a fugir pelas montanhas, mas um inverno rigoroso o deteve. Não tinha comida, nem roupas apropriadas para uma jornada tão árdua. Lamentavelmente, voltou para Munique, acabando por se refugiar em um abrigo antiaéreo em Schwabing, durante um ataque aéreo em 24 de fevereiro. Ali, foi identificado por uma antiga namorada e, como um fugitivo, tão exausto quanto um antílope perseguido por leões, foi preso pela Gestapo.

O professor Huber foi preso às 5h da manhã, dois dias depois de Alex. Três agentes passaram por sua filha de 12 anos, que tinha atendido a porta, e o arrancaram da cama. Sua esposa estava fora e, felizmente, foi poupada do terror do começo daquela manhã. Como o professor Huber havia produzido o folheto que Hans e Sophie tinham jogado na universidade, sua sentença de morte estava selada. Todos seus esforços para queimar livros e provas incriminatórias antes de ser preso não deram em nada.

Dos três homens, a captura de Willi foi a menos dramática. O soldado chegou em casa no final do dia em que Hans e Sophie foram levados em custódia. Ele e a irmã conversavam quando foram presos. Ele não estava a par do que havia acontecido com seus amigos, e a Gestapo sabia onde encontrá-lo.

O segundo julgamento do Rosa Branca ocorreu em 19 de abril. Foram julgados quatorze homens e mulheres. Desses, Alex, o professor Huber e Willi receberam a pena de morte. O ridículo Freisler tinha gritado com Alex, o chamando de traidor, antes de mandá-lo de volta para seu lugar. Willi foi o segundo a comparecer perante o presidente do Tribunal do Povo, que foi um tanto tolerante com o soldado, dizendo que ele "quase tinha se safado". Freisler reservou a maior parte da sua invectiva para o professor Huber, a quem chamou de "vagabundo", trucidando-o por sua diatribe política contra o Reich.

Alex e o professor Huber foram executados na guilhotina alguns meses depois de terem sido julgados. Willi foi mantido na prisão na esperança de que desse à Gestapo mais informações sobre outros traidores. Em 12 de outubro de 1943, sua vida terminou depois de ele não ter revelado novas informações sobre atividades subversivas dentro da Wehrmacht. Senti toda tristeza que pude por todos eles, sem lágrimas, mas me restava pouca emoção para expressar.

– O silêncio de Willi acabou com a vida dele – Garrick disse. – Continue tentando, Natalya, por mim, pelo pouco que tivemos.

– Não tivemos nada – repliquei, uma criatura deplorável tentando manter a dignidade.

– Mas eu senti algo; poderia ter havido alguma coisa entre nós.

– Você apoia Hitler e eu não.

Ele fechou os olhos e seu rosto endureceu.

– Conheço suas convicções políticas, mas pense na sua família, pense na diferença que poderia fazer para eles. Uma pista, uma informação, um passo que pudesse levar a outro é tudo que eu... *nós*... precisamos.

– Tentarei – eu disse, e suspirei. Acreditava tanto nas minhas palavras quanto acreditava que um dia eu e Garrick ficaríamos juntos. Era uma artimanha, uma manobra para ganhar tempo.

– Você vai enlouquecer aqui, Natalya – Garrick disse. – Quer que eu te transfira para um hospício?

Ele me deixou com essa pergunta, convencido de que, finalmente, tinha me afetado.

Depois da visita de Garrick, esperei que a morte pudesse me tocar a qualquer momento em minha rotina solitária e monótona. O outono se transformou em inverno, e o inverno em primavera, mas pouco vi dessas estações. Reh, que tinha se fragilizado durante os meses frios, desapareceu um dia para nunca mais voltar, assim como várias outras. Sobrevivi com cascas de batata e de nabo, como um acréscimo a minhas parcas refeições, sempre ciente de que, se fosse pega roubando, seria espancada. Conforme os meses se arrastavam, soube que escapar de Stadelheim era impossível. Eu morreria ali, esquecida, ou pela minha própria mão.

A pergunta de Garrick sobre o hospício tinha permanecido comigo, e me lembrei do que Reh havia dito sobre as prisioneiras que eram levadas para tais instituições. Talvez fosse mais fácil escapar de lá. Como último recurso, resolvi enlouquecer, plano concebido a partir do desespero.

Quase todas nós enlouquecemos na Stadelheim no final de abril de 1944, quando os aliados desferiram severos ataques aéreos contra Munique. Todas as operações diárias na prisão foram suspensas e eu, pela primeira vez, fiquei feliz por a minha cela ficar no subsolo. Ainda assim, a terra tremia à nossa volta, e embora as bombas caíssem perto, a prisão não sofreu nenhum ataque direto. O cheiro de terra calcinada e madeira queimada encheu o ar e se infiltrou até embaixo, nas profunde-zas da prisão. Mergulhei a ponta do meu cobertor na água, e o coloquei sobre a boca para poder respirar. Em alguns momentos durante o ataque, que atravessou a noite e continuou no dia seguinte, gritos ecoaram pelos corredores e temi que estivessem executando prisioneiros sob o disfarce da queda de bombas.

Preocupei-me com minha própria segurança, mas também pensei nos meus pais e até em Frau Hofstetter e em Katze, imaginando se teriam sido expulsos de suas casas ou morrido no ataque. A ideia era horrível demais para se pensar a respeito, mas eu não tinha escolha a não ser me encolher no canto e me virar durante as explosões atordoantes.

Os ataques contínuos facilitaram cair na insanidade.

Nenhuma caneta. Nenhum papel. Nada onde registrar meus pensa-mentos, então me deito na cama e invento vozes na minha cabeça. É fácil enlouquecer; mais difícil é convencer aqueles que supervisionam meu destino de que sou uma lunática. Tentarei com todas as forças levá-los a acreditar que estou insana, mas e se eu tiver sucesso na minha loucura? Eles me mandarão para uma instituição, ou me classificarão como uma "indesejável" descartável? Talvez digam que estou inventando coisas e simplesmente me deixem mais bem trancada.

Deus, as noites são longas e os dias lúgubres. Com frequência, tenho pensado que a morte seria preferível a passar mais uma hora nesta latrina, mas aí penso nos meus pais e surge a mais leve centelha de esperança de que poderia voltar a vê-los. Até Katze com seus brilhantes olhos verdes surge à minha frente, e agrado seu pelo quente até a pele rosada; meus ouvidos absorvem seu ronronar. O que eu não daria para passar uma manhã com Frau Hofstetter, desfrutando um café da manhã carinhoso em sua cozinha, lavando seus pratos, sua roupa, ou até escutando as marchas militares no rádio com chiados da sua sala de visitas.

Mas, por tudo que existe de sagrado, me desespero ao pensar em homens como Garrick Adler, livres, vivos, respirando o ar fresco da primavera, arrancando uma nova lâmina de grama, usufruindo o perfume de um lilás. Ele me traiu e me deixou com o coração ferido. Por que fui desamparada, Senhor? Por que minha família e eu sofremos, enquanto brutos vagam livremente? Onde está a justiça nisso?

Mas se eu me alongar demais nas minhas tristezas, vou me desintegrar e minha loucura será real.

Pense, Natalya, pense... Lembre-se do seu treinamento em enfermagem... Que estados psicológicos lhe seriam mais favoráveis? Que alteração da mente fará com que seja transferida de Stadelheim?

Depressão, ansiedade, comportamento antissocial não são fortes o bastante.

Psicose? Forte demais? Uma ruptura com a realidade... esquizofrenia?

Tenho semanas para pensar a respeito, meses para planejar... a não ser que eles se lembrem que estou aqui.

– Que diabos aconteceu com você? – Dolly perguntou, seus dentes expostos num sorriso cruel.

Agarrei a faca de açougueiro no balcão, e a girei na mão, fazendo um círculo luminoso sob o brilho das luzes da cozinha.

– Coloque essa faca de volta.

Dolly tirou a pistola e apontou para a minha cabeça.

– Qual é o problema? Antes, você sempre gostava de mim.

Devolvi a faca para o balcão, e fui até a pia da cozinha, onde me larguei sobre uma pilha de pratos sujos.

– Nunca gostei de você, sua vaca traidora – ela revidou. – Venham ver o que aconteceu com uma vira-casaca traidora. – Dolly chamou os outros guardas, duas mulheres e um SS, que vieram a seu lado e me analisaram como se eu fosse uma aberração num espetáculo de circo.

Ela e os outros demoraram a notar porque a mudança tinha sido gradual ao longo de alguns dias. Não quis que o processo acontecesse todo de uma vez, teria sido óbvio demais. Arranquei cabelo do meu couro cabeludo, processo horrível e doloroso que me levou às lágrimas tantas vezes que enfiei o cobertor na boca para me impedir de gritar. Surgiram áreas sanguinolentas no couro cabeludo, de início pequenas. As mechas, os tufos que saíram guardei debaixo do colchão com outro propósito. Teci uma cruz de cabelo. A religião sempre foi uma opção segura para a loucura, de um modo ou de outro, santo ou diabo. Escolhi o caminho do santo, pensando que poderia clamar aos sentimentos religiosos latentes dos reprimidos nazistas. A tática era mais segura do que invocar Satã. O que precisava era de uma visão crível da virgem ou dos apóstolos, para completar minhas alucinações religiosas.

Com as unhas, rasguei meu vestido com cuidado, esfiapando a trama para assim poder inserir pedacinhos de detritos no tecido. Cabelo, sujeira, tiras de papel, fragmentos de uma folha perdida, vidro quebrado, um pedaço de madeira, papel higiênico, qualquer coisa que pudesse remendar no meu vestido, eu remendei. O efeito me transformou numa lata de lixo ambulante. Arranhei-me com vidro, cuidando de limpar a borda afiada. Os cortes eram superficiais, mas extraíram uma camada fina de sangue, que coagulou rapidamente. Quando me vi, o efeito me assustou. Eu era o retrato ambulante de uma interna de hospício. A transformação levou dias, parte por parte completada quando possível. Parecia que somente agora, com o quadro terminado, minha metamorfose medonha os chocou.

– Não a quero perto de mim – reclamou uma das presas. – Ela é louca e fede. Vocês a escutam gemendo à noite?

Dolly riu e os outros guardas a imitaram.

– Não podemos e não queremos escutar ela. – A guarda rechonchuda se aproximou de mim, suas tranças loiras balançando enquanto ela caminhava sem pressa, com acentuada arrogância. Claramente, era a chefe do grupo, mandando até no SS. Tampou o nariz ao chegar a um braço de distância, cuspiu nos meus pés, e olhou para mim como se eu fosse o mais abjeto dos vermes. – Você me dá nojo. – Parou e me analisou da cabeça aos pés, seus olhos passando por mim numa lenta inspeção. – Eu me pergunto se você está realmente louca. Talvez só queira que pensemos que está.

– Eu te vi ontem à noite – eu disse, e cutuquei meu couro cabeludo. Com um tapa, ela tirou minhas mãos da cabeça.

– Me viu onde?

– Com a gente, na mesa.

Ela sacudiu a cabeça e ergueu a mão como se fosse me bater.

– Fale coisa com coisa, sua puta russa! Que mesa?

– Com Jesus e os apóstolos. A gente estava jantando.

Risos sufocados dos outros guardas explodiram em risadas em grande escala. Dolly abaixou a mão.

– Viu? O que eu falei? – disse a presidiária que havia falado contra mim. – Ela devia ser isolada.

– Cale a boca – Dolly disse agressiva, e empurrou a mulher para trás.

– Essa vai ser a *sua* última ceia, a não ser que se esforce ao máximo por aqui – ela me disse. – Nada de preguiça, nem corpo mole! Não vou tolerar isso. Se estiver louca, não vai ligar se te mandarem para a guilhotina. Esse será o verdadeiro teste.

– Você comeu muito no jantar. Jesus teve que te segurar.

Vi o tapa vindo, mas não pude evitá-lo. Ela me bateu com força no rosto, e cai para trás, em direção à pia, cortando a mão na faca que havia colocado no balcão. Estiquei a mão em direção a seu rosto, com o sangue pingando pela minha palma.

– Olhe o que você fez. Pensei que gostasse de mim. Você jantou comigo.

– Maldita vaca russa...

O SS interrompeu a saraivada de xingamentos que Dolly estava preparada para desferir.

– Escutem!

Ele fez um sinal para que os guardas se reunissem em volta do rádio nos fundos da cozinha. O aparelho estava sempre com o volume baixo, um zumbido constante que eu ignorava depois de horas de escuta. O que o locutor estava dizendo não ficou claro para mim, mas os olhos dos guardas se arregalaram e eles se entreolharam com um receio que rapidamente se transformou em algo que beirava o horror.

Era final da tarde de 6 de junho de 1944. A invasão da Normandia, França, tinha começado.

Minhas tentativas de fingir loucura falharam em sua maior parte, não porque eu não tentasse. Os administradores e guardas de Stadelheim não suportavam aquilo. Imaginei que já tivessem visto tal comportamento. Permaneci na prisão porque Garrick e a Gestapo me queriam viva, como fizeram com Willi, até eu não mais servir a um propósito.

Mantive a insanidade na minha cabeça, e na maioria dos dias era fácil manter a sensação. Na verdade, fiquei assustada com a facilidade com que despenquei nas trevas, resultando numa batalha emocional para impedir que a loucura me dominasse. Esse ato de equilíbrio entre sanidade e alucinação exauriu-me.

Se eu estivesse taciturna a ponto de ficar em silêncio, Dolly, ou um dos outros guardas, me batiam para se divertirem até eu ser forçada a falar, mesmo que da minha boca só saíssem absurdos. Quando os golpes vinham mais rápido e com mais força, a dor urrava por mim e eu acabava falando para não apanhar até a morte.

Se eu ficava sentada na minha cela, me recusando a me mover, os guardas me arrastavam para fora. Esse esquema também fracassou; os tapas na cabeça, os socos nas costas, incessantes até eu ficar ereta e bem disposta no meu posto na cozinha.

Minha vida estava estagnada; contudo, o mundo prosseguia. A sensação de que eu tinha realizado nada além de descascar nabos e ocupar uma cama na prisão era a pior de todas.

As visitas de Garrick acabaram.

O tribunal me esqueceu.

Era impossível fugir. Mantive os olhos abertos, sempre buscando a hora e o lugar certos para escapar, monitorando as portas da cozinha quando podia, estudando os esquemas dos guardas, mantendo na memória a localização dos corredores e janelas, sempre procurando uma oportunidade, mas a presença armada era forte demais, determinada demais, e impedia qualquer tentativa de liberdade.

Reduzi minha loucura, tendo a farsa pouco efeito a não ser o de me causar dor adicional pela intimidação dos guardas, e me isolar das minhas colegas de prisão. Até joguei fora minha "cruz" de cabelos por ter sido ignorada por Dolly e pelos outros. Na maioria dos dias, a guarda robusta me deixava passar mal me dando uma olhada. Eu tinha me tornado uma presença fantasmagórica depois da partida de Reh, forçada a comer, trabalhar e dormir como se nada na terra tivesse importância, nem mesmo a guerra, que parecia muito distante, a não ser pelo bombardeio dos Aliados.

Acostumei-me a viver como espectro. Meus pais, ainda impedidos de me visitar, nunca vieram a Stadelheim. Abateu-me a terrível ideia de que poderiam ter perecido em seu apartamento bombardeado.

Os oficiais da prisão desviaram a atenção para o rádio quando o verão foi terminando, e o clima na Stadelheim passou a ser tão moroso quanto o invasivo clima de outono. As folhas laranja e marrons caíam abundantemente no pátio, o vento aguçou-se em um frio cortante, e os primeiros flocos de neve salpicaram o ar em meados de outubro. Enrolei-me no casaco marrom que recebi ao chegar à prisão. Se não fosse por ele, teria congelado na minha cela durante as longas noites.

Com a chegada do outono de 1944, notei uma mudança significativa, mudança que só poderia atribuir a um declínio nos rumos da guerra para a Alemanha. Ainda que nada me fosse dito, e a nós, prisioneiros, não fosse permitido escutar as transmissões radiofônicas nazistas, deduzi que as coisas não estivessem indo bem para a Wehrmacht. Dolly e os outros guardas conseguiram fazer das nossas vidas um modelo de compartimentalização e disciplina, mas o humor deles se alternava entre esperança e desespero, dependendo das notícias da guerra daquele dia. Aparentemente, a máquina de propaganda nazista não estava conseguindo sustentar o ânimo abatido do país.

Em um dia particularmente sombrio, quando o frio parecia ter penetrado até no calor da cozinha, e os guardas estavam debruçados sobre a transmissão de rádio matinal, um SS de alto escalão, de uniforme completo, surgiu à porta. Tal presença oficial era rara,·e o ritmo duro do seu passo militar fez com que eu sentisse calafrios. Perguntei-me se, finalmente, havia chegado o meu último dia na terra.

O homem puxou Dolly de lado, cochichou algo, e entregou a ela uma folha de papel dobrada. A mulher corpulenta sorriu e fez uma mesura, à sua maneira servil, antes de abrir o papel e o ler. Seu comportamento excessivamente zeloso me deixava doente, mas não consegui desviar os olhos. Depois de ler a notificação, Dolly se mexeu e apontou para mim.

O oficial me viu e desviei os olhos, uma defesa tardia e, com certeza, notada por ele. Seus saltos estalaram no chão de pedra, à medida que se aproximou. As reclusas abriram um amplo espaço. Eu me virei, fechei os olhos, e disse uma rápida prece pela salvação. Assim como Hans, Sophie, Alex e outros no Rosa Branca se deram conta, agora eu acreditava que tinha chegado a minha hora.

O poder explícito do seu físico caiu sobre mim, embora ele mal tivesse chegado por trás. Nunca tinha sentido esse tipo de poder, e a sensação da sua abrangente supremacia me aterrorizou.

— Fräulein Petrovich? — ele perguntou num tom que mais parecia uma acusação do que uma pergunta.

Virei-me e não disse nada. Seus gélidos olhos cinza me avaliaram. Uma repulsa passou pelo seu rosto, antes de ser substituída por sua atitude ditatorial.

— Você deve vir comigo.

Ele me agarrou pelo braço e me levou, passando pelos guardas — Dolly sorrindo irônica, os outros um tanto chocados com a minha retirada —, e saindo pela porta da cozinha.

— Aonde está me levando? — perguntei.

Ele não disse nada, mas manteve o aperto firme no meu braço. Gritei de dor enquanto ele me arrastava escada acima, até uma sala bem iluminada que dava para os muros da prisão. Um guarda armado fechou a porta atrás de nós, enquanto o oficial me empurrava para dentro. Era um espaço quase vazio, tendo como móveis apenas uma pequena mesa redonda e quatro cadeiras. O único aspecto redentor da sala era a série de janelas que deixava entrar a luz cinzenta. Em um dia de verão ou primavera, a luz do sol invadindo a sala teria sido o suficiente para animar qualquer prisioneiro.

— Sente-se — ele ordenou.

Sentei-me em um lugar de frente para a janela — oportunidade mínima para contemplar o dia que me trouxe algum alívio —, enquanto me esforçava para manter a guilhotina longe da mente. Ficamos sentados por vários minutos, ele sem dizer nada, me analisando como se eu fosse um espécime médico, ou alguma nova espécie, tirando um cigarro do bolso do casaco, o acendendo com uma faísca do seu isqueiro de ouro, e soltando fumaça para um cinzeiro de cristal redondo sobre a mesa.

O tempo se estendeu e finalmente a porta se abriu. Virei a cabeça e vi minha mãe entrando na sala, seu rosto pálido e aflito, as mãos brancas apertando a bolsa preta à sua frente, como um escudo.

Meu coração saltou de entusiasmo, embora minha mãe parecesse uma sombra da sua antiga personalidade vibrante; uma mulher que costumava se vestir com esmero para ir às compras, mas agora parecia uma dona de casa comum, em seu vestido gasto e chapéu puído. Quis correr para ela, mas o SS, percebendo minha alegria, me agarrou pelo braço e me segurou firme no meu assento.

Ela veio se arrastando até a mesa. O oficial soltou meu braço e fez sinal para que minha mãe se sentasse na cadeira ao lado dele. Depois de sentada, ela me olhou angustiada, lágrimas escorrendo dos seus olhos.

– Bom te ver, Talya – ela disse. – Seu pai e eu ficamos preocupados com você por muito tempo.

Abalada com a surpresa, desmoronei na cadeira, mortificada com a minha aparência. Meu cabelo tinha recomeçado a crescer, mas meu couro cabeludo ainda tinha partes carecas. Meu vestido estava sujo e trazia os resquícios do lixo que eu tinha inserido no tecido. Corei de vergonha. Não estava nem um pouco apresentável para uma mãe que me havia me criado de modo meticuloso.

Comecei a responder, mas o oficial ergueu a mão.

– Não temos tempo para futilidades. Diga o que veio dizer, Frau Petrovich.

Minha mãe enxugou as lágrimas e olhou para baixo, como se sofresse com sua própria vergonha.

– Herr Adler veio ver seu pai e a mim – ela começou com a voz trêmula. – Ele fez uma oferta generosa do quartel-general da Gestapo, em Munique. – Ela ergueu a cabeça e me estudou com seus olhos tristes. – É uma oferta que seríamos inteligentes de aceitar. Herr Adler contou que você estava doente e que se não recebesse tratamento poderia ser...

Ela estremeceu violentamente e seu corpo, por sua vez, foi tomado por soluços.

– Na verdade, Herr Adler insistiu nisso – o oficial interrompeu, impaciente com minha mãe. – Vim como intermediário da Gestapo. O que sua mãe está tentando dizer, Fräulein Petrovich, é que você vai ser internada no Schattenwald amanhã, ao amanhecer. Lá, poderá ser tratada do seu transtorno mental até ser considerada apta a voltar para a sociedade. – Ele esmagou seu cigarro no cinzeiro, se inclinou para mim, e entrelaçou seus dedos na mesa. – No entanto, existe uma condição para o generoso nível de cuidado do Reich.

Analisei o rosto frio e inflexível do oficial da SS, e me perguntei se Garrick teria convencido a Gestapo de que eu seria útil para erradicar mais traidores, dessa vez em um hospício. Tinha ouvido falar em Schattenwald, que antes dos nazistas tinha fama de ser um lugar gentil e relaxante. Tinha certeza de que essa serenidade emocional já não existia.

– Eu sou esquizofrênica? – perguntei. – Psicótica? Louca, simplesmente? E se escolher não ir?

– Você sabe melhor do que eu o quanto está doente – o oficial respondeu, levantando as sobrancelhas. – É interessante que você tenha formação em enfermagem. Você, mais do que outros, poderia saber como esses problemas mentais se manifestam, quais são seus sintomas. Mas, além do seu conhecimento, há um assunto mais importante a considerar. Você não cumpriu seu compromisso, sua promessa ao Reich, segundo Herr Adler. Quem você imagina que esteja te mantendo viva desde fevereiro de 1943? Afinal de contas, você sabe a punição dispensada aos outros membros da sua organização traidora. – Ele se virou para minha mãe. – Assim como seus pais..., mas o tempo está se esgotando.

Sacudi a cabeça, sem querer dizer ou reconhecer nada que pudesse me incriminar.

– A condição é que você sirva o Reich revelando seus traidores – ele continuou. – A partir de amanhã você estará numa busca constante por infiltrados, farsantes e agentes estrangeiros que enchem as salas de Schattenwald, e querem o fracasso do esforço de guerra do nacional-socialismo. Herr Adler acredita que você tenha a capacidade de fazer isso, apesar da sua... enfermidade. E depois que você tiver realizado seu dever ali, será designada para outros... lugares. Acha que o Reich tem uma reserva inesgotável de dinheiro para sustentar generosamente aqueles que tiraram vantagem do nosso Estado, que vivem de maneira improdutiva?

Quis cuspir no seu rosto porque tinha visto, em primeira mão, como os nazistas forjavam o desaparecimento e morte de quem não podia trabalhar ou não produzia no nível que o Estado esperava. É claro que não tinha intenção de trair os residentes de um hospício, traidores ou coisa parecida. A ideia era absurda; meus amigos tinham sacrificado suas vidas pela nossa luta contra a tirania.

– Eu já...

Antes que eu pudesse terminar, minha mãe pegou minhas mãos, com o terror estampado no rosto.

– Eu te imploro, Natalya, pense antes de falar. O que você disser terá consequências duradouras para seu pai e também para mim. É muito difícil *viver* hoje em dia.

Minha raiva, assim como tinha acontecido muitas vezes no último ano, se transformou no que parecia ser um tijolo na minha testa, me jogando nas torturas da depressão. Se eu quisesse salvar a vida dos meus pais, não tinha outra escolha a não ser concordar com as exigências da Gestapo. O Reich tinha invertido o jogo, depois de eu ter tentado ser mais esperta do que eles, me encurralando na minha artimanha louca. Quanto tempo poderia sobreviver em Schattenwald? Quanto tempo eu tinha? Se não traísse alguém, meus dias, com certeza, estariam contados. A pouca decisão que me restava tremulou, enquanto refletia sobre como lidar com aquela terrível situação.

Sua resposta, Fräulein – o oficial exigiu. – Meu tempo é valioso.

Sorrindo, ele tirou as mãos da minha mãe das minhas.

Assenti com a cabeça, incapaz de estabelecer uma objeção; minha mãe olhava para mim com os olhos arregalados.

– Farei o que me pedem – eu disse.

– Ótimo – o oficial respondeu. – Viu como é fácil remediar circunstâncias difíceis? Só é preciso ceder... e honrar uma promessa.

Ele se levantou da cadeira, deixando minha mãe e eu momentaneamente sozinhas à mesa. Ela sussurrou:

– Obrigada – e depois acrescentou: – Seu pai manda seu amor e lamenta...

Levei seus dedos aos lábios e os beijei.

O oficial bateu levemente na porta.

– Frau Petrovich, está na hora de deixarmos sua filha. Espero, sinceramente, que ela realize sua tarefa para nossa satisfação. Não acontecerá nada de bom com a senhora, nem com ela, se isso não acontecer. – Ele olhou fixo para mim. – Você será transferida para Schattenwald amanhã, ao amanhecer.

Minha mãe passou por mim cambaleando, quando um guarda apareceu. Ela e o oficial desapareceram no final do corredor, enquanto eu era levada de volta para a cela. Fiquei impressionada com a rapidez com que o destino de alguém podia mudar sob o Reich, como as expectativas e os sonhos de vida não tinham importância para os opositores a Hitler. Naquela noite, depois da minha refeição insuficiente, caí na cama sabendo que seria minha última noite na Stadelheim. Fiquei acordada por muitas horas, sabendo que um hospício era minha última chance de vida.

Na manhã seguinte, um guarda me conduziu até os chuveiros da prisão. Gostei da água que me limpava, apesar de estar gelada. Deram-me um vestido novo que estava num estado consideravelmente melhor do que o que eu tinha modificado, mas meu triângulo vermelho tinha mudado para preto, significando minha "doença mental". Os guardas me deixaram ficar com o casaco marrom.

O furgão da polícia que me levaria a Schattenwald chegou quando o sol tremeluziu no horizonte a leste, outro tributo à eficiência pontual nazista. Atravessei pela última vez o pátio vazio, dei uma última olhada para os muros e o portão da prisão, antes de me enfiarem no furgão. Ninguém veio se despedir quando parti, nem mesmo Dolly veio ver minha saída, e qualquer motivo para continuar minha atuação "insana" desapareceu quando deixei Stadelheim para trás. O Reich sabia a verdade sobre o meu comportamento, e desconfiei que se não agisse como esperado no hospício, minha morte aconteceria em questão de meses, se não antes. Balançando no furgão, formulei um plano para me manter quieta e submissa, ficar recolhida, até descobrir como escapar de Schattenwald, se isso fosse possível.

A ida até o asilo levou menos de meia hora, situando-se a imponente construção em uma área arborizada perto de Karlsfeld, ao sul de Dachau. Eu tinha tido conhecimento sobre o campo de Dachau através de Lisa, embora fosse quase impossível confirmar qualquer um dos rumores que havíamos escutado. Mesmo assim, suspeitava que houvesse uma conexão entre a "atividade" de Schattenwald e o campo de concentração próximo.

Depois de circular pelos arredores de Munique, o furgão passou por cidadezinhas e matas antes de chegar ao portão principal do hospício, guardado por dois homens, um vestindo um avental de médico, o outro num uniforme padrão da Wehrmacht. O furgão parou na guarita, e depois de o homem armado ter conversado brevemente com o motorista, o portão se abriu e depois se fechou ao entrarmos. Notei todos esses detalhes com a determinação rigorosa de um detetive de polícia, esperando que me servissem no futuro.

O portão era mecanizado e pesado, talvez com quatro metros de altura, sem intervalos nas pontas afiadas da parte superior. Apesar do sol das primeiras horas da manhã, a mata que cercava o lugar projetava sombras escuras, dando a estranha sensação de que estávamos passando por um túnel. Os densos aglomerados de carvalhos e faias eram uma benção e uma maldição: seriam lugares fáceis de se esconder, mas seus galhos secos, os espinheiros e as pragas dificultariam uma fuga. Olhando pela janela do furgão, conforme os lampejos de luz e sombra passavam por mim, avistei uma cerca de pedras de pelo menos três metros de altura, contornando a propriedade. Meu ânimo esmoreceu quando considerei seriamente minhas enfraquecidas chances de liberdade.

Depois de três minutos na alameda sinuosa, o furgão chegou em Schattenwald, uma construção barroca cujo exterior consistia em pilares decorativos, janelas em arco, e torreões abobadados que me lembraram uma catedral. Desconfiei que já tinha sido a casa de uma família rica. A luz do sol refletiu-se do seu exterior de pedra num tom rosado, dando à estrutura a falsa impressão de uma fachada alegre. Duas grandes alas de três andares se estendiam a leste e oeste do prédio principal, e chegavam até o limite da mata escura. Pareciam ter sido acrescentadas à construção original.

Com o motor funcionando, o motorista desceu do veículo e abriu as portas traseiras. Uma lufada de ar frio atingiu meu rosto, em meio à fumaça do escapamento. Dois homens corpulentos agarraram meus braços e me tiraram do furgão.

– Posso andar sem sua ajuda – eu disse, mas eles não deram atenção ao meu protesto.

– Boa sorte aqui... Você é tão louca como afirma ser? – um homem de braços grossos me provocou. – Os médicos vão cuidar *bem* de você.

Ele riu alto enquanto, juntamente com seu colega, me fazia entrar à força, passando pela grandiosidade esmaecida do *lobby*, com seu papel de parede salpicado de ouro e lustre embaçado, até um escritório à direita da entrada.

Os cheiros de desinfetante e amônia diminuíram, sendo substituídos pelos aromas ásperos de papel velho e fumaça de tabaco. Os homens me mandaram sentar em uma cadeira de couro vermelho, em frente a uma das maiores mesas de carvalho que já vi. Uma gigantesca janela em arco, barrada com volutas de vinhas filigranadas, dava para o espaçoso terreno com grama verde. Estantes repletas de volumes e arquivos médicos forravam todas as paredes exceto uma atrás da mesa; ali havia uma lareira sem uso, a fornalha de pedra escurecida, e a cornija de mármore manchada pela fumaça.

Mas o ponto central da sala era uma pintura grandiosa que ocupava metade do espaço sobre a lareira. Fiquei na dúvida se a cena era para inspirar horror ou admiração, mas julguei ser uma pintura de Prometeu que, na mitologia, vê-se preso a uma rocha enquanto uma grande águia come seu fígado todos os dias, apenas para o órgão se regenerar e ser comido novamente – punição que lhe foi dada por Zeus por ter entregue aos mortais a dádiva do fogo. O Titã seminu se contorcia em agonia enquanto o pássaro bicava sua carne.

O nome do artista e a data da pintura eram bem floreados, mas não consegui decifrar a inscrição nem com meus óculos. Fiquei na dúvida se teria sido repintada ou "restaurada" recentemente, porque havia uma suástica em cada asa da águia. Será que Prometeu simbolizava as conquistas de Hitler, ou, melhor dizendo, os pacientes de Schattenwald?

Uma sombra apareceu por detrás do vidro opaco que ocupava a maior parte da porta do escritório. Um homem distinto, que julguei estar no começo da faixa dos 50 anos, entrou na sala, o cabelo preto, começando a ficar grisalho nas têmporas, penteado para trás. Usava uma calça escura e uma camisa branca engomada, destacada por uma gravata borboleta preta, e carregava um cachimbo e um caderno com capa de couro. Poderia se passar por um professor de faculdade, não fosse por seu avental branco.

Seus olhos me avaliaram enquanto ele rodeava a mesa e puxava sua cadeira. Um ligeiro cheiro de álcool medicinal flutuou por mim enquanto ele se sentava. Riscou um fósforo, acendeu seu cachimbo, e pitou, lançando algumas brasas na mesa, as quais apagou com os dedos. Abrindo seu caderno, disse:

– Fräulein Petrovich, sou o dr. Werner Kalbrunner. Bem-Vinda a Schattenwald.

Remexi-me na cadeira, sem saber como responder a seu cumprimento formal, indecisa quanto a se devia permanecer calada ou falar. Olhei para baixo, para minhas mãos rachadas e não respondi.

Minha relutância não impediu o médico de me observar. Seu olhar seguia numa sondagem sem fim, da minha cintura até o alto da cabeça. Seu exame minucioso me deixou tão desconfortável que quis mandá-lo parar, mas não estava em situação de fazer isso.

– Conheço seu histórico – o médico disse num tom autoritário, livre de emoção. – Também sei quando alguém sofre de uma deficiência mental. – Ele fez uma pausa, enquanto eu continuava encarando meu colo. – Olhe para mim – ordenou, como se estivesse falando com uma criança.

Obedeci. Ele se recostou na cadeira e pitou seu cachimbo, mandando balões de fumaça flutuando sobre sua cabeça em direção ao infeliz Prometeu.

– Ótimo – disse. – Vamos conversar, deixar tudo às claras.

Olhei nos seus olhos, tentando avaliar seu caráter, e me vi incapaz de enfrentar seu olhar. Suas órbitas castanhas pareciam incapazes de demonstrar sentimento.

– O que o senhor gostaria que eu dissesse, que sou louca? Que sou culpada pelos meus crimes?

– Você é, nas duas acusações, ou não?

Novamente, temi que qualquer palavra errada me mandaria para a guilhotina mais rápido do que eu previa, então não disse nada.

Ele abriu o caderno e remexeu em alguns papéis.

– Pode relaxar nesta sala, Fräulein. Muitos cômodos no Schattenwald são monitorados por aparelhos de escuta, mas este escritório e as salas de cirurgia não são. O dr. König e eu fizemos questão disso. Precisamos de salas com privacidade para fazer nossas entrevistas. – Ele pousou o cachimbo no cinzeiro sobre a mesa, e depois olhou pela janela. – Parece que hoje vai ser um lindo dia. Dias como este são uma bênção, antes que o inverno se instale.

Também olhei para o gramado, o sol suficientemente alto acima das árvores para disparar fachos de luz sobre a grama congelada. Alguns técnicos de enfermagem, em uniforme branco, passeavam pelas dependências, aproveitando o calor. Voltei-me para ele, me perguntando se haveria algo de sincero em sua apreciação do clima. Uma lasca de esperança se insinuou na minha cabeça.

– Diga o que sabe a meu respeito.

Ele abriu uma gaveta, tirou um par de óculos de leitura, e os colocou no rosto.

– Você é russa, de Leningrado; uma cidadã do Reich; serviu como enfermeira voluntária no front russo; seus pais vivem em Munique, endereço atual desconhecido por causa do bombardeio dos aliados. – Ele correu o dedo magro pela página. – Uma companheira, Lisa Kolbe, foi executada por atacar um oficial da SS, escrever e distribuir literatura subversiva e se unir ao inimigo, o Rosa Branca. – Ele olhou para mim, por cima dos óculos. – As autoridades de Stadelheim relatam "sérios problemas mentais", mas não têm certeza da sua veracidade. Para mim, você parece sã.

Aparentemente, eu não tinha enganado aquele homem com a minha artimanha.

O médico tirou os óculos, os jogou na mesa, e deu uma risadinha.

– Stadelheim é inútil... Eles são administradores e guardas da prisão. O que sabem sobre o estado mental dos seus prisioneiros? O fato é que deixam mais pessoas loucas do que reabilitam. Na maior parte do tempo, a cura de Stadelheim é cortar a cabeça.

– O senhor sabe bastante coisa a meu respeito – eu disse –, mas como sabe que sou sã?

– Em primeiro lugar, uma pessoa louca jamais faria essa pergunta – ele respondeu. – Em segundo lugar, olhando para você... Por outro lado, alguns homens da Gestapo *jamais* te consideraram insana. Esses homens foram espertos o bastante para perceber que você estava tentando ser internada num hospício. Estava procurando uma maneira mais fácil de fugir do seu cativeiro?

Suspirei e me virei para a janela.

– Acredite em mim, Fräulein Petrovich, tenho o maior respeito por você por ter sobrevivido a Stadelheim, mas uma fuga de Schattenwald é tão difícil quanto, se não mais. Como pode ver, estamos na floresta, por assim dizer, longe de qualquer prédio onde procurar esconderijo, longe de qualquer loja, restaurantes, igrejas, onde encontrar refúgio. Acredite em mim, não tem como sair.

– O que o senhor quer de mim? – perguntei, resignada que meus últimos dias agora transcorreriam rapidamente, sem necessidade de jamais me reportar à Gestapo.

– Acredito que tenha sido incumbida de uma tarefa impressionante, que se não for realizada com sucesso poderia te levar à morte..., mas o dr. König pensa igual a mim aqui... Tomamos decisões conjuntas, baseadas em nossos diagnósticos.

Ele sorriu, quando um raio de sol entrou pela janela e incidiu sobre o assoalho de tacos.

– Schattenwald pode ser muito frio durante o inverno. Aceita uma xícara de chá?

Refleti sobre sua oferta.

– Sim, seria bom.

O chá acabaria com a friagem da manhã, e seria meu primeiro gole da infusão em mais de um ano.

– Ótimo. Vou mandar vir. Depois vou te mostrar as funções que vai exercer, enquanto estiver aqui.

– Funções?

Você era enfermeira, não era?

Ele pegou o telefone em sua mesa para pedir chá.

– Era.

Um calafrio tomou conta de mim enquanto eu voltava a me sentar na cadeira.

– Bom, então... Você vai me ajudar enquanto tratamos dos insanos.

CAPÍTULO 14

COMO SCHATTENWALD ESTAVA CHEIO DE PACIENTES, eu dividia um quarto com uma moça que passava a maior parte dos dias e das noites encurvada em uma bola, no seu catre. O dr. Kalbrunner me contou que ela era surda e muda, e que não reagia à maioria dos tratamentos, então, seus dias no hospício estavam, muito provavelmente, contados. Ele tinha me dado essa informação clinicamente, com naturalidade, como se eu fosse membro da equipe.

– Para você vai ser bom dividir um quarto com uma paciente que não pode falar nem ouvir – ele explicou. – Há menos necessidade de esconder os sentimentos... os segredos. Não é comum recebermos pacientes que podem ajudar, então deveríamos usar o seu conhecimento em nosso benefício – ele continuou. – No entanto, você continua sendo uma prisioneira, e te aconselharia a não se apegar a outros residentes.

Ele não precisava ter me lembrado. Sua atitude em relação a mim era, dependendo do dia, estranhamente desconfortável ou tranquilizadora. Sob certos aspectos, eu era um "membro" da equipe, e sentia que estava sendo "preparada" pelo dr. Kalbrunner. Para o quê, eu não tinha certeza.

Desde o primeiro dia, o médico havia me levado às salas de tratamento, como eram chamadas, nos fundos do prédio principal, onde eram realizados procedimentos médicos "necessários". Mostrou onde os suprimentos eram mantidos trancados, me acompanhou até as salas de convivência, e até uma em particular, onde homens e mulheres, jovens e velhos, todos parecendo cansados e abatidos, independentemente da idade, vagavam no que deveria ter sido um suntuoso salão de baile, ou ficavam sentados em cadeiras olhando o grande gramado pelas grades das janelas. Eu não sabia nada sobre seus históricos, apenas que alguns pareciam sedados; outros, com membros agitados e vozes trêmulas pareciam maníacos. Os esquilos e passarinhos que pulavam no gramado a caminho da mata eram as únicas companhias que esses residentes usufruíam em seu confinamento mental.

Os pacientes comiam numa sala comum que dava para outra reserva de mata. A comida não era mal feita, mas a quantidade no prato ou vasilha era controlada pelos funcionários. Logo percebi que os pacientes em pior estado recebiam porções menores, contendo menos calorias; o mingau deles era mais ralo e menos nutritivo do que o servido para aqueles entre nós com esperança de "cura". Em outras palavras, os "sortudos" detinham algum papel especial ou benefício para os nazistas.

Minhas funções, segundo determinação do médico, eram enfadonhas e estúpidas, consistindo, principalmente, em esfregar os assoalhos das salas de cirurgia depois das operações, esvaziar urinóis, e limpar as sujeiras causadas pelos pacientes mais nervosos. Às vezes, era chamada para ajudar a conter um interno, ou até ajudar na alimentação, mas nunca assisti a um procedimento médico, nem fiz uso da minha verdadeira experiência em enfermagem. Meus dias e minhas noites eram tão longos e demorados quanto os passados na prisão.

No começo da minha estadia, questionei por que o dr. Kalbrunner estaria me tratando com tanta "gentileza". Não tinha uma resposta imediata para essa questão, mas desconfiei que sua preocupação pudesse ser um truque.

Os outros membros da equipe nazista eram superficiais, previsíveis, pontuais em seus deveres e pareciam menos ameaçadores do que os guardas em Stadelheim. Em Schattenwald, as pessoas apareciam e sumiam, mas como o local vivia lotado, ficava difícil julgar. A maioria dos pacientes não falava por causa das suas doenças ou dos efeitos dos medicamentos; outros, como eu, tinham sido avisados para manter silêncio. Schattenwald parecia ser um lugar de preparação para o fim da jornada terrena de uma pessoa, uma instituição fora de Munique e, de certo modo, esquecida ou poupada dos bombardeios dos aliados. Os médicos, enfermeiras e técnicos de enfermagem devem ter sentido esta finalidade, conhecido seus papéis, e desempenhado seus deveres de acordo.

O dr. König era igualmente impenetrável. Era um tanto mais velho do que o dr. Kalbrunner, e parecia um avô com sua barba grisalha, a careca e os olhos azuis cheios de vitalidade. Quase dançava pela sala, com um andar leve, um sorriso encantando seu rosto sempre que eu o via, mostrando grande agilidade e destreza, e uma força incomum para uma pessoa que eu achava estar na faixa dos 70 anos. Seu broche do partido nazista estava orgulhosamente exposto na lapela do paletó. Ao contrário do dr. Kalbrunner, dr. König raramente usava avental.

Conforme meu tempo no Schattenwald se estendeu por alguns dias, para uma semana, um mês e o inverno ficou mais intenso, minha preocupação com o tempo que me restava cresceu. Uma noite, ri alto no meu quarto, pensando na minha "condição" de achar traidores e conspiradores entre aqueles pacientes. Até onde eu via, todo homem e toda mulher que trabalhavam no asilo eram nacionais-socialistas dedicados, e os internos não tinham cabeça para política ou a mínima compreensão sobre a guerra que acontecia à sua volta. Fui ficando nervosa e agitada em relação a meus dias contados, incapaz de dormir à noite, mesmo na total escuridão proporcionada pelas cortinas. Planos de fuga atravessaram minha mente sonolenta, mas sempre terminavam em um pesadelo confuso, em vez de uma estratégia executada com cuidado.

Achei um pedaço de giz na sala de cirurgia, e o usei para assinalar os dias que passavam, riscando marcas sob a minha cama. Minha colega de quarto silenciosa dormia em frente a mim, na maioria das vezes, alheia a minhas idas e vindas.

Quatorze dias tinham vindo e ido em dezembro de 1944, quando o dr. Kalbrunner abriu a porta do meu quarto pouco depois da meia-noite, na manhã do décimo quinto. Minha colega de quarto se mexeu, dando ao médico uma olhada sonolenta, antes de voltar a dormir. Ele ficou parado na sombra, as luzes do corredor às suas costas o emoldurando num branco chamativo.

– Preciso da sua ajuda, Natalya – ele disse.

Livrei-me do cobertor, levantei da cama e esfreguei as têmporas num esforço para me livrar do cansaço.

– Minha ajuda? Para o quê?

Meus membros estavam pesados e fiquei na dúvida se tinha escutado direito.

– Venha comigo... e não faça barulho. Não quero incomodar os outros.

Vesti o casaco sobre o vestido, porque os corredores de Schattenwald eram frios nas noites do final do outono. Não havia viva alma no corredor estéril, com suas fileiras de portas brancas ladeando os dois lados. Atrás delas, pacientes dormiam, alguns contidos, alguns mergulhados em sonhos inspirados por seu estado drogado, outros gemendo baixinho por liberdade. Sem dizer uma palavra, o dr. Kalbrunner desceu a escada comigo. Um auxiliar de enfermagem e um guarda conversavam no final da escada. Cumprimentaram o médico com a cabeça, mas não lhe disseram nada, aparentemente acostumados a ver funcionários de alto escalão acompanhando pacientes no meio da noite.

Depois de passarmos pelos homens, o médico apressou o passo, e passamos rapidamente pela grande sala de convivência, até pararmos em frente a uma porta trancada na outra extremidade – a entrada para as salas de cirurgia que eu já tinha visto. Usando sua chave, entramos em um longo corredor ladeado dos dois lados por pequenos compartimentos. Cada porta continha uma janelinha permitindo a um visitante uma olhada dentro. As salas eram esterilizadas como laboratórios; com azulejos brancos, estribos e amarras pendendo das paredes; seringas, escalpos e outros instrumentos médicos perfeitamente organizados em bandejas prateadas, juntamente com pranchas de metal fortes o bastante para segurar um corpo humano.

O cheiro no corredor me lembrou a tenda de cirurgia do front russo, mas sem a vantagem de uma ventilação adequada. Os cheiros enjoativos de lençóis azedos, álcool e carne ferida pairavam fortes no ar. Contive a vontade de vomitar.

– Você está bem, Natalya? – o médico perguntou, percebendo meu desconforto.

Coloquei a mão na boca e confirmei com a cabeça.

– Vamos parar na última sala de cirurgia – ele disse. – Não é permitida a entrada de ninguém, a não ser que o dr. König e eu dermos permissão. Você vai ver o porquê em um instante.

Tínhamos chegado a mais uma porta no final do corredor. O médico retirou uma segunda chave do bolso, a fechadura estalou, e ele abriu a porta.

O local estava escuro, a não ser por uma lâmpada que produzia uma luz azul fantástica, vinda de uma luminária colocada acima das nossas cabeças. O cômodo tinha o dobro do tamanho daqueles por onde havíamos passado, e continha prateleiras de equipamento médico, recipientes em vários tamanhos e cores contendo medicamentos em pó ou líquidos, e uma mesa grande o bastante para conter dois corpos lado a lado. Grande parte das paredes estava coberta com tecido estofado para limitar o barulho das operações realizadas ali.

Na mesa, reluzindo um azul prateado sob a luz, uma moça, presa com tiras nas mãos e tornozelos, estava deitada de barriga para cima. Tinha a pele com o tom fantasmagórico dos mortos, o cabelo curto e preto como corvo na iluminação estranha, as unhas dos pés e das mãos fluorescentes sob a luz. A não ser pelos braços e pés, seu corpo estava coberto por um lençol. A visão e a umidade fria da sala fizeram girar minha cabeça e o estômago.

Apertei a barriga e exclamei:

– Vou vomitar.

O médico apontou para uma parede, onde havia uma pia de porcelana junto à parede acolchoada.

– Se precisar.

Corri até ela e vomitei a sopa rala que tinha comido no jantar. Tive várias ânsias de vômito até não restar mais nada para expelir.

Os dedos frios do médico deslizaram pelo meu ombro.

– *Vai* piorar. Você precisa se preparar para tais horrores. Está bem o bastante para andar?

Arfei.

– Preciso de um minuto...

– Mas só um minuto – ele disse, e voltou para a mesa.

Uma pontada aguda voltou a me atingir, e me inclinei sobre a pia, mas só saiu uma espuma borbulhante. Abri a torneira; a água que saiu estava gelada. Molhei o rosto e bebi um pouco, tentando acalmar meu estômago. Depois de alguns minutos, minha respiração relaxou e consegui encarar o médico.

– Vou te mostrar como você pode me ajudar.

Ele foi até a parede e acionou um interruptor. A luz azul se apagou, mergulhando a sala em total escuridão, antes de ser substituída por uma série de luzes brancas no alto.

Ele voltou para a mesa e pegou, na bandeja médica que ficava ao lado, uma seringa cheia com um líquido claro.

– Isto aqui está cheio de fenol. Injete-o no coração e ela morrerá.

Ele a estendeu para mim.

– Ela não está morta?

Ele veio atrás de mim e colocou as mãos nos meus ombros.

– Não, recebeu um sedativo. Jamais saberá o que você fez. Morrerá tranquilamente durante o sono.

Minha mão tremeu e a seringa balançou na minha palma.

– Tome cuidado – ele alertou. – Não vá desperdiçar uma gota desse medicamento precioso.

Seu aperto ficou tão forte que não tive forças para me virar para ele. Passou pela minha cabeça a ideia de enfiar a agulha nele, mas tal ataque destruiria qualquer chance de escapar de Schattenwald.

Ele me levou até o corpo. Agora, sob a luz branca, podia ver o rosto da mulher claramente. Era bonita, tinha cabelos pretos curtos e cílios escuros, com os olhos fechados em um sono induzido.

– Vamos lá.

A voz dele me atormentou, como se fosse um caçador encorajando um novato a abater um animal, me incitando a matar a moça à minha frente.

– Qual é o crime dela? – perguntei. – O que ela fez para merecer a morte?

– É judia e comunista, é a escória. O Reich precisa livrar o mundo desses vermes.

Debati-me sob suas garras, esperando me desvencilhar, mas ele era forte demais. Seus dedos se afundaram mais nos meus ombros.

– É assim que pago meus crimes contra o Reich? Assassinando?

Impeli a seringa para trás, em direção ao médico, mas ele agarrou meu punho e me empurrou para a mesa. Eu o encarei.

– Jamais matarei uma patriota que se posiciona contra um ditador assassino. – Atirei a seringa na mesa. – O *senhor* é o médico corajoso. Vá em frente! Quero ver o senhor matá-la, assim irá para o inferno com todos os outros. Aí, o senhor poderá me *matar*.

Uma mão agarrou meu casaco. Gritei e pulei para longe, enquanto a moça erguia-se, se apoiando nos cotovelos.

O dr. Kalbrunner me olhou friamente, avaliando minha reação, enquanto a mulher soltava suas amarras e jogava as pernas para fora da mesa.

– Sinto muito ter tido que fazer isso, Natalya, mas eu... nós... precisávamos saber que você não compartilhava o gosto dos nazistas por matar indesejáveis. Se fosse assim, seu tempo aqui teria terminado esta noite. – Os olhos dele se desviaram para a mulher, e o olhar clínico se transformou em um olhar de alívio. – Tudo bem, Marion. Não haverá execução esta noite.

O lençol escorregou do corpo dela, expondo suas pernas finas e o peito afundado. Frágil como uma velha, ela veio até mim, estendendo a mão para me cumprimentar. Segurei seus dedos gelados, enquanto ela me apertava como uma pessoa fraca agarrando uma bengala.

– Estou bem, doutor – Marion disse –, contanto que possa me apoiar em Natalya.

Desabotoei meu casaco, o abri, e Marion se aconchegou em mim.

Minha confusão levou o médico a falar:

– Esta sala está a salvo dos outros, Natalya, mas você precisa escutar e escutar com atenção. O que vou te contar só pode ser dito uma vez, não tem como voltar atrás, se você quiser viver. Marion e eu achamos que você deveria conhecer nosso plano porque ele não dará certo sem você. Nossa resistência, a sua resistência, é importante demais para que se deixe morrer. Você precisa continuar.

Marion estremeceu e suas costas ossudas pressionaram contra as minhas costelas através do seu vestido fino.

O médico pegou a seringa e a devolveu à bandeja.

– Pode ser que você esteja certa ao julgar que vou para o inferno, porque sou um assassino, mas apenas daqueles que estão sofrendo, que não têm esperança de escapar da condenação do Reich. – Ele fez uma pausa e olhou para a mesa. – Você precisa entender que não tenho escolha, assim como todos nós que vivemos sob Hitler... Eu salvo os que podem fazer diferença. Você e Marion valem a pena serem salvas.

– Toda vida vale a pena de ser salva – eu disse.

– Se você acredita mesmo nisso, está tão fora da realidade quanto os nazistas.

Ele se aproximou com passos calculados, um homem tão seguro em suas convicções quanto Roland Freisler do Tribunal do Povo.

– Pense, Natalya, desça do seu castelo rosado no céu. Também tenho uma família que amo. A ordem formal de matar os deficientes mentais caiu, o programa Aktion T4 terminou em 1941, mas o dr. König e outros, não se engane quanto a isto, a Gestapo, a SS *esperam* que continue. Sua lealdade é questionada se *não* for feito. Então... mato os que estão quase mortos, mas não porque eu queira... Sou egoísta... Quero salvar a vida da minha família e a minha própria vida, e fazendo isso posso salvar outras pessoas. – Ele curvou a cabeça como se seu espírito estivesse dilacerado. – Acho que o que eu disse não faz sentido, mas se você estivesse no meu lugar, entenderia.

– O dr. Kalbrunner está me salvando – Marion disse, ainda aconchegada dentro do meu casaco. – Sou judia e comunista; já pertenci ao que a Gestapo chama de Orquestra Vermelha. Eles me prenderam e depois me mandaram pra cá porque eu tinha relação com alguém do grupo.

Não tinham provas suficientes para mandar me matar, mas tenho mais conexões do que os nazistas suspeitam e estou ansiosa por prosseguir na minha resistência contra o Reich. O dr. Kalbrunner é nosso salvador. König não sabe nada a respeito disso; ele apoia os nazistas.

– O que planejamos é complicado, Natalya – o médico continuou –, e confiamos em você por causa da sua ligação com o Rosa Branca, mas precisávamos saber que na sua essência, na sua alma, você se opõe aos nazistas. Você não *quis* matar, mas antes de a guerra acabar, talvez você precise. – Ele apontou para a outra extremidade da sala. – Me deixe te mostrar o restante de Schattenwald.

Marion deslizou para fora do meu casaco, enquanto acompanhávamos o médico até uma grande porta de metal.

– Ela está sempre trancada, mas existe uma chave extra na prateleira debaixo desta caixa de roupa branca.

Ele a levantou e sob a luz reluziu um metal prateado.

– Apenas o dr. König, eu e alguns fotógrafos da SS são permitidos nesta sala. O motivo ficará óbvio depois que você entrar.

Ele destrancou a porta.

O frio atingiu nossos rostos ao entrarmos num espaço grande, industrial, sem janelas, as paredes forradas de prateleiras. Uma lâmpada fraca estava acesa no alto, deixando a maior parte da sala nas sombras. Não havia material médico, nem medicamentos nessa sala. Em vez disso, os tesouros dos mortos esperavam por nós. Embora não houvesse corpos à vista, a sala tinha o cheiro pútrido específico da morte. O médico puxou uma caixa de uma prateleira, a abriu e fiquei sem fôlego. Estava cheia de obturações de ouro, centenas, talvez mais. Outras tantas caixas, armazenando o mesmo trabalho dentário, iam do chão ao teto. Ele continuou pelas fileiras de prateleiras, cada caixa contendo sua própria recompensa dos mortos: relógios, anéis, pulseiras, colares, cabelos, até chegarmos a itens grandes demais para caberem em caixa: violinos, violões, flautas, livros, pequenas pinturas, molduras em ouro, malas valiosas, a parafernália daqueles que tinham se agarrado ao que pudessem levar de casa no último minuto, os pertences de homens, mulheres e crianças ceifados pelos nazistas.

– O que aconteceu com os corpos? – perguntei.

– Existe um crematório em Dachau, não longe daqui – ele respondeu. – Normalmente, são os mortos deles mesmos, mas também levam os nossos. – Ele nos levou para o final da sala. – Este é o ponto mais ao sul de Schattenwald. Saia por essa porta e você está ao ar livre. Ela só é trancada por fora, mas a fuga não é tão fácil como parece. A porta tem alarme, e guardas fazem a ronda do prédio, portanto o seu *timing* precisa ser perfeito.

Arrasada e exausta, me encostei nas prateleiras que continham os instrumentos musicais.

– O que você quer que eu faça?

Puxei Marion para perto, seu corpo magro se apoiando em mim para se esquentar.

O médico ficou ao lado da porta, a analisando antes de falar.

– Seja leal conosco, não nos traia. Não foi por acaso que você foi colocada com a muda. Marion será executada, sua ficha falsificada, a mulher no seu quarto ocupará o lugar dela na morte. Planejamos a fuga pela via que estou te mostrando.

– Isso é loucura – eu disse.

O doutor endireitou o corpo.

– Você não entende. *Preciso* de um corpo. O corpo tem que estar *morto* para ser mandado a Dachau. Marion ocupará o lugar da paciente no seu quarto, até poder sair em segurança. Pode ser que você tenha que contrabandear comida para ela, ajudá-la quando for necessário, porque ela terá que ficar na cama. Você será a próxima, trocada por outra paciente. Entende como isso tem que funcionar?

– A vida de Marion não deveria ser sacrificada por uma mulher que raramente sai da cama, nunca fala, não pode ouvir uma palavra. As cartas estavam contra ela logo de cara. Seus pais queriam que ela morresse desde que nasceu, por ela ser *defeituosa*. Eles são nazistas ávidos, e sob o regime, encontraram uma maneira de realizar o que desejam.

Marion olhou para mim com um olhar desolador, ainda mais abatida sob a luz fraca.

– Eu jamais pediria isso a você, se eu não pudesse fazer diferença, se não pudesse combater o mal que consumiu a Alemanha. – Ela colocou suas mãos magras sobre as minhas. – Natalya, sei que vou morrer mais cedo ou mais tarde, mas te imploro para que me deixe passar meus últimos dias lutando, e não apodrecendo neste lugar. Me deixe morrer com honra e em paz com a minha consciência porque tentei, porque temos que resistir... como seus amigos fizeram.

Suas palavras acabaram comigo. Como uma vida poderia valer mais do que outra? As pessoas que os nazistas consideravam "aberrações" não mereciam viver também? Apesar dessas questões, elaborar um argumento contra o médico e Marion era difícil, porque eu entendia o que estava à espera da mulher no meu quarto. Sua morte, assim como a minha, era iminente, seus dias se tornando curtos. Se eu pudesse salvar alguém como Marion, que poderia ajudar na derrubada do Reich, então, talvez... minha vida não teria sido em vão. Estremeci com a *escolha*. Hitler tinha arquitetado tais escolhas para seu povo – sempre uma questão de vida ou morte.

Depois de uma breve reflexão, e com o coração apertado, concordei.

– Infelizmente, não existe outro jeito. – Os olhos do doutor faiscaram com impaciência. – Tudo bem, vamos em frente porque não temos muito tempo. Não quero despertar suspeitas. Se nosso plano falhar por algum motivo, você precisa se salvar. Lembre-se do que te contei. Coloquei uma lanterna atrás desta mala. – Ele levantou a mala e me mostrou a lanterna. – Você vai precisar dela na mata escura.

Apontou para dois fios que se enrolavam na porta, vindos de uma caixa de metal na parede; um vermelho, o outro azul.

– Lembre-se do azul. Ele conecta à porta com a caixa de alarme, e tem que ser puxado, arrancado, ou cortado por qualquer método que você invente, talvez um bisturi na bandeja médica. Se não for desconectado, o alarme vai disparar.

– Schattenwald tem o formato de uma cruz – ele prosseguiu. – Pense nesta sala como se fosse seu vértice, ou como o doze no mostrador de um relógio.

Confirmei com a cabeça, percorrendo o conteúdo hediondo da sala.

– Vá para o sul pela mata, por cerca de cem metros. Ali corre um riacho, é possível que esteja congelado. Siga sua margem até chegar ao ponto onde fica o nove no relógio. Um grande afloramento de pedra fica a alguns metros a leste do riacho. Procure uma fenda na rocha. Ali foram escondidas roupas para substituírem seu vestido da prisão. Fique com o casaco porque você vai precisar dele.

Minha cabeça estava zonza de informação, mas mesmo assim o médico continuou:

– Em minhas caminhadas pelo local, prestei atenção para que essas medidas estivessem implementadas. – Ele se recostou em uma prateleira, enquanto Marion e eu ficamos à sua frente. – Esta porta não é tão vigiada quanto as outras, porque só os médicos têm acesso a esta sala. – Ele deu uma olhada em seu relógio. – A comida e o material chegam às 7h da manhã pela entrada principal. Nessa hora, os guardas estão mais ocupados e mais distraídos. No entanto, chegar ao lado de fora passando pelo portão é a parte mais complicada, principalmente no inverno, quando o escuro prevalece. Às vezes os guardas estão com cachorros. Se puder, acompanhe a direção do vento, assim os animais não sentirão seu cheiro. O turno muda às 8h da manhã, mais ou menos quando nasce o sol nesta época do ano. O único jeito de você escapar é pelo portão. A cerca em volta da propriedade é contínua e coberta com fio elétrico. Nem pense em escalá-la.

– Parece impossível – eu disse.

– Difícil, mas não impossível – o médico retrucou.

– Tem outra coisa para ser lembrada – Marion disse. – O número cem.

– Hã? – perguntei, sem entender o que ela queria dizer.

– Memorize esta combinação: 32, 56, 12. A soma dá cem.

Repeti os números até eles estarem bem fixos na minha cabeça.

– São os números das ruas de casas seguras em Munique. Podem salvar sua vida, então não esqueça. Blumen Strasse, Uhland Strasse, Stein Strasse – BUS.

Marion assentiu enquanto eu repetia os nomes várias vezes.

– Já levamos muito tempo – o médico me disse. – Vou primeiro te levar de volta, e depois volto para buscar Marion. – Ele colocou as mãos em seus ombros magros. – Você deveria retomar seu lugar na mesa, para o caso de alguém fazer uma entrada inesperada. Ele se dirigiu a mim mais uma vez: – Haja como se estivesse drogada. Olhe para o chão, não encare ninguém, manque de vez em quando, enquanto te levo de volta.

Voltamos para a sala de cirurgia onde a mesa aguardava Marion, que subiu nela. O dr. Kalbrunner colocou as amarras em seus pulsos e tornozelos, sem prendê-las, e a cobriu com o lençol. Ele me estendeu a seringa cheia de fenol.

– Caso se torne... necessário.

– Para um assassinato? – perguntei, guardando-a no bolso do meu casaco.

– Não. – Os olhos ficaram embaçados. – Suicídio.

Despedi-me de Marion e lhe desejei sorte. Na volta, passamos pelo guarda, mas não pelo auxiliar de enfermagem que havia estado com ele. Segui as instruções do médico e não disse nada ao guarda; ele ficou calado enquanto eu subia a escada, mancando. O médico me deixou no quarto e escondi a seringa debaixo do colchão. Seja pela presença da agulha, ou pela crescente esperança de fuga, pela primeira vez, em muitas semanas, dormi profundamente.

O médico havia revelado seu plano para Marion no comecinho da manhã de sexta-feira. Até segunda-feira cedo, eu não tinha recebido recado nenhum dele ou de Marion. Vi-me andando de lá pra cá no meu quartinho, os nervos tensos a ponto de arrebentar, a moça ao meu lado alheia à minha angústia por seu fim iminente.

Independentemente do paradeiro deles, tinha que continuar no Schattenwald como se nada de anormal tivesse acontecido. Isso incluía ser chamada para o café da manhã na segunda-feira, com o restante dos pacientes lúcidos o bastante para comer suas próprias refeições. Comíamos em um salão em frente à sala de convivência. O dia estava nublado com nuvens cinza peroladas cobrindo o céu. Um raio de sol esporádico rompia as nuvens, mas acabava sendo encoberto novamente pelos pálidos vagalhões.

Estava mastigando uma casca dura de pão e bebendo chá fraco, quando avistei dois oficiais da SS pavonearem-se pelo gramado, vindos de uma porta que dava para a minha ala no hospício. Quatro desses homens belicosos acabaram deixando o prédio, escoltando o dr. Kalbrunner e Marion no meio da sua formação, o doutor de calça preta e uma camisa branca aberta, Marion mancando pelo caminho como se sua perna direita tivesse sido machucada.

Meu coração baqueou, era óbvio que algo tinha dado errado. Ao passar, o médico se virou em direção às janelas, exibindo a camisa ensanguentada, vergões vermelhos e hematomas roxos no rosto e no peito. Um dos oficiais empurrou o médico adiante com uma pancada com a palma da mão, como se não quisesse se sujar tocando no prisioneiro.

Marion seguiu aos tropeções em direção à mata, cabeça baixa, olhos grudados no chão.

Logo eles desapareceram nas sombras da floresta. Deixei meu pão cair no prato, meus nervos se retorcendo de horror. Tinha chegado a hora em que eu poderia alegar insanidade – se é que existia esse momento. Estava resvalando para dentro de uma escuridão como jamais havia sentido, mais ainda do que no meu julgamento. Cobri o rosto com as mãos e tremi sobre o prato com pão, perdendo toda esperança pelos meus amigos.

Uma enfermeira me cutucou nas costas.

– Algum problema? – perguntou rispidamente.

Agora não era hora de chamar atenção da equipe.

– Nenhum – eu disse, descobrindo o rosto e me endireitando na cadeira. – Senti necessidade de rezar.

Ela franziu o cenho.

– Nada de rezas aqui. Repita isso e será denunciada. – Ela deu um tapa na parte de trás da minha cabeça, por via das dúvidas. – Coma!

Levei a xícara à boca. À distância, tiros abafados ecoaram pela mata; quatro tiros disparados em rápida sucessão. Não era possível confundir o som.

Alguns minutos depois, os quatro SS saíram da mata sorrindo e rindo ao passar pela janela do refeitório.

Não consegui escutar o que diziam, mas sabia o que havia acontecido. O dr. Kalbrunner e Marion estavam mortos, e os oficiais SS tinham deixado seus corpos a céu aberto, como Sina e seus filhos. Pouco tempo depois, quatro auxiliares hospitalares deixaram o prédio e passaram casualmente pelas janelas, dois deles levando, em suas mãos enluvadas, sacos para transporte de cadáveres.

Terminei o pão e o chá e escutei um quarteto de cordas tocando Schubert, que alguém havia posto na vitrola. Acho que era *A morte e a donzela*. Alguns pacientes se levantaram de suas cadeiras e se moveram no ritmo da música. Mal daria para chamar aquilo de dança, mas era a visão mais positiva que eu já havia visto desde o começo da minha estadia. Uma inércia incapacitante tomou conta do meu corpo, e olhei pela janela o céu perolado e a mata densa.

Sacudi o torpor do cérebro, sabendo que ninguém notaria o frenesi de uma "lunática".

A morte ficou no canto, olhando para mim, rindo com a respiração gelada, e pude sentir suas mãos frias em volta do meu pescoço.

Agora, qualquer fuga de Schattenwald seria por minha conta.

CAPÍTULO 15

NÃO FOI PRECISO ESPERAR MUITO para conhecer meu destino.

Cerca de seis horas na manhã de 21 de dezembro, solstício de inverno, o dr. König veio até o meu quarto.

Quando a chave entrou na fechadura, mal tive tempo de tirar a seringa do esconderijo e escondê-la no bolso do casaco. Não disse nada ao médico sorridente, e ele também ficou mudo, a não ser para me mandar segui-lo. Perguntei se deveria vestir meu casaco, porque fazia frio no prédio. Ele concordou e me conduziu para fora do quarto.

Fizemos o mesmo caminho que eu havia feito com o dr. Kalbrunner: descemos a escada de pedra, atravessamos a sala de convivência até a porta em sua extremidade, passamos pela longa sequência de salas de cirurgia, até chegarmos à sala onde eu tinha conhecido Marion. Dois auxiliares hospitalares estavam no corredor, e um deles abriu a porta para que entrássemos.

Luzes brilhavam na sala. O dr. König soltou meu braço e mandou os homens fecharem a porta e "esperar lá fora até serem chamados". O espaço acolchoado estava muito vivo na minha memória, enquanto lutava contra o medo que ameaçava me dominar. Respirei fundo, desejando calma. Não queria desmoronar na frente daquele médico nazista.

A lembrança da prancha para duas pessoas onde estava Marion também estava gravada na minha mente, e fez minha pulsação martelar. Uma mulher de meia-idade estava esticada no metal, seus pulsos e tornozelos amarrados com tiras de couro.

Avaliei rapidamente o meu entorno. Tudo estava muito parecido com a vez anterior, mas as bandejas médicas dos dois lados da mesa chamaram minha atenção. Um bisturi ensanguentado e um fórceps estavam na bandeja mais próxima da mulher; do outro lado, próximo ao espaço vazio, o mesmo equipamento, sem uso, reluzia. Uma garrafa marrom naquela bandeja chamou minha atenção.

O médico agarrou meu braço e me levou até o outro lado da mesa, permitindo que eu visse a mulher por outro ângulo. Faixas grisalhas se estendiam pelo seu cabelo, mas não fazia ideia se ela havia envelhecido naturalmente, ou se Schattenwald drenara sua juventude. A pele em seus braços e pernas expostos se espalhava em massas carnudas sobre a mesa, como se ela tivesse perdido muito peso.

Sua camisola fina de hospital estava amontoada na virilha num V sanguinolento, o fluido precioso do seu corpo escorrendo em fios por suas pernas até uma tina na ponta da mesa. Lá o sangue escoava por um cano que desaparecia no chão.

– *Está* frio, mas você não vai precisar do seu casaco – o médico disse, afagando a barba grisalha. – Por favor, relaxe. Schattenwald é um modelo de eficiência e de prática médica exemplar. Nosso saneamento e higiene são referências para outras instituições. – Ele fez uma pausa. Ao contrário do dr. Kalbrunner, que era alto e magro, o dr. König tinha altura mediana, mas era, sem dúvida, mais musculoso. Para sua idade, era um homem forte; seus braços vigorosos eram evidentes debaixo do paletó. – Pendure seu casaco no gancho. – Ele apontou a parede do outro lado da sala. – Depois venha ocupar seu lugar aqui.

Ele bateu os dedos na parte vazia da mesa.

Fui me arrastando até a parede, virando meu lado esquerdo para ele, tirando a seringa do casaco. Fechei-a na mão, para que ficasse escondida dele, a agulha se estendendo alguns centímetros além dos meus dedos curvados. Ao me aproximar, rezei para que o médico presunçoso não a notasse.

– Tenho certeza de que escutou a infeliz notícia sobre o dr. Kalbrunner – ele disse quando voltei. – Agora sou seu médico. Fique à vontade na mesa.

– O que o senhor fez com ela? – perguntei para distraí-lo. Deslizei para cima da mesa e escondi a seringa nas dobras do meu vestido. A sensação aguda do metal frio se infiltrou na minha pele, me fazendo estremecer. Me senti como se estivesse entrando no meu caixão.

– Tire os sapatos e deite-se – ele disse. – O que eu fiz com *ela* é irrelevante pra você, mas é no melhor interesse do Reich garantir que todos os desvalidos não possam procriar.

Ele a tinha esterilizado.

– É isso o que o senhor planejou para mim?

Joguei meus sapatos no chão e me deitei de costas na mesa, garantindo que a seringa estivesse em minha posse. Quis espetá-lo no pescoço, então, mas os auxiliares estavam do lado de fora da porta.

– Não, minha querida, temos outra coisa reservada pra você. Está tudo escrito neste livrinho. – Ele levantou um volume fino encadernado em couro vermelho, e depois abriu numa página específica. – Seu nome é Natalya Petrovich, não é?

Ele sabia meu nome. Aquilo era um jogo.

– Sim.

– Que eu saiba, você esteve ligada ao Rosa Branca?

Ele colocou o caderno na bandeja de instrumentos.

– Sim.

Passei os dedos pela seringa.

– Mandaram você descobrir aqueles no Schattenwald que poderiam trair o Reich, correto?

Ele se inclinou sobre meu corpo, suas mãos fortes prendendo as tiras no meu pulso direito e depois do meu tornozelo direito. A veia jugular saltou no seu pescoço, a veia forte, cheia de sangue fluindo, que se eu injetasse com o fenol o paralisaria e o mataria em um instante. O calor do seu corpo, o cheiro medicinal que emanava das suas roupas, encheram minhas narinas. Calados, os homens continuavam do lado de fora.

– Você não teve sucesso em descobrir esses traidores e conspiradores contra nosso glorioso Führer?

– Nenhum. Ao que parece, a SS teve êxito onde fracassei.

Ele colocou a bandeja de instrumentos a um dedo do meu braço esquerdo.

– Gosto do seu senso de humor, Natalya, mas tenho um trabalho importante a ser feito...

Uma batida na porta o interrompeu.

– Não saia daí – ele disse com um sorriso malicioso, enquanto me dava as costas e se dirigia para a porta.

Sabia que ele ficaria fora por pouco tempo. Uma chance de sobrevivência se fez presente. Estiquei meu braço livre para a esquerda o máximo que pude, num esforço para pegar a borda da bandeja. Ela estava a uma unha de distância. Dei uma arrancada forte, puxando meu braço direito e minha perna direita presos com as amarras com tal violência que quase gritei, mas consegui mexer a bandeja com a ponta do dedo e trazê-la até meu alcance.

Os auxiliares informaram ao médico que tinham sido chamados para atender outro paciente. O dr. König mandou que retirassem a mulher deitada ao meu lado, e voltassem em uma hora.

Enquanto o médico e os homens trataram de removê-la, ergui a cabeça e espiei no caderno aberto. Duas colunas dividiam a página, uma delas marcada *Tod*. Meu nome estava no final da lista de morte. Meu tempo em Schattenwald tinha acabado. Tornei a me deitar. O terror que me dominava me trouxe clareza: *A seringa é inútil a não ser que eu possa enfiá-la em seu coração ou no pescoço. O frasco marrom pode ser de éter, mas* é preciso tirar a tampa.

Os militares levantaram o corpo largado da mulher e o colocaram numa maca. O médico foi com eles até a porta.

– Prestem atenção para que ela seja deixada no quarto certo – ele disse, enquanto os via indo embora.

Mal mexendo meu corpo, agarrei a ponta do frasco marrom, afrouxando a tampa com os dedos. Voltei a me acomodar na prancha gelada, com medo de tirar os olhos do dr. König. Ele trancou a porta e se virou para mim com uma careta macabra. O cheiro semelhante a menta do éter veio até mim, cheiro que, com certeza, o médico também notaria.

Eu tinha apenas segundos.

Tudo se moveu em câmara lenta: meus membros, mesmo os que estavam soltos, pareciam grudados na mesa. O médico veio até mim, sua careta se abrindo num sorriso quando ele rodeou a mesa, os movimentos dos seus braços e pernas precisos, como se fossem de um autômato. O sorriso morreu quando ele se aproximou da bandeja, cheirou, e procurou o frasco marrom.

Agarrei o frasco antes que ele pudesse alcançá-lo, e joguei seu conteúdo no médico atônito.

A tampa voou, e jatos do líquido claro caíram no seu rosto.

Ele gritou, grito que não foi ouvido porque a sala era construída de modo a suprimir qualquer som. Unhou os olhos, incapaz de ver, e cambaleou até a bandeja, batendo-a na prancha. Caiu em um amontoado no chão, gemendo, e depois ficou imóvel.

Prendi a respiração para não respirar os vapores. Tinha que agir rápido. As amarras estavam apertadas, mas havia um bisturi ao alcance. Cortei a tira que segurava minha mão direita. O couro caiu. Levantei e desamarrei a tira do tornozelo.

Pulei do meu leito de morte e procurei uma máscara de cirúrgica que ainda estava na bandeja. Coloquei-a no rosto e respirei, enchendo meus pulmões com ar filtrado.

Peguei a seringa que tinha rolado para o fundo da cuba.

O dr. Kalbrunner havia me prevenido que eu poderia ter que matar para permanecer viva.

O dr. König estava enrodilhado no chão sobre seu lado esquerdo, os joelhos dobrados como uma criança adormecida, a convidativa jugular mais uma vez exposta. Tirei os olhos dele brevemente, olhei ao redor da sala, e pensei no que tinha acontecido naquele lugar terrível. Lembrei-me de Lisa, Hans, Sophie, Alex, Willi, e nos outros que haviam morrido se opondo ao regime. Tinha visto o dr. Kalbrunner e Marion serem executados. As caixas de obturações de ouro, as joias, os pertences pessoais saqueados dos que foram mortos pelo dr. König jamais deixariam minha memória.

Espetei a agulha no pescoço do médico e empurrei o êmbolo, injetando o fenol. Seu corpo sacudiu por um segundo, depois o peito contraiu, um silvo saiu da sua boca e sua respiração parou.

O tempo de não violência e resistência passiva tinha terminado.

Eu tinha matado um homem. Um torpor tomou conta de mim, mas não senti remorso. Este tipo de emoção havia sido eliminado pela minha vontade de viver.

Tudo que o dr. Kalbrunner havia me dito sobre a fuga de Schattenwald veio a minha cabeça.

Atravessei a sala em disparada, agarrei meu casaco, calcei os sapatos. Cada segundo era precioso. A chave prateada para o último quarto estava sob a caixa de roupas brancas, exatamente como o médico havia mostrado. Abri a porta, peguei a lanterna, e a acendi na saída.

Azul... Lembre-se do fio azul.

Coloquei a lanterna no chão, agarrei o fio, e usando o peso do meu corpo, me inclinei para trás sobre meus pés. O fio arrebentou e caí no chão frio, quase esperando escutar um alarme. No entanto, não se ouviu nenhum som.

Um ar frio passou por mim quando abri a porta, e olhei ao redor. Não havia guardas à vista. A noite de inverno estava quieta e intensa, as estrelas obscurecidas pelas nuvens, pitadas de neve salgando o ar. Fechei a porta e me atirei em direção à mata.

O dr. Kalbrunner tinha dito para caminhar cem metros pela mata e segui suas instruções, logo encontrando o riacho descrito por ele. Liguei a lanterna brevemente, tomando cuidado para apontar na direção oposta a Schattenwald. A água corria clara e fria, com trechos de gelo prateado refletindo a luz da lanterna. Desliguei-a e fechei os olhos, deixando-os se acostumarem com a ausência de luz. Quando tornei a abri-los, os contornos escuros dos troncos das árvores, os ramos e arbustos puderam ser vistos.

Eu tinha ficado na sala cerca de meia hora, o que me deu mais meia hora até que os suprimentos da manhã fossem programados para chegar em Schattenwald. Eu tinha certeza de que os técnicos de enfermagem, que o dr. König havia mandado lidar com a mulher esterilizada, voltariam pontualmente às 19h, segundo as instruções. O mais provável é que esperassem fora da sala até que sua curiosidade os vencesse, me dando tempo suficiente para fazer minha planejada fuga pelo portão.

Virei à esquerda e segui o riacho, os espinheiros agarrando minhas pernas, meus pés escorregando nas raízes expostas das árvores. Quando me aproximei da posição das nove no mostruário do relógio, uma rocha se elevou na escuridão. Ali, no lado leste, descobri a fenda que escondia dois vestidos, um cachecol e luvas. Tirei o vestido da prisão e enfiei na rachadura estreita da rocha. O vento gelado do norte entrou pelas árvores, chacoalhando os galhos desfolhados, fazendo meu corpo ter calafrios, enquanto eu vestia o novo vestido, tão escuro quanto a noite. Aninhei-me na lateral da rocha, fora do ar natural, vestindo o cachecol e as luvas.

Quando cheguei a Schattenwald, tinha feito questão de memorizar detalhes sobre a entrada. Os arbustos sem folhas do inverno cresciam densos e próximos ao portão. Se eu conseguisse me esconder a alguns metros dele, poderia ter uma chance. A sorte estava a meu favor em termos do vento norte, talvez me protegendo de um focinho de pastor capa preta. Meu casaco marrom se mesclaria com os galhos desnudos.

Larguei a lanterna para trás e deixei a rocha, seguindo o riacho até que suas águas borbulhantes desapareceram em um túnel protegido por uma grade de ferro. Sacudi-a, mas as trancas não se mexeram. Meu pé escorregou e quase rolei pela margem indo parar na água gelada.

O caminho que tinham me dito para pegar se curvava em direção à entrada. Esgueirei-me pelas árvores, escutando o ruído de motores a pouca distância. As árvores rarearam, me forçando a esconder atrás dos arbustos que acompanhavam os muros internos. Apertando meu casaco contra o corpo, corri até o muro, agachada, e fugi pela terra gelada dando as costas para as pedras frias.

Em poucos minutos, cheguei perto o suficiente para ver veículos: caminhões, peruas, uma ambulância militar, entrando e saindo pelo portão iluminado. Agora, minha vida estava à mercê da sorte e do único guarda que supervisionava a entrada. Seu cachorro preso na guia, um pastor preto, parecia concentrado no material que ia e vinha num fluxo constante. O vento vinha do norte, soprando o escape do motor em direção a Schattenwald em grandes baforadas brancas.

Um caminhão Opel Blitz, muito parecido com o que tinha levado os russos para a morte, seguia lentamente pela estrada que saía do hospital. Uma carroceria de madeira estava adaptada atrás do compartimento do motorista. Três escoras de metal cruzavam-se sobre a carroceria, suportes para uma lona para proteger as tropas do clima. A carroceria estava vazia, mas eu estava muito mais interessada no estribo do veículo.

Uma grande perua se aproximou da entrada, enquanto o Opel se engasgava no lado da estrada mais próximo a mim. Os dois seriam parados.

Era o meu momento.

Quando os dois veículos pararam, esperei o guarda inspecionar o Opel. O motorista se virou para o vigia e conversou com o homem. Não era possível perder tempo.

Disparei dos arbustos, corri até o pneu direito traseiro e me agachei junto a ele. O estreito estribo sob a porta seria minha salvação. Cheguei perto dele, mantendo-me ao nível do chão, erguendo-me em silêncio sobre a lâmina de metal, agarrando a maçaneta da porta com minhas mãos enluvadas.

Poucos segundos depois, o motorista se despediu e saímos roncando pela estrada. O veículo virou à esquerda, em direção a Karlsfeld, me protegendo dos olhos do guarda.

Pela primeira vez desde que tinha sido levada para a prisão Stadelheim, a liberdade acenava. O vento frio, aumentado pela velocidade do caminhão, cravou suas garras no meu corpo, mas não me importei. As estrelas perduravam no céu escuro do amanhecer, e a estrada não tinha trânsito atrás de nós. O motorista parou em um cruzamento nos arredores de Karlsfeld, para virar à direita em direção a Dachau. Pulei do estribo, atravessei um barranco e entrei no santuário de um bosque sombrio. A minha volta, havia árvores e o silêncio do inverno quebrado apenas pelo ronco ocasional de um veículo que passava.

Lembrei-me de BUS, juntamente com o número cem que me foi dado por Marion. Se pelo menos eu conseguisse me lembrar da combinação numérica! As ruas estavam guardadas na minha mente, mas não conseguia me lembrar dos números. Teria que chegar a Munique, a doze quilômetros de distância, sem ser vista. Não tinha dinheiro para o transporte, sentia frio e fome. A jornada seria longa até uma casa segura, mas me encorajava a ir em frente com um andar revigorado.

Vi o Opel desaparecer, saí do bosque e atravessei a estrada, me mantendo o mais perto possível do arvoredo, para o caso de precisar me esconder. No cinza que precedia o amanhecer, dei com uma estrada rural que levava para o sul, em direção a Munique. Por volta das 8h, o sol surgiu no horizonte leste, com brilhantes feixes vermelhos.

Enquanto caminhava, imaginei a cena em Schattenwald: os auxiliares tinham aberto a porta da sala de cirurgia e encontrando o corpo do dr. König perto da mesa. Uma busca intensa no prédio e no terreno seria conduzida na esperança de encontrar a criminosa, Natalya Petrovich.

Agora, ela era uma inimiga perigosa do Reich, não apenas uma traidora, mas também assassina. Uma mensagem a meus pais era imperativa. Será que seriam presos pela Gestapo, ou ela esperaria que eu aparecesse no apartamento deles? De um jeito ou de outro, meus pais corriam perigo.

O próprio Hitler exigiria justiça.

Meus sapatos tinham ficado gastos na minha estadia em Schattenwald, e não serviam para uma longa viagem. Meus pés criaram bolhas e cada passo passou a ser uma agonia, com a pele raspando no tecido áspero. Para não pensar na dor, me lembrei de cada palavra dita por Marion, certa de que o último número havia sido 12, e reconstruindo o melhor que pude os outros números.

O bosque que havia me abrigado ficou mais ralo quando cheguei aos arredores de Munique. As árvores foram substituídas por casas, prédios de apartamentos e ruas barulhentas que, à sua própria maneira, proporcionavam abrigo. Evitei o quanto pude as pessoas. Minha única refeição veio de um homem que tinha abandonado meio sanduíche no banco de um parque.

Cheguei ao número 56 da Uhland Strasse cerca de quatro da tarde, com os pés doloridos, as pernas tremendo, óculos manchados e sujos. O sol estava quase se pondo quando toquei a campainha de um prédio de apartamentos bem comum, com pedra cinzenta e janelas escuras, certa de que aquele era o endereço correto. A mulher que atendeu me analisou com olhos de águia e depois franziu o cenho. Seu desgosto era evidente enquanto ela curvava seus longos dedos ao redor da beirada da porta.

– Aqui é o 56 da Uhland Strasse? – perguntei.

O endereço estava marcado com números marrons, parafusados acima da porta.

– É – ela respondeu. – O que você quer?

– Estou procurando o dr. Kalbrunner – eu disse, dando um motivo para a minha intromissão.

Seus olhos faiscaram e ela se virou.

– Aqui não tem nenhum médico. Vá embora.

– A Marion está aqui? – perguntei, desesperada por segurança, esperando que o nome provocasse o reconhecimento na mulher.

A faísca se transformou em chama, enquanto ela ia ficando agitada com as minhas perguntas.

– Não! – Ela empurrou a grossa porta de carvalho em minha direção. – Você está com o endereço errado. Nunca mais volte aqui.

Chocada, recuei, enquanto a porta batia no meu rosto. Teria eu me traído? Não tive outra escolha a não ser ir para a próxima casa, 32 Blumen Strasse. Procurar meus pais ou Frau Hofstetter estava fora de questão.

Embora a distância fosse curta, e o cair da noite me desse algum conforto, um grande cansaço pesou sobre o meu corpo. Meu estômago roncava, o frio atravessava meu casaco com impunidade, e minha concentração falhava. Fiquei surpresa quando me vi diante de uma construção de pedras compacta, mas sólida, cuja entrada em arco estava cercada por colunas dóricas.

Bombardeios haviam pontilhado o telhado com buracos, e salpicado as paredes brancas da estrutura com crateras. Nenhuma luz brilhava através das cortinas, mas mesmo assim bati na porta sólida.

Ninguém respondeu. Frustrada, me sentei na soleira e esfreguei as têmporas, a ponto de me render ao fracasso, quando a porta se abriu com um rangido. Um homem olhou ao redor.

Sem querer entregar minha identidade, me levantei e fiz a mesma pergunta feita no endereço anterior.

– O dr. Kalbrunner está aqui?

O rosto do homem foi encoberto pela escuridão, me impedindo de ver mais do que uma figura na penumbra. Ele sacudiu um dedo, me convidando a entrar, e me vi em um vestíbulo frio.

– Quem é você? – ele perguntou, sua respiração se expandindo em espasmos gelados.

Desmoronei de encontro a uma parede, enquanto ele permanecia na penumbra. A luz amanteigada de um lustre distante se infiltrou em nossa direção.

– Não posso te dizer quem sou, apenas que vim instruída pelo dr. Kalbrunner e uma mulher chamada Marion.

Esta resposta pareceu satisfazê-lo, e ele se aproximou.

– Como eles estão?

Transmiti a trágica notícia.

– Estão mortos.

Ele inspirou bruscamente e abaixou a cabeça.

– Sinto muito. Como conheceu os dois?

– Em Schattenwald.

– Entendo – ele disse, e recuou para as sombras.

– Preciso de comida, roupas e de um lugar seguro para ficar.

Ele se apoiou na parede oposta, e acendeu um cigarro. O lampejo de luz revelou um rosto expressivo: longo, ligeiramente barbado, olhos escuros. Julguei que estivesse na casa dos 30 anos.

– Do outro lado da rua, no 33. Este número é dado como um disfarce... No caso de...

– Obrigada. 33. – Finalmente, tinha encontrado alguém que sabia das casas seguras. – Quem é você? – perguntei, querendo confirmar minha sensação em relação ao homem.

– Meu nome também não é importante – ele disse. – Além dessas portas abertas – ele apontou para entradas que eu mal conseguia discernir na penumbra –, fica o palco de um dos maiores tesouros de Munique, um teatro de fantoches com mais de cem anos.

Eu nunca tinha entrado ali; meu pai considerava o teatro uma futilidade dispendiosa.

– Eu não deveria estar aqui – ele disse, sua voz ressoando com uma doce melancolia. – O governo me proibiu de me apresentar como titereiro por causa das minhas ideias políticas. Viajo pela Alemanha ganhando a vida da maneira que consigo. Às vezes, quando preciso de abrigo, venho aqui.

Ele tragou seu cigarro e estendeu a mão em amizade.

– Pergunte por Gretchen... Diga a ela que você veio do teatro, mas não fale de mim... Esqueça que já conversamos. – Ele se mexeu como um gato furtivo até a entrada. – Boa sorte – sussurrou, ao fechar a porta.

Atravessei a rua até a fachada de um prédio de apartamentos de três andares. Uma lista de nomes impressos, contígua a campainhas individuais cobria a lateral da entrada de pedra. Procurando por Gretchen, apenas um deles fez sentido: G. Geisler. Toquei a campainha.

Fiquei me remexendo, inquieta, olhando para as janelas que davam para a rua. Todas estavam escuras, o prédio silencioso, em repouso. Assim como no teatro de bonecos, a porta demorou a se abrir. Quando aconteceu, uma mulher esbelta, num vestido cinza, apareceu à minha frente sem nem um pouco da expressão de desprezo que eu tinha encontrado no primeiro endereço.

– Gretchen? – perguntei.

Ela manteve a postura rígida, mas fria, sem concordar nem falar.

– Vim do número 32.

Sem uma palavra, ela me conduziu pela escada até seu apartamento, na frente do prédio. Um abajur, encoberto por uma cúpula de vidro roxa, estava em cima de um velho piano de armário, encostado em uma parede na sala de visitas. Difundia sua luz estranha por alguns metros. À direita ficava uma pequena cozinha, à esquerda um quarto um tanto maior, ambos envolto em escuridão, a não ser pelo leve brilho de vela em cada um.

Gretchen apontou para um sofá coberto com grandes echarpes orientais, no centro da sala.

Sentei-me, feliz por não estar mais de pé. Ela se acomodou no banco do piano, a luz projetando um brilho arroxeado à sua volta.

Encaramo-nos, minha apreensão aguda porque não conseguia romper sua postura inescrutável. Não fazia ideia se ela estava satisfeita, insatisfeita, ou pouco ligando que eu tivesse surgido à sua porta. Eu precisava desesperadamente da sua ajuda

– As bombas caem de tempos em tempos. Existe um abrigo no fim da rua – ela finalmente começou. – O supervisor de quarteirão nos leva para a segurança. – Ela enfiou os dedos no bolso do vestido, tirou um maço de cigarros, acendeu um, e jogou o fósforo em um cinzeiro que estava em cima do piano. – Quanto tempo você planeja ficar aqui?

– Imagino que isso dependa de você.

Tirei o casaco e me recostei no sofá, o toque da seda frio nos meus braços, a sensação de aconchego do apartamento relaxando meus nervos em frangalhos, mas sem conseguir amenizar a dor dos meus pés.

– Preciso de comida e abrigo... Qualquer coisa que puder me arrumar será bem-vinda. Também preciso avisar meus pais que estou viva, e que eles correm perigo.

– Estamos todos dançando com a morte, ganhando tempo até chegar nossa hora. – Ela tragou o cigarro, a fumaça se instalando à sua volta como uma guirlanda cinza. – Qual é seu verdadeiro nome?

Hesitei, mas já tinha colocado minha vida em suas mãos.

– Natalya Petrovich. Venho de Leningrado, mas sou cidadã alemã e moro em Munique desde criança. Fui enfermeira voluntária no Reich...

Ela interrompeu meu falatório com a mão erguida.

– Não quero saber mais do que seu nome. Você não pode ser Natalya... Os nazistas... sabem quem você é. Arrume outro nome, e depois vou te transformar em outra pessoa, uma cor de cabelo diferente, mudança de pele. Você enxerga sem óculos?

Eu contava tanto com eles que nunca tinha pensado em como poderiam ser um sinal de identificação.

– Preciso deles para ler e enxergar de perto. Imagino que possa tirá-los quando caminho.

Ela cruzou as pernas e se aproximou, o cigarro balançando entre o indicador e o dedo médio da sua mão direita.

– Você não vai caminhar por lugar algum até mudarmos sua identidade. Aqui, a regra é "fique calada e salve vidas". Isso significa ficar dentro de casa até completar o processo. – Ela deu outra tragada e soprou a fumaça em minha direção. – Posso tentar mudar a armação, mas seria melhor você só usá-los dentro do apartamento.

Eu tinha muitas perguntas. Especulei se ela gostaria de me perguntar sobre o dr. Kalbrunner e Marion, mas por sua relutância em falar, imaginei que quanto menos fosse dito, melhor.

– Sobrou um pouco de sopa no fogão. Esquente-a, tome um banho, e cuide dos seus pés. Vou te arrumar outro par de sapatos. A cama é minha; você dorme no sofá. Não haverá perguntas. Não quero saber das suas atividades, e você não quer saber das minhas. Se houver um ataque aéreo, cubra o rosto o máximo possível até eu terminar seu disfarce. Use seu cachecol, afinal de contas, está frio.

Ela apagou seu cigarro.

– Não tem muito espaço neste buraco. Depois que você mudar de identidade, pode encontrar seu próprio lugar, e cuidar dos seus negócios. Serão falsificados novos documentos de identidade e entregues a você... Depois disso... seremos desconhecidas.

Gretchen passou por mim a caminho do seu quarto, e depois se virou.

– Outra coisa: lembre-se de que você não é a única pessoa a sofrer sob Hitler. Se aparecer alguém que faça mais diferença do que você, terá que mudar. – Ela fez uma pausa. – É uma ordem hierárquica, na verdade; nada é pessoal em se tratando de guerra.

Ela foi até o quarto e fechou a porta.

Sua aspereza me irritou depois do que eu tinha passado, mas entendi seu raciocínio. Tomei a sopa, cuidei do meu corpo dolorido com um banho, desabei no sofá e sonhei com meus pais.

No prazo de uma semana, desci uma vez para respirar ar puro num dia moderado de inverno. Saboreei por pouco tempo a brisa fria pela rua, e depois corri de volta para cima, sem querer chamar atenção sobre mim. Com o passar dos dias, meus pés melhoraram a ponto de eu poder caminhar sem sentir muita dor.

Meu corpo, no entanto, arriou por causa da tensão dos meus encarceramentos anteriores. Pela primeira vez em quase dois anos, senti segurança suficiente para dormir sem medo da morte. Muitos dias, me enrodilhava no sofá e dormia durante horas. Com frequência, Gretchen me acordava quando o sol estava se pondo, dizendo que eu tinha perdido um ou dois visitantes, além do almoço. Eu jantava e caía no sono novamente.

Minha maior preocupação eram meus pais, e deixei isso claro para Gretchen. Ela estava igualmente determinada que eu ficasse longe deles até minha identidade ter sido mudada, ou até eu estar fora da casa segura e por minha conta. Não me apressou, mas ficou óbvio, por suas respostas secas, que não queria colocar ninguém em perigo, muito menos ela mesma.

O Natal de 1944 e o Ano-Novo de 1945 transcorreram com pouca animação; nada de presentes, árvores nem enfeites. Nossa única comemoração foi um gole em uma garrafa de conhaque francês, que Gretchen guardava em seu armário. Fora isso, havia pouco a celebrar porque a sobrevivência era o principal na mente de todos.

Em alguns dias Gretchen sumia por horas, e depois voltava para um cochilo. Nossas conversas se limitavam ao clima, a ataques aéreos – que vinham com uma regularidade mortal – e aos homens de quem ela parecia gostar. No decorrer da semana, desapareceu por uma ou duas noites, voltando pela manhã parecendo enlameada.

No entanto, com o passar do tempo, Gretchen realizou um pequeno milagre: minha transformação. Seu próprio cabelo era tão preto quanto o meu, e se voltava para trás nos dois lados da cabeça numa linda onda. Meu cabelo ainda estava curto por causa de Schattenwald, e o mantivemos assim. Sua resposta à minha aparência de presidiária veio sob a forma de uma peruca loira, penteada na última moda. Ela tingiu minhas sobrancelhas para igualá-las à peruca, e me ensinou a melhor técnica com o pó de arroz para deixar minha pele mais clara. Treinei andar sem os óculos.

Um novo conjunto de documentos de identidade chegou sob o nome de Gisela Grass, sobrenome comum para os alemães. Por causa da minha idade, continuei uma estudante universitária da minha antiga especialidade,

Biologia. Assim, se fossem feitas perguntas, teria alguma ideia do que estava falando.

Quando bombas dos Aliados caíram sobre a cidade, vimo-nos em um abrigo subterrâneo por uma ou duas horas. Segui o conselho de Gretchen e só me apresentei para o supervisor de quarteirão. No resto do tempo, me mantive no canto escuro, meu rosto parcialmente encoberto pelo cachecol.

Por fim, adotei os maneirismos da minha identidade recém-adquirida, mudando minha maneira de caminhar para um estilo mais relaxado e jovial; fumando ocasionalmente; minimizando minha natureza tímida e estudiosa; flertando com homens; e desfrutando a vida o melhor que podia sob as terríveis circunstâncias. Como parte de minha nova persona pública, saudei Hitler, elogiei o Führer quando pude, me odiando o tempo todo, mas prestando atenção nas pessoas que, em um instante, revelavam seu desdém através da curvatura dos lábios, o lampejo cínico nos olhos, imaginando poder reviver a promessa do Rosa Branca. Encontrar aquelas pessoas de mentes parecidas, e me comunicar com elas se revelou mais difícil do que eu imaginava, em parte por causa da minha própria paranoia de ser novamente levada como prisioneira. A precaução moderava meus movimentos em prol da resistência, meus esforços sendo dificultados pelas más lembranças. Mesmo assim, meus pais não saíam da minha cabeça.

Mas outros fatores estavam vindo à tona em 1945. Muitas pessoas sussurravam sobre o final da guerra, o fracasso de Hitler e da Wehrmacht. Os rumores se multiplicaram. Homens e mulheres passaram a se mostrar inquietos e cansados dos bombardeios constantes, da pobreza, do racionamento miserável e, acima de tudo, da matança de inocentes. Ao que parecia, toda família tinha sofrido uma perda na guerra: um pai, um filho, um irmão na Wehrmacht; mulheres, crianças e pais nos bombardeios dos Aliados. Essas mortes não incluíam as execuções e os assassinatos cometidos pela SS e a Gestapo. A Alemanha estava se autodevorando viva, sob o comando de um louco.

Próximo a meados de janeiro, Gretchen me informou que seu trabalho comigo havia terminado, e um homem com acesso a membros do alto escalão da Gestapo estava passando para a clandestinidade. Eu teria que ir embora para deixar o lugar para ele. Ela não disse nada sobre os planos do recém-chegado, embora tal homem fosse valioso para a resistência. Aceitei meu destino, sabendo que não poderia ficar eternamente sob seu teto, embora não tivesse ideia de para onde ir.

– Gostaria de um favor, antes de ir embora. – Sentei-me em uma ponta do sofá, Gretchen na outra, com seu costumeiro cigarro em uma mão. – Faz parte de um plano meu desde que voltei a Munique.

– Sim – ela disse, em seu tom reservado.

– Quero ver meus pais... se estiverem vivos... e espero que você faça o contato, ou mande alguém, já que para mim é impossível.

Ela riu – uma das poucas vezes em que a vi fazer isso.

– Impossível. Se eles *estiverem* vivos, a Gestapo estará em cima deles como uma pulga num cachorro. E, por favor, não use como argumento que você seja a única em Munique a ter sofrido uma perda. A cidade está transbordando de tragédias.

Ela refutou qualquer objeção que eu pudesse ter com um aceno de mão em direção à janela.

– Eu entendo – eu disse –, e até sei quem seria essa pulga, mas não posso mandar um recado pra eles. Você poderia conseguir isso... com seus contatos.

– Seus pais estão mortos.

Dei um tapa no sofá.

– Não, não ficarei satisfeita até descobrir. *Preciso* saber. – Respirei fundo. – Por favor... Sou agradecida por tudo que fez por mim, e fiz tudo o que você pediu, mas só quero saber se estão vivos. Eles podem ter sido mortos por minha causa. – Eu a encarei. – Você fez de mim uma pessoa diferente, mas continuo a mesma menina que amava eles.

Ela me olhou friamente.

– Você é uma boba sentimental, mas sob certos aspectos tenho inveja da sua determinação e da sua devoção, por mais equivocadas que elas possam ser. Não tenho ninguém para amar, só pessoas para lembrar. Todos se foram. Mortos por causa de um homem, que espero que passe a eternidade no inferno. Homenageio meus pais e dois irmãos com o trabalho que faço. – Ela fez uma pausa e inclinou a cabeça de lado, fazendo metade do seu rosto parecer machucado sob a luz da lâmpada roxa. Uma lágrima escorreu pelo seu rosto, antes de ela falar: – Existe um alemão, da Rússia, que poderia saber. Vou contatá-lo.

Sabendo que meu tempo na casa de Gretchen chegava ao fim, passei vários dias procurando um novo apartamento.

Uma tarde, depois de longas horas caminhando, a encontrei na pequena cozinha fritando uma batata e uma cenoura. Gretchen tinha uma espátula numa das mãos e a outra estava em um livro, ricamente encadernado em couro. Parecia que ele tinha vindo do quartel-general da Gestapo, onde eu tinha ficado presa.

Sentei-me em uma das cadeiras à mesa.

– Não é fácil achar um apartamento; muitos foram estragados ou destruídos.

Ela concordou com a cabeça e continuou lendo.

– É bom que você esteja procurando. Seu sucessor estará aqui em poucos dias. – Ela pousou o livro na mesa e tentei pegá-lo. – Por favor, não faça isso – ela disse, apontando a espátula para mim. – É melhor você não se inteirar desses assuntos.

Retirei a mão, enquanto ela continuava fritando os vegetais.

– Caminhei por um mercado vazio hoje, e passei pelo antigo Jardim Botânico. O ar está frio. Os bancos estão vazios. – Gretchen me encarou. – Nada foi poupado, as igrejas, o Hauptbahnhof parece as sobras de uma fortaleza de gravetos feita por criança; as pessoas estão amontoadas em paredes nuas em suas casas destruídas.

– Tem pouco a ser visto, agora – Gretchen disse. Ela se afastou do fogão, deixando a comida cozinhando na gordura quente, e foi até os trechos onde a fraca luz de inverno se infiltrava pelas janelas e incidia no chão.

Juntei-me a ela e observei homens e mulheres agasalhados que andavam na calçada abaixo. Tínhamos sorte de as bombas terem poupado aquele prédio.

– Munique é uma casca do que já foi – ela disse. – Tudo que era lindo acabou.

– Não tudo –, eu disse.

Ela inclinou a cabeça do seu jeito costumeiro, os olhos cinza cintilando.

– Seus pais estão vivos.

Fiquei paralisada, atônita com a notícia.

– Meu contato os encontrou. Mudaram-se de Schwabing para um endereço perto do Englischer Garten.

– Obrigada – eu disse, mal conseguindo falar. – Estou muito contente.

– É incrível que alguém ainda tenha sido poupado – ela disse, dirigindo-se à multidão a esmo. – Olhe para eles, tolos miseráveis, se arriscam a sair durante o dia tentando encontrar comida, abrigo, e as necessidades da vida, para depois se retirar na escuridão, para as desgraçadas noites de bombas. É como se tivéssemos voltado no tempo, virado homens da caverna ou insetos, facilmente esmagados por aqueles que nos querem mortos... Retiro o que disse... é um insulto aos Neandertais e às formigas. Somos como germes à beira da erradicação.

Entendi o que ela dizia e segurei sua mão por um momento, antes de ela se afastar.

– Não seja boba, Gisela – ela disse. – A guerra não acabou, apesar do que ouvimos. Rumores não significam nada. Haverá mais mortes e a sua estará entre elas se não usar a cabeça, em vez de usar o coração.

– Não tenho nada pelo que viver, a não ser meu coração.

– Um sentimento simpático, mas... – Ela fez uma pausa, como se qualquer discussão sobre o amor fosse desnecessária. – Amanhã, seus pais estarão sentados perto do *Schwabinger Bach*, no jardim, em frente ao *Leopold Park*. Ficarão lá por cerca de meia hora, das 12h às 12h30, não mais, talvez menos. Não fale com eles, não vá atrás deles, não faça nada que possa comprometê-los. A vida deles e a sua dependem disso, caso a Gestapo esteja vigiando. Dê uma passada... Olhe para eles... É o máximo que dá pra fazer.

– Eles sabem como está a minha aparência agora?

– Contaram pra eles.

Balancei a cabeça.

– Depois que os vir, nosso tempo acaba. Espero que vá embora até o fim da semana.

Gretchen me deixou sozinha junto à janela, voltou para a cozinha, e colocou dois pratos na mesa.

O dia estava tempestuoso com a ameaça de uma chuva cortante, diminuída por nuvens fragmentadas. Envolta em meu casaco, com cachecol e luvas, saí do apartamento com o corpo formigando de ansiedade. Ela tomou conta de mim, porque não podia excluir a possibilidade de que a SS, ou mesmo Garrick ou outro membro da Gestapo estivessem seguindo meus pais. Apesar do medo, confiei em Gretchen e em seu contato. Mesmo assim, o perigo persistia.

Eu tinha escrito um bilhete em russo, afirmando meu amor e a esperança de que, de algum jeito, algum dia, pudéssemos escapar juntos de Munique. Não entrei em detalhes, apenas expus meu sincero esforço de elaborar um plano. Guardei o bilhete no bolso, e imaginei, enquanto andava, se meu pai teria repudiado as palavras ditas na prisão.

A ameaça de tempo ruim havia esvaziado as ruas normalmente cheias. Saí do apartamento cinco minutos antes das 11h30, me permitindo um tempo extra para caminhar durante meia hora até o Englischer Garten.

Agora, a Munique que eu amava, a cidade que conhecia desde criança estava diferente, mais ainda do que antes da minha captura e do julgamento. A vibração e o pulsar de vida haviam sumido em fumaça e cinzas, substituídos pela desolação. A prostração enchia o ar, e nós, os vivos, respirávamos isso a cada segundo. As lojas e restaurantes tão conhecidos pareciam desgastados e sem vida sob o céu de janeiro.

Conforme fui me aproximando do parque, me perguntei se teria cometido um erro. Na primavera, o jardim estaria lotado de gente aproveitando o sol. No inverno, os galhos estavam desfolhados, a grama marrom, os bancos desertos. Se meus pais estivessem sendo seguidos, aquela seria a oportunidade perfeita para a Gestapo observar atividades suspeitas e fazer uma prisão. Talvez Gretchen estivesse certa, talvez o melhor que eu podia fazer era vê-los de longe. Só este pensamento já disparou meu coração de desejo e receio.

Passei pela universidade, pelo Siegestor, e virei à direita na Ohm Strasse, até chegar às águas estreitas do Schwabinger Bach. Atravessei a ponte para pedestres próxima a uma curva do riacho, e olhei à direita e à esquerda, procurando um banco. Olhei para o relógio de pulso que Gretchen havia me dado. Estava cinco minutos adiantada.

Ao norte, um casal idoso surgiu no caminho. Observei os dois, achando que poderiam ser meus pais, embora suas roupas e o andar penoso fizessem com que parecessem mais velhos, ambos caminhando devagar. Furtivamente, encontraram um banco, voltado para longe da água, e cruzaram os braços, como que esperando o tempo passar, ou alguém aparecer. Fiquei na dúvida sobre se seria seguro até olhá-los de relance.

Caminhei firme na direção deles, e depois diminuí o passo, porque outra pessoa surgiu à frente, um homem que me pareceu familiar. Enrolei o cachecol ao redor do nariz e da boca, cobrindo a maior parte do meu rosto. Ele usava um longo casaco, do qual eu me lembrava. Sob o chapéu, reconheci o rosto um tanto envelhecido de Garrick Adler. Senti calafrios de medo. Ele passou pelos meus pais sem olhar para eles, e depois seguiu em minha direção.

Foquei no horizonte. Dirigir o olhar para Garrick seria como me entregar. Rezei para que ele passasse por mim como havia feito com meus pais, e que minha peruca loira, a maquiagem e a falta de óculos escondesse Natalya Petrovich.

Roçamos um no outro. Ele me olhou de esguelha, mas continuou andando.

Mantive o passo observando o caminho, absorvendo o perfil dos meus pais, até estar ao lado do banco. Meus pais tinham envelhecido consideravelmente desde a última vez que os vira: as rugas dos seus rostos haviam se aprofundado, o cabelo do meu pai estava mais ralo, sem um chapéu para mantê-lo aquecido, as pernas ossudas da minha mãe projetavam-se do casaco.

Era evidente que qualquer conversa, um aceno, um sorriso, a entrega de um bilhete, estavam fora de questão. Minha única concessão foi uma rápida virada de cabeça. Os dois captaram meu olhar, os olhos do meu pai se enchendo de lágrimas, o rosto da minha mãe implorando um abraço ou um beijo no rosto. O significado da sua expressão era claro; ela tinha perdido sua única filha, e cada dia de separação a estava matando. Mas pelo menos eles souberam que eu estava viva.

– Natalya – meu pai disse, inclinando-se para frente no banco. – Eu te amo... Disse aquelas coisas para nos salvar. Por favor, me perdoe.

Olhei rapidamente por sobre o ombro. Garrick estava fora do alcance de escuta, seu corpo parcialmente virado para meus pais e para mim. Minha mãe agarrou o braço do meu pai, e segurou ali como se ele fosse um colete salva-vidas a impedindo de se afogar.

– Vou tirar vocês de Munique – eu disse, e apressei o passo, sabendo que tais palavras eram fáceis de ser ditas, mas mais difíceis de cumprir.

A euforia sentida quando Gretchen me disse que eu poderia ver meus pais se esvaiu no vento frio. Dei uma rápida olhada à esquerda, ao atravessar outra ponte para pedestres, de volta para a cidade. Meus pais tinham se levantado do banco e caminhavam na direção de Garrick Adler.

Ele ficou parado, fumando, com as costas encostadas em um salgueiro.

Quando meus pais passaram por Garrick, ele os seguiu.

CAPÍTULO 16

TANTAS CASAS TINHAM SIDO DESTRUÍDAS PELOS BOMBARDEIOS, que meus esforços para encontrar um apartamento se escassearam. Gretchen havia me dado um pouco de dinheiro para eu aguentar até conseguir um trabalho, mas tudo o que eu tinha cabia numa sacolinha. O tempo todo eu olhava por sobre o ombro, em busca da SS e da Gestapo, sempre dançando à beira de um abismo, tentando não cometer um *erro*. Minha vida baseava-se em mistério e desconfiança. A normalidade poderia voltar se os Aliados ganhassem a guerra. Se a Alemanha se sagrasse vitoriosa, meus dias estariam condenados para sempre.

Em um momento de pânico, pensei em buscar abrigo na casa da Frau, mas sabia que seria perigoso demais. Em vez disso, abrigos antiaéreos e as ruínas de prédios de apartamentos bombardeados passaram a ser minhas casas. Dinheiro e comida eram escassos por toda parte. Algumas noites, vivia de sobras cozinhadas sobre fogos acesos em tambores, como faziam outros desgraçados da guerra.

Um dia, decidi passar pela casa da Frau, só para ver a antiga vizinhança. Muitos dos quarteirões vizinhos tinham sido devastados, ou profundamente estragados. Sua casa ainda resistia, parecendo bem pior do que quando eu morava ali, com paredes rachadas e janelas cobertas com tábuas, mas um par de olhos amigáveis olhou para mim quando passei. Katze, agora adulto, me encarou do peitoril da janela do meu antigo quarto. Duvido que me reconhecesse, mas fiquei feliz por ver seus olhos verdes brilhantes e as destacadas manchas brancas e laranja. A Frau não estava à vista.

No dia seguinte, voltei à casa de Gretchen, desesperada por comida quente e banho. Resmungando sobre minha "estupidez", ela me serviu um pão para lá de amanhecido, e sobras de carne como café da manhã. Minha situação parecia desanimadora. Podia fazer pouca coisa para ajudar meus pais, meu dinheiro tinha quase acabado e eu não tinha casa.

Estava fungando à mesa da cozinha, quando alguém tocou no apartamento. Um homem entrou, aquele que havia tomado o meu lugar, ou pelo menos foi o que pensei. Era mais velho do que eu, provavelmente na metade dos trinta, com um rosto oval gentil e uma cabeça tomada por cabelos pretos, não especialmente bonito como Garrick, mas com olhos fundos e ternos e uma bondade inata que me atraiu. Usava roupas de trabalho e botas de operário.

Troquei a cozinha pelo sofá, para que eles pudessem ter uma conversa reservada. Quando voltaram para a sala de visitas alguns minutos depois, ainda refletia sobre o que fazer a seguir.

Bati na minha bolsa.

– Só me restam alguns dias de maquiagem, não dá pra arrumar emprego, nem apartamento.

Gretchen franziu o cenho, demonstrando estar pouco preocupada com a minha situação.

– E que tal o 12 da Stein Strasse?

Ela olhou para o relógio, sinal de que eu já tinha ocupado demais o seu tempo.

Nunca havia me ocorrido visitar a última casa segura mencionada por Marion.

– Vou passar por lá a caminho do trabalho – o homem disse. – Posso te levar.

– Nosso assunto terminou? – Gretchen perguntou, com um tom amargo na voz.

– Terminou – o homem respondeu. – Voltarei daqui a dois dias, se tudo der certo.

Ele foi até o sofá, segurando uma chave na mão direita, e fez sinal para eu me levantar. Sem ter outro lugar para ir, aceitei sua oferta, me desculpando com Gretchen, ao sair, por ter interrompido seu dia.

Fomos até um caminhão amassado, estacionado perto de uma pilha de detritos que haviam caído na rua. O veículo era muito parecido com o Opel de que eu tinha me apropriado durante a fuga de Schattenwald, mas sem a carroceria. Ele abriu a porta do passageiro para mim, e ocupei meu lugar no assento frio de couro. Ele entrou atrás do volante e deu a partida.

– Vamos esperar até a cabine esquentar – disse com certa timidez. – É um desperdício de gasolina, mas esta geringonça tem correntes de ar.

Puxei meu casaco para mais junto do corpo e estremeci, pensando quanto tempo levaria até a Stein Strasse.

– Imagino que não deveria perguntar, mas você é o homem que me substituiu?

Ele franziu a testa.

– Acho que não. Sou amigo da Gretchen há muitos anos. Nós nos comunicamos quando precisamos... Ela não conversa sobre seus outros negócios. – Ele esfregou as mãos enluvadas uma na outra, olhou para mim, e perguntou com uma respiração gélida: – Você não tem onde ficar?

Perguntei-me o quanto poderia contar a ele, mas desconfiei que, se tinha negócios com Gretchen, era a favor da resistência.

– Não. Andei procurando, mas está difícil conseguir quartos. Também não tenho muito dinheiro; bom, nenhum, para ser exata. Tenho vivido nas ruas, como tanta gente.

Ele balançou a cabeça, estendeu a mão direita, e apertou a minha de forma vigorosa.

– Sou Manfred Voll. Prazer em conhecê-la.

– Como conhece a Gretchen? – perguntei.

Ele olhou pelo para-brisas os seres fugidios que se moviam pela rua como fantasmas naquele dia de inverno, os prédios desmoronados à nossa volta, o tecido de vida urbana se desintegrando a cada hora que Hitler permanecia no poder.

– Do mesmo jeito que você, trabalhando para uma causa justa contra uma injusta.

Eu não tinha esperado essas palavras sinceras num período de tempo tão curto, mas talvez ele reconhecesse em mim as mesmas características – força, resiliência – que eu acreditava fazerem parte dele. Minha simpatia, minha confiança nele foram imediatas, mas com tudo que tinha acontecido, ainda achava difícil ser sincera.

– Sou Gisela Grass – disse.

– Esse não é seu nome verdadeiro – ele disse, ciente das táticas de Gretchen.

– Não, mas você sabe que não podermos ser...

– ...Claro. – A cabine tinha esquentado e ele pôs as mãos na direção. – Você também precisa de um trabalho?

Surpresa, me virei para ele.

– Preciso. Sabe de algum?

– Onde eu trabalho, Moosburg, um campo de prisioneiros de guerra de Aliados, ao norte de Munique, precisamos de ajuda com os prisioneiros. – Ele fez uma pausa. – Foi assim que conheci Gretchen, se você somar dois mais dois.

A ligação ficou bem clara. Ela controlava uma casa segura, ajudando os opositores ao Reich. Se Manfred trabalhava com prisioneiros Aliados, teria ligação com muitas pessoas hostis a Hitler. Dentre os prisioneiros, poderia cultivar os mais úteis à resistência. No entanto, não tinha certeza quanto à sua relação pessoal com Gretchen.

– Você gostaria de tentar o trabalho? – ele perguntou. – O pagamento é irrisório, mas você terá um lugar seguro para ficar; os Aliados não vão bombardear um campo de prisioneiros de guerra. E você pode se aliar àqueles que fazem a diferença. Sou supervisor, então posso aprovar sua documentação sem grandes problemas.

Não levei muito tempo para decidir. As escolhas eram encontrar um abrigo provisório numa casa segura, viver por minha conta na rua, ou ganhar um pouco de dinheiro em um campo de prisioneiros de guerra. Só esperava que Garrick, e a SS, prevendo que eu acabaria indo buscar meus pais, os mantivessem vivos.

– Vou experimentar – eu disse.

– Ótimo.

Ele virou a direção para longe da calçada, e o caminhão chiou pelas ruas até estarmos fora de Munique, a caminho de Moosburg.

Manfred me contou sobre Moosburg, enquanto seguíamos pela zona rural. Assim como muitos outros, não tinha ideia que Stalag VII-A, como era chamado, sequer existisse a uma hora de carro de Munique.

O campo tinha sido aberto seis anos antes, e abrigava os poloneses feitos prisioneiros após a invasão de Hitler, em 1939. Desde aquela época, soldados de todo o mundo tinham passado por aqueles portões, principalmente oficiais e homens e mulheres alistados, que eram processados e depois enviados a outros campos, com frequência para a morte. Prisioneiros britânicos, franceses, russos, gregos, iugoslavos, belgas, holandeses, sul-africanos, australianos, italianos e americanos tinham sido alojados ali, além de outras nacionalidades. O número de barracões e a quantidade de presos tinham aumentado significativamente com o progredir da guerra. No início, eram para ser alojados no campo apenas dez mil prisioneiros.

– Não sei quantos têm agora – Manfred disse – mas muitos deles estão dormindo em barracas, alguns até se abrigam em tubulações de esgoto que não foram instaladas.

Passamos por terras cultivadas e extensões mais altas de pinheiros e abetos, moldadas de encontro às colinas. O sol tinha irrompido através das nuvens, espalhando um calor glorioso pelo caminhão.

– O influxo de prisioneiros parece ter diminuído, mas uma quantidade enorme foi capturada nos avanços dos Aliados... – Manfred continuou. – A SS e o comandante do campo estão lutando com o número absoluto de homens.

– Me conte o que você sabe, fiquei longe por muito tempo – eu disse, me sentindo grata pela companhia de Manfred, pelo calor do sol e pela bênção de mais um dia.

– Você precisa me contar sua história.

– Depois. É dolorosa demais.

Os raios de sol caíam em partes do meu ombro, e me deleitei com a luz e a cor inundando meus sentidos. Sentia-me mais viva do que havia estado em anos, ainda que eu e Manfred estivéssemos indo para um campo de prisioneiros.

Ele me contou sobre os avanços feitos pelos Aliados, seus contratempos, rumores de uma batalha medonha sendo travada nas Ardenas, com terríveis baixas dos dois lados, um último suspiro das forças armadas alemãs.

– Todas as vezes em que penso que Hitler está liquidado, ele vem com uma nova surpresa – Manfred explicou. – Mas sinto que o fim está próximo. Só nos resta rezar.

– Espero que você tenha razão. – Uma preocupação mais imediata do que o final da guerra passou pela minha cabeça. – O que vou fazer no campo?

– Minha equipe e eu mantemos os percursos de água funcionando, a eletricidade zunindo, especialmente para os barracões dos guardas, a uma curta distância da área principal. Eles nos mandam onde somos necessários, mas com o aumento de prisioneiros, todos estão reclamando sobre a quantidade de trabalho que precisam fazer, inclusive a equipe da cozinha, cozinhando para tantos homens. Os funcionários são civis, como eu; muitos deles são nacionais-socialistas, outros não são tão apaixonados por Hitler. Você precisa encontrar seus amigos e mantê-los perto. Posso te orientar no começo, mas vá conhecendo as pessoas com calma.

Com certeza havia coisas piores do que cozinhar e lavar pratos para prisioneiros Aliados. Considerando os horrores da minha vida nos últimos dois anos, um período de relativa estabilidade parecia um presente dos deuses. No entanto, minha ideia de ressuscitar as estratégias do Rosa Branca parecia improvável em Stalag VII-A. Haveria muitas pessoas em torno, nenhuma área segura para escrever e produzir folhetos, nem tempo para distribuí-los. Não havia necessidade de jogá-los no campo, os leitores já estavam do meu lado.

– Onde vou ficar alojada? – perguntei.

– Deve ter espaço nos barracões dos guardas, ou com uma das mulheres que vivem perto de Moosburg.

– Provavelmente, isso seria melhor – eu disse, considerando a preparação cosmética de que eu ainda precisava para manter minha identidade em segredo.

– Ou você poderia ficar comigo – Manfred disse sem cerimônia. – Assim, não precisaria se esconder.

Sua surpreendente oferta me tentou. O risco de descoberta seria menor se eu ficasse com Manfred, e era muito melhor do que penar pelas ruas de Munique. Apesar disso, ainda estava em dúvida.

– Não sei nada a seu respeito. Nem mesmo sei se é digno de confiança.

– Você pode perguntar a Gretchen quanto à confiança – ele disse, sorrindo.

Retribuí o sorriso, sentindo que aquele homem dizia a verdade.

Passamos sobre o rio Isar ao entrar na cidadezinha, a água reluzindo azul e clara sob nós, as árvores desfolhadas balançando ao vento ao longo do rio, as torres gêmeas do que presumia ser uma igreja elevando-se à distância.

– É lindo! – eu disse, ao passarmos.

– Temos sorte. Fomos poupados.

O caminhão engasgou ao passar pela aldeia, e se dirigiu para o norte, percorrendo os poucos quilômetros de estrada que restavam até o campo. Ao fazer uma curva margeada por uma lavoura plana, a torre de vigia de Stalag ficou visível. Agarrei o braço de Manfred num pânico súbito.

– Pare!

Ele jogou o caminhão para o lado da estrada e desligou a ignição.

Abri a porta, saí, e desmoronei em uma porção de relva seca, perto de uma ravina. Tentei falar, mas só saiu saliva, seguida pelas sobras do meu café da manhã na casa de Gretchen. Cuspi o que restava de bílis, e depois limpei a boca na manga do meu casaco. Tudo o que eu tinha suportado nos últimos dois anos tinha voltado rapidamente: minha prisão, o julgamento, meu encarceramento em Stadelheim, meu encontro com a morte em Schattenwald, o assassinato que cometi.

Manfred se curvou sobre mim, com a preocupação estampada nos olhos.

– Você está bem?

Fiz força para recuperar o fôlego, engolindo golfadas de ar frio, colocando as mãos no peito para acalmar meu coração disparado.

– Acho que sim... A torre de vigia... me lembrou da prisão e então a...

Olhei novamente para a estrutura de madeira que se erguia à distância. Ele me colocou em pé, me tirando do chão congelado.

– Não olhe para o campo. Olhe na direção de Moosburg; é uma vista agradável. Lembre-se, você não é uma prisioneira.

Apoiei-me nele. Ele sorriu, uma expressão resultante de cuidado e preocupação, segundo minha avaliação da sua personalidade. Ele tinha razão quanto à vista; a cidadezinha, suas torres posicionadas atrás de nós, estendia-se de perfil no horizonte, me convidando a lembrar de um tempo em que eu contemplava maravilhada a Frauenkirche, em Munique, com seus pináculos impressionantes que dividiam o céu. Um sentimento de paz passou por mim ao ver as construções tranquilas. Munique e as bombas pareceram muito distantes.

– Não posso me atrasar – ele disse, olhando para o relógio. – É quase meio-dia, e os nazistas usarão qualquer desculpa para nos interrogar.

Ele me levou de volta para o caminhão. Sentei-me e depois abri a janela, porque o ar quente da cabine, antes reconfortante, embrulhava meu estômago.

– Vamos entrar pelo portão principal – ele disse. – Procure relaxar quando pararmos. Vou te apresentar ao guarda. Todos eles me conhecem, mas ele vai pedir para ver seus documentos. Agradeça e dê a ele o que tiver; não ofereça mais informação. Se te fizer uma pergunta, responda num tom calmo e agradável. Depois de entrarmos, vou te apresentar para a chefe da cozinha. Ela vai ficar feliz em ter uma ajudante. Eu diria que ela está do nosso lado, mas você sabe como as pessoas são. Elas resmungam baixinho sobre Hitler e a guerra, mas insufladas pelo Ministro da Propaganda, estão prontas a pegar em armas contra os Aliados.

Respirei fundo e me firmei no assento. O portão estava se aproximando rápido. Passamos por um riacho, e logo chegamos à entrada principal. O caminhão chegou na barreira; os guardas da torre nos observaram enquanto um sentinela armado se aproximou, vindo de um abrigo.

Manfred fez uma saudação modificada de Hitler para o guarda, erguendo a mão direita com a palma para cima. Fiz o mesmo, enquanto os dois homens se cumprimentavam.

– Quem é ela? – o guarda perguntou. – Você nunca trouxe uma mulher aqui.

– Gisela – Manfred disse. – Vai trabalhar na cozinha. Eles estão desesperados por ajuda. Todo mundo aqui me disse isso, até o coronel Burger.

O guarda sorriu, exibindo dentes manchados por fumaça de cigarro.

– Ela é bonita – entreouvi o guarda cochichar –, mas tenho que...

Abri minha bolsa, tirei meus documentos falsos, estendi a mão passando por Manfred, e os entreguei ao homem, pensando que eu era qualquer coisa, menos bonita, com meu rosto encardido, óculos sujos, e a peruca loira que precisava ser lavada e penteada.

Ele folheou os documentos por um curto tempo, antes de devolvê-los. Encostei-me em Manfred, esperando marcar posição.

O guarda olhou para nós, mandou sairmos do carro, e depois verificou debaixo dos bancos. Satisfeito com sua inspeção, disse a Manfred:

– Ah, entendo, uma mulher de Munique, uma estudante também. – Ele enganchou o polegar debaixo do seu cinto de munição. – Melhor aqui do que lá. As escolhas são mínimas em Moosburg.

– As escolhas são mínimas em todo lugar, hoje em dia – Manfred disse com uma risada.

Voltamos para dentro do caminhão, e o guarda fez sinal para avançarmos.

O campo tinha sido construído em uma grande área de terra pantanosa, entre os rios Amper e Isa, algo a se pensar quando se tratava de dificultar a fuga dos prisioneiros de guerra. Uma estação de trem contornava o lado oeste do campo, onde os prisioneiros podiam ser desembarcados para tramitações ou, como a mesma facilidade, transferidos para outros campos. O que me chocou, no início, em Stalag, foi seu tamanho; estendia-se até as colinas arborizadas a leste, e depois para tão longe ao sul que parecia que Moosburg ficava dentro dos seus limites. Havia mais barracões na face da terra do que eu conseguiria contar.

O caminhão se arrastou por uma longa alameda chamada Lager Strasse, que seguia por entre fileiras de barracões austeros, onde grupos de homens caminhavam pelos corredores de arames farpados, com seus uniformes militares desgastados. Outros caminhavam com jaquetas de aviador, sem nada para proteger suas cabeças. A roupa dançava em seus físicos emaciados. Apesar de seus corpos magros e rostos sisudos, os homens aproveitavam o raro dia de janeiro. Muitos prisioneiros tomavam sol encostados às paredes dos barracões.

Manfred fechou sua janela e me disse para fazer o mesmo, enquanto seguíamos pesadamente pela alameda.

– Você fez a coisa certa, se encostando em mim. Gostaria de ter pensado nisso. –Ele fez o caminhão diminuir a marcha. – Não falei sério quando disse sobre "escolhas mínimas". Eu tinha que fazer uma graça para ele.

– É, já tive dias melhores – retruquei, brincando. No entanto, não podíamos nos permitir perder tempo conversando sobre trivialidades, como beleza. – Com tantos prisioneiros, qual seria a dificuldade de começar uma revolta e dominar os guardas?

– Não seria tão fácil quanto você poderia pensar – ele disse. – Esses homens que estão tendo um vislumbre do sol, quantos são, mil, talvez? Juntamente com os outros prisioneiros são uma ilusão de força. São soldados de muitos países, não uma unidade coesa. Também existem inúmeros homens doentes aqui, mas não estão à vista. Este lugar é um buraco do inferno, apesar do que os nazistas de alto coturno possam afirmar. Não posso ajudar os prisioneiros tanto quanto gostaria porque sou destinado aos barracões dos guardas, onde as condições são melhores. Aqui, a comida é uma porcaria, e não há muito que se possa fazer, considerando os mantimentos. É uma má nutrição violenta, os homens estão cobertos de piolhos e pulgas, a única coisa que ajuda é o frio. Já vi homens se despirem e enterrarem suas roupas na neve para matar os piolhos. Depois, passada uma hora ou coisa assim, eles voltam a vestir os uniformes e voltam para seus barracões gelados. As latrinas são terríveis, um fedor insuportável, e buracos quase transbordando. Os oficiais não ligam se as pocilgas são limpas; as condições insalubres só espalham doenças.

– Fui enfermeira. Talvez eu seja mais bem aproveitada no hospital.

Manfred franziu o cenho.

– Você se trairia. É fácil demais dar uma olhada no passado de uma enfermeira que aparece do nada em um hospital de campo. Além disso, eles não querem civis nesses postos. Estão usando auxiliares franceses e poloneses sob a supervisão de médicos alemães. Limite-se à cozinha.

– E ninguém consegue escapar?

Ele apontou para as fileiras de cercas de arame farpado que se estendiam entre os barracões, e esticavam-se em fileira dupla no perímetro distante do campo.

– Mais de setenta mil homens compartilham seu desejo de conquistar a liberdade, mas se tiver um plano realista para escapar daqui, me avise. Há dois mil guardas armados patrulhando, o mesmo número do lado de fora, com armas mais do que suficientes para um homem desarmado.

Paramos perto de uma cantina de madeira, no centro da Stalag. Manfred recostou-se no banco.

– Você soube o que aconteceu em março do ano passado? O boato percorreu o campo.

Sacudi a cabeça. Eu pouco sabia sobre o mundo externo enquanto estava em Schattenwald.

– Os prisioneiros construíram um túnel em Stalag Luft III. Setenta e três prisioneiros foram recapturados em questão de dias, e cinquenta foram executados sob ordens diretas de Hitler, violando a Convenção de Genebra. Mais tarde, ergueram cartazes em todos os campos, dizendo que "escapar deixou de ser um esporte". – Ele abaixou a cabeça. – Conversei com Gretchen e outras pessoas sobre contrabandear armas para dentro, mas os veículos são revistados regularmente, como fomos hoje. As únicas armas que poderíamos esperar trazer para dentro seriam algumas pistolas, e a capacidade delas não seria páreo para uma MP 40, que pode disparar 32 cartuchos com a velocidade de um raio. Ajudei três soldados a escapar, dois deles morreram mais tarde nas mãos dos SS. Eles nunca disseram uma palavra sobre quem os ajudou. Eram homens honestos, decentes, respeitáveis. As chances de escapar da Stalag VII-A não são boas; mesmo assim, arrisquei minha própria vida para enfrentar a tirania. – Seus olhos fixaram-se nos meus. – Os homens ganham dinheiro, alguns deles trabalham fora do campo; têm uma vida que acreditam que perdurará até serem libertados. Por que encarar a Wehrmacht, a Gestapo e a SS, com a possibilidade de acabar morto juntamente com seus homens, quando sua mente está cheia da tênue promessa de libertação? E mesmo que muitos homens escapassem, onde se esconderiam em um país devastado pela guerra? Esses homens se lembram do que aconteceu na Stalag Luft III.

Tudo que Manfred dizia fazia sentido.

– Se a fuga é impossível, qual é a sua ligação com a Gretchen? O que oferece àqueles que resistem a Hitler?

– Asseguro que oficiais de alta patente da inteligência saiam da Stalag VII-A. Quando não estou fazendo isso, faço tudo o que posso para garantir que os prisioneiros não morram. Os homens e mulheres que lutam pela liberdade merecem viver. É por isso que você está comigo, agora.

Ele abriu a porta do caminhão.

– Vou te apresentar para a gerente. É uma velhota dura, mas justa. Vai te dar comida boa. Pego você no final do meu turno, às 20h.

A estrada de terra compactada triturou-se sob meus pés. O campo, com seus barracões espalhados pelos quatro cantos, era imenso em comparação à pequena cantina. Segui Manfred até a porta onde, depois de aberta, os agradáveis aromas de pão assado e salsichas fritas fizeram minha boca se encher de água.

– Obrigada por me trazer aqui – eu disse, enquanto ele fechava a porta.

– Por aqui. – Ele indicou um longo balcão cheio de tachos e panelas.

Inga Stehlen, baixa e atarracada, era tão dura quanto o significado do seu sobrenome – aço.

Com o cabelo grisalho puxado em um coque, as pernas descendo como troncos de árvores da sua saia lisa, os pés ágeis saltitando por ali em sapatos pretos, reinava sobre cada detalhe da cozinha. Inga me lembrou Dolly, de Stadelheim, mas sem a crueldade evidente que minha antiga algoz exibia com tanta rapidez.

Manfred fez uma rápida apresentação, e depois nos deixou, dizendo que voltaria às 8 horas para me buscar.

Não sendo alguém que retardasse as atividades com formalidades, Inga foi direto ao assunto:

– O que você sabe fazer?

– Quase tudo – respondi, sem querer me desqualificar no trabalho da cozinha.

– Você vai começar ali – ela disse, indicando um balcão com pia para lavagem. – Vai ficar com as mãos em água quente dez horas por dia, para começar; limpando tachos, panelas e utensílios de forno. Se for boa, posso te deixar tirar as mãos da pia, mas vamos ver. – Suas sobrancelhas se estreitaram. – Imagino que não vamos ter essas tarefas por muito mais tempo.

Não entendi ao certo o que ela quis dizer. Estaria insinuando que uma vitória Aliada estava quase garantida, ou que a Alemanha, de algum modo, conquistaria seus inimigos? Não estava em posição de comentar a questão. Fui para o balcão, mas ela me puxou para trás.

– Você é amiga do Manfred?

Um toque de malícia reluziu em seus olhos.

Confirmei com a cabeça.

– Ele é um homem bom. Merece uma boa mulher.

– É – respondi. Não queria discutir suas ideias românticas a respeito de um homem que eu tinha acabado de conhecer.

Ela passou por mim e ocupei meu lugar à pia. Trabalhei ao lado de outra mulher que mal me olhou, até avisar que estava na hora do seu intervalo.

– A Inga não gosta que a gente converse – ela disse.

A noite veio, esfreguei e lavei pratos, tachos e panelas pesados, até estar exausta, mas não reclamei porque vi milhares de homens com suas xícaras e canecas de lata parados em fila, esperando comida enquanto a temperatura caía. Recebiam uma sopa rala de cevada, algumas batatas cozidas, pão preto (que vi que haviam sido suplementados com serragem), e chá. Alguns com mais sorte conseguiam se sentar no chão da cozinha, enquanto a maioria comia ao ar livre, no frio.

Às 20h, Manfred entrou pela porta. Outras funcionárias haviam chegado para ocupar meu lugar, e quando saí, Inga informou que eu era esperada às 8h na manhã seguinte, para um turno que terminaria às 18h. Meu único dia de folga seria aos domingos, ela disse. Não demorei muito a perceber que ela era a força motriz por detrás das atividades da cozinha e da cantina. Dirigia com mão de ferro e ninguém a contrariava.

– Poso te levar para casa? – Manfred perguntou, enquanto caminhávamos a curta distância até seu caminhão.

– Pode – respondi, minha voz falhando de cansaço. – Qualquer lugar onde haja uma cama quente.

Deixamos o campo pelo portão da Lager Strasse, depois da vistoria dos guardas do período noturno, e seguimos em silêncio por muitos quilômetros. Relaxei no assento, o leve balanço do caminhão quase me fazendo adormecer depois do longo dia em pé. A estrada nos levou para perto de Moosburg, até chegarmos a uma pequena casa de fazenda, ao sul da cidade, perto do Isar. Manfred colocou o caminhão em marcha neutra, e ele seguiu até parar em frente a uma porteira de arame.

– Imagino que eu devesse fazer a pergunta – eu disse, enquanto Manfred punha a mão na maçaneta da porta. – Você é casado?

– Não – ele respondeu, sem rodeios.

– Namorada?

Ele balançou a cabeça.

– Bom, talvez uma. – Ele saiu do caminhão e ficou parado em frente à porteira, seu corpo emoldurado pelos faróis. – Schütze! Venha aqui!

Um borrão escuro veio saltitando dos fundos da casa, pulou e rodopiou de encontro à cerca com grande alegria.

– Ela ficou do lado de fora o dia todo. Está feliz em me ver.

Ele abriu a porteira e a cachorra passou por ele e entrou no caminhão, me lambuzando de beijos.

Desci e a cachorra impaciente pulou atrás de mim. Fiquei no ar gelado, agradecida, mas ainda temerosa de confiar na hospitalidade de um estranho. No que eu estava me metendo? Schütze me rodeou, enquanto esperei Manfred estacionar o caminhão perto da casa e fechar a porteira.

Ele veio a passos firmes com a chave na mão.

– Não é grande coisa.

Era uma moradia construída com pedra e madeira, com um telhado inclinado de beiral saliente para se livrar da chuva e da neve bávaras. Uma vez lá dentro, Manfred acendeu um lampião e depois o fogão a lenha. Podia sentir as gerações de espíritos que residiram naquela casa modesta, seus retratos pendendo da parede em molduras de caixas de charutos pretas, os belos bordados das almofadas e capas de móveis, não do gosto de um homem, mas intocados como um sinal de respeito pela mulher que havia morado ali antes dele, continuando em seus respectivos lugares como ficaram por anos.

Manfred pendurou seu casaco em um gancho na porta, e chamou a cachorra para dentro da cozinha. Depois de alimentada, Schütze sapateou no tapete em ponto russo, em frente ao fogão, fazendo dele uma cama confortável.

Larguei-me numa cadeira, tirei a peruca e agitei o cabelo para ele não parecer tão horroroso. A chaleira ferveu no fogão, e Manfred voltou com canecas de chá para nós dois, sua mão esquerda ainda com a luva.

– Como você conseguiu isso? – perguntei. Era difícil conseguir chá.

Ele se sentou em um sofazinho à minha frente, com a cachorra entre nós. A sala de visitas agradável, a cachorra, o fogo aconchegante, tornaram tudo confortável, confortável demais, e tive uma súbita vontade de sair correndo da casa, noite adentro. Por que ele tinha aberto sua casa para mim? As perdas que eu tinha sofrido dificultavam confiar em alguém.

Ele me olhou preocupado, percebendo meu desconforto.

– Então você não é loira. Desconfiei. Você fica bonita com o cabelo curto. – Ele sorriu e eu corei, enquanto ele tamborilava em sua caneca. – Consigo chá no mercado clandestino do campo. Os pacotes da Cruz Vermelha chegam para os soldados. Posso conseguir café, às vezes chocolate, cigarros também, se quiser, em troca de produtos assados fora do campo; em outras palavras, filões de pão sem serragem. – Ele deu um gole e depois colocou a caneca em uma mesinha de madeira à sua direita. – Você não confia em mim, não é? E se eu te contasse que sei sobre o Rosa Branca?

Sua pergunta abrupta me pegou desprevenida. Olhei para Schütze enrodilhada em uma bola em frente ao fogão.

– Para ser sincera com você... não. Por que eu confiaria? A gente só se conheceu hoje, e além de saber que você tem algum tipo de relacionamento com a Gretchen, não sei nada a seu respeito. Você poderia ser um agente da Gestapo, um membro da SS, até onde eu sei. Talvez até tenha trabalhado na Stadelheim ou em Schattenwald. Muitas pessoas sabem sobre os folhetos do Rosa Branca.

Ele tirou a luva da mão esquerda, e enrolou a manga da camisa, expondo o braço. A parte de cima da sua mão tinha buracos e cicatrizes, como se tivesse sido queimada com fogo. Pedaços de carne, revelando uma pele rosada pela falta de pigmentação, tinham sido removidos dos dois lados do seu braço, até o cotovelo.

– Foi isso que aconteceu comigo na invasão francesa do Reich. Nunca fui a favor da guerra, nunca fui membro do partido, nunca apoiei Hitler, mas, é claro, fui forçado a servir, e a receber a bala que quase arrancou meu braço. As feridas levaram meses para sarar, por causa das cirurgias e infecções. Depois disso, o Wehrmacht desistiu de mim, e depois o Partido me procurou, com a generosa determinação que eu trabalhasse na Stalag VII-A.

Se eu tivesse sido enfermeira na França, teria cuidado dele com carinho.

– Não tenho sensação na minha mão esquerda, meus dedos anular e mindinho não se mexem porque os tendões foram cortados. Por sorte, sou destro. – Ele levantou o braço machucado. – Ele é bem inútil, a não ser para o equilíbrio e pousar um copo de cerveja em cima... Posso segurar uma pá e um alicate, se precisar. – Ele se abaixou para agradar a cachorra. – Fiquei surpreso de a França ter sido dominada com tanta facilidade. Hans Scholl me disse a mesma coisa um dia.

Fiquei sem fôlego.

– Você conheceu Hans Scholl?

– Servimos juntos. Era um bom homem; talvez bom demais para este mundo. Teria sido um médico excelente.

– Conheci também sua irmã, Sophie... e Alex... e Willi.

– O Rosa Branca – Manfred disse.

Uma acha estalou no fogão, e uma leve nuvem de fumaça vazou para a sala por uma rachadura no vidro da fornalha. Schütze teve um sobressalto e ergueu a cabeça, analisando Manfred e a mim com seus olhos castanhos alertas.

– Ela faz jus ao nome – Manfred disse. – É o melhor cão de guarda que já tive. – Ele desceu a manga da camisa e se recostou no sofá. – Então, você bem que poderia confiar em mim, caso contrário, o inverno será longo... Quem é você?

Fechei os olhos, que estavam pesados por causa do alívio que invadiu meu corpo. A ideia de que poderia voltar a confiar em alguém acalentou minha alma. Levantei a peruca do colo e olhei para ela, aborrecida pelo que ela significava.

– Sou Natalya Petrovich, uma russa que mora em Munique e serviu como enfermeira voluntária no front leste... que foi presa como traidora... que sobreviveu a Stadelheim e Schattenwald, e agora tem um trabalho em Stalag VII-A, graças à generosidade de um estranho.

Meus olhos tremeram e lutei para permanecer acordada. Eu iria dormir em lugar abrigado, quente e seguro pela primeira vez desde que havia deixado a casa de Gretchen, sensação maravilhosa que alimentava minha sonolência.

– Vou esperar pelo resto da sua história... – Manfred disse. – Você gostaria de ir para a cama?

Suas palavras me despertaram.

– Vou ficar bem no sofá.

– Ele é pequeno, cheio de calombos e, quando o fogo apaga, muito frio – ele disse. – Eu fico aqui.

– Não, prefiro ficar aqui... com a cachorra. Estou acostumada a dormir sozinha. Além disso, você é alto demais.

– Tudo bem – ele disse, me analisando com seus calmos olhos azuis. – Eu já peguei no sono nele antes.

– Esta noite somos *amigos* – eu disse.

– É... pelo tempo que você quiser.

Manfred arrumou cama com travesseiros confortáveis e cobertores, e em segundos eu estava dormindo.

Acordei com uma luz cinza do amanhecer se esgueirando ao redor das cortinas. Manfred estava em pé junto ao fogão da cozinha, preparando o café da manhã, mas logo veio até mim com olhos sorridentes e afetuosos.

No entanto, estávamos ficando atrasados, e eu não queria perguntas da minha nova chefe na Stalag VII-A. Enrolei-me no cobertor e fui para o banheiro.

Em meados de março de 1945, minha rotina na Stalag estava bem estabelecida. Inga me moveu pela cozinha como uma peça de xadrez, primeiro do meu posto na lavagem de pratos para passar pano e esfregar, depois cozinhar e até assar o temível pão preto "fortificado" com serragem. As mulheres locais usavam sementes de cominho em seus pães, tornando-os muito mais palatáveis para os prisioneiros, e rentáveis no mercado clandestino.

Enquanto circulavam rumores sobre a derradeira derrocada do Reich, os prisioneiros do campo mantinham uma moral razoavelmente alta. Os prisioneiros não comissionados frequentemente trabalhavam em Munique, então escutei histórias sobre o estado da cidade, agora quase totalmente em ruínas. Eles limpavam os detritos das ruas, enchiam crateras feitas por bombas, e consertavam trilhos avariados das estradas de ferro. Era um trabalho duro, mas não insuportável, e eles pareciam bem tratados, principalmente porque os guardas eram homens velhos, recrutados para a função.

Com Manfred, estabeleci um relacionamento fácil e amigável, e depois de algumas semanas chamava a casa da fazenda de minha casa. No começo, neguei qualquer atração entre nós, porque a guerra tornava tudo incerto. Por fim, abri mão do sofá, sem que Manfred tivesse que me convencer, e dormíamos juntos em sua cama, mas não fazíamos amor. Com frequência, eu me via, pela manhã, aninhada em seu peito nu, no começo inquieta, mas logo ficando mais confortável, à medida que fomos nos conhecendo. Quando estávamos separados, sentia falta dele e ansiava por nosso tempo juntos.

Nossas conversas noturnas, quando aconteciam, levaram ao aprofundamento da nossa ligação. Recontei minha história, inclusive meu serviço voluntário na Rússia, meu trabalho com o Rosa Branca, minhas prisões e minha estadia com Gretchen.

– E você? – perguntei a Manfred uma noite, da minha cadeira.

– Ah, tenho tido uma vida muito animada. – Ele descalçou as botas, colocou-as no chão em frente ao fogão para secar, e tomou seu lugar costumeiro no sofá. Recostou-se para trás, contente, e esticou o braço esquerdo no tecido. – Nasci nesta terra. Existem maneiras mais fáceis de ganhar a vida do que o trabalho agrícola, principalmente depois da ascensão dos nazistas. Meu pai morreu há cerca de dez anos. Acho que a dureza de administrar uma fazenda e a ascensão de Hitler ao poder o mataram. Minha mãe morreu alguns anos depois, na época em que a Alemanha invadiu a Polônia.

– Ela sentia falta do seu pai? – perguntei.

– Sentia, não foi a guerra que a matou. Ela morreu de tristeza, queria ficar com o marido. Pelo menos foi o que aconteceu, depois de toda a desgraça e a solidão.

– Ela morava sozinha aqui?

– Eu tinha um trabalho em Moosburg, e aluguei um quartinho atrás de uma casa. Quando podia, vinha até a fazenda ajudar, mas acabou sendo demais para nós dois. Por fim, tivemos que vender os animais e a pouca colheita do que plantamos, principalmente as batatas. De qualquer modo, os nazistas sentiam que podiam se servir de tudo que tínhamos. Depois que a guerra começou, e depois de eu ter sido enviado para a França, voltei para viver... por minha conta.

A mecha do lampião estalou e fulgurou, depois se acomodou numa chama estável.

– Trabalhei na fazenda e também fiz trabalhos curiosos: eletricidade, marcenaria, encanamento, coisas que precisavam de conserto. Quando os nazistas vieram procurar trabalhadores, contei que era isso que eu poderia fazer, e foi assim que acabei no Stalag. Não tive escolha. Mais tarde, me juntei a Gretchen e decidi ajudar a resistência enquanto trabalhava no campo.

– Você e Gretchen já...?

Não terminei a pergunta, certa de que Manfred sabia o que eu estava perguntando.

Ele deu uma risadinha.

– Não. A Gretchen é cautelosa demais para se envolver com alguém que trabalhe com ela. – Ele pousou as mãos no sofá. – Ela sai com homens que não querem um relacionamento, e existem milhares deles.

Ele olhou para mim, a luz do lampião cintilando em seus olhos.

Remexi-me um pouco na cadeira, não por desconforto, mas pelo afeto que crescia dentro de mim por aquele homem, sensação bem diferente de qualquer uma que eu já tivesse experimentado.

Ele apontou para o quarto.

– Minha família é católica, mas tudo sobre religião está escondido naquele quarto, inclusive os terços da minha avó, a Bíblia da família e o crucifixo. Esses ornamentos não podem estar à vista. E a sua família?

– Ortodoxos orientais, mas não praticantes, é claro. Meus pais deixaram a religião alguns anos depois de chegarmos à Alemanha. Largaram a igreja. E eu rezo de vez em quando.

Schütze se levantou do seu lugar de descanso em frente ao fogão, aparentemente aquecida demais pelo fogo, circulou pela sala e se acomodou em frente a Manfred.

– Você já teve namoradas? – perguntei.

– Algumas. Um caso sério durante um tempo, mas ela queria mais do que um pobre fazendeiro pode oferecer. Depois do meu ferimento, ela me deixou e ficou noiva de um oficial da Wehrmacht. Ele foi mandado para Stalingrado. Imagino que esteja morto. Não voltei a vê-la.

– O que vai fazer quando a guerra acabar?

Ele olhou para mim com um desejo vultuoso. A luz âmbar do lampião a óleo mesclou-se ao brilho vermelho da fornalha.

– Acho que vou ficar aqui. Esta casa é tudo que eu tenho, e não consigo me imaginar desistindo dela por nada. – Ele olhou para a cachorra que cochilava a seus pés. – Schütze está feliz aqui... E você?

De certo modo, eu temia falar sobre o futuro. O que havia para ansiar? Mesmo que encontrasse a felicidade, quanto tempo levaria para se reorganizar as vidas, quanto tempo levaria para eu encontrar meus pais, quanto tempo para reconstruir uma cidade e encontrar um trabalho remunerado? Quanto mais eu pensava nisso, mais percebia que *estava* pensando sobre o futuro, e Manfred fazia parte das minhas esperanças e sonhos silenciosos.

– Eu poderia voltar para a universidade, terminar meu curso, mas antes disso quero encontrar meus pais...

Não consegui terminar por causa da dor que estraçalhava meu coração.

Ele saiu do sofá e se ajoelhou à minha frente.

– Vou te ajudar a encontrá-los. Nunca conheci uma mulher tão leal e corajosa quanto você, uma mulher linda que se mantém fiel a suas convicções. – Ele agarrou minhas mãos. – Todos nós que resistimos estamos tentando sobreviver. Eu te darei tudo que precisar. Você me tem feito companhia... Tem me dado um motivo para pensar no amor... Estarei à disposição para o que você decidir, mas espero que acabe me amando.

Inclinei-me sobre ele e o beijei.

Ele se levantou e me abraçou, me beijando, agradando meu rosto e meu pescoço.

O carinho que eu tinha sentido por ele tinha se transformado em um desejo que ardia no meu coração.

– Tem tanta coisa para se pensar – eu disse, terminando um beijo com delicadeza. – Tudo ainda está no ar. Gosto demais de você, mas precisamos esperar... até que isso acabe.

Ele recuou e agradou Schütze, que se deitou de barriga para cima e abanou o rabo.

Percebi que Manfred ficou desapontado, mas seu sorriso demonstrou esperança.

– Hoje andei trabalhando num vazamento de torneira – ele disse, deixando o clima mais leve. – Você viu o bombardeiro?

– Não.

Eu tinha passado o dia todo na cozinha.

– Passaram vários no alto recentemente, americanos e britânicos. Não estão bombardeando a gente. A notícia ainda está correndo por Moosburg. Acho que estaremos a salvo até terminar.

– Isso é bom – eu disse, sem saber se nossa sorte resistiria.

– Escutei rumores sobre o comandante Burger – Manfred continuou. – Ele não está em sintonia com outros oficiais nazistas, o que é perigoso para ele, mas melhor pra nós.

– O que você quer dizer?

– O que acontecerá com o campo quando os Aliados chegarem aqui? – Ele voltou para o sofá. – Prisioneiros de outros campos foram trazidos para cá porque Hitler não quer que eles caiam nas mãos dos inimigos. Se Hitler pressionasse, poderia mandar sua equipe instituir uma política de "terra arrasada". Todos e tudo seria destruído.

A lembrança horrorosa do caminhão entrando na floresta russa veio à minha cabeça, a execução que jamais poderia ser apagada da minha memória. Será que esses extermínios poderiam acontecer aqui e nos outros campos que estavam sendo evacuados?

Não tive resposta, mas a ideia me apavorou.

Três semanas depois, em um dia chuvoso, a SS efetuou uma inspeção surpresa na Stalag VII-A. Todos os homens e mulheres da equipe da cozinha receberam ordens para fazer uma fila para uma lista de chamada, com Inga encabeçando a fila. Eu tinha ficado descuidada quanto ao uso da peruca próximo à casa de Manfred, mas ainda a penteava e a usava no meu trabalho.

Quatro oficiais da SS, todos com expressão severa e enérgica em suas jaquetas de campo úmidas, seguiram pela fila da direita para a esquerda. Eu tinha tirado os óculos, necessários para o trabalho, e os colocado no bolso do vestido. Estava no meio da fila, com as mãos ao lado, tentando permanecer calma e perfilada, enquanto cada um dos homens parava e me analisava.

O último oficial voltou seu olhar para mim, e fiquei paralisada de terror.

Meus olhos estavam fixos no rosto de Garrick Adler.

CAPÍTULO 17

ERA COMO SE MEU CORAÇÃO TIVESSE PARADO, mas de algum modo minhas pernas permaneceram firmes.

Garrick me encarou, seus olhos azuis nebulosos e inexpressivos como os de um peixe morto, a boca virada para baixo em uma carranca. Tinha envelhecido desde que eu o analisara de perto, um ano e meio antes, em Stadelheim. Todos nós tínhamos envelhecido, e talvez não estivéssemos mais sábios. Seu sorriso fascinante havia desaparecido; seu rosto, nem que fosse só pela crueldade, estava fraturado de vincos.

Ele piscou e depois seguiu em frente, avançando pela fila, olhando para trás, para mim, a cada poucos segundos. Talvez meu disfarce tivesse resistido.

Depois da inspeção, os quatro SS se juntaram perto do centro da sala, e conversaram. Permanecemos em fila, esperando ser dispensados, não nos atrevendo a perturbar a conversa dos oficiais.

Depois de alguns minutos, Garrick mandou Inga se aproximar e falou com ela, enquanto os outros oficiais saíam do prédio.

Inga apontou para mim e dispensou os outros na fila.

– O oficial parado próximo à porta quer conversar com você – ela disse com as sobrancelhas levantadas.

Garrick, com a aba do seu quepe da SS resguardando o rosto, me deixou passar.

Caía uma chuva fria, então nos abrigamos sob o beiral, Garrick bem agasalhado em sua jaqueta cinza, eu tremendo no meu vestido de trabalho. O vento gelado provocava arrepios ao longo dos meus braços e pernas.

Garrick examinou nosso entorno detalhadamente; alguns prisioneiros fumavam amontoados na parede de um barracão próximo.

Ele tirou um maço de cigarros do bolso, o bateu em sua palma esquerda, pegou um, e o acendeu com seu isqueiro prateado. A fumaça ondulou para longe no vento, mas não antes de ele conseguir dar uma boa tragada para seus pulmões. Ele me examinou, seus olhos perdendo um pouco da aridez, enquanto a fumaça ondulava do seu nariz. Os outros oficiais SS fizeram uma breve aparição na Lager Strasse, depois desapareceram dentro de um barracão.

– Qual o seu nome? – ele perguntou.

Eu tinha certeza de que ele tinha me reconhecido, mas continuei minha farsa na leve chance de que ele não tivesse.

– Gisela Grass.

– Gisela... Gisela... Esse nome não soa familiar. – Ele tocou num cacho da minha peruca. – Você me lembra muito alguém que conheci... Eu te lembro algum conhecido seu?

Meus instintos me disseram para encará-lo da maneira que ele me encarava, não abaixar o olhar, nem demonstrar medo, mas me senti derrapando, a facilidade de ceder sendo um esforço menor do que a tensão constante de me esconder. Contudo, uma voz urgente dentro da minha cabeça, me incitando a permanecer viva, me impediu de me entregar.

– Não – eu disse. – Não te conheço. É só isso o que o senhor quer, meu nome? Está frio e gostaria de entrar, onde está quente.

– Eu digo quando você pode entrar, Natalya.

Estremeci e cruzei os braços em volta do peito, me recusando a dar mais informações, meu corpo tremendo sob o beiral que pingava.

Ele tocou no meu couro cabeludo e levantou a peruca, que estava presa no meu próprio cabelo, agora que ele tinha crescido além do corte drástico que tinham feito.

– O cabelo e o pó para deixar sua pele mais clara não podem esconder quem você é – ele disse, se apoiando na parede, seu rosto assumindo uma expressão vazia de resignação. – Procurei por você durante meses, e agora que te encontrei, não sei o que fazer com você.

Eu meio que esperava que ele me batesse ou me arrastasse até um carro, com a guilhotina ou o nó do carrasco vindo a seguir.

– Isso não parece você, Garrick – eu disse, confirmando sua descoberta. – Você matou uma gata e gatinhos indefesos para se infiltrar no Rosa Branca. Por que eu esperaria uma punição menor? Vá em frente... Me leve.

Estendi as mãos.

– Tenho uma surpresa para você, Natalya. – Ele deu uma tragada no cigarro e olhou para a chuva que formava grandes poças na rua enlameada. – Eu não matei aqueles gatos, eles já estavam mortos, exceto um, Katze. Tinha esperança de te assustar para que confessasse. Na verdade, tive a ideia absurda de que você pudesse se juntar a mim descobrindo outros traidores...

– Não acredito em você – eu disse, abaixando as mãos. – Você queria que eu morresse. Tudo que me disse era mentira, até suas afirmações de carinho e preocupação.

Ele espanou a chuva da jaqueta.

– Pelo contrário, eu a queria viva porque me preocupava com você, um fascínio estúpido, vejo agora, porque é uma manobra complicada abrir mão de um doloroso amor não correspondido. A obsessão pode ser mortal, principalmente para a pessoa que a traz no coração. Não me importo se você acredita em mim. Estou dizendo a verdade. – O sorriso luminoso, rasgado, que eu vira com tanta constância, permaneceu escondido; a chama dos olhos azuis estava apagada pela lenta combustão do desespero e da resignação. – A guerra acabou, Natalya. Todos nós sabemos disso, mas lutaremos até o último homem. – Seus lábios se curvaram para cima num sorriso tímido. – Eu realmente gostaria de saber se Katze e Frau Hofstetter estão vivos.

– Meus pais estão vivos? Eu te vi com eles no parque. Passei por você. Ele riu.

– Ah, então era você. Vi seu pai se inclinar para frente no banco, mas não consegui escutar o que disse. É claro que ele mentiu quando perguntei. Não sei se estão vivos. Outros assumiram o caso. – Ele tragou seu cigarro. – Não pensava que fosse tão atrevida a ponto de ir procurá-los, mas agora sei muito bem. Você fez coisa muito pior. A SS te quer porque matou o *bom* médico. Você é uma mulher poderosa, Natalya. Uma mulher poderosa procurada pelo Reich.

Abaixei o olhar e me encolhi perto da porta da cozinha, esperando conseguir algum calor lá de dentro.

– Por que a mudança de posição, Garrick? Sua transferência para a SS te amoleceu?

– Você só tem isso para perguntar? – Ele atirou o cigarro na rua, onde aterrissou numa poça com um chiado fumacento. – O Reich te manda para onde acha que é necessário. Fui eu quem te manteve viva, assim como Willi pôde viver aqueles meses a mais depois do julgamento, porque as autoridades esperavam que houvessem mais traições, seguidas por mais mortes. No seu caso, me enganei. Você ficou inflexível até o fim. Quando o dr. Kalbrunner foi executado, não tive nada a dizer no seu caso. Você tinha fracassado em descobrir traidores, sendo que Kalbrunner era um deles. Eu já não podia te salvar. Minha própria lealdade para com o Reich ficou sob suspeita. Mandaram o dr. König acabar com a sua vida... Fui contra... Todo artifício em que pude pensar, todo argumento que apresentei, foram rejeitados pelos que estavam no comando. Fui vencido pela hierarquia e pelos números. Tive que deixá-la sair do meu coração... e da minha mente.

– Não tive escolha com o dr. König – eu disse.

– Eu sei... Admiro sua desenvoltura, Natalya. – Ele se aproximou de mim. – Não sei se eu poderia sair vivo sob tais circunstâncias, mas você *persistiu*. – Ele sacudiu a cabeça. – König não foi uma grande perda. A esterilização e a eutanásia deveriam ter acabado anos atrás, mas alguns médicos têm uma comichão que não conseguem curar, quando se trata do poder que têm sobre outros. Agora entendo isso. König nunca provou nada, a não ser como é fácil o ser humano morrer. Mesmo assim, a SS não ficou satisfeita com o assassinato dele.

– O que vai fazer comigo? – perguntei, sabendo que minha vida estava em suas mãos.

Ele deu uma risadinha.

– Vim com os outros oficiais para fazer uma inspeção, avaliar as coisas. Nem mesmo tenho certeza de que eles saibam ou deem importância a você. – Ele deu um piparote para tirar a chuva do seu quepe. – Vou deixá-la ficar aqui, na Stalag VII-A. De certa maneira, imagino que para você seja bem parecido com estar numa prisão, como é para esses prisioneiros que residem em Lager Strasse. Você *tem* que ser Gisela, não tem, Natalya? Não tem volta.

Suspirei de alívio por Garrick me deixar viver, mas ele tinha razão. Eu não podia fugir do campo, porque não tinha para onde ir, a não ser para a casa de Manfred. Não podia revelar minha verdadeira identidade porque poderia ser reconhecia por outros oficiais da Gestapo e da SS; e talvez, o mais revelador fosse que não queria deixar o homem que tinha me acolhido em sua casa e no seu coração.

– Obrigada por me deixar ficar – eu disse.

– Não me agradeça. Agradeça aos Aliados. Eles estarão aqui em dois meses, talvez antes. Todos nós sabemos disso. Hitler não acredita. Ele vai contra seus generais e sua equipe, pensando que seus delírios, de algum modo, mudarão o rumo de uma guerra que não pode ganhar. – Ele tirou outro cigarro, mas não o acendeu. – Antes que você me ache generoso demais, que amoleci, tenho mais uma coisa para te contar.

Fiquei tensa, me preparando para alguma revelação terrível. A chuva fustigava o telhado num aguaceiro súbito, vindo das nuvens manchadas.

– Estou cansado da morte – Garrick continuou. – Quando a gente se conheceu, eu não teria acreditado que tais palavras algum dia sairiam da minha boca, mas saíram. Tenho visto a morte onde menos esperava, e me maravilhado com aqueles que resistiram, os traidores, que foram para suas covas com graça e uma calma dignidade. Eles não estremeceram, não desabaram; verteram algumas lágrimas pelas pessoas que amavam, e clamaram pela liberdade. A força deles vem do coração... e da alma. Senti esse tipo de coragem em você, assim que te conheci na sinagoga.

Senti pouca empatia por ele, apesar de sua confissão.

– Você me enganou, Garrick, tirou proveito de mim, e traiu meus amigos. O Rosa Branca e eu pagamos o preço repetidas vezes por permitir que você entrasse em nossas vidas.

Ele agarrou minhas mãos.

– Não vou pedir desculpas porque você não acreditaria em mim... Meus pais morreram. Quando vi seus corpos explodidos e queimados pelas bombas, percebi que tinha me enganado, e que havia sido fraco, enquanto outras pessoas tinham sido fortes, como você. Eles eram alemães bons, Natalya. – Ele suspirou. – Então, siga seu caminho. Esconda-se, viva até o final da guerra, mas saiba que a SS quer este campo destruído e todos os prisioneiros daqui mortos antes da chegada dos Aliados. Vamos cumprir esse dever, se conseguirmos. Estamos aqui, hoje, para formular uma solução final para o problema da Stalag VII-A.

Retirei minhas mãos das dele, e me apoiei na porta, chocada com suas palavras.

Ele deixou o beiral, indo para a via, e olhou para o céu, as gotas salpicando seu rosto.

– É glorioso viver na sua época, conhecer a lua e as estrelas, o nascer e o pôr do sol, climas bons e ruins. Valorizo cada dia porque meu tempo está acabando. Voltarei quando a SS voltar ao campo. – Ele se virou para mim, sua jaqueta molhada de chuva. – Talvez te veja de novo. Faça o possível para se proteger.

Ele ergueu a mão na saudação nazista, e se foi empertigado ao encontro dos seus colegas.

Pressionei-me contra a porta, e por alguns minutos fiquei olhando, esperando que Garrick mudasse de ideia e voltasse com os outros SS. No entanto, pouco tempo depois, o sedã preto lustroso mergulhou na Lager Strasse, em direção à entrada do campo. O tempo deles em Stalag havia terminado, e chorei ao vê-los ir embora.

Voltei para a cozinha e esquentei as mãos em frente ao forno enquanto batia para tirar a chuva do meu vestido úmido. Inga e os outros não disseram uma palavra, mas me dirigiram olhares estranhos, como se eu tivesse me levantado dos mortos. De certa maneira, eu tinha.

Garrick tinha me deixado com a notícia de que a SS havia jurado destruir o campo. O que eu poderia fazer?

Naquela noite, contei a Manfred o que tinha acontecido com Garrick. Ele estava sentado no chão, em frente ao fogão a lenha, ao lado de Schütze, e pela sua expressão atônita, deu para perceber que minha notícia o tinha pegado desprevenido. Apesar do aconchego da casa, do reluzir do lampião, suas costas e ombros arriaram sob o peso da minha revelação.

– Estou perplexo que ele tenha deixado você se safar – Manfred disse.

– Ele ainda nutre em seu coração um tanto de bondade, de amor, se você quiser chamar assim, por mim, mas, mais do que isso, sabe que o fim está próximo. Não há mais nada que a Wehrmacht possa fazer. – Saí da cadeira e me acomodei no chão, ao lado dele, correndo os dedos pela pelagem quente da cachorra.

– Amor... – Ele pousou sua mão sobre a minha. – Há dias em que penso que o amor abandonou a terra, deixando apenas o mal para trás. Hoje é um desses dias.

– Estamos a salvo e aquecidos... por enquanto.

Com delicadeza, ele colocou sua mão direita no meu rosto.

– Tudo o que temos são momentos... apenas momentos.

Sua voz falhou e ele sufocou os soluços.

Aninhei-o nos meus braços, e Manfred desabou sobre mim. Fiquei feliz por lhe oferecer conforto, quando ele já tinha feito isso por mim tantas vezes.

– Sou grato a você, Natalya. Não quis te contar a má notícia que escutei de outro contato, um homem que mal conheço, mas depois da visita de Garrick, tenho que fazer isso. Gretchen foi presa, levada para

Stadelheim. Talvez tenha sido por isso que a SS esteve aqui, por terem encontrado alguma coisa em seu apartamento... vai saber. Se eles fizerem a associação dela comigo... e depois com você... – Sua cabeça tombou e as palavras saíram engasgadas: – Se eu for preso, jamais falarei. Seus segredos morrerão comigo; mas você precisa cuidar de Schütze e da fazenda.

Beijei-o no rosto por ser tão discretamente corajoso quanto meus amigos do Rosa Branca.

– Claro que cuidaria, mas não vamos prever o futuro. É igualmente provável que eles virão à minha procura.

Ficamos em silêncio, escutando as achas crepitarem no fogão, observando o delicado subir e descer da respiração de Schütze, lamentando calados o que o Terceiro Reich havia destruído. Em meu tempo na Stalag VII-A, tinha visto prisioneiros explodirem de raiva, sacudindo os punhos para Deus por estarem presos e pelo constante espectro da morte. A ansiedade e o terror que sentiam eram palpáveis. Todos, menos os mais endurecidos nazistas que, como Hitler, acreditavam que a Alemanha ganharia a guerra, viviam com o mesmo receio asfixiante. Agora, a pressão aumentava com a aproximação dos Aliados. Ninguém sabia o que aconteceria no campo.

Minha mente corria em círculos, tentando pensar numa maneira de sobreviver ao extermínio perpetrado pela SS. Por fim, uma ideia desesperada me ocorreu.

– Nunca conheci o comandante, coronel Burger – eu disse. – E se contarmos a ele o que a SS planejou? Você acha que ele vai aguentar ver o campo destruído e milhares de homens mortos? Se ele tiver um mínimo de decência, alguma bondade no coração, fará questão de garantir que seus prisioneiros sejam poupados.

Manfred refletiu a respeito.

– Burger poderia se opor à SS... Não posso dizer ao certo, mas não tenho uma ideia melhor.

– Consiga uma reunião. Vale a pena tentar.

Ele se soltou dos meus braços.

– Ele nunca vai acreditar em mim, um funcionário que, *por acaso*, sabe que a SS planeja destruir o campo e executar os prisioneiros? Vai pensar que sou maluco.

– Faça com que acredite. Diga que entreouvi a conversa. Vou com você.

Ele deu um tapinha na testa.

– Bom... bom... É, você deveria estar lá. Ele vai querer saber como consegui essa informação.

– Então, está decidido.

Ele me trouxe para perto e me beijou.

– Tenho medo, estou apaixonado por você – cochichou, encostando a cabeça no meu rosto.

Retribuí o beijo.

– Não tenha medo. Vamos aproveitar ao máximo o tempo que temos... Faça amor comigo.

Ele se levantou do chão, apagou o lampião, e me levou para o quarto. Tiramos a roupa e entramos debaixo das cobertas.

No início, estava hesitante, mesmo tendo dormido na cama de Manfred por semanas. Tive que tirar à força a voz do meu pai da minha cabeça, me repreendendo por fazer sexo antes do casamento. Mas as mãos fortes de Manfred me pegaram com um toque extraordinariamente gentil, e meu corpo se arrepiou quando ele correu as pontas dos dedos da minha cabeça até os pés.

Em uma noite, passamos de amigos e companheiros a amantes, conhecendo o corpo um do outro de uma maneira que eu nunca tinha experimentado. Ele já tinha estado com mulheres, eu era virgem. Claro que eu conhecia anatomia, tendo estudado a matéria e trabalhado com homens no hospital de campo. Sob esse aspecto, as características sexuais me eram familiares.

Quando ele entrou em mim, agarrei suas costas e forcei seu corpo no meu. Um movimento brusco em minha virilha mudou rapidamente de dor para prazer.

Fazer amor, a intimidade de estar próxima de um homem por quem eu me importava enfatizou o quanto a vida poderia ser preciosa, especialmente naquela época de guerra. Estávamos apaixonadas e consumando nossa união, um ato, uma emoção que transcendiam nossos passados. O *agora* era tudo o que importava, porque o futuro era uma incerteza.

Passei os dedos pelas suas costas e beijei seus ombros, o rosto e os lábios. Todos os nervos do meu corpo arderam ao mesmo tempo, e o quarto escuro e sem cor explodiu em uma chuva de estrelas e ondas elétricas azuis que me embalaram até que, exausta, me esparramei na cama.

Manfred me agarrou e se enroscou nas minhas costas, nossos peitos arfando até que nossa respiração se acalmou.

Depois de um tempo, me virei para ele.

Ele pôs um dedo nos meus lábios, antes que eu pudesse falar.

– Temos um ao outro. Ninguém pode tirar isso.

Acreditei em suas palavras, independentemente do que acontecesse, independentemente de eu ser procurada pelo Reich, tínhamos nos tornado um, e nosso amor nunca poderia ser destruído.

Segurei seu rosto, o beijei, e aproveitei cada segundo que tínhamos juntos. Nosso amor se aprofundou com o passar das horas, e a noite ficou eterna.

Passaram-se três dias até conseguirmos um encontro com o coronel Otto Burger. Enquanto isso, a vida no campo prosseguiu da maneira como era desde a minha chegada. Prisioneiros eram levados a Munique para limpar as ruas dos detritos e consertar os trilhos; o mercado clandestino prosperava, especialmente para produtos de padaria vindos de mulheres de fazendeiros; prisioneiros se banhavam na torneira de água fria de seus barracões, se amontoavam para se proteger da chuva, tomavam sol quando podiam, e passavam o tempo caminhando pelas faixas de arame farpado.

Não contei a Inga minha conversa com Garrick, embora ela e todos na equipe, que tinham visto os oficiais da SS, estivessem intrigados com o que havia acontecido. Mais de algumas sobrancelhas se levantaram quando Manfred chegou para me levar ao escritório do coronel.

– Está preparada? – perguntou, ao deixarmos a cozinha.

– Estou.

Meu estômago estava em alvoroço, pelo nervosismo.

– Deixe que eu comece a conversa, mas se ele te fizer perguntas, responda. Tentarei deixar ele de bom humor. – Ele puxou minha mão. – Não se esqueça de fazer a saudação como uma boa nazista.

Respirei fundo algumas vezes, enquanto seguíamos pela Lager Strasse, passando por um portão secundário de segurança, seguindo pelo armazém de alimentos e pelos galpões de equipamentos até chegarmos a mais um posto de controle. Uma área de escritório e o quartel-general do comandante ficavam perto.

Manfred nos anunciou para o guarda que escreveu nossos nomes numa prancheta e depois abriu a porta de uma sala de espera. Estandartes nazistas e fotos estereotipadas de oficiais do alto escalão do Reich estavam penduradas nesse espaço longo e estreito, tornando-o o ambiente mais pomposo que vi desde que fui levada ao Palácio da Justiça. Por alguns minutos, nos sentamos em cadeiras confortáveis até outro guarda abrir a porta do comandante e fazer sinal para entrarmos.

O coronel Burger não levantou os olhos quando entramos. Escrevia, sentado atrás de uma grande mesa de nogueira, com papéis e livros espalhados sobre ela. Um abajur de mesa fornecia a pouca luz que havia na sala, porque cortinas pesadas e vermelhas cobriam duas janelas estreitas. Era um homem de aspecto severo, lábios finos, cabelo emplastrado para trás, e pálpebras que viravam para baixo nos cantos, dando-lhe a aparência de alguém sempre à flor da pele, ou espreitando por sobre o ombro à espera da próxima confusão, muito parecido com os espiões retratados em filmes. Um retrato emoldurado de Hitler pendia atrás da sua mesa, no qual fixei os olhos uma vez, e depois ignorei.

Duas cadeiras de seda vermelha tinham sido postas em frente à mesa. Fizemos a saudação nazista para o coronel, e depois esperamos, seguindo a orientação dada pelo guarda, até o oficial reconhecer oficialmente nossa presença. Burger manteve-nos à espera por vários minutos, sua pena rabiscando no caderno aberto, seus olhos acompanhando o trabalho à sua frente.

Por fim, levantou os olhos e disse:

– Voll, não é?

– Sim, comandante – Manfred respondeu.

Burger fechou o caderno, pousou a pena, e fez sinal para o guarda sair da sala.

– Você faz alguma ideia da dificuldade que é administrar um campo estourando de prisioneiros, a maioria deles oficiais que acreditam merecer tratamento especial e, ao mesmo tempo, descobrir como alimentar os milhares a mais que este campo nunca pretendeu alojar, enquanto opera sob as orientações estritas do Reich?

Seus olhos cintilaram na luz, o olhar penetrante com sua estudada intensidade.

– Não senhor, não faço – Manfred disse. – Deve ser um trabalho muito difícil, mas sei que os prisioneiros apreciam tudo o que o senhor faz por eles.

O coronel puxou sua cadeira para trás para poder esticar as pernas.

– Curioso, nunca sou o destinatário desses bons sentimentos. Só escuto problemas, o encanamento não está funcionando, a comida não presta, o mercado clandestino está inflacionando ou desvalorizando a moeda do campo, depende do dia. Não é um trabalho fácil, Voll. – Ele sorriu e se recostou na cadeira, as dragonas do seu uniforme reluzindo um verde prateado. – Mas você não veio discutir meus problemas. Soube, pelo meu ajudante de campo, que você tem uma informação que gostaria de compartilhar comigo, sobre a SS?

Manfred apertou os braços da cadeira. Enviei a ele um desejo silencioso de encorajamento.

– Sim, gostaria de comunicar o que foi entreouvido quando os oficiais da SS visitaram o campo quatro dias atrás.

– Estou ciente da visita deles. Prossiga.

– É difícil colocar isto em palavras, senhor.

– Desembuche, Voll. Acredite, ouvi de tudo desde que entrei nas forças armadas em 1914.

Manfred respirou fundo.

– A SS pretende destruir Stalag VII-A e executar seus prisioneiros, em vez de deixar que caiam em mãos Aliadas.

O coronel esfregou o queixo, pegou sua pena, e escreveu num pedaço de papel.

– Por que o SS te diria isso? Como é que você está inteirado dos procedimentos deles?

Manfred começou a responder, mas coloquei a mão em seu braço.

– Eu os escutei, senhor. Sei o que disseram.

– E quem é você? – Burger perguntou.

– Sou Gisela Grass. Trabalho na cozinha.

Ele mordeu a ponta da sua pena, e refletiu sobre o que eu tinha dito.

– Você estava próxima o bastante para escutá-los, não tem como ter confundido suas palavras?

– Não senhor. Ouvi perfeitamente. Foi por isso que vieram aqui, para avaliar o campo e encontrar a melhor maneira de efetuar o extermínio.

– Eles sabiam que você estava escutando? – Suas feições pálidas ruborizaram, como se estivesse constrangido ou ultrajado pela minha afirmação. – Isso não pode ser verdade.

– Eles falaram a verdade porque não perceberam que eu estava escutando.

O coronel se levantou da cadeira e foi até um cavalete que portava um grande mapa da Alemanha. Como a maioria dos oficiais nazistas de alto escalão, ele personificava, em seu uniforme, a imagem perfeita de poder e conformidade, a lã amaciada até seu esplendor, as botas lustradas até ter brilho. Ele parou em frente a um mapa, dando as costas para nós.

– Os Aliados estão nos fechando. Hoje em dia, isso não é segredo. Só é preciso olhar para o céu. – Ele se voltou para nós e apontou para o mapa, seus olhos ardendo com uma reivindicação explosiva. – A Cruz Vermelha sabe sobre a Stalag VII-A porque *eu* tomei a decisão de informá-los que mais de setenta mil prisioneiros estão detidos aqui. Por que Moosburg foi poupada das bombas? – Cutucou seu próprio peito com o dedo. – Porque tive a coragem de falar.

Manfred inclinou-se para frente.

– Contei a Gisela que foi por sua causa, senhor, que fomos poupados. O senhor pode impedir essa matança planejada, se focar nisso. Milhares seriam salvos.

O coronel se sentou na beirada da mesa, seus ombros se curvando sob o peso dos seus pensamentos, os olhos ficando turvos. Supus, pela conscientização de que tudo poderia ser perdido por mais objeções que fizesse, por mais que tentasse salvar o campo.

– Não posso fazer grande coisa – ele disse. – Enquanto isso, precisamos seguir em frente. – Ele se levantou da mesa, e veio até nós. – Acho, moça, que seria bom você ficar fora do alcance da voz dos SS. Eles não suportam espiões.

Levantei-me da minha cadeira.

– É, mas sempre estarei do lado do que é certo.

– Um pensamento nobre, mas mais fácil de ser dito do que cumprido – o coronel retrucou, alheio à minha insolência.

Apertou a mão de Manfred, e depois a minha. Para manter a farsa, Manfred e eu saudamos o retrato de Hitler antes de o coronel nos acompanhar até a porta.

Ao voltarmos para a cozinha, perguntei a Manfred:

– Acha que ele acreditou em nós?

– Não sei – ele respondeu. – Pode ser que o coronel saiba mais sobre os planos da SS do que revela.

Naquele momento, soou o leve zumbido de aeronave. Olhamos para cima e vimos ondas de bombardeiros americanos voando em linhas retas como gafanhotos pretos. Todos no campo pararam o que estavam fazendo e olharam para o céu. Só nos restava rezar para que logo chegasse o dia em que fôssemos libertados.

CAPÍTULO 18

Final de abril de 1945

O CAMPO ASSUMIU UM CINZA SOMBRIO durante as chuvas da primavera, que transformaram o solo congelado em lama. Tudo e todos estavam ensopados e miseráveis. Quando conseguíamos ver, além das nuvens, o céu de um azul intenso, ele quase sempre estava cheio de caças e bombardeiros. No céu acima de nós, Manfred identificava as formas minúsculas através do seu conhecimento das aeronaves "inimigas": P-15s, P-47s, B-17s. Esses números não significavam nada para mim, mas depois do seu ensinamento cuidadoso, também conseguia identificar os aviões.

Às vezes, os pilotos pairavam sobre o campo e cumprimentavam os prisioneiros com uma inclinação amigável de suas asas, fazendo com que os guardas nazistas corressem, tarde demais, para pegar em armas. Os ajudantes da cozinha, com frequência, corriam até a janela para ver o que estava acontecendo.

À medida que os rumores sobre a aproximação das forças armadas americana e soviética se espalhavam diariamente pelo campo, os guardas pareciam divididos entre se vingar dos prisioneiros pela derrota da Wehrmacht, ou simplesmente escapar enquanto houvesse tempo. De sua parte, os prisioneiros permaneceram envoltos em miséria e privação, mas imbuídos de uma fé por sua libertação que espreitava sob seus sorrisos melancólicos.

Nas semanas após a visita de Garrick, fiz um esforço para conversar com tantos prisioneiros quantos consegui, que entendessem alemão. Estabeleci uma boa relação na fila de servir comida que levou a conversas e trocas pessoais. Os homens me contaram o que estavam passando. Embora Stalag VII-A pudesse ter sido melhor do que outros campos, os prisioneiros ainda sofriam sob condições deploráveis. Má nutrição, doenças, depressão e mal-estar assombravam o campo, e ninguém tinha certeza do que o futuro poderia conter.

Na noite de sábado, 28 de abril, o ronco de equipamentos militares sacudiu a casa da fazenda, apesar de ela estar a meio quilômetro da estrada principal. Manfred, Schütze e eu passamos pelo portão e seguimos pela pista até avistar um comboio de caminhões e tanques alemães, com os faróis apagados, inundando a estrada e se afastando do campo.

A forma escura de um caça americano riscou no alto e nos recolhemos em casa, temerosos de que pudéssemos ser as vítimas inadvertidas de um bombardeio, mas não houve disparos, nem bombas foram jogadas.

A casa estava quase toda às escuras, as cortinas já tinham sido descidas, a sala de visitas estava iluminada apenas pelo lampião.

Fiquei cheia de medo. Uma comichão nervosa percorreu o meu corpo. Sentei-me no sofá e Manfred se aninhou em mim.

– Também não gosto disso – ele disse. – É como um dia de verão quando o calor pinta as nuvens de preto, e o mundo parece destinado a terminar em uma saraivada de raios e trovões.

– Isso é muito poético – eu disse, surpresa com sua escolha de palavras.

– Minha mãe costumava falar assim, de vez em quando – ele retrucou. – Ela adorava poesia e recitava quando estava se sentindo feliz ou triste. – A cachorra girou aos nossos pés. – Meus sentimentos não se revelam com frequência, mas com quem isso não acontece hoje em dia? Estamos todos estoicos, com medo de admitir que fomos enganados por Hitler. – Ele pegou minha mão. – Nunca cheguei à universidade.

A vibração dos veículos militares continuou, incomodando Schütze também, que finalmente se sentou à nossa frente com a língua pendurada em um arfar nervoso. Olhei para Manfred, ele olhou para mim, e a cachorra olhou para nós dois, todos se sentindo impotentes contra as forças oscilantes da guerra.

– Deveríamos parar de ter pena de nós mesmos – Manfred disse. – Não há nada que possamos fazer. Talvez as forças alemãs estejam evacuando, isso poderia nos dar esperança. Quer uma cerveja?

Balancei a cabeça.

Ele se levantou, foi até a cozinha, e voltou com um copo cheio do líquido âmbar.

– Tome um gole – disse.

Recusei.

– Feita em casa.

– Não. – Um pensamento queimava no meu cérebro. – Temos que ir até o campo amanhã. Se os Aliados estão tão próximos, a SS entrará. O que...

Minhas palavras foram interrompidas pelo zumbido de aviões voando baixo sobre a casa da fazenda, e depois se afastando. Confusa, olhei para Manfred. Ele me empurrou para o chão e cobriu meu corpo com o dele.

– Dois, um americano e um alemão. Consigo perceber pelo som dos motores.

Sua respiração fez cócegas no meu pescoço.

– Sai! – Fiz força contra o chão, num esforço de retirá-lo das minhas costas. – Não vou passar por essa guerra sem você.

Schütze, pensando que aquilo fosse uma espécie estranha de brincadeira humana, lambeu nossos rostos. Manfred a afastou e rolou para longe, ainda abarcando minhas costas com os braços.

Granadas estouraram à distância com a força de um trovão. Uma delas explodiu a, talvez, um quilômetro da casa, a luz fragmentada reluzindo um amarelo resplandecente além da cortina, poeira caindo das paredes e do teto abalados. Schütze ganiu e saiu em disparada para se esconder debaixo da cama.

O fogo da artilharia durou apenas alguns minutos antes de esmorecer em um silêncio arrepiante. O comboio seguiu seu caminho, enquanto os combatentes sumiam no espaço.

Levantamo-nos do chão, espanamos nossas roupas, e voltamos para o sofá.

– Foi um longo dia – Manfred disse. – Estou cansado.

– Você consegue dormir no meio disso? – perguntei.

– Temos que levantar cedo, se formos para o campo. Vou dormir bem, com você ao meu lado. – Manfred esvaziou sua cerveja e pôs o copo no chão. – Pode ser que aconteça uma batalha. Você deveria ficar aqui.

– Não. – Peguei na sua mão. – Estaremos lá juntos.

Trancamos a casa e fomos nos arrastando até a cama. Fiquei horas acordada enquanto Manfred dormia ao meu lado, e me perguntei se ele estaria sonhando ou teria mergulhado no esquecimento tranquilo de um sono profundo.

Depois de algumas horas de descanso, nós dois acordamos apreensivos. Manfred levantou uma tábua no assoalho do quarto, e retirou um volume envolto em pano. Continha a pistola do seu pai, que pretendia contrabandear para dentro do campo.

– Tenho a sensação de que precisaremos disso – disse, enquanto escondia a arma em seu casaco. – É mais provável eles revistarem o caminhão do que a mim.

A estrada, que tinha sido tão intensamente percorrida na noite anterior, com as tropas alemãs em retirada, estava deserta na escuridão que antecede o amanhecer. Enquanto íamos no carro, o céu se iluminou, o sol nascente atravessando as nuvens do início da manhã.

– Se a guerra chegar na Stalag VII-A, trate de ficar a salvo e fora de vista – Manfred disse, apertando o volante com as mãos. – Minha pistola não é bem uma arma, em comparação com uma automática, mas pode derrubar alguns SS.

Um misto de excitação e apreensão me deixou agitada. Garrick havia dito que voltaria ao campo. Ele seria o "inimigo"? Talvez os Aliados protegessem o campo antes de qualquer carnificina, mas eu duvidava que isso fosse acontecer.

– Você também fique a salvo – eu disse. – Não banque o SS.

– Não se preocupe comigo. Se esconda na cozinha, se for preciso. A gente se encontra lá, se acabarmos nos separando.

Ao chegarmos, Manfred e eu trocamos cumprimentos com os guardas taciturnos. Os homens, a quem conhecíamos, pareciam preocupados com outras coisas, além da segurança do campo. Acenaram para que passássemos pela entrada, embora não tivéssemos sido escalados para trabalhar no domingo. Vários guardas estavam no ponto mais alto da torre de vigia de madeira, suas armas posicionadas para oeste, como se aquela direção tivesse a chave do destino do campo.

Manfred parou o caminhão pouco depois do portão secundário na Lager Strasse e, por alguns minutos, esperamos inquietos dentro do veículo. Manfred estava com a mão na pistola em seu casaco, e eu me perguntando se teríamos cometido um trágico erro ao vir para o campo.

– Olhe – Manfred disse, com os olhos focados no retrovisor lateral.

Espiei no espelho a tempo de ver dois veículos brancos estampados com cruzes vermelhas passarem pelo portão.

– Espere aqui – Manfred disse, e saltou do assento do motorista.

Observei-o correndo até os carros da Cruz Vermelha. Dois oficiais prisioneiros de guerra saíram dos veículos, e foram imediatamente cercados por um grupo de guardas e prisioneiros. Os oficiais falaram rapidamente com os prisioneiros, e depois todos se separaram às pressas.

Manfred saltou de volta para o caminhão.

– Os americanos rejeitaram a proposta alemã para um armistício e uma zona neutra ao redor do campo – relatou, sem fôlego. – A guerra vai estourar. A SS está entrincheirada no talude da estrada de ferro.

– Tenho que avisar Inga e o pessoal da cozinha – eu disse.

Manfred me beijou.

– Ficarei aqui. Esconda-se lá se a batalha começar.

Saltei do caminhão, estimulada e apavorada pela notícia dada por Manfred. Escancarei a porta da cozinha com o coração golpeando o peito.

– Os americanos estão a caminho, e a SS está pronta para atacá-los – gritei. – A guerra chegou aqui!

Fosse um nacional-socialista empenhado ou um inimigo de Hitler, todos os membros da equipe reagiram às minhas palavras. A maioria dos funcionários se escondeu sob os balcões resistentes, enquanto outros fugiram do prédio como pássaros assustados. Inga não estava à vista.

Virei-me, pretendendo correr de volta para Manfred. Em vez disto, encontrei uma pistola Luger apontada para o meu rosto.

– Você não seguiu meu conselho, Natalya. – Garrick abaixou a arma e fez sinal para eu sair da cozinha. – Vamos aproveitar o ar da manhã antes que a coisa esquente.

Depois que saímos pela porta, ele pôs a arma na minha cabeça e me arrastou pelo braço até o canto nordeste do prédio. Garrick me empurrou contra a parede, se afastou e acendeu um cigarro.

– Eu te avisei para se proteger.

– A guerra está terminando, Garrick. Logo vai acabar. Por que não se rendem?

Ele tragou e virou a cabeça brevemente, olhando para o sol baixo, e depois riu.

– Para quê? Tempo na prisão, execução pelos crimes que cometi contra a população? É isso que vão dizer, é disso que vão me acusar, caso os juízes *deles* tenham alguma semelhança com os nossos.

– Você me disse que estava cansado da morte.

Fui tomada por uma calma estranha enquanto olhava nos seus olhos, um homem arrasado, se é que já vi algum. Toda vida, toda energia de que Garrick Adler era constituído haviam desaparecido, vencidas pela queda do Terceiro Reich. A couraça esmorecida do homem que uma vez rira e me cortejara, num esforço para me levar a trair a mim mesma e a outros, estava diante de mim. Eu era a traidora que o tinha derrotado em seu próprio jogo. Será que ele me odiava por isso?

– Você vai testemunhar contra mim, não é, Natalya? Vai endossar minha sentença de morte. Eles não vão ter piedade de um homem que traiu o Rosa Branca.

A pistola tremia em sua mão. Seu uniforme, normalmente impecável, estava amassado e salpicado de lama. Fiquei pensando se ele já teria construído sua trincheira no talude da estrada de ferro, esperando a chegada dos americanos.

– Eu direi a verdade – eu disse, calmamente.

Na Lager Strasse, os prisioneiros correram em grupo para a entrada do campo, sem olhar para o nosso lado. Garrick ergueu a pistola e apontou para a minha cabeça.

– Sou a SS – ele disse. – A SS não pode errar. É nosso dever livrar o mundo de sub-humanos.

Ele repetiu essas palavras com os olhos fechados, como se fosse uma prece, seu dedo pousado no gatilho da pistola.

– Desista, Garrick – eu disse baixinho. – Acabou.

– Pare. – A voz era firme, calma, ao flutuar pela pálida luz da manhã. – Eu te mato onde está.

Manfred, tendo rodeado um dos barracões, chegou furtivamente atrás do meu agressor, com a pistola levantada.

Garrick virou a cabeça para Manfred, abaixou a arma lentamente, e depois a jogou no chão. Virou-se de volta para mim e perguntou:

– É este o homem que conquistou seu coração, Natalya?

– Sou – Manfred respondeu. – Aquele que vai meter uma bala na sua cabeça se não a deixar ir. Se quer brigar, que seja como homem.

Com os ombros arriados, Garrick chutou sua arma de lado e se virou para Manfred.

– Semanas atrás eu disse a Natalya que a vida era cheia de surpresas. E acontece mais uma que surpreende até a mim mesmo. – Tragou o cigarro que ainda tinha em mãos, e olhou para o céu. – Eu disse a ela como era maravilhoso desfrutar a vida, e como houve uma época em que pensei que ela poderia *me* amar. Me apeguei a essa estranha esperança por tempo demais. Isso acabou comigo. O dever se intrometeu no caminho do amor. – Ele apontou para mim. – Hoje, esperei que ela fosse desabar e prometer não me mandar para a prisão. Mas não... Ela é muito mais corajosa do que eu.

Ele deu um piparote no cigarro, que caiu no chão úmido.

– *Eu* sou o traidor porque não quero morrer pelo meu país, como exige nosso Führer. A vida é fácil quando você detém o poder de vida e morte sobre as pessoas, quando elas se encolhem na sua frente. Natalya Petrovich tem mais coragem do que jamais terei. – Ele caminhou em direção a Manfred com os braços abertos. – Como eu poderia acabar com a vida de alguém tão corajoso... quando sou tão fraco? Imagino que isso não seja surpresa para ninguém, a não ser para mim. – Garrick abaixou os braços e suspirou. – Me deixe lutar uma última vez pelo país em que acreditei, o país que selou o meu destino.

Manfred permaneceu calado, a pistola ainda apontada para nosso adversário.

– Deixe-o ir – eu disse, sentindo piedade por um homem devastado.

– Vá – Manfred ordenou. – Ficarei com a pistola.

– Adeus, Natalya – Garrick disse, me olhando pela última vez. Saiu cabisbaixo, deu a volta na cozinha, e desapareceu entre o bando de prisioneiros.

Peguei a pistola e desabei nos braços de Manfred.

Mais ou menos às 9h daquela manhã, irrompeu um tiroteio na mata ao redor do campo, esporádico, à princípio, mas depois passando para rajadas violentas conforme o poder de fogo aumentava no lado dos Aliados. As explosões abalavam nossos ouvidos, enquanto os prisioneiros corriam em busca de abrigo, mergulhando atrás de barracões, alguns subindo nos telhados e até nas torres para conseguir uma visão melhor da luta, outros cavando trincheiras freneticamente com as mãos, para se achatarem contra o chão.

Manfred e eu, agarrando nossas armas, corremos pela Lager Strasse até não conseguirmos ir adiante. Nos juntamos a um grupo de oficiais britânicos, abrigados no lado leste de um barracão. Enquanto estávamos lá, balas zuniam por nós, perfurando a madeira e despedaçando as torres dos guardas. Deitamo-nos rente ao chão, enquanto tiros sibilavam acima de nossas cabeças.

– Fique abaixada – Manfred me disse, orientação que não precisava ter dado.

Cobri a cabeça com os braços, e pressionei o rosto na terra enlameada. Um tiro zuniu sobre nós e um oficial gritou de dor. Olhei atrás de mim e vi um homem agarrando seu braço esquerdo. Apesar da objeção de Manfred, rastejei até o oficial e, com sua ajuda, rasguei sua camisa e apliquei um torniquete na pele esfolada, que sangrava copiosamente. Como mais balas voaram, deitei-me de volta no chão.

Caso o barulho da batalha pudesse ser tomado como indicador, a SS estava em desvantagem numérica de homens e armas, desde o começo. O rangido de tanques americanos enchia nossos ouvidos, juntamente com os disparos esporádicos de uma artilharia pesada fora do campo e, não tão longe, os gritos de homens feridos e agonizantes. Manfred e eu ficamos amontoados com os oficiais britânicos por mais de uma hora, até que o tiroteio parou, subitamente.

Seguiu-se um silêncio mortal, como se nada na terra tivesse sobrevivido ao combate. Nenhum pássaro cantava, e o ar ficou em suspenso e estagnado, como se Deus tivesse parado o mundo para fazer Seu julgamento final em relação à guerra.

Os prisioneiros de guerra se levantaram do chão, espiando ao redor das quinas dos barracões; outros rastejaram de suas trincheiras cavadas às pressas, de olhos arregalados e cheios de espanto, como crianças no Natal.

E então, um som maravilhoso percorreu a Lager Strasse: o trovejar, a turbulência, o movimento esmagador de tanques eram inconfundíveis. Os prisioneiros de guerra britânicos, Manfred e eu corremos para a rua e vimos quando três tanques americanos investiram contra o portão da Stalag. Um dos tanques empurrou a torre de vigia principal, seu canhão pesado encostou na estrutura. Um disparo e a torre teria sido destruída. Os guardas alemães depuseram suas armas e ergueram as mãos.

Os outros tanques rugiram pela Lager Strasse e depois pararam, incapazes de avançar em meio à multidão de homens que aplaudiam e choravam. Manfred e eu choramos junto com eles, e vimos quando saltaram em cima dos seus libertadores como formigas fervilhando sobre um torrão de açúcar.

Eclodiu um pandemônio, prisioneiros gritando de alegria, se abraçando e chorando abertamente, gritando boas-vindas aos homens que os libertaram.

– Caiam fora do meu tanque, seus pestes – um dos motoristas gritou em tom de brincadeira para os oficiais britânicos.

– Maldito ianque de merda – um dos prisioneiros gritou de volta. – Me deixe te dar um beijo.

Um dos prisioneiros de guerra americanos beijou a esteira do tanque enlameado, como se fosse um amor perdido havia tempos, abraçando o metal com lágrimas escorrendo pelo rosto.

Conforme as forças americanas assumiram o controle, os guardas se renderam, foram desarmados e, dessa vez, levados do campo como prisioneiros. Manfred e eu nos perguntamos o que poderia acontecer com a gente, "civis" alemães, mas na excitação e caos que envolvia a libertação de Stalag, ninguém deu muita atenção a duas pessoas em roupas civis. Perambulamos por ali cumprimentando os prisioneiros e respirando o ar da primavera que refrescava nossas almas com uma liberdade recém-encontrada.

A bandeira americana foi erguida no mastro do campo sob aplausos, e algumas horas depois, outra bandeira americana esvoaçava em um campanário de uma igreja em Moosburg. Conforme a bandeira se agitava sobre a cidade, os prisioneiros americanos, terminados seus dias, meses e anos de cativeiro, ficaram em posição de sentido e bateram continência. Assisti com lágrimas aos homens que soluçavam e batiam continência.

Joguei minha peruca no chão e coloquei os óculos.

A longa noite de tirania e opressão havia chegado ao fim.

– Tenho que encontrá-lo – eu disse a Manfred. – Quero saber.

Eu tinha visto os guardas alemães e os SS serem levados, mas Garrick não estava entre eles. Se lutou, teria sido no talude da estrada de ferro, onde o combate havia sido intenso.

Delirante de alegria, segurei a mão de Manfred enquanto passávamos pela entrada arrebentada de Stalag, atravessando o riacho Mühlbach em direção à depressão rasa do lado leste dos trilhos. Que maravilha era ser livre, caminhar sem medo da morte. Logo chegamos ao talude.

À nossa frente estavam os corpos de três SS esparramados pela grama nova da primavera, o sangue deles escorrendo para a terra úmida.

Manfred me segurou.

– Não olhe, Natalya.

– Não – retruquei.

Os primeiros dois homens me eram estranhos. Suas jaquetas estavam manchadas de sangue, as armas caídas a seu lado. Desviei os olhos, não querendo remoer, nem celebrar a morte daqueles soldados.

O terceiro rosto eu conhecia.

Quis desviar os olhos, mas não consegui.

O corpo de Garrick estava de barriga para cima, junto ao talude, a mão direita fechada em punho perto do coração, o rosto roxo e sem vida, os olhos azuis frios e abertos, olhando para o céu. Em seu casaco se acumulava sangue vindo de um ferimento no peito, e escoado de buracos de bala em seu pescoço e na cabeça. Tinha sido atingido no mínimo três vezes pelo fogo Aliado. Seu quepe estava virado na grama, próximo ao corpo.

Em pé, sobre ele, não verti lágrimas. Murmurei uma prece pelos mortos, enquanto Manfred assistia da rampa do talude.

– Ele não tinha uma arma – Manfred disse enquanto voltávamos para o campo.

Não respondi porque, em meu coração, sabia o que tinha acontecido com Garrick Adler. Ele tinha esperado junto com os outros SS pela aproximação dos Aliados. Quando a batalha começou, se levantou, se expondo às balas que acabariam com a sua vida. Era sua maneira de mostrar que tinha coragem o suficiente para morrer.

Lembrei de uma Natalya Petrovich mais nova, que nunca acreditava que fosse morrer, que daria de bom grado a sua vida pelo Rosa Branca, que tinha matado um homem para se salvar. A Natalya que havia contemplado o corpo de Garrick Adler não era a mesma mulher de anos atrás. Ela, a traidora, era agora mais sensata e mais alerta para a beleza frágil da vida. Queria viver.

Manfred e eu caminhamos sob o sol e as nuvens fofas, até chegarmos ao campo e nos juntarmos às risadas e festejos. A comemoração da liberdade tinha se espalhado pelo campo.

O Reich estava morto.

CAPÍTULO 19

MANFRED E EU ACABAMOS SENDO LIBERADOS PELOS AMERICANOS, que pretendiam transformar a Stalag VII-A em um campo de detenção para alemães civis, suspeitos de crimes de guerra nazistas.

Quando contei aos oficiais americanos a história da minha associação com o Rosa Branca, do meu julgamento e da minha prisão, que eles puderam confirmar em poucos dias pelos registros confiscados, fui solta. Manfred recebeu o mesmo tratamento depois que aqueles que conheciam Gretchen testemunharam a seu favor. Ela foi achada na prisão, escapando por pouco da guilhotina, e foi solta juntamente com muitos outros.

Um gentil major americano conseguiu documentos para que Manfred e eu fôssemos até Munique, passando por postos militares de controle para procurar meus pais. Apresentei meu caso a um militar que viu com bons olhos minhas atividades com a resistência.

Deixamos a fazenda numa manhã ventosa nublada, em maio, que trazia a promessa de calor. Schütze pulou contra a cerca, triste por ser deixada sozinha naquele dia. Antes de entrarmos no caminhão, Manfred agradou suas orelhas e prometeu que voltaríamos logo.

A estrada para Munique estava cheia de refugiados e tropas americanas. Todos os sinais dos nazistas haviam desaparecido. Meu estômago se contraiu ao nos aproximarmos da cidade, porque eu estava atormentada com perguntas. Meus pais ainda estariam vivos? O quanto seria difícil ressuscitar a Natalya Petrovich que existia antes do julgamento e da prisão?

— Você está bem? — Manfred perguntou. — Está pálida.

— Não sei o que vamos encontrar, se é que vamos encontrar alguma coisa.

Passamos por lugarejos e cidades pequenas, algumas parecendo incendiadas, outras como se a guerra não tivesse tocado nelas.

– Quero que você seja feliz – Manfred disse.

Ele desviou o olhar brevemente para mim, e depois parou o caminhão no acostamento da estrada. Ficamos sob os galhos frondosos de um carvalho, perto de um riacho que corria veloz, suas águas reluzindo um branco esverdeado sobre as pedras. Se não fosse pelo meu nervosismo, o som da corredeira teria me embalado até o sono.

Manfred pegou minha mão e me olhou fixo.

– Quer se casar comigo?

De certo modo, seu *timing* me surpreendeu, mas a pergunta não me chocou. Na verdade, desconfiava que ela poderia vir depois que a guerra acabasse. Toquei no seu ombro.

– Bom, é um pouco repentino – eu disse, brincando, e me aconcheguei nele. – Você acha que a gente se conhece o suficiente?

– Acho – ele disse.

– Sim – eu disse, e dei um beijo nele. – Adoraria ser sua esposa.

Ele sorriu e voltou o caminhão para a estrada. Tínhamos percorrido apenas uma curta distância, quando paramos novamente para deixar uma corrente de homens e mulheres maltrapilhos cruzar na nossa frente.

– Quanto tempo vai levar para que a Alemanha se recupere? – ele perguntou. – Por quanto tempo o mundo vai nos desprezar?

Não respondi, mas sabia que, por gerações, a Alemanha não seria perdoada pelos seus pecados, se é que seria.

Chegamos à cidade, conseguindo passar pelos postos de controle, protelados apenas em uma inspeção. Os documentos que o major havia nos dado acelerou nossa viagem.

Munique estava em ruínas. A devastação era total, a não ser por construções ao acaso que haviam sobrevivido aos bombardeios. As inúmeras estruturas ocas, tão carbonizadas quanto fósforos, olhavam para nós com janelas enegrecidas como olhos vazios. Pedras e tijolos haviam rolado para as ruas, tornando algumas intransitáveis, outras abertas apenas em uma faixa. As colunas de Siegestor ainda estavam de pé, embora esburacadas e lascadas pelos bombardeios. O cheiro de fumaça e cinzas, e de vazamento de gasolina permeava o ar juntamente com o cheiro de morte, o fedor de cadáveres putrefatos.

Ao ver a destruição, a esperança de encontrar meus pais diminuiu, no entanto não estava pronta para desistir.

– Primeiro Schwabing – eu disse a Manfred, e o orientei pelas ruas obstruídas até um ponto onde podíamos parar perto da casa de Frau Hofstetter.

Saímos do caminhão e caminhamos pelas ruas forradas de lixo, subindo e pulando os destroços, levantando os galhos quebrados das árvores desfolhadas, até eu avistar meu antigo apartamento.

Os fundos da casa tinham se reduzido a uma casca escurecida, a fachada estava carbonizada. Parte da parede frontal tinha caído, e sob ela, que servia de alpendre, encontramos a Frau.

Estava encolhida sob uma pilha de cobertores, as costas apoiadas em uma almofada encostada no que restava do tronco de uma árvore. Seus olhos se estreitaram em uma fenda quando nos aproximamos, claramente incerta de quem éramos e do que queríamos. Mas, ao me inclinar em sua casa improvisada, seus olhos se iluminaram e ela estendeu o braço para mim.

– Minha querida – ela disse, quando me curvei para beijá-la. – Você está viva... Você está viva... – Ela me abraçou com seus braços frágeis.

– Frau Hofstetter – eu disse. – A senhora sobreviveu... Todos nós sobrevivemos.

– Eu te receberia na minha casa, mas, como pode ver, não tenho casa. – Ela deu um tapinha na ponta de um cobertor, me convidando a sentar. – Quem é este rapaz?

– Frau Hofstetter, este é Manfred Voll... Vamos nos casar.

Seus olhos cintilaram de felicidade.

– Ah, estou empolgada por você. Precisamos de mais alegria, mais vida, depois do que aconteceu.

Depois, seu olhar ficou incerto.

– Como está Katze? – perguntei, sem conseguir fazer a mesma pergunta sobre o que poderia ter acontecido com meus pais.

– Aquele gato? – Ela ergueu a mão em desgosto. – Está se saindo melhor do que eu. Tem camundongos e passarinhos deliciosos a livre escolha. Está por aqui, em algum lugar. Sempre volta para me fazer companhia. Gatos são caçadores, você sabe. Eu e os vizinhos que ainda estão vivos só temos restos. Espero que os americanos não nos deixem morrer de fome.

Sacudi a cabeça.

– Não, Frau Hofstetter, não acho que deixarão.

– Natalya, pergunte a ela – Manfred disse do seu lugar fora do alpendre.

Senti um nó na garganta.

– Frau...

Ela estendeu as mãos para fora.

– Entendo sua relutância... Tenho notícias.

– Vá em frente – eu disse, nervosa.

– Sinto te dizer, Natalya Petrovich, que seu pai morreu há vários meses. Sua mãe ainda está viva. Mora com duas outras famílias perto daqui. Mas, fique prevenida, ela não está bem; a guerra fez seus estragos em todos nós. A Gestapo perseguiu você como cães raivosos por algum motivo, sem descanso. Os agentes juraram que matariam seus pais se não te encontrassem. Espancaram seu pai e ameaçaram sua mãe. Ele nunca se recuperou do espancamento e da intimidação, mas ela conseguiu viver com o coração partido. É uma mulher forte.

A guerra havia me endurecido até certo ponto, mas minhas emoções vinham se derretendo com o avançar dos dias de liberdade. A borda serrilhada e áspera da dor atravessou meu coração pela morte do meu pai, mas não chorei. Fiquei aliviada por ele não estar mais sofrendo.

O assassinato do médico e minha fuga de Schattenwald mataram meu pai quando eu podia oferecer pouca ajuda, e Garrick, que poderia ter interferido, tinha sido removido do caso. A raiva que eu sentia contra os nazistas durante meu tempo com o Rosa Branca voltou a se incendiar.

Um miado e um forte ronronar chegaram a meus ouvidos. Katze surgiu das ruínas da casa e esfregou o corpo contra mim, num movimento sinuoso que todos os gatos fazem. Virei-me, o peguei no colo, e o aninhei junto ao peito.

– Por favor, leve-o – a Frau disse. – Já é difícil demais me alimentar. Considere-o um presente de casamento.

Olhei para Manfred, que se ajoelhou para agradar a cabeça de Katze.

– Você acha que a Schütze o suportaria?

– Ela já conviveu com gatos antes, não é muito chegada a eles, mas neste caso... sim.

– Obrigada – eu disse, e me inclinei para beijar o rosto da Frau. – Sabe onde a minha mãe mora?

Ela explicou como chegar ao prédio de apartamentos a vários quarteirões de distância. Aparentemente, a metade superior do prédio tinha se tornado inabitável, mas os andares inferiores permaneciam em pé.

Manfred apertou a mão da Frau, dizendo que voltaria para ajudar a reconstruir sua casa. Garantiu que era bom nesse tipo de coisa.

Fomos embora levando Katze em meus braços. O gato, aparentemente me reconhecendo, se acomodou junto ao meu ombro e não tentou sair do meu colo.

Depois de uma curta caminhada, achamos o prédio. Um grande buraco no telhado deixava a luz se infiltrar por ele. Rachaduras cobriam as paredes de pedra de alto a baixo.

– Vá até a porta – eu disse a Manfred, com medo de desmaiar ao ver minha mãe. – Eu seguro o gato.

Manfred foi em frente, enquanto eu esperava. Ele bateu, a porta se abriu, e ele perguntou pela sra. Petrovich. O homem que atendeu à porta desapareceu e, logo, minha mãe, em um vestido preto liso, estava na entrada, olhando para um homem que ela não conhecia.

– Mãe – gritei. – Sou eu.

Seus olhos se arregalaram e ela fraquejou junto à porta. Manfred a segurou nos braços e apoiou seu corpo oscilante. Ela se soltou e, com gritos de alegria, corremos uma para a outra, quase esmagando Katze entre nós.

EPÍLOGO

PASSARAM-SE MUITOS ANOS até que minha família e a Alemanha se recuperassem do sofrimento da guerra. Manfred e eu nos sentimos vingados de nossas visões sobre os nazistas, embora nunca tivéssemos expressado isso publicamente. As emoções estavam muito à flor da pele, e as pessoas mais preocupadas em sobreviver, construindo novas vidas para si mesmas, e não escavando as lembranças de um passado terrível.

Minha mãe viveu na fazenda por um tempo, até encontrarmos um pequeno apartamento para ela em Moosburg. Nunca foi feliz no vilarejo como tinha sido em Munique, mas queríamos ficar mais próximas durante esse período de reconstrução. Mais do que isso, ela sentia falta do meu pai. Minha mãe morreu em 1949, quatro anos depois do término da guerra, uma mulher que nunca se recuperou completamente dos horrores do regime nazista.

Manfred e eu nos casamos em dezembro de 1945, depois de cessadas todas as hostilidades do mundo, e nós, alemães, estarmos tentando construir algum tipo de normalidade. Nosso casamento, em um dia frio e nublado, foi simples, com a presença da minha mãe, de alguns vizinhos de Manfred, bem como de Gretchen, que já não precisava se esconder e de Frau Hofstetter, que gostou do trabalho de Manfred em sua casa, nos fins de semana. Brindamos em frente ao fogão à lenha com uma garrafa de champanhe comprada clandestinamente. Àquela altura, até nossos animais, Katze e Schütze, tinham se estabelecido em seus cantos neutros, a paz conquistada por evitarem um ao outro.

Certa vez, depois da morte da minha mãe, tive a oportunidade de viajar a Munique de trem. As ferrovias estavam funcionando num horário razoável, e por puro acaso, na estação, topei com uma mulher que pensei conhecer. Como todos nós, ela tinha envelhecido, andava um pouco mais curvada, o cabelo estava mais grisalho do que eu me lembrava. Era a mãe de Lisa Kolbe.

Primeiro eu falei, e ela se virou, seus olhos arregalados de espanto, quase em choque, como se tivesse visto um fantasma. Não a culpei.

Conversamos sobre a vida em geral, até mesmo sobre o clima, antes de chegarmos ao tema da morte. Ela me contou que o marido havia morrido depois do final da guerra. Não mencionei a morte de Lisa, e ela também não tocou no assunto.

– Quero te mostrar uma coisa – ela disse. – Olho para isso todos os dias.

Caminhamos pelas ruas, agora livres de detritos, mas com ruínas bombardeadas totalmente às claras. Chegamos a um prédio próximo ao que os Kolbes e meus pais moravam, quando nossas famílias se conheceram. Subimos a escada até seu apartamento, que dava para uma árvore que havia sobrevivido à guerra, e agora estava frondosa no final da primavera. Em dias como aquele, as lembranças e a guerra pareciam distantes. A janela estava totalmente aberta, deixando entrar o ar fresco, agora livre de fumaça e cinzas, o ressoar de construção soando à distância, a luz dançando, vinda das folhas para dentro da sala.

Ali, o objeto que ela queria me mostrar estava sobre uma mesinha de madeira. Era a máquina de escrever de Lisa, o metal verde desbotado e manchado em alguns lugares, pela idade e pelo uso.

– Eu datilografei folhetos nesta máquina – eu disse.

Fui inundada pela tristeza ao pensar em nossos esforços malogrados.

– Sim – ela respondeu. – Lisa admitiu para nós o que tinha feito, horas antes de ser presa. Tivemos bastante sorte de tirar isso da casa e escondê-la com vizinhos confiáveis, antes que os nazistas pudessem confiscá-la.

Ela se sentou à mesa e acariciou as teclas.

– O pai dela e eu a ensinamos a ser independente, a pensar por si mesma, mas nunca acreditamos que colocar pensamentos em palavras levaria a...

– Todos no Rosa Branca conheciam os riscos – interferi. – Tenho certeza de que isso não apaga a sua dor, mas fomos ingênuos demais a ponto de pensar que não seríamos presos.

– Choro por ela todos os dias. – Ela olhou para mim com olhos brilhantes e suspirou. – Me sinto melhor agora que Hitler e o resto, aquele bando do mal, foram capturados ou mortos.

Toquei no teclado e me lembrei da sensação fria do metal na ponta dos meus dedos, as noites passadas no estúdio de Dieter, trabalhando nos folhetos. As lembranças vieram de enxurrada e estremeci, apesar do calor da primavera. Era um milagre eu estar viva.

Separamo-nos prometendo manter contato.

Ao voltar para a estação de trem, inspirei o ar profundamente em meus pulmões, saboreando cada respirada, caminhando com leveza, enquanto refletia sobre um futuro que esperava que só ficaria melhor. Senti-me agradecida a Manfred, nossa casa, nossa cachorrinha e nosso gato, e o fato de nós dois termos escapado de ser uma das milhões de mortes causada por Adolf Hitler.

Mas minha alegria era contrabalançada pelas mortes daqueles membros do Rosa Branca, especialmente Alex, Hans, Sophie, Willi e o professor Huber.

Inúmeros outros tinham seguido eles para a guilhotina, a forca e o pelotão de fuzilamento. Teria sua resistência valido o preço de suas mortes? Alguns diriam que fracassamos em mudar o curso da história com folhetos e *slogans* pintados nos muros. Eu mesma fiquei em dúvida ao olhar para a máquina de escrever de Lisa. Mas seria isso mesmo?

Tínhamos nos posicionado contra a tirania quando poucos fizeram isso, e muitos mais deveriam ter tomado posição. O último folheto do Rosa Branca, que Hans e Sophie tinham jogado na universidade, contrabandeado para fora da Alemanha, havia sido copiado aos milhões e jogado pelos Aliados sobre cidades alemãs. Com certeza, um alemão que olhasse para o céu esperando que caíssem bombas, tinha pegado o folheto na mão e se emocionado com as palavras que leu. Palavras de resistência, luta e esperança.

Fracassamos? Esta pergunta foi respondida quando me lembrei da coragem demonstrada pelos membros do Rosa Branca ao dar os últimos passos.

Como Sophie Scholl contou a Roland Freisler, presidente do Tribunal do Povo, em seu julgamento: "Alguém tem que começar".

Ela e Hans começaram.

Fui em frente, eternamente orgulhosa, com a promessa de nunca deixar o mundo esquecer.

NOTA DO AUTOR

O MOVIMENTO ROSA BRANCA foi tema de numerosos livros de não ficção, estudos universitários, artigos, ensaios, palestras, e até de um filme alemão aclamado pela crítica: *Sophie Scholl: os últimos dias* (2005). Na verdade, o número de obras, a impressionante quantidade de material de arquivo mantida pelos nazistas que, neste caso, sobreviveram à destruição pela Gestapo, dificulta ainda mais a escrita de um livro sobre esse específico movimento de resistência, sob um ponto de vista fictício. O volume de material escrito e pesquisa histórica é atordoante. Minha tarefa teria sido realmente monumental, se meu objetivo fosse comparar e contrastar aqueles relatos diversificados.

Então, por que tentar este romance? Como observei em *Um banquete para Hitler*, meu romance sobre uma provadora de comida para Adolf Hitler publicado em 2018, sempre achei a II Guerra Mundial um assunto trágico, terrível e humilhante. Apesar desses parâmetros intimidantes, a guerra me fascina, bem como a muitos outros. Li em um artigo recente que parte do atrativo da guerra pode estar na própria natureza do conflito. Talvez tenha sido a última situação de combate em que a América entrou e saiu como uma nação heroica, ao contrário das guerras que se seguiram e continuam até nossos dias. Na opinião de alguns, ela pode ter sido a última guerra em que o bem e o mal estavam claramente delimitados.

No entanto, o Rosa Branca teve mais do que um atrativo de guerra para mim. A história desse movimento de resistência é realmente uma história de coragem, uma história de Davi e Golias, que terminaria numa tragédia de sacrifício para a maioria dos seus membros. Surgem questões: Por que os membros tentariam a distribuição de folhetos incendiários, traidores, sob o regime ditatorial de Hitler, quando havia pouca chance de sucesso? Será que eles se agarraram à esperança de que teriam sucesso, que seus folhetos mudariam o curso da Alemanha nazista e da guerra? Teriam percebido que viviam todos os dias com a perspectiva da morte, ao elaborar e escrever seus textos? Essas foram algumas das questões fascinantes e perturbadoras que me atraíram para o Rosa Branca.

A história de Hans e Sophie Scholl é bem conhecida em todo seu país natal, mas nem tanto na América. Em uma recente viagem à Alemanha, para pesquisar para o livro, anotei algumas observações. Eu não as quantificaria no campo de verdade não qualificada, mas outras pessoas que estiveram no país tiveram impressões semelhantes. São elas:

- Os Scholls e os que faziam parte do círculo do Rosa Branca se tornaram heróis nacionais, quase heróis folclóricos, e parte integrante da história da II Guerra Mundial, na Alemanha.
- Os alemães não medem as palavras sobre o nacional-socialismo e os efeitos terríveis provocados pelo Reich no mundo e em seu país.
- Lembretes sobre os horrores nazistas, indo de placas a memoriais, são abundantes, em especial nas cidades mais afetadas negativamente pela guerra.
- Os estudantes aprendem sobre o Reich e seus crimes. A história não foi esquecida, nem substituída por uma narrativa falsa. Em Munique existe um museu dedicado à ascensão do nacional-socialismo, em relação *apenas àquela cidade*. É uma história aterrorizante e amarga de se contar, mas é *contada*, no antigo local do quartel-general de Hitler em Munique.

Posso dizer, com segurança, que um menor número de europeus fora da Alemanha, e a maioria dos americanos, particularmente os jovens, sabem pouco sobre os movimentos da resistência, como o Rosa Branca e a Orquestra Vermelha. Sua única exposição deve ser uma menção superficial durante uma aula de história sobre a II Guerra Mundial. Essa é mais uma razão para eu ter querido escrever A *traidora de Hitler*. Não deveríamos esquecer *jamais*.

Aqueles que estão familiarizados com o Rosa Branca conhecem a história: Hans Scholl e sua irmã, Sophie Scholl, juntamente com Christoph Probst foram executados no mesmo dia, em fevereiro de 1943; Alexander Schmorell e o professor Kurt Huber foram abatidos em julho do mesmo ano, seguidos por Willi Graf em outubro, só porque a Gestapo esperava que Willi delatasse mais membros do grupo. Ele não o fez. O núcleo do Rosa Branca foi extinto em menos de um ano. Muitos outros foram condenados à prisão, recebendo sentenças de duração variada, por terem participado e, às vezes, colaborado involuntariamente com o grupo.

Em 22 de abril de 2009, George Wittenstein, membro sobrevivente do Rosa Branca, fez seu depoimento pessoal sobre o grupo em um programa da Semana do Memorial do Holocausto, na Universidade Estadual do Oregon, e fez a seguinte pergunta para os estudantes e professores presentes: "O que vocês fariam (ou teriam feito) em relação aos nazistas?". Vários alunos sugeriram respostas, mas Wittenstein sempre tinha uma refutação. Telefones eram grampeados; a imprensa era controlada pelo Estado; eram necessárias licenças de trabalho; era quase impossível deixar a Alemanha, porque o dinheiro e os recursos eram escassos para quem precisasse fugir – caso você encontrasse um país que o acolhesse. Na verdade, quem resistiu durante aqueles anos tinha pouca escolha a não ser se conformar com o padrão nazista; daí, o surgimento do grupo clandestino de resistência, não violento.

Wittenstein explicou que a comunicação era a chave para os grupos de resistência, mas sob o regime era quase impossível consegui-la. Segundo ele, havia mais de trezentos grupos de resistência na Alemanha, mas "eles não sabiam da existência uns dos outros". Ele também declarou que o Rosa Branca não tinha "associados". Não havia cartão de associado, nem número. Os participantes eram um grupo de "amigos", que se uniram através do seu relacionamento.

Pelo menos oitocentos mil alemães foram presos por resistência ativa durante os anos de guerra. Roland Freisler, o notório "juiz carniceiro" de Hitler, cuja função era livrar o Estado de seus inimigos, ordenou mais de 2.500 execuções, inclusive as de Hans e Sophie Scholl. Seu método preferido de execução era a guilhotina. Ironicamente, foi morto no tribunal durante um bombardeio aéreo dos Aliados em Berlim, no final da guerra.

Em vez de pegar a história de Hans e Sophie Scholl, sobre a qual foram escritas obras de não ficção, decidi me concentrar em três personagens fictícios que, no mundo do romance, tornaram-se "satélites" do grupo.

Fiz isso por vários motivos.

Tenho um enorme respeito pelos Scholls e o Rosa Branca para pôr palavras desnecessárias em suas bocas. Seus próprios diários e os folhetos da resistência falam por si só. Tanto Hans quanto Sophie eram instruídos e escritores vigorosos, sendo que os textos de Sophie frequentemente estavam cheios de elocução poética. Quando uma pessoa real do Rosa Branca aparece no romance, esforcei-me ao máximo para ser fiel a sua personalidade e sentimentos. Não queria estragar o legado do Rosa Branca, colocando Hans, Sophie e os outros em situações que jamais teriam ocorrido.

Como em meus outros livros, faço o possível para casar ficção com História. Nenhuma ação, nada do que acontece com esses personagens, está fora do campo das possibilidades nesse tempo horripilante do regime nazista. As cenas com o Rosa Branca, como grupo, foram criadas como é o mais provável de terem acontecido. É lógico que o diálogo é inventado pela necessidade, mas me esforcei ao máximo para respeitar o personagem. Levei essa tarefa a sério.

Os leitores, com frequência, querem saber que livros eu li para fazer minha pesquisa. Basta surfar a internet para descobrir uma fartura de material sobre o Rosa Branca, mas citarei algumas fontes que foram fundamentais na minha obra:

- *Sophie Scholl and the White Rose*, Annette Dumbach & Jud Newborn, edição revista e atualizada, Oneworld Publications, 2018.
- *At the Heart of the White Rose, Letters and Diaries of Hans and Sophie Scholl,* editado por Inge Jens, Plough Publishing House, 2017.
- *The White Rose, Munich 1942-1943,* Inge Scholl (irmã de Sophie e Hans) Wesleyan University Press, 1983.
- *A Noble Treason, The Story of Sophie Scholl and the White Rose Revolt against Hitler,* Richard Hanser, Ignatius Press, 1979.
- *We Will Not Be Silent, The White Rose Student Resistance Movement That Defied Adolf Hitler,* Russell Freedman, Clarion Books, 2016.
- *The White Rose,* a publication of Weisse Rose Stiftung e.V., Munique, 2006.
- *Every Man Dies Alone,* Hans Fallada, Melville House Publishing, traduzido para o inglês por Michael Hofmann, 2009 (Um romance magnífico sobre a resistência de um casal em Berlim.) Edição brasileira *Morrer sozinho em Berlim,* tradução Cláudia Abeling. Estação Liberdade, 2018.
- *Sophie Scholl: The Final Days,* Zeitgeist Films, 2005.

- *Alone in Berlin*, IFC Films, 2017 (Baseado em *Morrer sozinho em Berlim*)

Três ótimos museus na Alemanha são imperdíveis para quem tiver interesse no assunto:

A Topografia do Terror, na Niederkirchner Strasse, em Berlim, é um museu histórico interno e ao ar livre no local original dos principais Escritórios de Segurança do Reich. O local também inclui um grande setor sobre o Muro de Berlim.

Em Munique, na Brienner, está o Berço do Terror, um museu de quatro andares dedicado ao conhecimento das origens e da ideologia do nacional-socialismo na cidade, onde floresceu seus primórdios. Para que não haja equívoco, esse museu não é uma celebração do fascismo, mas um olhar instruído sobre o passado, e um alerta para o futuro.

Também em Munique, há um pequeno museu, o Weisse Rose Stiftung (Fundação Rosa Branca), na Ludwig-Maximilans Universität, onde Hans e Sophie foram capturados distribuindo seu último folheto público.

Como sempre, agradeço a meus leitores beta, Robert Pinsky e Michael Grenier; meu editor na Kensington, John Scognamiglio; meu agente, Evan Marshall; e meus editores de manuscrito, Traci Hall e Christopher Hawke, da CommunityAuthors.com.

E não posso deixar de agradecer a meus leitores, que me acompanham nos quatro livros da Kensington. Vocês me deram a coragem de voltar ao teclado, de criar ficção baseada em fatos reais, que espero que não se limite a entreter, mas conte histórias que precisam ser contadas.

APÊNDICE 1

Folheto do Rosa Branca

Escolhi incluir neste livro o **terceiro folheto** do Rosa Branca porque ele, dentre todos os textos, diz respeito a uma abordagem subjetiva e fundamentada da resistência passiva contra o nacional-socialismo. Acredito que ele expõe verdadeiros pensamentos de Hans Scholl e Alex Schmorell nesse período, e seus sentimentos em relação ao estado nazista.

FOLHETOS DO ROSA BRANCA, III

Salus publica suprema Lex (A segurança pública é a lei suprema)

Todas as formas ideais de governo são utopias. Um Estado não pode ser construído sobre uma base puramente teórica; antes de tudo, ele precisa se desenvolver e se aperfeiçoar como um ser humano amadurece. Mas não podemos esquecer que no ponto de partida de toda civilização, o Estado já estava presente sob uma forma rudimentar. A família é tão antiga quanto o próprio homem, e a partir desse vínculo inicial, o homem foi dotado de razão, criando para si mesmo um Estado fundado na justiça, cuja lei suprema era o bem comum. O Estado deveria existir como um paralelo à ordem divina, e a maior de todas as utopias, *a civitas dei*, é o modelo ao qual, no final, ele deveria se aproximar. Não queremos colocar em julgamento, aqui, as muitas formas possíveis de um Estado: democracia, monarquia constitucional, e assim por diante. Mas uma questão precisa ser destacada claramente e sem margem de dúvida: todo ser humano individual tem direito a um Estado útil e justo, que assegure a liberdade do indivíduo, bem como o bem da coletividade. Porque, segundo a vontade de Deus, o homem foi planejado para a busca do seu objetivo natural, sua felicidade terrena, em atividade de autonomia e livre escolha, livre e independentemente dentro da comunidade de vida e trabalho da nação.

Mas nosso "Estado" atual é a ditadura do mal. "Ah, sabemos disso há muito tempo", ouço vocês objetarem, "e não precisamos que isso nos seja mostrado mais uma vez". Mas pergunto a vocês, se sabem disso, por que não se movimentam, por que permitem que esses homens no poder roubem vocês gradualmente, às claras e em segredo, de uma área dos seus direitos após outra, até que um dia nada, nada de nada restará a não ser um sistema estatal mecanizado, presidido por criminosos e bêbados? Seus espíritos já estão tão esmagados pelo abuso que vocês se esqueceram que estão no seu direito – ou melhor, é seu *dever moral* – abolir este sistema? Mas se uma pessoa já não consegue juntar forças para exigir seus direitos, então é uma necessidade absoluta que ela pereça. Mereceríamos ser espalhados pela terra como poeira frente ao vento, se não juntarmos nossas forças nesta hora tardia, e finalmente encontrarmos a coragem que até agora nos faltou. Não escondam sua covardia sob um manto de prudência! Porque a cada dia que vocês hesitam, deixando de se opor a esse monstro do inferno, sua culpa continuará a crescer como numa curva parabólica.

Muitos, talvez a maioria dos leitores destes folhetos, não têm bem certeza de como oferecer uma resistência efetiva. Eles não veem chance de fazer isso. Queremos tentar mostrar a eles que todos estão em situação de contribuir para o colapso desse sistema. Não será possível através da animosidade individualista, à maneira de ermitões amargurados, preparar o terreno para a derrubada desse "governo", ou mesmo levar a cabo a revolução o mais cedo possível. Não, isso só poderá ser feito através da cooperação de muitas pessoas convictas e energéticas, pessoas que concordaram com os meios que devem ser usados para conseguir seu objetivo. Não temos uma vasta gama de escolhas. Existe apenas um meio possível para nós: a *resistência passiva*.

O sentido e o objetivo da resistência passiva é a derrubada do nacional-socialismo, e nessa luta não devemos recuar de nenhuma linha de atuação, esteja ela onde estiver. Temos que atacar o nacional-socialismo *onde* ele esteja passível de ser atacado. Temos que dar um fim a esse Estado monstruoso o mais rápido possível. Uma vitória da Alemanha fascista nessa guerra teria consequências terríveis e incomensuráveis. A vitória militar sobre o bolchevismo não deve se tornar a preocupação fundamental dos alemães. A derrota dos nazistas precisa ser, incondicionalmente, a prioridade absoluta, a maior necessidade dessa última demanda que demonstraremos a vocês em um de nossos próximos folhetos.

E agora todo oponente convicto do nacional-socialismo deve se perguntar como ele pode lutar contra o "Estado" atual da maneira mais efetiva, como pode atacá-lo em seus locais mais vulneráveis. Sem dúvida, através da resistência passiva. É óbvio que não podemos fornecer a cada indivíduo um esquema para suas ações, só podemos sugeri-las em termos gerais, e cada pessoa precisa encontrar sua própria maneira correta para alcançar este objetivo.

Sabotagem em fábricas de armamentos e indústrias de guerra, *sabotagem* em todos os encontros, comícios e reuniões de organizações fundadas pelo partido nacional-socialista. Obstrução do funcionamento regular da máquina de guerra (uma máquina para uma guerra que persiste unicamente para sustentar e perpetuar o partido nacional-socialista e sua ditadura). *Sabotagem* em todas as áreas científicas e acadêmicas que favoreçam a continuação da guerra, seja em universidades, escolas técnicas, laboratórios, institutos de pesquisa ou departamentos técnicos. *Sabotagem* em todos os eventos culturais que possam, potencialmente, aumentar o "prestígio" dos fascistas entre a população. *Sabotagem* em todos os campos da arte, mesmo que tenha uma ligação mínima com o nacional-socialismo, ou lhe preste serviço. *Sabotagem* em todas as publicações, todos os jornais sustentados pelo "governo", que defendem sua ideologia e ajudem na disseminação da mentira sensacionalista. Não dê um centavo a coletas públicas (mesmo quando são feitas sob o manto da caridade), porque isso é apenas um disfarce. Na realidade, os rendimentos não beneficiam a Cruz Vermelha, nem os destituídos. O governo não precisa desse dinheiro; ele não depende financeiramente dessas coletas. Afinal de contas, as máquinas impressoras funcionam continuamente para produzir qualquer quantidade desejada de papel-moeda. Mas as pessoas precisam, constantemente, ser mantidas em suspense; a pressão do freio não deve afrouxar! Não contribua para a coleta de metais, tecidos e similares. Procure convencer todos os seus conhecidos, inclusive os que pertencem às classes sociais mais baixas, da falta de sentido de continuar, da falta de esperança desta guerra; da nossa escravização espiritual e econômica nas mãos dos nacionais-socialistas; da destruição de todos os valores morais e religiosos; e os incentive a apresentar uma *resistência passiva*!

Política, de Aristóteles: "...e mais, faz parte [da natureza da tirania] lutar para garantir que nada lhe seja mantido escondido quanto ao que cada sujeito diz ou faz, mas que por toda parte ele será espionado... mais, colocar todos os homens uns contra os outros, amigos contra amigos, o povo contra a nobreza, e até os ricos entre si. Então, faz parte de tais medidas tirânicas empobrecer os sujeitos para que os guarda-costas possam ser pagos, e mantê-los ocupados com o ganho do seu sustento, de modo a que não tenham lazer, nem oportunidade para instigar atos conspiratórios... E mais, tais impostos sobre rendimentos como eram obrigados em Siracusa, porque sob Dionísio os cidadãos pagaram prazerosamente todas suas fortunas em impostos no prazo de cinco anos. O tirano também está inclinado a fomentar guerras constantemente."

Por favor, copiem e distribuam!

APÊNDICE 2

Autorizações

Folhetos do Rosa Branca, nº III; uma anotação de 28 de agosto de 1942, por Hans Scholl, referente ao enterro de um russo; e o primeiro parágrafo do 6º folheto, todos copyright, 2006; *O Rosa Branca* (brochura), Weisse Rose Stiftung, Munique, usado por generosa permissão, páginas 55, 65-67 e 71, , respectivamente. O terceiro folheto aparece como Apêndice 1; anotação de Hans Scholl, p. 34 no romance; sexto folheto, p. 165.

Palavras de Hans Scholl nas pp.35-36 tiradas de uma carta a seus pais de 18 de setembro de 1942, de *At the Heart of the White Rose, Letters and Diaries of Hans and Sophie Scholl*, usadas por generosa permissão (Walden, NY: Plough Publishing House, 2017), p. 242.

Trechos do discurso do *gauleiter* Paul Giesler nas pp.134-35, reproduzidos com generosa permissão do concedente através da PSLclear, de *Sophie Scholl and the White Rose*, Annette Dumbach e Jud Newborn, copyright 2018, Oneworld Publications, p. 131.

Trechos das páginas 146-47 de *The White Rose, Munich 1942-1943*, copyright 1983 por Inge Aicher-Scholl. Publicado pela Wesleyan University Press, e reimpresso por generosa permissão (pp. 181-82 no romance, referência à carta de Else Gebel a Inge Scholl do Rosa Branca, Munique, 1942-1943).

Descrição da prisão Stadelheim nas pp. 197-98 baseada no testemunho de Roy Machon, usada com generosa permissão do Arquivo Frank Falla em (www.frankfallaarchive.org).

A descrição da Stalag VII-A em Moosburg, começando na p. 262 e daí em diante, usada por generosa permissão do The Hawaii Nisei Project, copyright 2006-2007, em (www.nisei.hawaii.edu), The Center for Oral History (Centro de História Oral) do Department of Ethnic Studies (Departamento de Estudos Étnicos) da Universidade do Havaí; baseada no relato feito pelo sr. Stanley Masahura Akita (Americanos de Ascendência Japonesa Durante a II Guerra Mundial), que ali foi prisioneiro.

APÊNDICE 3

Glossário de palavras alemãs e lugares de destaque em *A traidora de Hitler*

Café Luitpold – Café histórico localizado próximo ao primeiro quartel-general da Gestapo, em Munique. O quartel-general foi destruído na guerra, mas o café permanece servindo café, pratos e sobremesas.

Dachau – O primeiro campo de concentração aberto pelos nazistas em 1933, no que hoje se tornou um subúrbio de Munique. Dachau foi o modelo para todos os outros campos, incluindo um crematório, juntamente com uma câmara de gás que, segundo registros, nunca foi usada.

Englischer Garten – O Jardim Inglês, um grande parque em Munique que ia do centro da cidade até o nordeste, margeando o rio Isar, e abrigando o *Schwabinger Bach*, um riacho que corria pelo parque.

Feldherrnhalle – Estrutura monumental na Odeonsplatz, modelada a partir de uma *loggia* italiana, local da batalha *Putsch* e mais tarde um memorial aos nazistas mortos. Os pedestres deviam fazer a saudação nazista ao passarem pelo memorial. Muitos evitavam fazer isso, caminhando por uma viela atrás do monumento.

Frauenkirche – A catedral de Nossa Senhora, funciona como a catedral da arquidiocese de Munique. A estrutura atual data do século XV.

Frauen-Warte – Revista nazista feminina, aprovada pelo partido e fonte de propaganda que defendia trabalho doméstico, natalidade e outros princípios do Reich, além de oferecer instruções para costura e receitas.

Gauleiter – Líder do partido nazista indicado por Hitler.

Gestapo – A polícia secreta do governo nacional-socialista de Hitler. Foi criada em 1933 por Hermann Göring, e tornou-se a força terrorista contra qualquer um que ousasse subverter o Reich.

Hauptbahnhof – A "principal" estação de trem, às vezes citada como estação "central".

Haus der Deutschen Kunst – Casa da Arte Alemã. Foi a primeira estrutura monumental encomendada pelo partido nazista. Durante os anos de guerra, abrigou o que o Reich considerava o supra sumo da arte alemã.

Ich hatt' einen Kameraden – "Eu tinha um companheiro", um lamento por soldados alemães mortos.

Juden – Judeus (plural); *Jude* (singular).

Kameradschaft – Camaradagem. Neste caso, refere-se à grande escultura de dois homens nus, representando o ideal ariano do trabalho conjunto.

Kristallnacht – Noite dos Cristais – um massacre de dois dias, em 9 e 10 de novembro de 1938, realizado contra judeus na Alemanha nazista, resultando em mortes, prisões, incêndio de sinagogas e vandalismo/destruição de negócios judeus.

Lager Strasse – Via central que atravessava a Stalag VII-A.

Lebensraum – Princípio ideológico de Hitler, defendendo a necessidade da Alemanha por mais territórios para a expansão do seu império. As terras a leste, inclusive a Rússia, eram alvos fundamentais para a invasão nazista sob seu governo.

Leopold Strasse – Importante avenida e principal via do distrito de Schwabing.

Ludwig Strasse – Uma das quatro avenidas reais de Munique, levando à universidade onde Hans e Sophie Scholl foram presos.

Marienplatz – Praça de Nossa Senhora, praça central em Munique, com uma coluna dedicada a Maria, mãe de Jesus.

Moosburg – Cidade a cerca de 45 quilômetros a nordeste de Munique.

Munique – Capital e maior cidade no sul da Alemanha, estado da Bavária. Munique, no início da década de 1920, tornou-se centro da política nacional-socialista, e da ascensão do movimento ao poder.

Nein – Não.

Neuhauser Strasse – Uma antiga e importante rua em Munique.

Oberabschnitt Donau – A SS austríaca, nome não reconhecido oficialmente pela SS.

Odeonsplatz – Grande praça no centro de Munique, lugar do tiroteio fatal durante o *Beer Hall Putsch*, em 1923.

Palácio da Justiça – Uma grande construção ornamentada, no centro de Munique, que serviu de local para o julgamento de Hans e Sophie Scholl. O Palácio contém uma sala em homenagem ao Rosa Branca.

Palácio Wittelsbacher – Antigo palácio real que abrigou o quartel-general da Gestapo, e uma prisão nos anos nazistas.

Prisão Stadelheim – Uma das maiores prisões alemãs, local da execução de Hans e Sophie Scholl. Muitos prisioneiros famosos e infames têm sido mantidos nesta prisão suburbana de Munique.

Putsch – Um golpe, uma revolta, usado com artigo definido masculino *der* (o) na língua alemã.

Reich – Referência abreviada ao Terceiro Reich, sonho de Hitler de mil anos de regime germânico, às vezes citado como o Terceiro Império, sendo o Sacro Império Romano o primeiro, e a Alemanha Imperial o segundo.

Reichsarbeitsdienst – (RAD) O Departamento de Trabalho do Reich, cujas funções incluíam arrumar trabalho para cidadãos e promover a ideologia nazista através de programas de trabalho.

Reichskammer – Divisão da Câmara de Arte Visuais do Reich, árbitro designado pelo Estado para as artes visuais.

Reichsmark – Moeda oficial na Alemanha de 1924 até 1948.

Residenz perto do Hofgarten – Local de exibição da Arte Degenerada.

Rosental – Outra rua em Munique, neste caso, local de uma grande loja de departamentos vandalizada na *Kristallnacht*.

Rumford Strasse – Rua comercial e residencial a sudeste do centro da cidade de Munique.

SA – Uma ala militar do partido nazista, que teve várias funções, inclusive a proteção do partido. Acabou sendo superada pela SS.

Schattenwald – Asilo fictício próximo a Munique. Houve muitos asilos pela Alemanha, onde eram cometidas atrocidades nazistas até serem banidos, quando então passaram a ser praticadas clandestinamente por administradores e médicos.

Schwabing – Bairro ao norte de Munique, próximo a várias universidades, inclusive a Ludwig Maximilians, onde Hans e Sophie Scholl foram presos. Agora é um moderno distrito residencial e comercial.

Siegestor – Portal da Vitória, originalmente dedicado ao exército bávaro. Ele estabelece o limite entre Maxvorstadt e Schwabing.

SS – Termo genérico para o *Schutzstaffel*, incluindo quase todos os grupos responsáveis pela segurança do Reich. A SS expandiu seu papel ao longo do período nazista para um também de terror, e foi responsável por grande parte do genocídio perpetrado pelo Reich.

Suástica – A "cruz gamada" adotada pelo partido nazista, exibida em bandeiras, braçadeiras e utilizada em numerosos outros usos militares e políticos. Na história recente, o símbolo veio a ser identificado com o fascismo e com organizações de extrema-direita, embora a suástica tenha uma longa história como palavra e sinal também definidos como "boa sorte".

Tod – Palavra alemã para morte.

Untersturmführer – Posto de nível médio de um militar da SS.

Wehrmacht – As forças armadas da máquina de guerra do Reich.

Este livro foi composto com tipografia Electra e impresso
em papel Off-White 70 g/m² na Formato Artes Gráficas.